Oetinger

Antonia Michaelis

TANKSTELLENCHIPS

EIN HELDENEPOS

Verlag Friedrich Oetinger · Hamburg

Antonia Michaelis bei Oetinger (Auswahl)

Der Märchenerzähler
Niemand liebt November
Die Attentäter

MIX
Papier aus verantwortungsvollen Quellen
FSC® C014496
FSC www.fsc.org

Einband von Kathrin Schüler unter Verwendung diverser Fotos von
Nowik Sylwia/Julia_design/F16-ISO100/MorphartCreation@shutterstock.com
Satz: Datagroup, Timişoara, România
Druck und Bindung: GGP Media GmbH,
Karl-Marx-Straße 24, 07381 Pößneck, Deutschland
Printed 2019
ISBN 978-3-7891-0918-8

www.oetinger.de

Für Stevy und Bob,
alias Babak Bazrafshan aus Teheran
(dem einige dieser Dinge wirklich passiert sind),
die grenzenlose Freiheit,
das Kaninchen,
die Wölfe – UND den Hut.

0

Der Anfang vom Ende beginnt damit, dass ich auf einem Autodach stehe.
Ich, achtzehn Jahre alt, der Held dieser Geschichte.
Strohhut, Dreitagebart, kurzes schwarzes Haar, ein wenig zerzaust vom Wind.
Ich stelle es mir gerne als Szene in einem Kinofilm vor.
Wie ich da stehe, charismatisch, gut aussehend, ein Abenteurer. Wie ich auf die Landschaft hinabsehe: Sie ist so grün, hügelig, lieblich. Neben der gewundenen Straße stehen ordentliche Leitpfosten. Und unten im Tal eine Kirche, weiß und adrett, ein Dorf, eine Tankstelle.
Unter mir: eine Menge herandrängender, warmer, brauner Leiber.
Nein, es sind keine Mädchen.
Und, na ja, wenn da eine Kamera wäre, würde sie wahrscheinlich die Panik in meinen Augen zeigen. Und meine verschorfte rechte Wange, die ein wenig wirkt, als hätte ich beim Radfahren mit dem Gesicht gebremst.
Möglicherweise, vielleicht, eventuell … würde ich im Film weniger charismatisch wirken als lächerlich.
Aber, seien wir ehrlich: Keiner macht eine besonders gute Figur, wenn er auf dem Dach eines alten und zudem noch beigefarbenen Fiats steht, der in einer Kuhherde feststeckt.

Es wird nicht besser davon, dass sich weiter unten auf der Straße ein Polizeiauto nähert, das ein eindeutiges Ziel hat. Den Fiat und mich.
Und den kleinen Jungen, der neben mir auf dem Dach steht und wie ich mit den Armen wedelt, um die Kühe zu vertreiben.
Der Fiat ist leider nicht ganz legal ausgeliehen, aber das ist, wie die Deutschen sagen, nur die Spitze des Eisbärs. Da sind mehr und andere Vergehen auf der Liste, die sie über uns haben.
»Haut ab, ihr blöden Viecher!«, schreie ich die Kühe an. »Wenn die Polizei uns kriegt, ist es aus mit uns, aus und vorbei!«
Doch die deutschen Kühe verstehen mich nicht.
Denn ich schreie auf Persisch.

Persien. Iran.
Ein wunderbares Land. Weit weg.
Irgendwo dort sitzt meine Mutter und wartet auf Nachricht von mir. Irgendwo dort sitzen meine Onkel und Tanten und Cousinen und Cousins und Neffen und Nichten und warten darauf, dass ich Fotos schicke von meiner Arbeitsstelle in Deutschland. Meinen Freunden. Dem Beginn meiner glänzenden Zukunft.
Irgendwo dort sitzt mein Vater und will endlich stolz sein auf seinen Sohn.
Den Vagabunden. Den Herumtreiber. Den Typen, der Kameraeinstellungen erfindet, weil er gerne ein Held wäre.
Wenn sie den Film sehen könnten, den ich im Moment – nur im Kopf – drehe!
Ich male es mir aus: Sie sitzen alle auf dem rot gemusterten Teppich vor dem großen Flachbildschirm, essen Pistazien, trinken süßen Tee und starren gebannt auf die grüne deutsche Hügellandschaft.

Und mein Vater sagt: Bei Gott, was hat er da wieder angestellt? Er ist und bleibt ein Versager.

Okay, wir hatten das schon, dass ich auf dem Dach des Fiats keine besonders gute Figur mache.
Der kleine Junge neben mir macht aber keine wesentlich bessere.
Er sieht aus, als würde er eine Windmühle imitieren, wie er so mit den Armen wedelt, und jetzt hüpft er auch noch, was für das Autodach gar nicht gut ist. Aber es kracht und scheppert, und die Kühe weichen ein wenig.
»Siehste!«, ruft der kleine Junge triumphierend. »Geht doch!«
Wobei, was er sagt, nur höchstwahrscheinlich »siehste-geht-doch« bedeutet, genau verstehe ich ihn nie. Das liegt zum Teil an meinem Deutsch. Es liegt jedoch auch daran, dass der kleine Junge nuschelt und lispelt und noch etwas Seltsames mit den Wörtern anstellt, sodass immer Teile von ihnen fehlen.
Dieser verdammte kleine Junge.
Wie er da auf und ab hopst, wedelnd, grinsend.
Er ist ein Versager. Wie ich. Und er möchte wie ich anders sein: charismatisch und gut aussehend, ein Filmheld, ein unwiderstehlicher Mr Charming. Was er ist. Manchmal, in goldenen Augenblicken. Aber lieben tue ich ihn für die Augenblicke, in denen er sich vergeblich bemüht.
Weißt du noch, will ich zu ihm sagen. Weißt du noch, wie unsere Reise begann? Damals, an der Küste, in jener windigen Nacht?
Ich hatte nicht damit gerechnet, einen kleinen Jungen mit Sprachfehler zu treffen.
Und du hattest wahrscheinlich nicht damit gerechnet, einen Iraner mit Strohhut zu treffen.
Wenn wir uns nicht getroffen hätten, wäre die Polizei jetzt nicht

hinter mir her, mein Gesicht wäre noch heil, meine Kleidung nicht blutverschmiert.
Aber was auch immer jetzt geschieht – ganz ehrlich? Ich würde nichts anders machen.

1 Ketchup

Nacht und irgendwo das Rauschen von Wellen und im Sand ein verlorener Schlüssel.
So fing es an.
Es war natürlich eine blöde Idee, nachts im Sand einen Schlüssel zu suchen. Aber als ich entdeckt hatte, dass der Schlüssel nicht da war, war es schon Nacht gewesen, und ich hatte nicht bis zum Morgen warten können, denn zwischen sechs und sieben Uhr durchkämmen sie den Strand mit Spezialfahrzeugen, um den Müll zu entfernen. Dieses Land ist sehr gründlich. Und es würde auch sehr gründlich sein in der Entfernung und Vernichtung meines Schlüssels.
Der Schlüssel schloss den grauen metallenen Spind auf, der in der Ecke meines Zimmers im Heim stand. Dieser Schrank enthielt die wichtigsten Dinge in meinem Leben: einen Laptop, eine Klarsichthülle voller Dokumente, elf Unterhosen, zwei Hemden, eine Flasche Rasierschaum, dreiundzwanzig Dosen Deo (ein Sonderangebot), eine halbe Stange polnischer Zigaretten und ein zerfleddertes Buch mit deutschen Grammatikübungen.
Sowie einen ungeöffneten Brief.
Ich hatte bisher nicht den Mut gehabt, ihn zu öffnen. Ich hatte ihn in den Schrank gelegt und eingeschlossen und war auf die Insel gefahren, ans Meer, um dort genau diesen Mut zu sammeln. Man fährt über eine Brücke hin, und eigentlich ist es keine Insel, aber die Leute sind beleidigt, wenn man ihnen das sagt.

Wenn ich »Insel« denke, denke ich an die einzige Insel meines Landes, die ich je besucht habe. Kisch: Touristenstrandgebiet, Einkaufsurlaubsziel, Freihandelszone.
Und ich denke Worte wie *Hotelkette* und *Shopping Mall* und *Freiheit*. Auf Kisch ist nicht nur der Handel frei und daher alles billiger. Auf Kisch ist auch die Freiheit freier als irgendwo sonst im Iran. Dort kann man Frauen sehen, deren Kopftücher eine Menge Haar zeigen und deren Kleider enger sind als irgendwo sonst, Frauen, die Beachvolleyball spielen und rauchen, starke Frauen, wunderschöne Frauen.
Sollte ich jemals zurückkehren, werde ich es vielleicht endlich wagen, eine von ihnen anzusprechen.
Und ich würde ihr nicht erzählen, dass ich in Deutschland meine Nächte damit zugebracht hatte, Schlüssel im Sand zu suchen.
Im Licht meines Handydisplays fand ich hölzerne Eisstäbchen, Einwickelpapier und Muscheln, aber keinen Schlüssel. Ich wanderte von dem großen Steg weg, den sie Seebrücke nennen, obwohl er sinnlos im Nichts endet, wanderte an den Hotels vorbei, die aussahen wie schnörkelverzierte Sahnetorten, und ließ auch sie schließlich hinter mir.
Der kalte Nachtwind riss mir zweimal den Strohhut vom Kopf, und ich musste am Strand entlangrennen wie ein Deutscher Leinenhund und meinen eigenen Hut apportieren.
Hinter dem Strand lag ein Wald aus frierenden deutschen Kiefern. Ich habe gelernt, dass es extra Orthopäden für sie gibt, vermutlich, weil sie so krumm stehen. Na, wenn die Deutschen Hundefriseure haben, warum dann keine Kieferorthopäden?
Hinter den Bäumen standen nur noch vereinzelte kleine Ferienhäuser, und darüber hingen die Sterne am schwarzen Himmel, klar und wunderschön. In Teheran ertrinken die Sterne jede Nacht im

Lichtsmog der Stadt. Der große Hafis hat über die Sterne geschrieben, und ich wollte gerade eines seiner Gedichte zitieren, da bemerkte ich das Licht hinter den frierenden Kiefern: ein huschendes, heimliches Licht, begleitet von leisem, verhaltenem Lärm, den jemand sich bemühte nicht zu machen. Schritte. Ein Klirren wie von brechendem Glas. Flüsternde Stimmen.

Ich steckte das Handy weg und stand ganz still.

Und dann trugen mich meine Füße den Strand hinauf, obwohl ich wusste, dass ich hätte umkehren sollen. Das Licht kam aus einem der Ferienhäuser, einem modernen Quader mit einer großen Schiebetür aus Glas. Die Schiebetür stand offen, und von dem Glas fehlte ein Stück – ein genau kreisrund ausgesägtes, handtellergroßes Stück neben dem Griff.

Die Deutschen machen eben alles sehr ordentlich. Selbst das Einbrechen.

Im Haus waren drei Männer im Licht einer Taschenlampe dabei, etwas wegzutragen. Eine Stereoanlage. Nach einem Moment kehrten sie zurück und trugen andere Dinge fort: einen Tisch, einen Plattenspieler, einen Computer … Als ich um das Haus herumschlich, fand ich dort einen Umzugswagen.

Ich fragte mich, ob ich die Polizei rufen sollte.

Ich meine, die deutsche Polizei ist dein Freund und Helfer, ich weiß das. Aber möglicherweise hat die Polizei etwas gegen charismatische junge Männer aus Persien, die sie nachts im Wald findet. Ich meine, die Polizisten könnten ja eifersüchtig werden auf einen so charismatischen Typen, der da unter den Sternen steht und poetische Gedanken denkt und viel cooler ist als sie.

Oder, falls es ein eher unsicherer Junge mit Strohhut sein sollte, den die Polizisten finden, könnte er sich beim Erklären in ein komisches Gestottere verirren …

Ehe ich zu einem Entschluss kam, flog mit einem Knall eine Tür im Haus auf, und dann flutete grelles Licht das Wohnzimmer. Ich kniff die Augen zusammen. Jemand fluchte auf Deutsch. Jemand sagte: »Was, zum Teufel, ist hier los?«

Und dann sah ich wieder etwas.

Hinter der Glastür standen die Einbrecher: drei Männer in dunkler Kleidung, mit schwarzen Mützen und schwarzen Handschuhen.

In der Tür zum nächsten Zimmer jedoch stand jetzt noch jemand. Ein vierter Mann in einem hellblauen Pyjama mit kleinen gelben Mustern. Und ich begriff: Diesem Mann gehörte das Ferienhaus. Die Einbrecher hatten nicht damit gerechnet, dass er zu Hause war.

Der Mann war groß, breitschultrig und sehr selbstsicher. Er hielt ein Handy in der einen Hand, und in der anderen – ich schluckte – eine Pistole.

Er schien keine Angst zu haben. *Ich* hatte Angst. Ich stand draußen im Wind und hatte an seiner Stelle Angst und wusste, dass es manchmal besser ist, Angst zu haben. Wenn es drei gegen einen sind, Pistole hin oder her.

Er sagte noch mehr, und gleichzeitig tippten seine Finger jetzt etwas auf dem Handy.

Da löste sich die Starre der Männer. Einer machte einen Satz auf den Pyjamamann zu, um ihm das Handy zu entreißen, der zweite griff nach der Pistole, der dritte gesellte sich dazu, und es wurde sehr unübersichtlich. Sie rangen miteinander, stumm und keuchend.

Und dann knallte etwas. Wahnsinnig laut. Und der große, starke, breitschultrige Mann sackte in sich zusammen. Das Handy fiel aus seiner Hand.

Jemand löschte das Licht.

Alles lag wieder im Dunkeln, und es war einen Augenblick lang unheimlich still. Ich hörte meinen eigenen raschen Atem.

Bis einer der Männer etwas flüsterte, noch nervöser als zuvor.
Sie beeilten sich jetzt, rafften ihre Ausrüstung zusammen und verließen kurz darauf das Haus.
Das Geräusch eines Motors zerhackte die Nacht und wurde dann leiser.
Ich stand und starrte ins Dunkel.
Nein, ich stand nicht mehr.
Denn ich bin vielleicht ein Versager, und ich bin vielleicht der einzige Schüler im Deutschkurs A2, der nach Monaten immer noch nicht versteht, warum es *der* Büstenhalter heißt, aber *die* Männerunterhose.
Aber ich bin keiner, der zusieht, wie jemand stirbt.
Ich kniete neben dem gefällten Riesen im hellblauen Pyjama und suchte den Puls an seinem Handgelenk. Und fand nichts. Was allerdings an meiner Unsicherheit mit Pulsen liegen konnte.
»Verzeiherung«, sagte ich. »Excuse me, do you hear me? Are you alive? Lebt Sie?«
Der Riese im Pyjama gab ein Knurren von sich, das von tief unten in seinem massigen Körper kam, es war wie ein Erdbeben.
Da war Blut an seinem Pyjama, viel und sehr feuchtes Blut. Es sah unecht aus, wie Ketchup.
Ich dachte an den Freund meines Onkels, den wir einmal besuchen wollten, als ich noch klein war. Der lag auch in so viel Blut auf dem Teppich. Der Teppich war im Eimer. Irgendwer sagte, ein Krankenwagen müsste kommen, aber keiner rief einen.
Der Mann auf dem Teppich damals war Schriftsteller, das ist ein sehr gefährlicher Beruf im Iran. Es wurde nie jemand für den Mord verhaftet, die Polizei sagte, die Spur verliefe sich im Dunkeln.
Aber ich dachte damals, dass ich einen Arzt rufen würde, wenn ich noch mal jemanden in so viel Blut fände.

»A doctor«, sagte ich zu dem Mann im Pyjama. »I will call a doctor. Bitte zu warten mit Sterben, until ich habe gefunden.«
Meine Hand zitterte, als ich das Handy bediente. Der Netzempfang war schlecht, ich wartete ewig. Im Licht des Displays sah ich das schmerzverzerrte Gesicht des Riesen. Es rasselte, wenn er Luft holte.
»This is an emergency«, sagte ich schließlich zu der Frau im Wolgaster Krankenhaus. »Do you speak English, please?«
»Was ist los?«, fragte sie.
Und ich sagte »Blut« und »Zinnowitz, beach, holiday house« und »schnell« – und dann sah ich neben mir eine Bewegung. Eine Bewegung, die nicht von dem röchelnden Mann herrührte.
Ich steckte das Handy blitzschnell weg und griff nach der Pistole, die noch auf dem Boden lag.
Sie war unerwartet schwer in meinen Händen.
»Wer ist da?«, fragte ich in die Dunkelheit. »I have weapon. Kommen Sie nicht naher.«
»Was?«, fragte eine Stimme, und dann ging das Licht an.
In der Tür zum Flur stand ein kleiner Junge.
Vielleicht acht Jahre alt.
Er war sehr dünn, trug eine viel zu große blaue Windjacke, dreckige Turnschuhe und eine löcherige Jeans. Seine Augen waren blaugrau und weit aufgerissen, was daran liegen konnte, dass ich die Pistole auf ihn gerichtet hielt. Ich senkte sie.
Der Junge starrte mich nur weiter an.
Schließlich öffnete er den Mund und sagte einen langen Satz in einer mir vollkommen unbekannten Sprache. Erst, als er den Satz zum dritten Mal wiederholt hatte, verstand ich etwas, nämlich, dass er die Männer gesehen hatte und dass er doch deutsch sprach. Nur klangen die einzelnen Wörter alle so, als hätten sie zu lange in einem Fluss gelegen, der ihre Kante abgeschliffen hatte.

»Ich hab die gesehn, die Männer. Die mit den Auto. Du gehörs nich zu denen, oder?«
»Nein«, sagte ich. »Was do you do here? Was … du machst? Hier? Nachts?«
»Ich hab geschlafn«, meinte der kleine Junge schulterzuckend. »Inna Garage. Weil da kein Wind is. Und denn war Lärm. Wem hast du angerufm? Mit den Handy?«
»Klinik«, sagte ich.
»Gut. Aber wenn die komm, kommt auch die Polizei. Wenn die sehn, was passiert is … auweia.« Er deutete auf den Mann im Pyjama, der ab und zu leise stöhnte.
»Die glaubm für Garantie, dass du das wars«, sagte der kleine Junge. »Deine Fingaabdrücke sin auf der Pistole. Die Einbrecha ham Handschuh angehabt.«
»Shit«, sagte ich und ließ die Pistole fallen.
»Komm«, sagte der Junge. »Wir müssen weg.«
»Du auch?«, fragte ich.
»Klar, die dürfen mir doch nich finden«, meinte er, als wäre ich ein bisschen doof.
»Warum?«
»Na, weil ich abgehaun bin«, sagte der Junge. »Von das Heim.«
»Hm«, sagte ich. »Komisch. Ich wohne auch in Heim. Fluchtlingsheim.«
»Nee, da wohns du nich mehr«, meinte der Kleine. »Du muss richtich weg. Weg aus die Stadt.«
Er klang sehr entschlossen.
»Aha«, sagte ich. »Vielleicht ich muss nach Köln. Es kommt drauf an wegen die Brief in das Schrank.«
»Köln is super«, sagte er. »Kann ich denn mit?«
»Let's see«, sagte ich.

In der Terrassentür blieb ich stehen und warf einen letzten Blick auf die Pistole, die jetzt wieder neben dem Riesen im Pyjama lag. Dann ging ich zurück und wischte mit dem Ärmel darüber, wegen der Fingerabdrücke, das musste reichen. Ich erwog kurz, die Pistole mitzunehmen, aber wenn sie die später bei mir finden würden, wäre das eher ungünstig.

Der Junge zog ungeduldig an meiner Hand, zog mich weg.

»Ich heiß Davy«, sagte er. »Und du?«

»Shayan«, sagte ich.

»Sean«, sagte er. »Kenn ich. Vom Fernsehen.«

Sean Connery, dachte ich. James Bond. Der perfekte Gentleman, dem die Frauen zu Füßen lagen. Erstaunlich, dass dieser kleine Junge einen so uralten Helden wie Sean Connery kannte. Aber cool.

»Sean«, sagte ich. »Okay. Komm.«

Dann traten wir hinaus in die windige deutsche Nacht und rannten.

2 Wurstgulasch

Es war natürlich Irrsinn.

Irrsinn, mit diesem kleinen Jungen irgendwohin zu wollen.

Es wurde mir klar, als wir nach unserem nächtlichen Marsch bei meinem Fahrrad ankamen, das ich an der Seebrücke abgestellt hatte, in einem der Fahrradständer. Du kannst am abgewracktesten Provinzbahnhof sein oder vor einer alten Militärkaserne im Wald, wo sie Flüchtlinge durchimpfen (und ich weiß das): Es gibt immer Fahrradständer. Dabei ist es nicht so, dass die Deutschen überall Fahrräder bei sich haben, sie fahren gerne Auto, aber die Anwesenheit einer hübschen, ordentlichen Reihe von Fahrradständern scheint sie zu beruhigen. Das liegt am *ökologischen Gewissen* der Menschen hier. Wenn die Deutschen Fahrradständer sehen, haben sie das Gefühl, sie könnten theoretisch mit dem Fahrrad gekommen sein und so den weltweiten CO_2-Ausstoß verringert haben, und dann sind sie glücklich.

Ich zog also mein Fahrrad aus dem Radständer, und Davy kletterte ganz selbstverständlich auf den Gepäckträger. Das Fahrrad war nicht viel mehr als ein Skelett. Ein Ukrainer, der aus dem Heim hatte ausziehen dürfen oder müssen, hatte es mir günstig überlassen. Der Gepäckträger war mit Draht geflickt.

»I don't think this will hold you«, sagte ich zu Davy, und Davy sagte: »Ja, ja, los«, und dann sagte keiner von uns mehr etwas, denn in dem Augenblick erfasste uns das Licht von Autoscheinwerfern.

Die Polizei. Verdammt. Wir waren die einzig wachen Menschen in einem Ort, in dem gerade jemand niedergeschossen worden war. Natürlich glaubten die Polizisten, dass wir die flüchtigen Mörder waren.
Das Polizeiauto fuhr jetzt auf den Platz vor der Zinnowitzer Seebrücke.
Scheiße, dachte ich, das geht gar nicht, da ist ein Poller. Ein Poller, der Autos von der Seebrücke fern hält. Aber die Polizei hatte ihn überwunden, sie war auf eine unheimliche Art allmächtig.
Und als ich das begriff, bekam ich Angst.
Vermutlich war es nicht wahr, was die Deutschen über ihre Polizei sagten, von wegen Freund-und-Helfer und der ganze Quatsch, vermutlich waren sie genau wie die Polizei im Iran, und für etwas verhaftet zu werden, was man nicht getan hat, ist eine Sache, die einem dort allzu leicht passieren kann.
Ich sprang in die Pedale, und das Rad schoss los, auf die heckengesäumte Promenade zu.
Dort kann man nur als Fußgänger gehen, am Meer entlang, aber man sieht es nicht, wegen der Hecken. Vermutlich mögen die deutschen ihr kaltes, windiges Meer nicht und gehen lieber an ihm spazieren, ohne es angucken zu müssen.
Ich drehte mich um, um zu sehen, ob die Polizei uns auf den Promenadenweg folgte. Sie hätten dazu mehrere Hecken und Bänke umfahren müssen, aber man wusste ja nie.
Das Auto war stehen geblieben, mitten auf dem runden Platz. Eine Polizistin sprang jetzt heraus und rief etwas, vielleicht, dass ich anhalten sollte. Für den Bruchteil einer Sekunde sahen wir uns an, sie und ich.
Und ich dachte: Das ist nur eine Frau, die hat zu Hause vielleicht Kinder, und wenn sie mich verhaften, werde ich mich an sie halten, vielleicht hilft das.

Ich fragte mich, was sie sah. Einen charismatischen jungen Mann, der Sean Connery glich? Oder eher einen panischen, dünnen Jungen mit einem zerknickten Strohhut? Ich erinnerte mich schlagartig an eine ganze Handvoll ähnlicher Situationen aus meinem Heimatland, in denen ich der Polizei begegnet war. Sie hatten nie den charismatischen Helden gesehen, immer nur den Jungen mit dem Hut, der gerade wieder irgendein Verbot übertreten hatte und der nie politikkonform genug war. Allein die Tatsache, achtzehn zu sein, macht einen ja des verbotenen Revoluzzertums verdächtig, und die Tatsache, nachts auf einer Straße unterwegs zu sein, sowieso.
Einmal hatten sie mich verprügelt und vierundzwanzig Stunden lang eingesperrt, weil sie mich dabei erwischt hatten, wie ich meine Freundin auf einer Parkbank in der Öffentlichkeit küsste, obwohl es ja Nacht und gar keine Öffentlichkeit da war.
Ich hatte wenig Lust, mit gebrochenen Knochen in einer Zelle zu landen.
Und deshalb sah ich wieder nach vorn, trat noch kräftiger in die Pedale und schoss zwischen den Hecken entlang. Um sie zu verwirren, bog ich ab, holperte einen schmalen Durchgang zwischen zwei Hotels hindurch auf eine andere Straße und hetzte weiter, an Pensionen und Restaurants vorbei, und dann, irgendwo in einer Art Park, rutschte das Fahrrad in einer Schlammpfütze aus, und wir stiegen auf unelegante Art und Weise ab.
»Da rein!«, keuchte Davy, er krabbelte voraus, über Schlamm und Gras und Sand in ein Holzhaus. Ich begriff verspätet, dass wir auf einem Kinderspielplatz waren, und krabbelte ihm nach. Das Haus war recht geräumig, und ich zog das Fahrradwrack zu uns herein. So kauerten wir in der Dunkelheit und warteten auf ein Motorengeräusch. Auf suchende Taschenlampen. Gebellte Befehle. Schritte.
Doch nichts von alledem kam.

Nach einer sehr langen Zeit kroch fern ein Auto vorüber. Dann war um uns nur noch die dunkle deutsche Nacht.
»Wie krass«, sagte Davy.
»Krass«, wiederholte ich. »Krass – ist was?«
»Krass ist …« Davy überlegte. »Krass ist krass«, erklärte er dann.
»Okay«, sagte ich. »Ich lern. Der, die oder das Krass?«
»Gar nix«, sagte Davy. »Nur krass-krass.«
Und ich dachte, dass mir dieses Wort sympathisch war, wenn es nicht einmal einen Artikel brauchte.

Als der Morgen heraufzog, saßen wir nicht mehr in dem Spielplatzhäuschen in Zinnowitz. Die ersten Farben malten sich an den Himmel, und ich lenkte das Fahrradwrack über die Brücke mit dem blauen Mechanismus, der die ganze Straße anhebt, wenn die Schiffe durchfahren. Vor uns lag Wolgast.
Ich fragte Davy, wo er wohnte.
»Ich bin doch abgehaun«, sagte er. »Aus das Heim. Schon vergessen? Ich hab ein Onkel hier, aba der säuft. Du hast gesagt, wir fahn nach Köln.«
Ich wollte ihm sagen, dass ich das nicht gesagt hatte. Dass in Köln jemand war, den ich überzeugen musste, mir zu helfen, wegen des Briefs in meinem Spind. Und dass ich dabei ganz bestimmt keinen kleinen Jungen brauchen konnte und dass ich …
»Ich zeig dich den Truckerstop«, sagte Davy. »Das is nach den Mac noch ein Stück weiter und denn rechts, da nehmt uns einer mit, das hab ich schon mal gemacht. Da ham die mir aber wieder zurückgebracht. Diesmal nicht, ich geh nich zurück in den Heim. Lieba sterb ich.«
Und er lehnte seinen Kopf an meinen Rücken, eine warme Kinderwange an meiner Jacke.

Ich dachte an meinen Bruder zu Hause. Amin. Er war neun. Ich dachte daran, wie er mich zum letzten Mal umarmt hatte, ehe ich gegangen war. Er hatte nicht gewusst, dass es das letzte Mal war. Ich spürte die Wärme seiner Umarmung in der Wärme von Davys Wange.

Und vielleicht lag es daran, dass ich ihn nicht einfach irgendwo absetzen konnte.

Es wäre das Vernünftigste gewesen: ihn irgendwo abzusetzen.

Aber ich habe sowieso noch nie das Vernünftigste getan.

Truckerstop. Rechts nach McDonald's. Ich trat in die Pedale.

Und dann schlingerten wir über die Straße, um abzubiegen, weil der Truckerstop natürlich links war statt rechts, und kamen hinter einem Schild zum Stehen, das verkündete:

ROCKYS' FELDKÜCHE – HEUTE WURS'TGULASCH.

Auf dem Feld parkten schon zwei Lkws. Die Fahrer, bullige Typen, standen an dem Wagen, wo ein Mann mit Bauch, Schürze und Kelle aus einem großen Topf eine rosabraune Masse in weiße Plastikschüsseln füllte: Rocky, wahrscheinlich. Er rückte das Rippstrickunterhemd unter der Schürze zurecht und steckte sich eine Zigarette an.

Und ich stellte mir vor, wie ich jetzt gleich auf ihn zugehe, mit sicheren Schritten, wie ein Held, wie Sean Connery.

Wie meine Familie zu Hause vor dem Flachbildschirm im Wohnzimmer sitzt, auf dem roten Teppich, und die ganze Szene sieht.

Sie trinken Tee und kauen Sonnenblumenkerne, die Vorhänge sind vorgezogen, schließen die Hitze und den Smog und die neugierigen Augen des Staates aus, schließen Teheran aus. Mein kleiner Bruder, Amin, sitzt ganz vorne und ruft: »Da ist er! Mein Bruder! Er ist sooo cool! Und jetzt zeigt er es dem Dicken im Unterhemd!«

Und ich, der Held, gehe in der Szene auf die Trucker und den Dicken zu, die Hände in den Schlaufen meiner Jeans – Moment, die Schlaufen sind seit Serbien ausgerissen. Also mit den Händen in den Taschen. Ich lüfte den Strohhut, wie ein echter Gentleman, lehne mich an die Theke des Gulaschwagens, und sage: »Excuse me, would you be so kind as to tell me how to get to Cologne?«

»Häh?«, fragte der Dicke.
Mit einem Schlag fiel ich aus der Kopfkino-Szene zurück in die Realität.
Davy zog an meinem Ärmel. »Der kann kein Englisch«, sagte er. »Lass mich ma.«
Und er schob sich an mir vorbei und stellte sich auf die Zehenspitzen, er reichte gerade so über die Theke. Der Dicke rauchte in aller Seelenruhe weiter, ehrlich gesagt, blies er mir den Rauch ins Gesicht, und dabei musterte er Davy wie ein Insekt, während die Trucker ihr Wurstgulasch in die breiten Grinsegesichter schaufelten.
»Prima Hut«, sagte der eine, aber er meinte das vielleicht nicht ernst. »Versteh? Hut? Prima?«
»Danke«, sagte ich steif und setzte den Strohhut wieder auf. Ich war mir unsicher, ob sie den Hut wirklich gut oder ob sie ihn scheiße fanden und sich über mich lustig machten, und ich spürte ein leichtes Zittern in meinen Händen, denn falls die Trucker beschlossen, mich beispielsweise zusammenzuschlagen, rechnete ich mir nicht besonders viele Chancen aus.
»Wir müssn nach Köln«, erklärte Davy nach oben zu dem Dicken im Unterhemd. »Wir brauchen ein, der nach Köln fährt. Am bestn schnell.«
»Da fragst du den Falschen«, sagte der Dicke. »Ich fahr mit meiner

Gulaschkanone nich nach Köln, nee, sieht nicht so aus.« Und er klopfte liebevoll auf die Wand des Wagens. »Schwerin ist das Weiteste, wo wir mal waren.«

Warum die Deutschen übrigens zerkleinertes Abfallfleisch aus Kanonen auf Feldwegen verkaufen, war mir nicht ganz klar. Vielleicht ist es eine überlieferte Sitte, und sie haben auf diese Art mal einen Krieg gewonnen? Ich kenne mich nicht aus mit deutschen Kriegen außer mit dem Zweiten Weltkrieg und Hitler, den die Iraner mögen, die Deutschen aber nicht. Außer *die* Deutschen, die wiederum keine Iraner mögen. Hitler war bisher der einzige Ausländer, der nicht unser Öl wollte und trotzdem versprochen hat, uns zu helfen. Dafür wollte er aber offenbar eine Menge Dinge, die ich noch nicht ganz begriffen habe, unter anderem hatte er eine effektive Methode erfunden, sehr viele Leute mit Giftgas umzubringen, noch effizienter als Assad.

An jenem Tag neben der Gulaschkanone kam mir der Gedanke, dass er die Leute danach vielleicht zu Wurstgulasch gemacht hat und dass Wurstgulasch eine gute Art ist, etwas zu verbergen, weil man nicht sieht, was es vorher war …

»Keiner hier fährt nach Köln«, sagte einer der Trucker. »Köln ist arschweit weg.«

»Was wollt ihr denn da?«, fragte der andere.

»Nix, war'n Witz«, sagte Davy schnell. »Wir wolln nur nach …« Er zögerte, und ich sah, dass er den Pullover des Truckers anstarrte. »Anklam«, sagte er dann. Das stand auf dem Pullover, weiß auf schwarz: UNSER ANKLAM BLEIBT UNSER. KEINE ÜBERFREMDUNG!

»Ich will nach meine Oma«, erklärte Davy. »Die wohnt da.«

»Ach, und deinem Freund seine Oma, die wohnt da auch?«, fragte der erste Trucker. Sie brachen wieder in schallendes Lachen aus.

»Na, okay, Kleiner. Ich liefer dich bei der Oma ab. Wenn ich die denn mal sehen kann.«
Davy nickte. »Klar.«
Und ich fragte mich, ob er wirklich eine Oma in Anklam hatte und ob es eine gute Idee war, dorthin mitzufahren. Andererseits besaß Anklam einen Bahnhof, da war ich schon gewesen, es waren *Ausländer-raus*-Aufkleber an den Laternen, und es roch immer penetrant nach verbranntem Popcorn von der Zuckerfabrik. Ich könnte mich dort in einen Zug setzen, dachte ich. Richtung Köln.
Zehn Minuten später hob ich Davy auf den Beifahrersitz eines grünen Lkws.
Dann kletterte ich ihm nach. Der Fahrer zog die Augenbrauen zusammen.
»Der nicht«, sagte er entschlossen.
»Doch«, sagte Davy genauso entschlossen. »Das is Sean. Der hilft mich!«
Der Fahrer startete den Motor. »Ach ja?«
»Klar«, sagte Davy und legte eine kleine, schmierige Hand auf meine. »Sean is mein Freund.«
Und dann bogen wir auf die Schnellstraße ab, und die Sonne legte sich hellgelb auf die Sitzpolster, und Davy schlief ein, den Kopf an meiner Schulter.

Ja, und da schlief er also friedlich, dieser kleine Junge, den ich eigentlich überhaupt nicht kannte, und ich merkte, dass ich auf die Oma hoffte. Ich konnte doch schlecht ein Kind mit nach Köln nehmen.
»Also? Wo kommst du her?«, fragte der Lkw-Fahrer. »Du versteh? Dein Land?«
»Ich verstehe«, sagte ich, denn das konnte ich schon von Anfang an

korrekt sagen, weil es mich von Anfang an genervt hat, dass Leute wie dieser Lkw-Fahrer zu glauben schienen, man wäre erstens bekloppt, wenn man nicht aus Deutschland stammte, und zweitens schwerhörig. Sie sprachen nie langsamer, wenn man etwas nicht verstand, sondern immer nur lauter.

»Ich komme aus Teheran«, sagte ich möglichst würdevoll und wusste, dass der Trucker jetzt überlegte, wo Teheran war.

»Teheran ist die Hauptstadt von Iran«, erklärte ich. Auch so ein schöner auswendig gelernter Satz. Er nickte.

»Und? Willst du wieder zurück, irgendwann?«, fragte der Trucker. Komisch, alle stellten ständig diese Frage. Da bist du fünf Minuten irgendwo zu Gast, und schon fragen sie, wann du wieder gehst.

»Ich geh zurück zwei Wochen«, sagte ich. »Tourist. Sie verstehen? Ich bin Tourist. Besucherin.«

»Besucher«, sagte der Trucker.

»Was?«

»Besucher*in* ist eine Frau«, sagte der Trucker und steckte sich eine Zigarette an, ohne mir eine anzubieten, was sehr schade war. »Deutsch, *in* ist für Frau.«

»Ja, aber die Gleichberechterung«, sagte ich, denn das hatte ich mir gemerkt, es war etwas typisch Deutsches. »Deutschland, jede Wort muss *in* am Ende haben, ist Gleichberechterung, nein? Also ich sage: Bin ich Besucherin. Ist gerecht.«

Der Trucker nickte langsam.

»Schön, du bist Tourist«, sagte er schließlich. »Dann ist ja gut.«

Danach erklärte er mir in etwa, dass er nichts gegen Leute aus anderen Ländern hätte, solange sie in ihren anderen Ländern blieben, aber Touristen waren eine Ausnahme.

Und da stellten wir fest, dass wir ziemlich viele Gemeinsamkeiten hatten, und wir redeten eine halbe Stunde über Fußball. Ich sagte

den Namen eines deutschen Fußballers, und er sagte »Ja, ja« und erzählte etwas über den Fußballer, was ich nicht verstand, und ich sagte »Ja, ja«, und dann nannte ich den Namen eines iranischen Fußballers und erzählte etwas über den, was der Trucker nicht verstand, und dann kam wieder ein deutscher dran.
Wir machten das Gleiche auch eine Weile mit Titeln von Rammstein, und am Ende sagte ich noch einmal, dass ich bald zurückgehen würde.
Denn warum, sagte ich, würde jemand aus dem Iran weggehen wollen?
»Land viel modern«, sagte ich. »Viel Kultur. Iran hat erfinden Trickfilm, Sie wissen? Erste Trickfilm von Welt. Heute in Museum. Ein Becher, von Ton. Mit Ziege und Baum. Ziege, sie frisst Baum, hüpft, hüpft, hüpft. Vier Bilder. Sie dreht Tonbecher schnell, es ist wie Film.«
Und falls der Trucker jetzt traurig war, dass die Iraner das Kino erfunden hatten, während sie selbst noch in Höhlen lebten, fügte ich rasch hinzu: »Deutschland auch ist sehr Kultur. Goethe, Schiller, Wurstgulasch.«
Da lachte der Trucker laut und dröhnend, klopfte mir mit seiner Pranke auf die Schulter und wiederholte begeistert: »Goethe, Schiller, Wurstgulasch!«
Er fuhr die Fenster herunter, um die warme Sommerluft hereinzulassen, und eine Weile riefen wir immer abwechselnd »Goethe, Schiller, Wurstgulasch!« und lachten. Vielleicht lachten wir nur, weil es sich gut anfühlte, zusammen zu lachen.
So kamen wir nach Anklam hinein.
Und ich dachte, dass ich meinen Mitbewohner anrufen sollte, in Wolgast. Wegen des Briefs und weil er ja den Schrank irgendwie aufkriegen und nachsehen könnte. Aber ich verschob das auf spä-

ter. Unangenehme Dinge auf später zu verschieben – darin war ich immer schon gut.

SMS nach Köln, auf Persisch:
Hey. Ich bin auf dem Weg. Wirst du mir helfen? Du hast es versprochen.

Und dann tankten wir, komischerweise auf einem Flugplatz, weil da das Benzin billiger war und weil der Trucker sowieso in der Nähe abbiegen musste. Der Flugplatz war klein und nur für Sportflieger. Davy schlief noch immer. Der Trucker unterhielt sich draußen mit einem winzigen alten Tankwart in einer schwarzen Jacke. Er erinnerte mich irgendwie an meine Großmutter, wie sie klein und faltig aus ihrem schwarzen Tschador heraussah, wenn sie zum Markt ging, um Kräuter zu kaufen.
Es tat ein bisschen weh, an meine Großmutter zu denken. An sie und ihre Küche und den Duft darin: Kerbel, Pfefferminze, Basilikum, Schnittlauch, Zwiebel, all diese Gerüche, die es in Deutschland nicht gibt, oder wenn, dann nur in winzigen Dosen, als wären Kräuter gefährliche Medikamente. Aber ich konnte dem Trucker nicht sagen, dass ich meine Großmutter vermisste, denn ich hatte ihm ja erzählt, ich könne jederzeit zurückkehren, weil der Iran ein modernes Land ohne Probleme sei. Ich meine, das ist er. Solange man den Mund nicht aufmacht.
»Warum seufz du?«, fragte Davy, gähnte und streckte sich.
»Meine Oma ist wie das Mann«, sagte ich.
»Deine Oma is Tankwart aufm Flugpatz? Cool«, meinte Davy. »Aba wir müssen jetzt weg.«
Damit öffnete er die Tür und glitt zu Boden wie eine kleine, entschlossene Schlange. Er legte den Finger an die Lippen, und ich

folgte ihm gehorsam über die asphaltierte Fläche bis hinter ein kleines Häuschen, wo wir uns duckten und kurz Atem holten.
»Wir müssen zur Straße«, sagte Davy. »Denn halten wir wieder'n Daumen raus.«
»Warte. Was ist mit dein Oma in Anklam?«
Davy schüttelte den Kopf und grinste breit, und jetzt sah ich, dass er vorne eine riesige Zahnlücke hatte, so breit wie eineinhalb Zähne, sodass man sich fragte, wie er es geschafft hatte, einen halben Zahn zu verlieren. »Ich hab drei Omas«, sagte er. »Eine in Wolgast, eine in Lassan und eine aufm Friedhof, und die wollen mir alle nich. Nich mal als Besuch.«
»Du hast gelügt zu den Trucker«, stellte ich fest. »Kinder nicht dürf lügen.«
Davy sah mich aufmerksam an und legte den Kopf schief.
»Dürfen Awachsene?«, fragte er.
Doch ehe ich darüber nachdenken konnte, packte er meine Hand und zog mich mit sich über eine Wiese, in Richtung Straße.
Als ich mich umsah, startete auf der Rollbahn gerade ein kleines rotes Flugzeug, das aussah wie Spielzeug. Es flog hoch ins Himmelblau hinein, und ich dachte, wie wunderbar es sein musste, so hoch oben zu fliegen, wo man machen konnte, was man wollte. Keine Straßen, keine Verkehrsschilder, keine Grenzen. Eines Tages, dachte ich, kaufe ich mir so ein Flugzeug. Genau so eins, ein kleines rotes. Und ich sah den Film wieder vor mir, sah, wie ich samt Strohhut durch den Himmel glitt, wie ich einen Looping machte, während die Verwandten zu Hause das Ganze auf dem Flachbildschirm verfolgten. Hörte Amin sagen: »Das ist die Freiheit, guckt euch das an! Die ganz große Freiheit, er hat sie gefunden.«
»Er hat genug Geld verdient, um sich eine eigene Maschine zu kaufen«, sagte mein Vater stolz.

»So, so«, murmelte meine Mutter, »und wie hält der Strohhut bei dieser wahnwitzigen Fliegerei?«
»Sean!«, sagte Davy und zog an meinem Ärmel. »Träumst du? Da nehmt uns einer mit.«
Gut, wenigstens ein schönes neues deutsches Auto, dachte ich. Wenn schon kein Flugzeug.
Ich blinzelte.
Der am Straßenrand gehalten hatte, war ein älterer dicker Mann im Trainingsanzug, der uns mit einem Kopfnicken bedeutete, Platz auf der Ladefläche seines Anhängers zu nehmen. Auf der Ladefläche waren bereits eine Waschmaschine und ein Stapel Holzbretter festgezurrt.
Und das, was den Anhänger zog, war kein schönes neues deutsches Auto.
Es war ein Pferdewagen.

Eine halbe Stunde später saß ich also auf einer Waschmaschine, die von zwei alten braunen Ponys gezogen wurde, und ließ die saftig grünen Felder und Wiesen an mir vorüberziehen.
Davy lehnte neben mir an dem Stapel Bretter. Er hatte die zu große blaue Windjacke aufgemacht, aber nicht ausgezogen, und einen Grashalm im Mund wie eine Zigarette.
»Köln, ja?«, fragte ich zweifelnd.
»Ich hab ihm gefragt«, sagte Davy mit einem Achselzucken. »Er hat gesagt, det is die Richtung.«
Autos überholten uns unaufhörlich, schöne, schnelle deutsche Autos, BMW, Mercedes-Benz, Audi, Ford … alle mit Touristenkennzeichen. Ab und zu ein schwarzes Auto mit einheimischem Kennzeichen und Achten im Nummernschild und getönten Scheiben. Wenn ich die sah, duckte ich mich unwillkürlich. Solche Autos sollte

man meiden, das hatten mir die Afrikaner im Heim eingebläut. In denen saßen Leute, die vielleicht für Katzen bremsten, aber für Iraner bestimmt nicht. Einem von denen waren die Drogenpreise der Afrikaner im Heim zu hoch gewesen, da hatte er »Heil Hitler!« gerufen und dem Afrikaner beide Arme gebrochen.

Der Pferdewagen bog jetzt in eine noch kleinere Straße. Hoch am Himmel kreiste ein Bussard – frei wie das rote Sportflugzeug. Vielleicht sind immer nur die Raubtiere frei.

Da fügte ich mich meinem Schicksal, mit einer Waschmaschine und acht Meilen pro Stunde zu reisen.

Es war schön, die Bäume anzusehen mit ihren ausgestreckten uralten Armen voller Grün, schön, die einzelnen Blumen am Straßenrand zu betrachten, kleine weiße und gelbe und violette Blumen ohne Namen. Dieses Deutschland ist ein sehr schönes Land, wenn man es schafft, der allgemeinen deutschen Eile und Effektivität zu entrinnen. Diesem Prinzip, überall so rasch wie möglich anzukommen. Wenn man sich immer beeilt, ist man früher am Ziel, doch das Ziel wird dadurch nicht schöner. Man kann weiterhetzen, zum nächsten Ziel. Und am Ende? Am Ende ist man früher tot.

Es machte nichts aus, wann ich nach Köln kam.

Und es hatte etwas durchaus Königliches, so hoch oben auf dieser Waschmaschine zu thronen und die Landschaft zu betrachten. Wir fuhren jetzt durch einen Wald voller hoher Bäume. Ich sah Vögel zwischen den Ästen, ich sah ein Reh durch die Schatten springen, und ich stellte mir vor, wie ich mit meinem kleinen Bruder durch diesen Wald wanderte. »Schau, Amin«, würde ich sagen. »Das ist auch Deutschland. Nicht nur die Autobahnen.« Und wir würden uns ins Moos setzen und ein Picknick machen wie in den Parks von Teheran, und es wäre genauso schön.

»Ich hab Hunger«, sagte Davy, als könnte er Gedanken lesen. »Hast du was zu essen?«
Ich gab ihm meinen letzten Kaugummi.
Dann sah ich ihm beim Kauen zu, sein Gesicht mit der Zahnlücke und den fragenden blauen Augen, und auf einmal wurde mir bewusst, dass ich dabei war, ihn tatsächlich mit nach Köln zu nehmen. Dies war nicht mein kleiner Bruder, es war ein fremder Junge.
»Hör zu«, sagte ich. »Du kannst nicht bleiben mit mir. Was ist mit Schule?«
»Jetzt is keine«, sagte Davy. »Wir ham doch Sommaferien.«
»Aber«, begann ich.
Und ich wollte ihm erklären, dass ich ihn auf keinen Fall weiter mitnehmen würde. Dass man sich um Kinder kümmern muss, darum, dass sie sich waschen und sich die Zähne putzen und gesunde Dinge essen. Und dass ich der Letzte war, der sich dafür eignete. Ich bin niemand, der Verantwortung übernehmen kann, wollte ich zu ihm sagen, ich bin ein Vagabund, ein Versager, der verrückte Junge mit dem Strohhut, der schon in Teheran sein Leben nicht auf die Reihe gekriegt hat.
Aber da legte er mir eine Hand auf den Arm, eine kleine, dreckige warme Hand, und sagte: »Ich muss aber mit dir mit. Ich *kann* nich zurück zu die anderen.«
Ich sah ihn nur an, und er sah mich an, und die Zahnlücke sah mich auch an. Und ich dachte daran, dass Kinder solche Zahnlücken dann haben, wenn sie in die Schule kommen. Und dass Davy sicher schon in der dritten Klasse war. Er hatte Ärger gehabt mit den anderen im Heim, genug, um Zähne einzubüßen. Und ich sah in seinen Augen die Angst vor noch mehr Ärger und eine kleine Traurigkeit und eine große Sehnsucht nach der Straße. Den Feldern. Der Freiheit.

Er sehnte sich nach Freiheit so wie ich.
»Nur bis Köln«, sagte er. »Denn geh ich nach mein Vater. Der wohnt in die Nähe.«
»Ach so«, sagte ich. Und beinahe war ich enttäuscht.
Er hatte einen Vater.
Ich war niemand für ihn. Und ich war niemand mehr für Amin, weil ich Amin verlassen hatte.
Ich gehörte nicht in dieses Deutschland mit seinem grünen Wald, und ich gehörte nicht mehr in den Iran mit seinen warmen, quirligen, bunten Straßen.
Ich zog den Strohhut tiefer in die Stirn und schloss die Augen.

SMS nach Köln, auf Persisch:
Alles in Ordnung? Ich habe dir geschrieben. Warum antwortest du nicht?

Irgendwann machte der Pferdewagenkutscher eine Pinkelpause, und dann setzte er sich auf einen Stein und fing an, ein Sandwich zu essen. Sandwiches heißen in Deutschland Stulle und sind aus dunklem Brot voller Körner. Wenn man es kaut, ist es, als würde man in einen Kiesweg beißen.
Dennoch knurrte mein Magen bei dem Anblick. Davys Augen waren groß wie Murmeln.
»Mahlzeit«, sagte er und schluckte.
Ich fragte mich, wann wir zu einem Laden kommen würden, wo man etwas zu essen kaufen konnte. Beim Tempo des Pferdewagens konnte das noch Tage dauern.
»Warum«, fragte ich, »Sie haben keine Auto?«
Er wiegte den Kopf und bedachte die Frage gründlich.
»Na, vor der Wende war nix mit Auto«, sagte er schließlich. »Muss-

teste ja ewig warten druff. Und denn kam die Wende, und alle ham sich drüben Autos gekauft. Aber teuer, na! Für meine Gäuler, da brauch ich kein Benzin, kein Öl, nix. Keine Fahrerlaubnis, keinen TÜV. Kostet ja alles ein *Geld*, mein lieber Scholli!« Er lachte kurz und rau.

»Sean«, sagte ich. »Mein Name. Sean, nicht Scholli.«

Der Mann sah mich verständnislos an, dabei war er es doch, der mich mit Scholli angesprochen hatte, und zufällig wusste ich aus dem A2-Kurs, dass Scholli ein Fisch ist, in Mehl und gebraten (und natürlich ohne Gewürze).

Mein Magen knurrte wieder, lauter. Da seufzte der alte Mann, pulte ein Alufolienpäckchen aus seiner Tasche und hielt es uns entgegen.

»Kuchen«, sagte er. »Hab ich gebacken.«

Wir nahmen jeder ein Stück Kuchen, der rot-grün-gelb gefleckt war und die Konsistenz eines Schwamms hatte. Deutsche Küche ist gewöhnungsbedürftig.

»Papageienkuchen!«, sagte Davy begeistert. »Is mein Lieblings!«

Und ich nickte dankbar. Ich sage jetzt nicht, wie er schmeckte, weil das unhöflich wäre. Aber ich fand es beeindruckend, dass der Mann Kuchen backte. Mein Vater hätte das nie hinbekommen.

»Wenn ein Tag Sie kommen zu Iran«, sagte ich, »Sie kommen zu uns. Sie kann probieren Iran Essen.« Es war natürlich vollkommen klar, dass dieser alte Mann in seinem Leben nicht mehr in den Iran kommen würde. Und ich vermutlich genauso wenig.

Aber Höflichkeit ist wichtig, Höflichkeit ist das Letzte, was bleibt, wenn man nichts mehr hat.

»Klar, ich komm nach Teheran«, sagte der Alte grinsend. »Ich stell einen Antrag auf Kur bei der Krankenkasse und schreib rein, ich muss da zwei Brüder besuchen, vielleicht zahlen die dann den Flug, was.«

Und dann holperten wir weiter die kleine Straße entlang.
Brüder. Der Alte musste ziemlich kurzsichtig sein.

Der Asphalt der Straße hatte sich in uraltes Kopfsteinpflaster verwandelt, als die Pferde stehen blieben. Kurz vor einem Dorf.
»So«, sagte der alte Mann. »Hier is Ende. Köln is da.« Er zeigte die Straße entlang. »Nach dem Dorf noch ne Stunde, wenn ihr zügig lauft.«
»Fahren Sie nicht weiter bis zu das Dorf da?«, fragte Davy.
»Doch, da wohn ich«, sagte der Mann. »Aber muss ja nicht gleich jeder wissen, dass ich so'ne wie euch mitgenommen hab. Ihr versteht schon. Ausländer. Denn haut rein.«
Ich wusste nicht, in was wir hauen sollten, es war wohl nur wieder eine Redensart.
Als wir an dem Hof vorbeikamen, in dem der Wagen jetzt stand, luden zwei jüngere muskulöse Männer gerade die Waschmaschine ab. Sie warfen uns Blicke zu wie Hunde, die ein Grundstück verteidigen. Und wir machten, dass wir weiterkamen.

Nach drei Stunden waren wir immer noch nirgends angekommen. Und es war warm. Und wir waren sehr, sehr durstig. Alles, was ich bei mir hatte, waren mein Portemonnaie und mein Handy, und noch hatte niemand eine App erfunden, mit der man Trinkwasser runterladen konnte.
»Du, Sean«, sagte Davy und blieb stehen. »Ich kann nicht mehr.«
Und er setzte sich einfach auf die Straße.
»Können wir nicht warten, bis ein Auto kommt und uns mitnimmt?«
»Hier nicht kommt Auto«, sagte ich, denn da war ich ziemlich sicher. »Wenn ich Reise gemacht zu Deutschland, ich musste auch

laufen. Viel laufen. In Berge. Sehr kalt. Schnee. Ich hatte viele Abenteuer.«
»Was für Ahmteuer denn?«, fragte Davy.
»Ich erzähle, wenn wir sind nächste Dorf«, sagte ich.
»Das ist fies!«
»Nein«, sagte ich. »Das ist vernunftlich.«
Aber er stand trotzdem nicht auf.
»Okay«, sagte ich. »Shit. I'll carry you. Just ten minutes. Then you'll walk.«
Und ich nahm ihn auf meinen Rücken und trottete weiter, die Straße entlang, leise vor mich hin fluchend, in allen Sprachen, die mir einfielen.

Es war später Nachmittag, als wir das Schild sahen.
Da stand es, zwischen weiten Wiesen und Maulwurfshügeln, stand stolz gelb-schwarz neben dem Fahrweg, der eigentlich nur aus Schlaglöchern bestand, als hätte man es eben erst geputzt, das Schild. Hinter dem Schild lag ein Ort aus vielleicht zwanzig Häusern und einer alten Backsteinruine, aus der Birken sprossen. Hühner gackerten irgendwo, Radiomusik lief, eine fette Frau mit Zigarette im Mund und hautengem pinkfarbenem Oberteil jätete Unkraut. Ein paar Glatzköpfe schraubten an einem Traktor herum und tranken Bier aus Flaschen.
Ich sah den Film wieder vor mir.
Den Film, in dem ich, der Held mit dem leicht zerknickten Strohhut, vor dem Schild stehe: mit einem dreckigen, verschwitzten kleinen Jungen auf dem Rücken, der eingeschlafen ist. Ich sehe sehr heldenhaft aus, wirklich, wie ich mich da aufopfere und das Kind trage. Dank dieser Opferbereitschaft, dank meiner Klugheit und meiner Landeskenntnis haben wir, die Filmfiguren, unser Ziel erreicht.

Die Zuschauer dürfen aufatmen. Denn jetzt liest der Held, also ich, das Schild:
Und darauf, schwarz auf gelb, sehr ordentlich, steht der Name des Dorfes, dort im nordostdeutschen Nirgendwo:
CÖLLN.

3 Erdbeeren

Ich vergaß das Kopfkino und alle Helden.
Verdammt, wie konnten sie ein Dorf hier ins Nichts bauen, dass Cölln hieß?
In meinem Land sind wir ehrlicher, wir haben genau ein Teheran und ein Schiras und Isfahan, und nicht plötzlich irgendwo in den Bergen an der türkischen Grenze ein zweites.
Ich dachte daran, was mir die Leute über den Osten erzählt hatten, den Osten von Deutschland.
Natürlich wusste ich von der Teilung Deutschlands, dem Mauerbau, dem Mauerfall. Die Revolutionäre im Iran sind immer noch Kommunisten, Freunde von mir waren Kommunisten, und ich fand es seltsam, dass sie hier den Kommunismus wieder abgeschafft hatten, weil er nicht so funktioniert hatte.
Die Leute hatten mir erzählt, dass es viele Dinge im Osten lange nicht gegeben hat, angefangen mit der Freiheit, ganz ähnlich wie in meinem Land – bis hin zu Marzipan und Reiseerlaubnissen. Und dass es daran liegt, dass so viele Kinder amerikanische oder französische Namen haben, Davy oder Kevin oder Justin. Ein Volk, das nicht nach Amerika ausreisen darf, möchte eben wenigstens so tun, als hätte es ein amerikanisches Baby. Und womöglich, dachte ich, war es mit den Orten genauso. Wenn man nicht nach Köln fahren kann, baut man sich eben sein eigenes Cölln. Der Iran hätte eigentlich voll sein müssen von New York.

In Cölln gab es nichts.
Keinen Laden, keinen Dorfplatz, keine Leute, die vor ihren Türen saßen und sich unterhielten – bis auf die Männer, die den Traktor reparierten, und die Frau im Gemüsebeet, und die starrten uns nur wortlos an. Ich ließ sie starren, ich ging einfach weiter mit meiner Last aus Kind und Regenjacke und Durst.
Ich ging zu der Ruine, trat das hohe Gras platt und legte Davy in den Schatten.
Er wachte nicht auf.
So erforschte ich die Ruine allein. Die Natur hatte das alte Gebäude fast komplett verschlungen, Brombeerranken wuchsen durch die Fenster, doch die Brombeeren daran waren leider noch hart und grün. Das Holz der Treppe zum ersten Stock war herausgerissen, vielleicht hatte es jemand verheizt, genau wie die Türen. Es lag eine Menge Müll herum, leere Bierflaschen, zerfetzte Plastiktüten, eine Matratze.
Und dann fand ich etwas Wunderbares. Ich fand eine Pumpe.
Eine alte, eiserne Wasserpumpe, eingerostet, aber funktionstüchtig. Es war kein Eimer da, und so holte ich zwei leere Bierflaschen aus dem Haus, wusch sie aus und pumpte das Wasser hinein, um damit zu Davy zurückzukehren.
»Aufwach!«, sagte ich.
Davy schlug die Augen auf und starrte mich und die Flasche an, die ich ihm hinhielt.
»Bier?«, fragte er beeindruckt.
Ich nickte und grinste.
Und Davy rappelte sich hoch, sagte »Cool!« und trank einen Schluck.
»Is ja Wasser«, meinte er dann, irgendwie erleichtert.
Wir stießen unsere Bier-Wasser-Flaschen aneinander, und ich

sagte: »Nush«, und Davy sagte: »Prost«, und wir tranken eine Weile schweigend und gierig.

»Was is Nush?«, fragte Davy dann.

»Prost. In Persisch.«

»Nush«, sagte Davy. Er sprach es ganz fehlerfrei aus, vielleicht, dachte ich, sollte er Persisch lernen, vielleicht hätte er auf Persisch keinen Sprachfehler.

»Wir sind in Köln«, sagte ich. »Aber Köln ist Dorf. Wir machen Pause hier.«

»Ja, bitte«, sagte Davy. »Pause. Du … du wolltes mir doch was erzählen! Von dein Amenteuern.« Er lehnte sich an die Hauswand und sah in die Äste der Birken hinauf, die leise mit ihren hellgrünen Blättchen wippten. Der Wind schmeckte schon ein wenig nach Abend, und das Sommerlicht sah müde und behaglich aus. Dies war der perfekte Picknickplatz. Nur, dass leider das Picknick fehlte.

»Hm«, sagte ich.

Und ich dachte, dass das eine blöde Idee von mir gewesen war, denn es gab keine Abenteuer, in denen ich furchtlos wilde Tiere oder bewaffnete Feinde besiegt hatte, steile Felswände hochgeklettert war oder im Schneesturm Jungfrauen gerettet hatte.

Ich schloss die Augen und dachte an den Helden meines Kopfkinos, der das mit dem Heldentum nie so ganz auf die Reihe bekam.

Ich sah ihn wieder allein einen schmalen Pfad entlangwandern, hinauf in die Berge nahe der Grenze zur Türkei. Es war Nacht. Ich sah es vor mir und versuchte, es Davy auf Deutsch zu beschreiben, klaubte Worte zusammen wie Laub.

Der Held, von dem ich erzählte, hatte die Kapuze seines Parkas über den Strohhut gezogen, es war kalt und windig, und die Zigarette, die er sich anzuzünden versuchte, ging jedes Mal aus. Irgendwo in der Nähe waren die Kurden mit ihren Pferden und Mauleseln unterwegs, mit denen sie Waren und Waffen und Drogen schmuggelten. Und Menschen. Der Held wollte nichts mit den Schmugglern zu tun haben, er trug gute Wanderschuhe und besaß einen Kompass und eine Karte.

Aber die Wege verliefen nie da, wo sie sein sollten – oder das, was der Held für Wege gehalten hatte, waren Flüsse, und die Flüsse Wege, oder die Wege waren Höhenlinien, und die Höhenlinien Flüsse.

Am Anfang duckte er sich bei jedem Geräusch hinter einen Felsen, weil er Angst hatte, er würde der Polizei begegnen, die ihn ja suchte. Oder dem Militär oder einer Gruppe Nomaden, die es nicht mochten, wenn jemand durch ihr Gebiet wanderte. Aber niemand griff ihn auf, und dann kam eine Nacht. Eine eiskalte Nacht. Die Sterne waren so schön wie über der deutschen Ostsee, aber er hätte alles darum gegeben, sie umzutauschen in den versmogten Himmel von Teheran, wo er auf seiner Matratze gelegen und geschlafen hätte. Denn die Nacht in den Bergen war einsam und eiskalt.

Am nächsten Tag wanderte er ohne Proviant und Wasser, und es kam eine zweite Nacht.

In der dritten Nacht sah er seine Füße an, die blutig waren und taub, und er verfluchte den Schuhverkäufer, und er verfluchte sich selbst, und er verfluchte die Tatsache, dass er ein ganzes Jahr Informatik studiert hatte, denn der richtige Weg lässt sich nicht herbeiprogrammieren.

Er war sicher, er würde sterben.

Und genau in dem Moment hörte er Stimmen und schnaubende Pferde. Dann standen sie vor ihm: eine Gruppe kurdischer Schmuggler, malerisch beleuchtet vom Mond. Sie sagten, sie würden ihn seit zwei Tagen beobachten und sich fragen, warum er im Kreis ginge. Er sagte ihnen, es hätte etwas mit seiner Religion zu tun, man müsse im Kreis gehen, ehe man ein Land verließ.

So, so, Religion, sagten sie und setzten ihn auf einen ihrer Maulesel. Er war zu fertig, um zu widersprechen. Sie erreichten die Türkei, als die Sonne aufging. Als er den Schmugglern etwas bezahlen wollte, winkten sie ab und lachten und sagten, sie hätten lange nicht mehr so herzlich über jemanden gelacht, das sei es wert gewesen.

Und dies, sagte ich zu Davy, sei das erste meiner Abenteuer.

Ich wusste nicht, wie viel er verstanden hatte, aber er sah mich aus ehrfürchtigen blauen Augen an und nickte.

»Warum hat dir denn die Polizei gesucht?«, fragte er dann. »Hatteste was geklaut?«

»Nein«, sagte ich.

»Ich hab mal was beim Rossmann geklaut«, sagte Davy nachdenklich. »Nur so. Ein Lippenstift.«

»Warum?«, fragte ich verwundert.

Er zuckte die Schultern. »Ich wollt den die Praktikantin schenken, die in Heim geholfen hat. Die Julia. So ne junge, hübsche.« Er schluckte. »Ich hätt die geheiratet, wenn sie gewollt hätte. Aber denn hab ich se im Garten erwischt, mit den Sozialarbeiter, den Arschloch. Da hab ich den Lippenstift weggeschmissen.«

Da saß er, acht- oder neunjährig und vollkommen ernst, mit seinem Liebeskummer, und ich wusste, ich durfte nicht lachen.

»Wenn du nix geklaut hast, warum hatteste denn Schiss vor die Polizei?«

»Das ist Geschichte für andere Tag«, sagte ich und stand auf. »Kommt. Wir müssen finden ein zu essen. Ich weiß nicht, wo, wir muss fragen die Mensch.«

In genau diesem Moment sagte jemand direkt hinter mir: »Erdbeeren.«

Ich fuhr herum.

Ein paar Meter entfernt lehnte ein Mädchen mit kurzem, knallpin-

kem Haar an der kaputten Mauer. Es musterte uns eine Weile und kaute Kaugummi dabei, ein wenig gelangweilt.
»Hi«, sagte ich und schluckte.
Das Mädchen war sechzehn oder zwanzig oder irgendwas dazwischen.
Und es sah nicht aus wie die Leute aus den Dörfern hier, weder war es übergewichtig noch trug es einen Trainingsanzug. Stattdessen steckte es in einer hautengen Jeans, trug eine bunte indische Spiegeltasche über dem Arm und ein weißes T-Shirt, aus dem Kopfhörer heraushingen. Das T-Shirt war über einer Schulter heruntergerutscht, und ich sah schnell woandershin, nämlich auf seine Füße. Die Füße waren nackt. Am Zeige- und am Mittelzeh des linken Fußes steckte je ein silberner Ring.
Alles an dem Mädchen schrie: Stadt. Deutsche Stadt.
Ein Mädchen aus einer iranischen Stadt wäre bedeckter und zurechtgemachter gewesen, mit gezupften Augenbrauen, glatt gekämmtem glänzendem Haar, groß geschminkten, langwimprigen Augen … Aber hey, was hätte mir hier ein iranisches Mädchen genützt?
»Do you speak English?«, fragte ich, wie ein Ertrinkender, der nach einem Strohhalm greift. »We're kinda lost, we need to go to Cologne, and we're really, really hungry.«
Das Mädchen, das eigentlich eher eine junge Frau war, jedenfalls von der Körbchengröße her, machte eine große rosa Kaugummiblase, ließ sie platzen und sagte: »Strawberries.«
Dann holte sie eine Pappschale mit Erdbeeren aus der indischen Spiegeltasche. Sie setzte sich auf den Boden und beförderte nacheinander eine halbe Packung Toast, eine Schachtel Quark und eine Thermoskanne ans Licht.
Das Picknick, von dem ich geträumt hatte.
Ich blinzelte.

Vielleicht träumte ich nur.
»Bist du … bist du irgendwie von Himmel gefallen?«, fragte Davy.
Das Mädchen nickte, klebte ihren Kaugummi auf den Boden und steckte eine Erdbeere in den Mund. »Ich bin ein Engel«, sagte sie und grinste. Beim Grinsen entblößte sie ihre Zähne, weiß mit rotem Erdbeersaft. Auf einem Schneidezahn klebte ein kleiner Glitzerstein.
Ich setzte mich ganz langsam hin und nahm ebenfalls eine Erdbeere.
Sie schmeckte wirklich. Allerdings ein bisschen wässrig.
»Ich esse immer hier, abends«, sagte das Mädchen schließlich. »Ich mag die Ruine. Ich stell mir dann vor, ich wohne hier. In dem großen Haus. Ganz allein. Die anderen sind nett, aber jeder braucht mal eine Pause.«
»Wer?«, fragte ich. »Wer anderen?«
»Na, die anderen Erdbeerpflücker. Ich dachte, da wollt ihr auch hin? Zu den Pflückerbaracken? Oder warum sonst seid ihr in dieser gottverlassenen Gegend?«
»I just told you, we're lost«, sagte ich. Und ich fragte auf Englisch, was Baracken sind und ob es etwas mit dem ehemaligen amerikanischen Präsidenten zu tun hatte.
Sie sagte: »Nee«, und dann sprach sie Englisch. Tatsächlich.
Es war wundervoll, ihrer Stimme zu lauschen, die keine Artikel und keine komplizierten ö und ä und Fauchlaute von sich gab.
»Hinter diesem verfluchten Dorf«, sagte sie, »das sich Cölln schimpft, liegt ein riesiges Erdbeerfeld. In der Saison pflücken hier eine Menge Leute, die Geld verdienen wollen. Vor allem Polen. Sie warten gerade auf einen neuen Schub Arbeiter, da dachte ich, ihr seid welche von denen.«
»Was verdient man denn so als Erdbeerpflücker?«, fragte ich.

»Sieben zwanzig die Stunde«, sagte sie. »Wenn du schwarz arbeitest, sechs bar auf die Hand.«
»Schwarz?«
»Without tax. You know, in English they call it *moonlighting*. Most of the Poles are. Me, too.«
»Was sagt sie denn?«, fragte Davy, und ich erklärte ihm, dass hier Menschen vom Nordpol bei Mondlicht Erdbeeren pflückten, was ihn verwunderte.
Mich auch. Vielleicht war mein Englisch nicht ganz perfekt.
»Na, wir könnten das doch auch machen«, sagte er dann. »Wir können Erdbeeren pflücken und Geld verdien, denn ham wir mehr Knete fürs Weiterfahrn. Ins richtige Köln.«
Ich nickte. Es klang nach einem Plan.
»Wir … sind ein Teil der Gruppe, auf die die gerade warten«, erklärte ich.
»Ich denke, ihr habt euch verlaufen?«
»Ja, äh. Auf dem Weg zu den Erdbeeren. Aber jetzt haben wir es ja gefunden«, sagte ich, immer noch auf Englisch. Englisch fühlte sich so viel leichter an, als hätte es ein Kugellager und eine Servolenkung, Deutsch hingegen eine angezogene Handbremse.
»Aha.« Sie schmierte Quark auf ein Toastbrot und legte eine Erdbeere darauf – alles mit den Fingern, die sie hinterher einzeln und sehr sorgfältig ableckte, sodass ich lieber wegsah. Es war, als befänden wir uns in einem Sexfilm über Quark und Erdbeeren.
»Na, denn kommt ihr morgen früh und fangt an«, meinte sie. »Ich sag denen, dass ihr zur neuen Gruppe gehört. Was ist mit dem Kleinen? Der kann ja schlecht auf dem Feld arbeiten.«
»Nicht?«, fragte ich.
»Kinderarbeit«, sagte sie, »ist in Deutschland verboten. Sag mal, woher kommst du eigentlich?«

»Ist das wichtig?«
»Nee«, sagte sie. »Ich hätt's nur interessant gefunden.« Sie musterte mich wieder.
Ich fragte mich, was sie sah. Den charismatischen Helden oder den Loser, der sich seit einer Weile nicht gekämmt und gewaschen hatte. Ich musste irgendwie an Rasierzeug kommen, an eine Dusche und Seife und Deo.
In Teheran wäre ich nie so aus dem Haus gegangen.
Die Deutschen sind da ja anders, sie kümmern sich wenig um ihr Aussehen, die Hauptsache scheint immer zu sein, dass ihre Kleidung praktisch ist. Ein bisschen, als wären sie alle Kindergartenkinder auf dem Weg zum Spielplatz.
»Davy kann vielleicht ein bisschen helfen, sonst langweilt er sich«, meinte ich.
Davy hörte seinen Namen und hob den Kopf wie ein aufmerksamer junger Hund. Ich erklärte ihm die Kinderarbeit, und er rückte näher zu mir. »Wenn du da pflücks, pflück ich auch«, sagte er mit Nachdruck. »Wir machen alles zusammen.«
Das Mädchen zuckte nur die Schultern und stopfte sich noch ein Toastbrot in den Mund. Am Ende hatten wir zu dritt das ganze Brot aufgegessen, und ich sagte, wir würden uns revanchieren und ob es einen Laden gäbe, und sie sagte, manchmal, einen auf Rädern.
»Wenn er kommt«, sagte ich ernst, »kaufe dir so viel Toastbrot, wie du willst.«
»Ist klar«, sagte sie und grinste, sodass man den Zahn-Glitzerstein funkeln sah. »Ich geh denn. Um sieben fangen wir morgen an. Die Baracken sind am Ortsausgang.«
Ich nickte und begleitete sie über den Hof bis zu dem schiefen, offenen Tor.

»Sorry, dass du nicht allein sein konntest. In der Ruine. Du wolltest doch allein sein.«
»Das ist okay«, sagte sie. »Alleine sein mit zwei schrägen Typen ist fast wie alleine sein mit meinen Gedanken.«
Dann ging sie hüftschwingend und powackelnd und taschenschlenkernd in ihrer engen Jeans davon.
»Ich heiße Sean«, sagte ich, zu niemandem mehr, denn das Mädchen war fort. »Und du?«
Als ich mich umdrehte, saß Davy immer noch auf dem Boden. Er sah mich argwöhnisch an. »Findeste die etwa toll oder was?«, fragte er.
»Nein«, sagte ich, etwas zu schnell. »Nur ich bin hoflich. Gast ich bringe zu Ausgang.« Ich zeigte auf das alte Tor. »Unser Ausgang.«
Da lachte Davy. »Ja, wir ham'n ganz schönes Haus hier«, sagte er und sprang auf die Füße. »Komm, wir gucken mal, was es noch alles gibt. Vielleicht'n Schwimmingpool oder so.«
Den gab es nicht, aber es gab einen Sonnenuntergang, glühend rosa und rot und orange, den wir uns von einem der oberen Fenster aus ansahen.
»Schööön«, sagte Davy, mit ganz langem ö, einem Buchstaben, den ich wohl niemals lernen würde. So nickte ich nur und dachte daran, dass wir am nächsten Tag den kaugummikauenden Engel wiedersehen würden, und mir wurde ganz kribbelig und warm.

Als es dunkel war, suchte ich einen Haufen Äste zusammen und machte ein kleines Feuer auf den alten Pflastersteinen. Wir wickelten uns in unsere Jacken, weil wir nichts anderes besaßen, und legten uns neben das Feuer und sahen die Funken in den Himmel hinaufstieben, zu den Sternen.
»Sean?«, fragte Davy. »Glaubst du, die Polizei sucht uns?«

»Vielleicht«, sagte ich.
»Glaubst du, die finden uns?«
»Nein«, sagte ich schnell. »Nein, finden uns nicht.«
»Sean«, flüsterte Davy und rückte näher an mich heran. »Glaubst du, hier sind wilde Tiere?«
»Hm-m«, sagte ich und nickte. »Wilde Katzes. Wilde Moskitos. Wilde Regenwurms.«
Er lachte, erleichtert. »Sean? Wann sind wir in das richtige Köln?«
»Ich weiß nicht«, sagte ich ehrlich. »Erst wir mussen paar Erdbeer pflücken zu werden reich … Davy, warum du warst in Heim? Warum nicht wohn in dein Vater Mutter Haus?«
»Ach, das ging nicht«, sagte Davy. »Meine Mutter hat immer so ne Probleme mit alles. Und mein Vater musste denn weg wegen die Arbeit.«
»Ich versteh nicht«, sagte ich.
»Nee«, sagte Davy und gähnte. »Ich auch nicht.«
Dann rollte er sich zusammen wie eine kleine Katze und schlief einfach ein. Er konnte überall schlafen. Ich legte einen Arm um ihn und wünschte mir, ich könnte das auch.
Aber da waren die Bilder, die mich besuchten, wenn ich schlafen wollte, Bilder von meiner Mutter, die sich sorgte, Bilder von Amin und meinen Schwestern, Bilder von den Straßen Teherans, in denen ich mich nie verlaufen hatte. Straßen, in denen überall vielleicht die Polizei wartete. Bilder von Schnee und von Nächten, in denen ich ganz allein gewesen war mit meiner Angst.
Ich scheuchte sie fort.
Ich sagte mir, dass ich doch glücklich sein musste.
Ich war frei, so frei wie das rote Sportflugzeug, so frei wie der Wind.
Aber was bedeutete es, wirklich frei zu sein?

SMS nach Köln, auf Persisch:
Guten Morgen. Sechs Uhr hier, wundervoller Sonnenaufgang. Manchmal ist dieses Land toll.
Ich bin auf dem Weg, hast du das gelesen?

Am nächsten Morgen standen wir pünktlich um sieben Uhr vor den Baracken am Erdbeerfeld.
Dass wir pünktlich waren, lag an Davy, der um fünf Uhr aufgewacht war, weil er schon wieder Hunger hatte.
Ich hatte nicht vorgehabt, um exakt sieben Uhr da zu sein. Ich hatte zu Hause mal aushilfsweise Feldarbeit gemacht, und ich erklärte Davy, wie das ablief: Man stand frühestens um acht Uhr auf und *plante*, aufs Feld zu gehen, dann trank man eine Weile Tee und diskutierte den Gesundheitszustand aller Verwandten und der Freunde, und erst dann machte man sich, einer nach dem anderen, an die Arbeit.
»Denn will ich auch Tee«, sagte Davy entschlossen.
So standen wir um drei Minuten vor sieben vor zwei Wohncontainern, die an Flüchtlingsunterkünfte erinnerten.
Aber niemand dort trank Tee.
Die Arbeiter taumelten alle gerade aus den Baracken, tranken im Stehen noch einen Kaffee, bewaffneten sich mit Eimern und marschierten in einer ordentlichen Reihe in die Erdbeeren wie ins Feld der Ehre. Ich schluckte. Ich hatte nicht geplant, dem Erdbeermilitär beizutreten.
Selbst die Erdbeeren standen in Reih und Glied: Sie wuchsen in schnurgeraden Reihen bis zum Horizont (oder fast). Von den Arbeitern sah man jetzt nur noch die gebückten Rücken.
Vor einem kleinen Haus am Rand des Feldes polierte ein älterer Mann eine elektronische Waage.

Eine Art Aufpasser.
Ich war mir unsicher, ob wir uns bei ihm melden sollten, aber ich konnte schlecht hingehen und mit persischem Akzent sagen: »Guten Tag, ich bin einer der Polen, auf die sie warten«, und so dachte ich, es sei das Beste, wenn wir uns einfach unter die Pflücker mischten.
»Komm«, sagte ich. »Du hast Hunger, ja? Da ist die breakfast.« Und ich zeigte auf die Erdbeeren, die strahlenden, roten, saftigen Kugeln zwischen den leuchtend grünen Blättern, diese wunderschönen kleinen Naturfrühstücke. Wer pflückte, durfte sicher auch essen.
Und dann pflückten wir also.
Wir suchten uns eine Ecke, wo noch niemand war; in Deutschland hat jeder sein eigenes Revier: eine Wartebank an der Haltestelle, eine Sitzreihe im Zug. Da darfst du dich nur dazusetzen, wenn es absolut nicht anders geht. Vielleicht stammt das noch aus der Zeit, in der die Deutschen in Höhlen lebten, die sie mit Keulen verteidigten. Während die Perser den Trickfilm erfanden.
Wir pflückten also etwas abseits, pflückten rote Erdbeeren in blaue Eimer, die auf goldenem Stroh standen.
Als der erste Eimer voll war, sahen wir uns triumphierend an, und Davy grinste, sein Gesicht verschmiert mit Erdbeersaft.
»You look like a vampire«, sagte ich. »Du siehst aus wie eine Dracula.«
»Grrr!«, rief Davy, lachte und hüpfte über das Feld davon, die zu große Jacke offen wie einen wehenden Vampirumhang. Leider hüpfte er in die Reviere der anderen Pflücker.
»Was tut denn das Kind hier?«, rief einer.
»Sie hat holidays!«, rief ich zurück. »Sie ist meine Bruder!«
»Sie ist für Mädchen!«, schnaubte ein anderer.
»Geb nicht an, Pavel«, sagte eine Frau, auf deren gelbem T-Shirt

eine Gummiente herumschwamm, genau zwischen ihren Brüsten.
»Nicht jeder macht Studium von deutsch Literatur wie du.«
»Sie ist für Sachen mit *-in*«, knurrte Pavel störrisch.
»Okay, okay«, lenkte ich ein. »Sie ist meine Bruder*in*.«
»Und wer sind Sie?« Der Aufpasser stemmte die Arme in die Seiten.
Ich hievte den Eimer auf die Waage. »Oh, ich gekomm gestern. Ich bin auf Liste.«
Ich sah, wie sich drüben bei den Baracken eine Tür öffnete und das Mädchen mit dem pinken Haar heraustrat. Sie blinzelte in die Morgensonne, gähnte, streckte sich, sah auf ihr Handy und zuckte die Schultern. Offenbar war es ihr egal, dass sie zu spät aufgestanden war.
»Da ist nur ne Busladung von Polen drauf«, knurrte der Aufpasser und holte ein zerknittertes Stück Papier aus der Jackentasche. Ich sah rasch darauf. Der zweite Name von oben gefiel mir.
»Andrej Urbansky«, sagte ich und zeigte auf den Zettel. »Das ist ich.«
»Ach«, sagte der Aufpasser. Auf seinem schwarzen T-Shirt prangte eine rote Erdbeere mit Glupschaugen. »Und wo ist der Rest Ihrer Gruppe?«
»Oh, Bus is kaputt, mitten in Straße«, erklärte ich. »Ich bin mit Füßen weitergelauft, mit meine kleine Bruderin. Rest, they will come. They walking slow.«
»Wenn du'n Pole bist, bin ich 'ne Erdbeere«, knurrte der Mann, aber er machte einen Haken hinter dem Namen Andrej Urbansky. Von nun an würde ich Andrej bleiben, jedenfalls, bis der wahre Andrej ankam.
Ich war schon ein Syrer gewesen, in Greifswald, weil mir jemand gesagt hatte, die Syrer hätten Vorteile bei der Bettenverteilung, und ein Afghane, in Griechenland, weil mir jemand gesagt hatte, die

Afghanen kämen schneller aus dem Detention Center raus, warum also jetzt kein Pole?
»Und Sie? Was tun Sie hier?«, fragte der Glupscherdbeermann das Mädchen mit dem pinken Haar, das inzwischen bei uns angekommen war, ohne sich allerdings sehr zu beeilen. »Sie sollten seit einer Stunde pflücken.«
»Ich dachte, Sie zahlen nach Gewicht«, sagte das Mädchen, setzte sich neben den Eimer auf die Waage und schlug die Beine übereinander. Sie blinzelte den Erdbeermann unter den langen Wimpern hervor an. »Sehen Sie? Das Gewicht geht schon in die Höhe, kaum dass ich da bin.«
Der Erdbeermann starrte ihren Busen unter dem Schlabber-T-Shirt an, deren Nippel man deutlich sah; sie trug keinen BH.
Dann spuckte er zur Seite aus und sagte: »Runter da. Mach, dass du an die Arbeit kommst.«
»Siezen wir uns nicht mehr?«, fragte das Mädchen mit dem pinken Haar.
Als sie von der Waage aufstand und langsam an ihm vorbeistolzierte, gab er ihr einen Klaps auf den Hintern in der engen Jeans. Ich ballte die Fäuste und trat einen Schritt auf den Erdbeermann zu.
»Wenn Sie berühr die Lady noch eine Mal«, sagte ich höflich und packte ihn am Kragen, »Sie werden Bekanntschaft bekommen mit meine Fauste.«
»Was ist denn bei dir kaputt?«, fragte der Mann.
Ich ließ ihn los. »Mit mich nichts ist kaputt«, sagte ich. »Ich beschutze die Lady.«
»Na, denn geh sie mal beschützen«, sagte der Erdbeermann und grinste. »Aber eins will ich dir sagen, die *Lady* ist ziemlich selbstständig. Um es mal fein auszudrücken. So. Fünf Komma vier Kilo. Und wenn's Ärger gibt mir dir, Freundchen, fliegst du, kapiert?«

Damit drehte er sich um und schlurfte zurück in sein Aufpasserhaus. Er trug den Eimer mit den Erdbeeren hinein, als würde er gar nichts wiegen, und ich stand da und schäumte vor Wut.
»Komm«, sagte Davy und zog mich am Arm. »Machen wir weita?«

Und wir machten weiter. Aber alle zehn Minuten richtete ich mich auf und sah nach dem Mädchen mit dem pinken Haar. Der Lady. Denn natürlich war sie eine Lady, jede Frau ist eine Lady, wenn man sie so behandelt. Sie war so naiv, in ihrem halb schulterlosen Shirt! Sie hatte ja keine Ahnung von den schmutzigen Gedanken des Aufpassers! Oder denen der anderen Männer. Na, jetzt war ich ja hier, um auf sie aufzupassen.
Wir pflückten und pflückten.
Irgendwann dachte ich, mein Rücken würde einfach durchbrechen oder ich würde an einem Hitzschlag sterben. Eimer um Eimer schleppte ich, während Davy als Vampir über die Felder flog.
Die Polen schienen weder Müdigkeit noch Rückenschmerzen zu kennen, nicht einmal das Mädchen mit dem pinken Haar, das sich nur ab und zu streckte wie eine Katze und einen neuen Kaugummi zwischen ihre blitzend weißen Zähne schob.
Ich verfluchte meine Idee, hier Geld verdienen zu wollen, verflixt, ich hatte ein bisschen Geld, es musste eben bis nach Köln reichen.
Ich richtete mich auf und massierte meinen schmerzenden Rücken mit einer Hand – und da sah ich, dass die Arbeiter alle zum Rand des Feldes strömten.
Mittagspause.
Ich atmete auf.
Zwischen den Häusern stand jetzt ein weißer Minivan mit einer Brezel und einer misslungenen Blume darauf: der Laden auf Rädern.

Fünf Minuten später standen Davy und ich in der Schlange zwischen den Polen.
»Mittagessen für den Vampir«, sagte Pavel und zwinkerte Davy zu. »Paar Dosen Blut?«
Davy grinste zurück. »Nee, Blut ess ich nur nachts«, sagte er. »Tags lieba Pommes mit Kekse. Oder so ne Salami da.«
»Ich spendier dir ne Packung Vampirsalami«, sagte Pavel und wuschelte ihm durchs Haar. Komisch, irgendwie war der Erdbeerdracula in sein Herz geflogen. Überhaupt alle, die in der Schlange standen, schienen Davy zu mögen.
Es war, als machte er die Stimmung leichter. Bunter. Als hätten sie einen Dracula gebraucht, um ihren deutschen Arbeitseifer abzumildern, die Besessenheit all jener in Reih und Glied und wie nach Stechuhr arbeitender Erdbeersoldaten. Davy machte sie wieder zu Menschen mit Gesichtern.
Ich kaufte Toastbrot, Schokolade, Zigaretten, eine Gurke, zwei praktisch faltbare Zahnbürsten und Zahnpasta, und die Welt kam mir glänzend und wunderbar vor. Leider hatten sie kein Rasierzeug, aber na ja. Und dann sah ich die Zeitung.
Eine Lokalzeitung in einem verbogenen Drahtgestell neben den Klopapierrollen, Tamponboxen und Kondomen, wo ich eigentlich gar nicht hingucken wollte.
Aber ein Glück, dass ich doch kurz guckte.
Denn unten rechts auf der ersten Seite der Zeitung blickte mir mein eigenes Gesicht entgegen.
Es war kein Schnappschuss. Es war mein Ausweisfoto.
Ich riss die Zeitung an mich.
Da stand irgendetwas mit Einbruch – und dass der Täter seinen Ausweis hatte liegen lassen. Verdammt, ich hatte noch nicht einmal gemerkt, dass das Ding fehlte! Es musste aus meiner Tasche gefallen

sein, als ich mich neben den verletzten Riesen gekniet hatte. Und es war nicht irgendein Ausweis. Es war das Dokument, das mich als Flüchtling outete.
Als jemand, der nur vorläufig hier sein durfte.
Ich drehte die Zeitung um und steckte sie zurück, als hätte ich mir eben überlegt, sie doch nicht zu kaufen, dann verließ ich den Mini-van-Laden mit zitternden Knien.
»Halt!«, rief der Verkäufer. »Warten Sie!«
Langsam, ganz langsam drehte ich mich um.
Er hatte mich erkannt, natürlich. Sie hatten mich alle erkannt, alle, die sich vor dem Laden drängelten. Dies war der Zeitpunkt, um sich umzudrehen und zu rennen. Aber ich war wie gelähmt.
Dann sagte der Verkäufer: »Ihr Wechselgeld. Sie haben Ihr Wechselgeld vergessen.«

Ich rasierte mich in unserer Ruine, mit einer Glasscherbe, ich wagte nicht, einen der anderen Erdbeerpflücker nach einem Rasierapparat zu fragen.
Ich wünschte, ich hätte eine Sonnenbrille gehabt.
Erst, als das letzte bisschen Bart verschwunden war, setzte ich mich zu den anderen vor die Baracken auf die Wiese, um Gurken zu schneiden und mir eine Zigarette anzustecken. Davy wurde von allen gefüttert wie ein zugelaufenes Haustier. Ich sah mich verstohlen um, doch niemand warf mir einen komischen Blick zu. Sie hatten das Bild in der Zeitung also nicht gesehen.
»Was isn mit dein Bart?«, fragte Davy, der ein Sandwich aus Toast, Gurke, Salami, Ketchup und Schokoladenkeks aß.
»War zu heiß«, antwortete ich.
Die Mädchenlady mit dem pinken Haar saß neben uns. Ich gab ihr die Toastpackung, und sie legte sich auf den Rücken ins Gras und

rauchte mit geschlossenen Augen eine von meinen Zigaretten. Ihr T-Shirt rutschte dabei hoch, sodass man ihren Bauchnabel sah.
Ich überlegte lange, ob ich das T-Shirt wieder runterziehen sollte, doch ich wollte auch nicht einfach so nach ihrem T-Shirt greifen.
Sie unterhielt sich mit den Polen, und ich spürte, wie die Eifersucht in mir hochstieg, obwohl ich wusste, dass das dumm war.
Ich hatte kein Besitzrecht, was diese junge Frau betraf. Ich hatte kein Besitzrecht, was irgendetwas anbetraf, dachte ich bitter. Nicht einmal mein eigenes Gesicht schien mir noch zu gehören.
Als sie die Zigarette zu Ende geraucht hatte, drückte sie sie aus, setzte sich plötzlich auf, sah mich mit leicht zugekniffenen Augen an und fuhr mir dann mit einer Hand vorsichtig über meine Wange.
Als sie ihre Finger zurückzog, war Blut daran.
»Von Rasier«, erklärte ich. »Mit ohne mirror.«
»Kann man sich so oft beim Rasieren schneiden?«, fragte das Mädchen. »Sieht eher aus, als wärst du durch ein geschlossenes Fenster gesprungen.«
Damit stand sie auf, streckte sich wieder wie eine Katze, steckte einen weiteren rosa Kaugummi in den Mund und schlenderte zurück zum Feld.
»Wie heißt es?«, fragte ich die Frau mit dem Gummientchen-Shirt.
»Das? Das ist Lotta«, sagte die Frau. »Gefällt dir, ja?«
Ich glaube, ich wurde rot. »Neinein«, sagte ich schnell. »Nur sie ist nett. Sie hat mich gehelft.«
»Aha«, sagte die Gummientchen-Frau. Es war etwas an dem Aha, was mich irritierte.
Und dann pflückten wir weiter.
Denn ich musste weiterpflücken. So lange, bis mein Bild in keiner Zeitung mehr war, bis die Polizei mich vergessen hatte. Stillhalten, ducken und warten, untertauchen – wie Leute in meinem Heimat-

land, die zu viel von ihrer Meinung gesagt oder geschrieben haben und nicht in einer Blutlache enden wollen.
Dummerweise wurde aus der Woche nichts.

SMS nach Köln, auf Persisch:
Liest du deine Nachrichten nicht? Als ich noch in Wolgast war, hast du immer geantwortet.
Ich. Bin. Auf. Dem. Weg.
Antwort: Auf dem Weg wohin?

Gegen Nachmittag sah ich Lotta mit dem pinken Haar am Rand des Feldes mit drei Männern reden, die nicht zu den Pflückern gehörten.
Davy lag auf dem Erdbeerstroh und sah in den Himmel und tat gar nichts, und ich setzte mich neben ihn und beobachtete die Männer. Ihre Blicke streiften über das Feld und schienen etwas zu suchen. Sie waren allerdings sehr weit weg, vielleicht bildete ich mir das auch nur ein.
Vorsichtshalber legte ich mich neben Davy, flach auf die Erde. Es gibt ja auch Polizisten ohne Uniform.
»Den Stroh pikst«, sagte Davy.
»Hm«, sagte ich und nickte.
»Früher ham die Leute immer auf Stroh geschlafen«, sagte Davy. »Ich hätt trotzdem lieber früher gelebt, ich hätt auch gearbeitet, wie die Kinder früher, weil, da sind se immer alle zusammen gewesen mit die Familie. Keiner is einfach weggegangen.«
»Ja«, sagte ich. »Zusammen ist wichtig.« Und ich dachte an meine Familie. Daran, dass ich mich seit zwei Tagen nicht gemeldet hatte. Dann dachte ich wieder an die Männer, die vielleicht Polizisten waren.

Aber hier war ich gut verborgen, sie konnten mich suchen wie eine Gabel im Heuhaufen, so sagen die Deutschen, sie würden mich nicht finden.
Als ich mich schließlich aufrichtete, waren sie weg. Vermutlich doch nur Leute aus dem Dorf.

Der Abend kam, und wir grillten bei den Baracken Würstchen und Brot und tranken Bier, das irgendwer spendierte, ohne Bier ist ein Deutscher ja nur ein halber Mensch.
Meine Nervosität wich.
Ich dachte kurz daran, dass ich endlich meinen Mitbewohner in Wolgast anrufen sollte, damit er nachsah, was mit dem Brief war, aber ich verschob es wieder.
»Hier is schön«, sagte Davy. »Wir müssen nich so eilig nach mein Vater.«
»Ein Woche wir kann bleiben«, sagte ich. »Geld verdien.«
»Schauma, da oben«, flüsterte Davy. »Die Sterne. Was is das Sternbild da rechts?«
Ich hatte keine Ahnung.
Aber er sah mich so flehentlich an, dass ich sagte: »Das ist Sternbild Wolf. Und da, nebenan, kleine helle zwei Sterne, das ist zwei Kaninchen, große und kleine. Kaninchen immer rennt weg von Wolf, und Wolf ist stark, aber zum Ende, Wolf kann nie kommen zu Kaninchen, da oben an Himmel.«
»Gut«, sagte Davy. »Ich mag Kaninchen.«
Wir schliefen in einer der Baracken in dieser Nacht, denn ich war immer noch Andrej, der Pole, und daher gab es eine Decke für mich und eine Matratze. Sie fanden auch eine für den Vampir, den alle ins Herz geschlossen hatten.
Ich hatte gedacht, es gäbe eine Baracke für die Männer und eine

für die Frauen, aber es waren viel mehr Männer, und so landeten wir in einer gemischten Baracke. Es gab genau ein Bad mit Dusche, und der Riegel war kaputt. Ich duschte sehr schnell und hoffte, dass niemand hereinkam. Ich wusste natürlich, dass die Deutschen komische Dinge tun wie nackt am Strand herumlaufen. Und dass sie glauben, irgendwelche Jungs aus muslimischen Ländern würden jetzt hinter dem Strand lauern.
Ich meine, es ist schön, viele Freiheiten zu haben, aber die Freiheit, mir betagte Damen und Herren beim Nacktvolleyball anzugucken, muss ich mir nicht nehmen.
Ich hatte es geschafft, komplett angezogen aus der Dusche zu kommen, aber als Lotta herauskam, hatte sie nur lose ein Handtuch umgeschlungen, und ich sah ganz schnell wieder woandershin.
Sie war wirklich naiv wie ein Kind.
Ich achtete darauf, dass ich die Matratze neben ihr bekam, um sie notfalls zu verteidigen. Auf meiner anderen Seite lag Davy, und als er einschlief, hatte er einen dünnen blassen Kinderarm hinüber auf meine Matratze gelegt, wie um sicherzugehen, dass ich mich nicht nachts davonschlich und ihn verließ.
Ich machte unter der kratzigen Wolldecke mein Handy an.
Es gab keine Antwort aus Köln. Dafür etwas anderes.
Shayan! Wo bist du? Wie geht es dir? Ist alles in Ordnung? Warum meldest du dich nicht?

Meine Mutter. Ich schluckte.
Und schrieb nicht: Ich bin mit einem Vampir zusammen auf der Flucht vor der Polizei.
Ich schrieb nicht: In meinem Spind im Heim befindet sich zu 99 % ein Abschiebebescheid, aber der Schlüssel liegt irgendwo auf Usedom im Sand.

Ich schrieb noch nicht einmal: Ich bin auf dem Weg zu einer Facebook-Bekannten, die erklärt hat, ihr Vater könne mir helfen, wenn ich so einen Bescheid bekomme. Ihr Vater ist Anwalt, und sie sind aus dem Iran. Sie hat mir vor einer Weile ein Foto geschickt, sie ist sehr schön. Aber das Mädchen mit dem pinken Haar verwirrt mich.
Ich schrieb:
:-) very busy XX, *Sh.*

Und dann wachte ich nachts auf, und die Tür der Baracke stand offen.
Und draußen, übergossen vom Mondlicht, saß das Mädchen mit dem pinken Haar auf den Stufen, die von der Baracke ins Gras führten. Lotta. Meine Jacke lag über ihren Knien.
Meine Jacke?
Je länger ich hinsah, desto sicherer war ich: Sie saß dort, in ihrem Unterhemd und ihren Männershorts, die sie als Pyjama benutzte, und über den nackten Knien hatte sie meine Jacke. Ihre Hände lagen auf der Jacke, und sie sah in die Nacht hinaus. Ihr Gesicht war still und glatter als bei Tag und sehr schön.
Die deutschen Frauen verwenden viel weniger Zeit auf die Perfektionierung ihres Gesichts als die Iranerinnen, vielleicht, weil die Männer ihnen sowieso nur auf den Busen und den Hintern gucken, da sie ja keinen Manteau tragen und kein Kopftuch.
Aber das Mondlicht machte das Mädchen mit dem pinken Haar schön.
Ich stand leise auf und setzte mich neben sie. Sie zuckte zusammen. Ertappt.
»Ist okay«, flüsterte ich. »Wenn du hast kalt, du kannst nehmen Jacke.«

»Danke«, flüsterte Lotta. Ein Wort, das gar nicht zu ihrer Art passte. »Hast du ne Zigarette?«
Ich schüttelte den Kopf. »Der Packung ist leer.«
»Na denn«, sagte sie und streckte mir ein Päckchen Kaugummi entgegen. Dann saßen wir da und kauten Kaugummi, mitten in der Nacht. Lotta machte Blasen.
»Ich wollte dich was fragen«, sagte sie schließlich.
Und ich wusste, jetzt kam die Woherbistdueigentlichundwanngehstduwiederdahinzurück?-Schiene.
»Hast du in letzter Zeit mal was irgendwo mitgehen lassen?«, fragte Lotta schließlich. Sie fragte auf Englisch, es war ihr also wichtig, dass ich sie genau verstand. »Zum Beispiel ein Portemonnaie.«
»What?« Ich starrte sie an. »Are you crazy? I don't steal!«
»Is ja okay«, sagte Lotta. »War nur 'ne Frage.«
Und dann saßen wir eine Weile da und kauten Kaugummi und schwiegen, bis Lotta sagte: »Ich schlaf jetzt, kannst deine Jacke wiederhaben«, und da gingen wir zurück in die Baracke.

Selfie mit Erdbeeren:
Ich mit dem zerknickten Strohhut, den Arm um Davy gelegt, im Feld kniend, beide noch müde, mit zerknautschten Gesichtern, wie der Hut. Wir kniffen die Augen zusammen gegen das helle Junimorgenlicht, und neben uns ein Kopf voll pinkem Haar: Lotta, um die ich nicht den Arm gelegt hatte. Davy drängte sich an mich, ein bisschen, als wollte er Lotta aus dem Bild werfen, er wollte sie da nicht haben. Aber er grinste pflichtschuldig, weil es ja ein schönes Bild sein sollte.
Und wir hielten alle drei dicke, rote Erdbeeren vor unsere Nasen.
Klick.
Vielleicht doch was zum Verschicken.

Vielleicht nach Köln, um endlich eine Antwort zu bekommen.
»Schick's mir auch, ja?«, sagte Lotta.

Wir wären geblieben. Hätten Geld verdient, nach Kilogramm, wir, die Untergetauchten. Hätten möglicherweise sogar Polnisch gelernt, Erdbeere heißt *truskawka*. Irgendwie mochten diese Leute uns, vielleicht, weil sie mit uns ab und zu was zu lachen hatten. Der Bus mit dem echten Andrej war immer noch nicht da.
Aber dann blieben wir doch nicht.
Denn am zweiten Tag gegen Nachmittag war Davy verschwunden, und schließlich entdeckte ich ihn auf der Kuhweide hinter dem Feld. Er saß auf einem niedrigen Baum, der auf der Kuhweide stand. Unter ihm hatten sich die Kühe versammelt.
Nach einer Weile sah ich wieder hin, da saß er immer noch auf dem Baum, und die Kühe standen immer noch da. Und da ging ich nachsehen, was los war.
Als ich das unendliche Erdbeerfeld überquert hatte und am Zaun stand, begriff ich.
Das unter dem Baum waren keine Kühe. Es waren Stiere.
Schnaubende, aufgebrachte Stiere voller Testosteron im Blut, Stiere mit rollenden Augen und stampfenden Hufen, die Art, die man aus Stierkampfvideos kennt. Die Art, zu denen man nicht hineinklettert, um sie zu streicheln. Aber es war ziemlich klar, dass Davy genau das versucht hatte.
»Sean! Du musst sie ablenken!«, rief Davy. »Sonst fressen die mir!«
»Nonsens«, sagte ich, »du kannst lesen in Buch, Kuh frisst Gras.«
»Ich glaub aber nich, dass die das gelesen ham!«, rief Davy, während einer der Stiere seinen Kopf an dem Bäumchen rieb und es gefährlich zum Schwanken brachte. »Sean! Mach was!«
Er klang zunehmend panisch, und dummerweise fühlte ich mich

auch zunehmend panisch. Ein rotes Tuch, dachte ich, ich brauche ein rotes Tuch … Dann fiel mir ein, dass ich irgendwo gehört hatte, Stiere seien sowieso farbenblind. Sie werden wohl nur aggressiv, weil sie es nicht mögen, dass jemand mit etwas vor ihrer Nase herumwedelt.
Also zog ich mein Hemd aus, das irgendwas zwischen weiß und nicht-mehr-so-weiß war, und wedelte damit.
Einer der Stiere drehte sich um und glotzte das Hemd an. Dann schnaubte er. Und dann – dann raste er tatsächlich auf mich und das Hemd zu, quer über die Weide.
Die anderen Stiere folgten. Tiere sind ja genauso blöd wie Menschen, wenn es darum geht, irgendeinem Idioten nachzulaufen, den sie für ihren Chef halten.
Die Weide war ziemlich groß, und ich rechnete aus, dass mir ungefähr fünf Sekunden blieben, bis die Stiere bei mir waren.
Direkt vor mir konnte man den Elektrozaun aushaken, um die Weide zu betreten. Ich öffnete den Zaun weit für die Stiere; ich würde einfach beiseitetreten und sie vorbeistürmen lassen.
Und sie stürmten.
Zwölf Stiere in voller Fahrt, Erdklumpen und Grasbüschel verspritzend, mit Schaum vor dem Maul und blutunterlaufenen Augen. Sie rasten einfach geradeaus weiter, und ich wusste, wir hatten gewonnen. Davy sprang vom Baum und rannte zu mir, und ich fing ihn aus lauter Erleichterung in meinen Armen auf und hob ihn hoch.
Dann drehte ich mich um – dorthin, wo die Stiere hingerannt waren.
Und das Dorthin war das Erdbeerfeld, sie waren alle mitten aufs Erdbeerfeld gestürmt.
Mitten darauf blieben sie schnaubend stehen und schienen zu überlegen, ob es Spaß machen könnte, die Erdbeerpflücker aufzuspießen.

Ich sah, wie die Pflücker langsam rückwärts gingen, bis sie alle zusammen vor dem Aufpasserhäuschen standen. Vor dieser doch recht großen Gruppe Menschen hatten die Stiere wohl Respekt, sie hätten die Pflücker lieber einzeln auf die Hörner genommen und ärgerten sich, dass das nun nicht mehr ging. Und so ließen sie die Wut an den Erdbeeren aus, sie scharrten mit den Hufen und kickten Pflanzen und Erdschollen durch die Luft.
»Auweia«, sagte Davy.
Der Aufpasser war jetzt aus seinem Häuschen getreten und stand mit offenem Mund da, er sah genauso blöd aus wie die Stiere. Die senkten jetzt die Köpfe und begannen, die Erdbeeren zu fressen, die sie nicht zertreten hatten. Sie schienen einen längeren Aufenthalt auf dem Feld zu planen.
Der Aufpasser sah uns an, sah den Zaun an, vor dem wir standen, und begriff, dass nur wir die Stiere freigelassen haben konnten. Er lief ganz langsam rot an wie eine Erdbeere.
»Scheiße«, sagte Davy. »Ich glaub, wir müssen weg hier.«
Ich dachte an den Kilopreis fürs Erdbeerpflücken. An all die blauen Eimer, die ich zur Waage geschleppt hatte und für die ich nie Geld bekommen hatte, weil der Lohn erst am Ende der Woche ausgezahlt wurde.
Dann sah ich zur Glupscherdbeere hinüber, der seine Fäuste in unsere Richtung schwenkte und irgendetwas brüllte. Er sah aus, als könnte es ihm große Freude bereiten, uns zu verprügeln. Zum Glück hatte er erst mal damit zu tun, die Stiere loszuwerden.
»Okay«, sagte ich. »Let's leave.«
Wir gingen um das Feld herum und auf der Straße weiter, relativ eilig. Einmal drehte ich mich um.
Der wütende Aufpasser versuchte, die Stiere wegzuscheuchen, aber die Pflücker standen am Rand und lachten. Sie lachten so sehr, dass

sie sich krümmten, und ein paar winkten uns. Ich glaube, eines haben die Polen von uns gelernt: Es reicht nicht aus, nur deutschen Arbeitseifer mitzubringen, wenn man deutsche Erdbeeren pflückt. Man braucht auch Draculas und Stiere, damit es eine fröhliche Angelegenheit bleibt.

4 Hamburger

Als das Sommerabendlicht golden wurde, standen wir an einer Straße und hielten den Daumen raus.
Davy hatte mir erklärt, dass man das so machen muss, wenn man mitgenommen werden möchte, und dass der Daumen in Deutschland kein obszönes Zeichen ist. Dass es nichts nützt, den Autofahrern nur zu winken, weil sie dann zurückwinken und weiterfahren.
Die Straße, an der wir standen, war eine Autobahnauffahrt. Zur Autobahn nach Berlin.
Denn von Berlin kommt man nach Köln, inzwischen hatte ich es begriffen: direkt nach Köln ging hier nichts.
Ich rutschte wieder in meinen Film, der sich mehr und mehr zum Roadmovie entwickelte, jedenfalls war er voller Roads. Ich sah vor mir, wie die Kamera unsere Gesichter einfing: eines ist ein Gesicht mit kugelrunden blauen Augen und einer Zahnlücke sowie einer Nase, in der gerade gebohrt wird. Das andere ein glatt rasiertes Gesicht mit einer Sonnenbrille, verspiegelt, sehr lässig, Kippe im Mundwinkel. Man erkennt gleich den welterfahrenen Traveller.
(Nur vielleicht hätte er das Tankstellen-Preisschild abmachen sollen von der Brille. Und irgendwie auch blöd, dass sie rosa war mit Blümchen, aber eine andere hatte es nicht gegeben.) Im Film fährt ein Auto vor, mit zwei hübschen jungen Frauen darin. Das Fenster senkt sich, und der Held nickt den Ladys cool zu und sagt …

»Sean!« Davy zog an meiner Jacke. »Da hält ein Auto! Träumsu schon wieda?!«
Verdammt, er hatte recht. Neben uns hielt wirklich ein Auto.
Eine Scheibe wurde heruntergefahren, und in dem Auto saßen – tatsächlich – zwei hübsche junge Frauen: eine mit halblangem, sehr blondem Haar und hübscher hellblauer Bluse, die andere, etwas dunkelhaariger, pferdebeschwanzt, figurbetonte offene Sportjacke, die eigene Sonnenbrille ins Haar geschoben. Die Dunkelhaarige saß am Steuer.
Ich merkte, wie ich schluckte. Im Iran sitzen Frauen nicht am Steuer eines Autos, sie sitzen hinten und sind damit beschäftigt, schön zu sein, und so hatte ich es mir auch in meinem Kopfkino vorgestellt. Die beiden im Auto sahen fürchterlich resolut aus. Möglicherweise würden sie mich verhauen, wenn ich etwas Falsches sagte.
»Berlin?«, fragt die Sportliche am Steuer.
»Oh, wir … maybe. Nein. Danke …«
»Klar wolln wir nach Berlin«, sagte Davy und riss die Hintertür des Wagens auf: Es war ein schöner, beinahe neuer BMW, nachtblau und glitzerverchromt. Und so musste ich wohl oder übel auch einsteigen.

Später dachte ich manchmal, die Fahrt in dem dunkelblau verchromten BMW war der eigentliche Beginn meiner Reise durch Deutschland. Sie war das Erste, was sich wirklich deutsch anfühlte. Die Ledersitze in dem BMW waren hell und blitzsauber, und darauf lagen zwei Kissen mit Mustern aus winzigen weißen Ankern auf blauem Stoff. Im Kofferraum des BMW befanden sich, ineinandergestapelt, ein Kinderwagen und ein Babysitz, aber die Frauen hatten das Baby nicht mit. Davy fuhr ehrfürchtig mit seiner klebrigen Pfote über die schönen schwarzen Fensterheberknöpfe

und dann über das Fenster, auf dem er eine hübsche Dreckspur hinterließ.
Aus dem Radio kam leise Musik, und die beiden Frauen tranken jeder aus einer eigenen Plastikflasche, irgendeinen Energydrink, auf den Flaschen standen Worte wie ISOTON und KLIMANEUTRAL, und ich dachte: Das ist Deutschland, das Land der schnellen und sauberen Autos und der jungen, schlanken Frauen in teurer Sportkleidung, nicht das Land der Pferdewagen und Erdbeerfelder, auf denen per Hand gepflückt wird.
Die Frauen waren resolut, aber doch weitgehend ungefährlich. Nach einer halben Stunde traute ich mich, etwas zu ihnen zu sagen. Ich musste natürlich etwas sagen, das sie beeindruckte.
»Später«, sagte ich, »werde ich mir möglicherweise so ein Auto kaufen. Fährt es sich gut?«
Ich fragte auf Englisch, und die Frauen antworteten ganz selbstverständlich in derselben Sprache. »Ja«, sagten sie, »fährt sich ganz gut. Und woher kommst du? Und was hast du vor in Berlin?«
»Wir besuchen jemanden«, antwortete ich. Das war nicht unbedingt gelogen, immerhin konnten wir in Berlin jemanden besuchen, wir mussten denjenigen nur erst kennenlernen.
»Aber per Anhalter – mit einem Kind? Das ist doch gefährlich«, sagte die mit der hellblauen Bluse.
»Ja, der Kleine wollte das unbedingt mal machen«, sagte ich. »Er ist der Sohn meines Freundes, und ich hab gesagt, okay, ich schenk ihm das zum Geburtstag. Ich fahr mit ihm per Anhalter nach Berlin, wir besuchen seine Tante da, und dann fahren wir mit dem Zug zurück.«
»Was sagste denen denn?«, fragte Davy.
»Ich hab erzählt von deine Tante und den Geburtstag«, erklärte ich.

»Tante?«, fragte Davy. »War das nich ne Oma?«
»Die ist in Anklam«, flüsterte ich und sagte lauter: »Tante Anna! Du weißt, wir machen Besuch mit Tante Anna in Berlin!«
Da begriff Davy wohl, denn er nickte. »Klaro, die Fette«, sagte er, »die besuchen wir. Aber eintlich wollen wir nach Köln, da fahrt ihr nich zufällig hin?«
»Köln?«, fragte die Fahrerin. »Wieso denn plötzlich Köln? Hast du da auch eine Oma oder eine Tante?«
»Mein Vater wohnt da«, sagte Davy.
»Ich dachte, ihr kommt gerade von da, wo dein Vater wohnt?«, erkundigte sich die mit der hellblauen Bluse verwirrt.
»Ja, das is'n anderer Vater«, sagte Davy mit einer wegwerfenden Bewegung, und dann malte er mit dem Finger Autos auf die Scheibe, und es war eine Weile auf komische Weise still.
»Das sind diese deutschen Patchworkfamilien«, meinte ich leichthin auf Englisch. »Ich blicke da auch nie durch.« Zum Glück sagte ich all das wieder auf Englisch, sodass Davy nichts Verkehrtes hinzufügen konnte.
»Und woher kommst du?«, fragte die Frau in Hellblau und drehte sich halb zu mir um. Sie sah mich mit so einem Blick an, und alles an ihr war so weich, so hübsch, ihr Gesicht beinahe herzförmig, gar nicht mehr zu resolut. Ich wollte ihr die Wahrheit sagen, ich sehnte mich danach, ihr meine wahre Geschichte zu erzählen, aber nichts an meiner Geschichte war auch nur annähernd herzförmig. Deshalb sagte ich: »Woher kommt ihr denn?«
»Aus Hamburg«, antwortete die junge Frau. »Doch jetzt gerade von der Insel Usedom. Das ist eine ganz andere Welt. Sehr schöne Landschaft, aber die Straßen sind manchmal schon abenteuerlich …«
»Oh ja«, sagte die andere. »Wo du herkommst, gibt es da auch so viele Schlaglöcher?«

Ich zuckte die Schultern. Die zweite Frau war so hübsch wie die erste, nur herber. Sie sah aus wie jemand, der Dinge anpackt und erledigt, sehr effektiv. Zu effektiv für die Wahrheit. Sie hätte sie angepackt und zu reparieren versucht, aber das hätte nicht funktioniert, und da wäre sie wahrscheinlich traurig gewesen.
Diese beiden Frauen, dachte ich, waren so schön, so perfekt. Ich hätte ihnen gerne eine schöne und perfekte Geschichte erzählt.
Ich überschlug im Geiste mehrere Versionen:
Mein Vater leitet eine Tennisschlägerfabrik in Abu Dhabi, und ich studiere Wirtschaft in Berlin.
Meine Familie züchtet Albinopferde in Dubai, und ich überwache ihre Verkäufe an Europäische Rennställe.
Meine Mutter, eine Weltklassepianistin, hat mich allein in New York großgezogen und hierhergeschickt, damit ich alles über deutsche Kultur und Dichtung lerne.
»Ja, doch, in Teheran gibt es genug Schlaglöcher, danke«, antwortete ich schließlich. »Wir haben keinen Mangel. Außerdem ist der Iran ja nicht unbedingt ein armes Land. Wir haben Öl. Wenn es keine Schlaglöcher gäbe, würden wir sofort welche importieren.«
Die beiden hübschen Hamburger Frauen sahen sich ratlos an.
»Das war ein Witz«, sagte ich.
»Du … kommst aus dem Iran?«
Und willst du wieder dahin zurück?, murmelte ich ganz leise, weil das immer alle fragten.
»Und willst du wieder dahin zurück?«, fragte sie.
Ich hob die Schultern. »Ich weiß noch nicht«, sagte ich leise, und dann lauter: »Sie waren im Urlaub auf Usedom?«
»Nein, Arbeit.« Sie schüttelten synchron die perfekten Köpfe. »Urlaub müsste man mal wieder haben!« Und da seufzten sie, ebenfalls synchron. Es ist eine komische Sache mit den Deutschen, sie

leben alle ständig auf ihren nächsten Urlaub hin, aber jemand hat mir gesagt, dass sie, sobald sie im Urlaub sind, ihre Laptops auspacken und sich auf alle Projekte vorbereiten, die nach dem Urlaub anstehen.

»Wo … arbeiten Sie denn?«, fragte ich vorsichtig.

»Bei einem Verlag«, sagte die sanfte Frau mit dem Herzgesicht, »wir hatten da ein Treffen mit einer Autorin. Der nächste Termin ist in Berlin.«

»Oh«, sagte ich. »Kein einfacher Beruf. Ein Freund meiner Familie war Schriftsteller.«

»War?«, fragte die Fahrerin. »Hat er nicht genug verdient als Schriftsteller? Was ist er jetzt?«

»Tot«, sagte ich.

Die beiden jungen Frauen schwiegen betreten.

Ich zuckte die Schultern. »Berufsrisiko.«

Es ist immer besser, über die schlimmen Dinge zu lachen.

»Die größte Gefahr, der deutsche Schriftsteller ausgesetzt sind«, sagte die Herzgesichtige, »ist die, bei der eigenen Lesung einzuschlafen.«

Ich begriff, dass auch sie versuchte, die plötzliche Beklemmung wegzulachen. Und eigentlich hätte ich dann gerne über etwas anderes gesprochen, aber die Fahrerin fragte: »Wie ist das denn bei Ihnen?«

»Bei mir ist es so, dass ich gar nicht Schriftsteller bin«, sagte ich. »Aber Sie meinen, was mit den iranischen Schriftstellern ist? Na ja, manchmal passieren seltsame Dinge. Einmal haben sie eine ganze Gruppe von Schriftstellern zu einem Literaturfestival in einem anderen Land eingeladen, ich weiß nicht mehr, wo, und dann hat der Fahrer noch im Iran in den Bergen den Bus auf einen Abgrund zurollen lassen und ist rausgesprungen, als alle schliefen. Zum Glück war doch noch jemand wach und hat die Bremse gezogen, und der Fahrer ist wieder eingestiegen und hat gesagt, er wäre am Steuer eingenickt. Eine halbe Stunde später hat er das Ganze noch einmal probiert. Da gab es einen Streit zwischen dem Fahrer und den Schriftstellern, das hat unser Freund uns erzählt, und dann kam die Polizei.«

»Na, Gott sei Dank«, sagte die Sportliche.

»Ja«, sagte ich, »die haben die Schriftsteller mitgenommen und eingesperrt, so waren sie sicher vor Abgründen.«

»*Was?* Und Ihr Freund ...?«

»Oh, er ist kurz darauf wieder frei gekommen Ein paar Jahre später haben sie ihn tot in seiner Wohnung gefunden.« Ich zuckte die Achseln. »Keine Ahnung, was er geschrieben hat, ich war noch klein.«

»In Deutschland kann man schreiben, was man will«, sagte die Fahrerin.

»Ich habe davon gehört«, sagte ich. »Schreiben denn alle das, was sie wollen?«

»Ich weiß gar nicht«, sagte sie. »Ich glaube, alle schreiben das, wovon sie glauben, dass es sich am besten verkauft.«

»Das ist schade«, sagte ich. »In Deutschland gibt es ja andere lebensgefährliche Sportarten. Schlafen zum Beispiel. Ich habe gelesen, dass die meisten Deutschen in ihren Betten sterben. Im Iran ist das Schlafen nicht halb so gefährlich, im Bett sterben wirklich nur sehr wenige Iraner.«

»Warum ... sind Sie denn hier?«, fragte die Herzgesichtige zögernd. Und ich wusste, sie wollte hören, wie ich unter Einsatz meines Lebens edelmütige verbotene Dinge getan hatte. Ich überlegte, ob ich etwas von Flugblättern und einem Auto und einem verhafteten Freund murmeln sollte, was achtzig Prozent aller Iraner erzählen, weil die Deutschen das angeblich verstehen. Es hat mit jungen Leuten im Krieg zu tun, die sich die Weiße Rose nannten, das hat mir

mal einer erklärt. Ich kenne persönlich keinen Iraner, bei dem die Flugblattgeschichte stimmt.
»Es ist wegen der Erdbeeren«, sagte ich. »Deshalb bin ich hier. Und wegen der Kühe, die Stiere waren. Und wegen des Schlüssels im Sand. Und auch wegen eines Kaninchens. Als ich zwischen Mazedonien und Bulgarien im Wald war, hat ein Kaninchen mich gerettet, sonst wäre ich nicht hier. Aber die Story ist zu lang.«
»Jeder, der geflohen ist, erzählt von so einer überraschenden Rettung«, sagte die Fahrerin, und sie lächelten beide, beglückt über die kleinen Rettungen in dieser rettungslosen Zeit.
»Klar, das beweist, dass niemand stirbt auf so einer Flucht«, sagte ich. »Oder haben Sie schon mal mit jemandem geredet, der dabei gestorben ist?«
Wir lachten alle, da war mein bitterer Satz weniger bitter, und ich dachte, dass ich gerne für immer in diesem schönen Auto geblieben wäre, das garantiert kein Polizist anhalten würde. Es gab keinen Grund, hübsche Hamburger Frauen mit Anker-Muster-Kissen und Babywagen zu kontrollieren.
Davy hatte einen Stau aus kleinen Autos an die Scheibe geschmiert.
»Autobahn fahrn is schön«, sagte er und zog die Nase hoch.
Und ich machte ein Selfie von uns und den Frauen, im Auto, für zu Hause, wo sie Markenautos lieben. Und für meinen Kontakt in Köln.
Die Frauen strahlten in ihren teuren Jacken und weichen Schals. Sie waren mehr in der Mitte und Davy und ich mehr am Rand, und das war gut so, denn sie waren viel hübscher als wir.

SMS nach Köln, auf Persisch:
Alles okay bei dir? Freue mich darauf, dich zu sehen. Guck mal, das Selfie.

Antwort: Ich freue mich auch. Und natürlich helfe ich dir, war ja versprochen. Wer sind die Frauen?
SMS *nach Köln: Freundinnen. Haben ein schönes Auto.*

Ich nickte dann ein bisschen ein, und Davy nickte auch ein, den Kopf an meiner Schulter wie oft.
Als ich aufwachte, kurz vor Berlin, geschah etwas Seltsames.
Wir wurden von einem Auto überholt, in dem ich ein bekanntes Gesicht fand. Es lächelte schmallippig, der Mund darunter kaute Kaugummi, eine Hand fuhr durch kurzes pinkes Stoppelhaar.
Dann war das Auto mit dem Gesicht darin vorbeigeglitten.
»Da war Lotta«, sagte ich zu Davy. »Sie war auf das Auto!« Und ich zeigte auf die Überholspur.
»Käse«, sagte Davy und schüttelte den Kopf.
Das ist noch so eine komische Sache mit den Deutschen, sie drücken ihre Gefühle gerne in Nahrungsmitteln aus. Für die Leute auf Usedom sind Dinge Käse, den Urlaubern aus dem Süden sind sie Wurst, und alle sagen ab und zu, es wäre Essig mit einer Sache oder etwas wäre Stulle. Aber obwohl Bier das Nationalgetränk ist, habe ich noch nie jemanden sagen hören: Das ist mir total Bier.
»Du has dir das nur eingebildet«, sagte Davy und streichelte meinen Arm, als wäre ich krank. »Du bis verliebt!«
»Nein!«, sagte ich.
Ich hätte ihm gerne erklärt, dass ich, wenn überhaupt, in eine Iranerin in Köln verliebt war.
Dass ich mir um Lotta höchstens Sorgen machte, ich meine, Mädchen und Trampen, ganz alleine, na, gute Nacht.
Vielleicht zerrte der Fahrer sie beim nächsten Parkplatz auf den Rücksitz und stahl ihre Ehre.
Doch all das konnte ich Davy nicht erklären.

Und ich hoffte, dass ich mir Lotta wirklich eingebildet hatte.
Als ich ihr schrieb, antwortete sie nicht.

Die Hamburgerinnen ließen uns in einem Stadtteil von Berlin heraus, der Kreuzberg hieß, obwohl ich nirgendwo Kirchen sah, und auch keinen Berg. Stattdessen viele hübsche bunte Graffiti und Plakate, ein bisschen wie in einem großen Zirkus.
Die beiden Hamburgerinnen wünschten uns viel Glück und erklärten, sie müssten noch einen Schriftsteller besuchen. Wahrscheinlich wieder einen, der schreiben konnte, was er wollte, und es nicht tat.
Davy wurde ganz aufgeregt, als wir auf einem schmalen Bürgersteig zwischen all den Menschen standen, zwischen all den Farben und Gerüchen, zwischen den quietschbunten Schaufenstern und den Cafés und dem ganzen Durcheinander.
Er wurde aufgeregt, und ich wurde ruhig.
Ich, der Stadtmensch, fühlte mich endlich wieder wohl, fühlte mich in der Masse aufgehoben. Hier würde uns niemand finden.
Ich schloss die Augen und atmete den verlockenden Geruch von Zwiebeln und Kräutern ein.
Und dann nahm ich Davy an die Hand und ließ mich von meiner Nase führen. Ich wanderte mit geschlossenen Augen durch die Menschenmenge, wich Ellbogen aus, rempelte hier, entschuldigte mich da, und als ich die Augen öffnete, standen wir vor einem iranischen Restaurant.
Wirklich!
Es roch so sehr nach zu Hause, dass mir ganz komisch wurde, und ich wischte mir über die Augen, aber sicher tränten sie nur von dem starken Zwiebelgeruch. Da war auch der Duft nach frischer Minze und Kerbel und Koriander und …
»Ich hab Hunger«, sagte Davy. »Essen wir da was?«

»Ja«, sagte ich. »Wir essen.«
Und ich zog ihn hinein und sah mich nach einem freien Tisch um. Es war ein bisschen, als würden wir zusammen meine Familie in Teheran besuchen. »Ich kaufe dich grosste Essen von Speiseskarte«, sagte ich stolz. Aber dann sah ich mir die Preise an, die mit Kreide auf Tafeln geschrieben waren, und mir fiel auf, dass keine Iraner in dem Restaurant saßen.
»Das kann die nicht ernst sein«, sagte ich. »Wir will nicht kaufen ganze Haus, nur eine Essen, ja?«
»Du«, sagte Davy und zog an meinem Ärmel. »Guck ma! Zum Fenster!«
Ich wandte den Kopf. Draußen standen zwei Polizisten und sahen herein. Schlimmer noch: Jetzt kamen sie herein.
Verdammt. Wo suchte die Polizei einen Iraner in Berlin-Kreuzberg? Im einzigen iranischen Restaurant natürlich.

5 Tee

Wir quetschten uns in der Tür an den Polizisten vorbei, eine andere Möglichkeit gab es nicht. Und ich sagte zu Davy: »Sehr schmeckt nicht gut die persischer Essen. Besser wir gehen, und essen wir deutsche Wurstgulasch.«

Jetzt würden die Polizisten glauben, ich wäre ein Deutscher, und einen Deutschen suchten sie ja nicht.

Dann entfernten wir uns möglichst unauffällig, aber als wir um die Ecke waren, rannten wir. Wir bogen wieder und wieder ab, schlugen Haken, flohen wie Kaninchen zwischen bunten Plakaten und bunten Schaufenstern und bunten Menschen hindurch, und als wir uns endlich in einer stilleren Straße auf den Boden fallen ließen, die Rücken an eine warme Hauswand gelehnt, brauchten wir beide eine Weile, um zu Atem zu kommen.

»Die … die ham wir abgehängt«, keuchte Davy. »Cool.«

Und wir sahen uns an und mussten plötzlich lachen. Da saßen wir und lachten, und der Junitag hing über den hohen Häusern wie ein blauer Luftballon.

»Später«, sagte ich. »Wenn ich habe Job, und bin reich und Polizei hat alles vergessen. Dann ich bezahle für dich Flugzeug, und ich lade dir zu beste persische Essen von ganze Welt. In Teheran.«

Und schließlich saßen wir in einem kleinen Café, inmitten von leiser Musik, irgendwas zwischen Jazz und Fahrstuhlgeklimper.

Hinter der Theke stand ein Typ mit einem Regenwaldfrosch-T-Shirt neben einer Espressomaschine und wischte auf seinem Handy herum.
Auf einer Tafel stand SCHWARZTEE GLAS 1 EURO und APFEL 50 Cent VEGAN.
Die Tische waren eigentlich Ein-Mann-Tische mit jeweils einer einzigen Blume in einer winzigen Vase. Es war niemand da außer uns, und wir tranken Tee und aßen billige Aufbackpizza. Das ist toll, in Deutschland gibt es beinahe alles tiefgekühlt, man muss es nur auftauen: Pizza, frische Himbeeren, ganze Reisgerichte. Schade, dass es keine Zeit gibt, die man einfrieren kann, die könnten die ewig gehetzten Deutschen sich kaufen und bei Bedarf herausholen und in die Mikrowelle stellen.
Ich stellte mir vor, wie meine Kopfkino-Kamera die Szene einfing: die hübsche Musik, die hübschen Blumen, die hübschen Tische und die Helden, die da entspannt an einem Tisch sitzen. Der jüngere blättert in einer Illustrierten mit Frauen, die nur Unterwäsche tragen, der ältere liest eine englische Tageszeitung. Es passiert, das begreift man im Film gleich, alles in der Welt, aber nichts im Iran. Oder alles im Iran und nichts in dieser Zeitung.
Dann sieht der kleine Junge von den fast-nackten Frauen auf und fragt: »Kann ich ’n Bier?«

»Bier? Du?«, fragte ich. »Bier fur Kinder ist verboten.«
»Nix, was wir machen, is erlaubt«, sagte Davy und grinste ein schlaues Zahnlückengrinsen.
Ich schüttelte den Kopf. »Kein Bier.«
»Maaann!«, maulte Davy. »Mein Vater hat gesagt, wenn ich ihm besuchen tu, trinkt er Bier mit mir. Ich will auch mal in ’ner Kneipe sitzen und cool sein.«

»Dann du musst komm zu Teheran«, sagte ich. »In Cafeshap. Keine Mensch in Cafeshap drink Bier, aber alle ist cool. Sie drink milkshake. Grün und rot und blau und vanillo. Viel sugar, sehr gut.«
»Bunt is super«, sagte Davy. »Könn wir dahin? Jetzt?«
Ehe ich ihm erklären konnte, dass Teheran zu weit weg war, tippte mir jemand auf die Schulter, und ich fuhr herum. Hinter uns stand der Typ mit dem Regenwaldfrosch-T-Shirt.
»Kommst du aus Teheran?«, fragte er. Auf Farsi. »Ich bin in Teheran geboren.«
Der Typ trug zu dem Frosch eine weite Pumphose aus grobem schwarzem Stoff, die mehr aussah wie ein Rock, und ausgelatschte Sandalen, und ich war mir sicher gewesen, er wäre Deutscher. Die Deutschen mögen Regenwaldfrösche und Kleider aus Hanf und gesunde Sandalen, sie beschäftigen sich einen Großteil der Zeit damit, gesund zu bleiben und für kranke Affen zu spenden.
Irgendwann möchte ich auch so viel Geld haben. Ich kann mir gut vorstellen, wie ich an die Theke einer Kneipe trete und lässig sage: Gerade habe ich zwanzig Hektar Regenwald gekauft und Erdbeeren darauf angepflanzt, um diesen hübschen roten Fröschen zu helfen, die in Erdbeerfeldern so eine perfekte Tarnung haben.
»Ich bin da geboren. In Teheran«, sagte der Froschmann. Sein Farsi klang, als hätte man es lange in ein Gefrierfach gelegt wie die Pizzas der Deutschen. »War seit zwanzig Jahren nicht da. Wie ist es? Jetzt?«
»Weiß ich nicht«, sagte ich. »Ich war auch ein Jahr lang nicht da. Vielleicht singen die Frauen jetzt auf der Straße, die Mullahs tanzen, und es gibt Zeitschriften mit Unterwäschereklame in Cafés.«
»Das ist eine Illustrierte mit Interviews von Stars«, meinte er und grinste. »Das ist keine Unterwäsche. Das sind Cocktailkleider.«
»Sieh an«, sagte ich.

Und wir wussten beide, dass in Teheran Cocktailkleider immer Unterwäsche bleiben würden und sich nichts änderte, egal, ob in einem oder in zwanzig Jahren.

»Folgendes«, sagte der Typ. »Wäre es für euch okay, wenn ich mal kurz verschwinde? Ich muss was bei der Post abholen, die schließen um acht, und sonst schicken die das wieder zurück, die machen einem das Leben echt zur Hölle. Wenn jemand kommt, Preise stehen ja auf der Karte. Du sprichst Englisch, oder?«

Ich nickte zögernd.

»Gut«, sagte er und wechselte nahtlos ins Deutsche. »Kannste den Laden für ne Weile schmeißen? Ist sowieso tote Hose gerade. Hast n Kaffee gut.«

»Kaffee«, wiederholte ich. »Tote Hose.«

Ich wollte ihn fragen, ob er nicht wusste, dass Iraner Tee trinken. Und was ich schmeißen sollte, und warum die Hose tot war. Ob es eine sexuelle Anspielung war, und wenn ja, auf wen. Ich wollte sagen: »I do speak English. But I don't speak German.«

Aber irgendwie sagte ich das alles nicht.

Ich nickte nur und sah zu, wie er sich eine Umhängetasche aus orangefarbenem Noppengummi schnappte, die an ein überdimensioniertes Kondom erinnerte, und das Café verließ. Sah, durchs Fenster jetzt, wie er die Straße entlangging, sein Schritt wiegend und sicher. Und ich dachte: Der hat es geschafft.

Würde ich eines Tages so sein wie er? Würde ich fließend Deutsch sprechen und eine Tasche aus Kondomgummi besitzen? Würde ich Tee vergessen und Teheran vergessen und, das war die essenzielle Frage, würde ich Wurstgulasch essen?

(Ich habe kein Problem mit Schweinefleisch, was daran liegt, dass ich kein Moslem bin. Andere Baustelle.)

Vielleicht, dachte ich, war ich bereit, zu vergessen. Wenn mein Vater den Nachbarn erzählen konnte, dass sein Sohn in Deutschland einen Job hatte. Die deutsche Post, würde mein Vater sagen, macht meinem Sohn das Leben zur Hölle, und er würde lächeln, weil das größte Problem seines Sohnes die Post war. Weil sein Sohn in jenem Wunderland lebte, in dem man alles sagen konnte, was man wollte. Aber wenn ich hierblieb, in all dieser Freiheit – würde ich, wie die Deutschen, letztendlich vergessen, was ich hatte sagen wollen?

»Sean«, sagte Davy. »Da sind welche.«

Ich fuhr aus meinen Gedanken hoch. Wirklich, da waren Kunden. Verdammt.

Ich bemühte mich, den wiegenden Schritt des Froschmanns nachzuahmen, als ich aufstand und zur Theke schlenderte. Davy hüpfte neben mich.

»Hilfst du jetzt hier aus, ja?«, fragte einer mit grüner Computertasche und Pferdeschwanz. »Ich hätte gern eine Latte.«

Davy kicherte, keine Ahnung, warum, nickte und wuselte zur Espressomaschine. Ich zählte das Geld ab.

»Das ist eigentlich nur warme Milch«, sagte der Pferdschwanzmann, als Davy eine Tasse vor ihn stellte.

»Ja, is gesünder«, erklärte Davy und grinste freundlich durch seine Zahnlücke. Da grinste der Typ auch und verzog sich mit seiner Milch an einen der Ein-Mann-Tische, wo er auf dem Laptop herumzuhacken begann.

Der nächste Kunde wollte einen Milchkaffee. Davy zog mich zur Espressomaschine. Er zeigte auf die Knöpfe, wiederholte »Milchkaffe« – und erst da begriff ich. Davy konnte nicht lesen.

Ich dachte kurz an die Nomaden bei uns in den Bergen, deren Kinder manchmal auch nicht lesen können, aber dafür können sie von einem galoppierenden Pferd aus schießen. Ich war mir ziemlich sicher, dass Davy das nicht konnte. Er konnte nicht richtig sprechen,

er konnte nicht lesen, er konnte auch nicht rechnen: Als der Typ mit einem Fünfer bezahlte und der Kaffee zwei Euro kostete, sah Davy völlig ratlos aus.
Aber da stand er, selbstsicher und fröhlich, und auf eine komische Art und Weise schien dort, wo er war, immer die Sonne.
Vielleicht lag es an Davy, dass an diesem Tag auf einmal so viele Menschen in das Café kamen.
Ich geriet ins Schwitzen, so oft drückte ich auf die Knöpfe der Espressomaschine, ich entlockte ihr Espresso und Cappuccino, Caffè Crema, American Coffee und noch vieles mehr. Es ist erstaunlich, man schüttet in ein und dieselbe Maschine Milch und Kaffeebohnen, und heraus kommen ein Dutzend verschiedene Sachen. Ehrlich gesagt, glaube ich, dass das alles das Gleiche war, mit mehr oder weniger Luft in der Milch, aber die Kunden waren glücklich, also war es okay.
Als ich mich nach einer Weile umsah, saßen an allen Ein-Mann-Tischen Leute, die auf ihren Laptops oder Handys herumtippten.
Der Iran ist voller Handys, alle nutzen die sozialen Netzwerke (vor allem, weil sie verboten sind), aber wenn die Leute in einem Café sitzen, sitzen sie zusammen.
Einer der Laptopper ging jetzt aufs Klo.
Er hatte seinen Laptop offen gelassen. Ich räumte seine Tasse ab und vergewisserte mich, dass niemand herüberguckte. Dann fütterte ich Google mit meinem Namen und dem Wort Zinnowitz.
Verdammt. Da war es, mein Ausweisbild. Und ein Zeitungsartikel.
Ich verstand nur wenig; ich verstand die Worte »tot« und »Mörder«.
Das reichte. Der Mann im Pyjama war gestorben.
Und ich war ein Mörder.
Im Augenwinkel sah ich, wie der Besitzer des Laptops zurückkam.
Ich schloss den Browser und klappte den Laptop zu.

»Sorry«, murmelte ich. »Ich war cleaning the table, ich hat Laptop zugeschlossen aus Verseherung.«
»No problem«, sagte der Typ.
Aber es war ein Problem. Wenn der Computer so eingestellt war, dass er beim Öffnen des Browsers die alten Tabs öffnete, würde der Typ jetzt gleich mein Bild sehen. Und weil er sich wundern würde, würde er genauer hinsehen – und mich erkennen.
Wo war der Router?
»Davy?«, fragte ich leise. »Du sehst ein Box auf Wand, Plastik, mit Kabel?«
»Nee«, sagte Davy, »nur den klein' hässlichen da unten.«
Er deutete mit dem Turnschuh auf etwas und gab dem Etwas dabei einen unsanften Stoß. Das Ding war tatsächlich der Router, an dem ein kleines ängstliches Licht blinkte. »Mach noch mal das«, zischte ich. »Kick mit Fuß. Ganz viel power.«
Davy sah fragend zu mir hoch. »Ja? Aber dann isses kaputt.«
»Ja«, sagte ich. »Wir mach heil später. Schnell.«
Er grinste ein bisschen. Dann traf sein Turnschuh den Router ein zweites Mal, und diesmal löste er sich aus der Steckverbindung und kam mit einem Krachen auf dem Boden auf, das aber niemand hörte, weil die Espressomaschine auch gerade lärmte. Ich sah, wie sich allgemeine Unruhe im Raum ausbreitete. Die Leute waren hilflos ohne WLAN. Ich kniete mich hin und befreite den toten Router von den Kabeln.
All diese wunderbare Elektronik, dachte ich, die unser Leben so viel freier machte, dieses wunderbare Internet, das uns Milliarden von Informationen gab, jeden Tag, falsche und richtige. Das den Hass genauso multiplizierte wie die Hoffnung.
Wenn wir alle Router töten würden, alle Netzverbindungen, was würde geschehen?

Ich seufzte und steckte das Ding wieder ein, denn jetzt waren Leute zur Theke gekommen und sahen mir zu. »Sorry«, murmelte ich. »This seems to be broken. I tried reconnecting it … does it work now?«

Natürlich funktionierte es nicht. Die Leute hätten zum Weiterarbeiten nach Hause gehen können. Aber sie schienen keine rechte Lust zu haben.

»I can make tea«, sagte ich. »Gratis, für alle.«

»Tee?«, fragte jemand. »Ich trinke keinen Tee.«

»Oh, if I make tea, you will drink«, sagte ich.

»Klar, der Tee von ihn is echt speziell«, sagte Davy, obwohl er keine Ahnung hatte.

Dann geschah ein Wunder. Wie auf dem Erdbeerfeld, als die Leute plötzlich gelacht hatten.

Ich kochte Tee, starken schwarzen Tee mit viel Zucker, wie er von deutschen Zahnärzten sicher verboten ist, und *die Leute mochten ihn*.

Und weil der Tee für alle in einer großen Kanne war, rückten wir die Tischchen zusammen zu einem großen Tisch, was fast so ist, als säße man auf einem Teppich (der Fußboden war leider aus kalten Fliesen). Aber man kann Leuten keinen Tee anbieten, ohne dazu etwas zu knabbern hinzustellen. Daher viertelte ich die Zwiebeln, die ich im Kühlschrank entdeckte, und arrangierte sie hübsch auf einem Teller, zusammen mit den Kräutern, die in Töpfen auf dem Fensterbrett standen und die ich alle abschnitt. Basilikum und Schnittlauch und Petersilie.

Die Deutschen sahen mich ratlos an.

»Man kann essen«, erklärte ich. »Wir machen in Iran. Reinbeiß. Ist gesund.« Und ich aß ein bisschen Petersilie, um ihnen zu zeigen, dass es nicht giftig war.

»Wir sind doch keine Kühe«, sagte eine Frau. Doch langsam breitete sich ein Grinsen über ihr angestrengtes Gesicht. Sie saß vor ihrem zugeklappten Laptop und grinste und aß Kräuter wie eine Kuh, und die Stimmung war auf einmal ganz anders als vorher. Davy erzählte allen eine Geschichte, die keiner verstand, über die aber alle lachten, weil er lachte.

Ich kochte mehr Tee.

Und es kamen mehr Leute: Leute, die sahen, dass wir es hier drinnen gemütlich hatten, während es draußen anfing zu regnen, Leute, die auch persischen Tee probieren und Kräuter essen wollten. Ich setzte mich zu ihnen und erzählte ihnen Geschichten über mein Land und über meine Abenteuer in ihrem Land, auf Englisch, und sie freuten sich darüber.

»Die komischste Sache«, sagte ich, »war die mit Nordkorea. Im Heim hieß es, ich sollte im Büro ein Päckchen abholen, das mit der Post gekommen war. Und auf dem Absender stand *Nord-Korea*. Obwohl ich da niemanden kenne. Ich trug das Päckchen in unsere WG, und mein Mitbewohner und ich wunderten uns. Nord-Korea hat ein Ding mit Atomkraft, an so was denken Iraner sofort. Und auf einmal waren wir sicher, dass dieses Päckchen strahlte. Wir deponierten es im Bad, was dazu führte, dass wir nicht mehr wagten, länger als eine Minute zu duschen. Nach drei Tagen hielt ich es nicht mehr aus. Ich fragte einen der Security-Männer, die vor dem Heim Wache schieben, damit niemand die Flüchtlinge klaut. Der Security-Mann warf einen Blick auf das Päckchen und fing an zu lachen. ›Das ist nicht aus Nord-Korea‹, sagte er. ›Das ist vom Versandservice Nord-*Kurier*.‹ Es war ein billiger Pullover, den ich bestellt und vergessen hatte.«

SMS nach Köln, auf Persisch, mit Foto:
Schau mal, Berliner Kneipe. Wie gefalle ich dir als Barkeeper?
Antwort: Job in Berlin?

Ich dachte, wir könnten ewig so weitermachen, Tee kochen und Geschichten erzählen und mit den Leuten lachen. Davy hatte begonnen, Zaubertricks zu zeigen. Er versuchte sehr lange, eine Münze verschwinden zu lassen, die sich hartnäckig weigerte, weg zu sein, was zu großer Erheiterung führte.
Aber nichts, was so richtig gut ist, hält ewig.
Diesmal kamen uns keine Kühe in die Quere. Diesmal war es die Espressomaschine.
Möglicherweise war sie beleidigt, dass ich schon die dritte Kanne Tee kochte, sie piepte und blinkte, und auf dem Display leuchteten Zeichen für Bohnen und Wasser. Ich weiß auch nicht, alle waren so glücklich, da wollte ich einfach, dass die Espressomaschine auch glücklich war.
Davy fand eine Tüte, auf der BOHNEN, VEGAN stand. Sie waren erstaunlicherweise rot. Ich hätte gerne meine Mutter gefragt, da ich mich mit Küchendingen bis auf Petersilie und Zwiebeln nicht so gut auskenne, aber ich seufzte nur und füllte die Bohnen in den durchsichtigen Behälter, füllte Wasser in den anderen und schloss alle Klappen. Dann drückte ich auf den Milchkaffee-Knopf, zur Probe.
Die Maschine röhrte seltsam und begann zu vibrieren. Dann roch es verbrannt und ein bisschen nach Chili con Carne, und dann, gerade als mir einfiel, dass wir vielleicht die Behälter verwechselt hatten –
Dann explodierte die Espressomaschine.
Eine Flamme schoss heraus, verkohlte Bohnen und Wasser spritz-

ten über die Theke, und ich riss Davy instinktiv mit mir auf den Boden.

Kurz darauf war es sehr still.

Dann fragte jemand: »Was ist passiert?«

Aber niemand antwortete mehr, auch ich nicht, denn in diesem Moment sah ich den deutschen Iraner mit der Gummitasche durch die Vordertür kommen. Da hielt ich es für klüger, durch die Seitentür das Café zu verlassen.

Es war sowieso Zeit, den Bahnhof anzusteuern.

6 Donuts

Der Berliner Hauptbahnhof: eine moderne Orientierungskatastrophe auf fünf Stockwerken.

Ich war schon da gewesen, einmal, vor einem Jahr, aber in meiner Erinnerung verschwamm er zu einem Brei aus Treppen und Ansagen und bunten Bildern. Jetzt stellte ich fest, dass es nicht an meiner Erinnerung lag. Er *war* ein Brei aus Treppen und Ansagen und bunten Bildern, auch um halb elf Uhr nachts.

Leuchtende Tiefseefische auf Bildschirmen alle zwanzig Meter, dann plötzlich Reklame für Tabletten gegen Blähungen, dann die deutschen Alpen samt Bergziege und danach ein Fußballer sowie das Sprichwort des Tages.

Irgendwo gab es auch Züge.

Wir blieben vor einem Schaufenster stehen, in dem glückliche Schaufensterpuppen goldglänzende Rollkragenkleider zur Schau stellten und Handtaschen mit glitzernden Totenköpfen trugen. Was sie mit den Totenköpfen haben, ist mir ein Rätsel. Es gab niedliche rosa Totenköpfe auf weißen Strumpfhosen und grüne Totenköpfe aus Glasdiamanten auf Mädchenhaarspangen, Totenköpfe mit türkisen Puschelfedern als Ohrringe, Totenköpfe mit Schleifen … Der Tod scheint in Deutschland so selten zu sein, dass die Leute sich direkt nach ihm sehnen.

Ich spürte Davys kleinen Körper, der sich an mich lehnte, und merkte, dass er eingeschlafen war. Er hatte nicht gesagt, dass er

müde war, sich nicht beklagt, er war nur einfach im Stehen eingeschlafen.
Ich trug ihn bis zur nächsten Bank, wo ich ihn hinlegte, den kleinen Jungen in der zu großen blauen Regenjacke. Meine eigene Jacke stopfte ich ihm unter den Kopf, und einen Moment lang saß ich nur so neben ihm und sah ihn an.
Morgen würden wir Köln erreichen, mit dem Zug ging es schnell, morgen würde ich ihn bei seinem Vater abgeben wie ein Paket und ihn vermutlich nie wiedersehen. Irgendwie stimmte mich das melancholisch, aber so war es nun mal.
Ich fand den Informationsschalter und stellte mich in die Schlange neben einem riesigen Turm aus quadratischen bunten Schokoladentafeln, die sich spiralförmig übereinander in die Höhe schraubten. Ich fragte mich, ob es sich um Kunst oder Reklame handelte, in Deutschland ist das oft schwer zu unterscheiden, und ob sich unter der bunten Außenhaut tatsächlich Schokolade verbarg. Die Deutschen sind verrückt genug, zweitausend Kilogramm Schokolade einfach in einem Bahnhof zu stapeln …
Mein Magen fing schon wieder an zu knurren.
»Junger Mann?«
Ich drehte mich um. Und merkte, dass die Schlange weitergerückt und ich an der Reihe war. Ich ging also zum Schalter, versuchte, wieder ein Held zu werden, dem Schokolade egal ist, und sagte selbstsicher zu der dicklichen blauen, gebügelten Frau mit dem roten Hütchen: »I need a ticket to Cologne. Do you speak English?«
Sie nickte, und dann sagte sie in perfektem Englisch sehr schnell: »Der nächste ICE nach Köln fällt leider aus. Der darauffolgende verkehrt in umgekehrter Wagenreihung und nur mit den Wagen der ersten Klasse. Sie könnten auch den IC nehmen, der inzwischen fünf Stunden Verspätung hat; unbekannt ist, ob er überhaupt kommt.

Des Weiteren gäbe es die Möglichkeit, mit sieben Regionalzügen zu fahren und achtmal umzusteigen, da ist nachts eine Wartezeit von vier Stunden an einem der Bahnhöfe drin … Dann ginge noch der Euro-Nightline, der fährt heute nur von Gesundbrunnen, dahin käme man mit der S-Bahn, die hat aber seit einer halben Stunde eine Oberleitungsstörung. U-Bahn ginge … ach, nein, ich sehe hier gerade, die streiken schon wieder. Taxi? Ansonsten morgen früh um acht.«

»Äh. Acht Uhr ist okay«, sagte ich vorsichtig. »Ich brauche Fahrkarten für einen Erwachsenen und ein Kind.«

»Das wären 120 Euro.«

»Was? Hören Sie«, sagte ich, und versuchte, mich ein bisschen heldenmäßig aufzuplustern. »Ich will den Zug nicht kaufen. Nur darin fahren.«

»Nun«, sagte sie, »mit der BahnCard 50 würde es die Hälfte kosten, die haben wir im Angebot für 120 Euro, die 25 für 19 Euro, macht 25 Prozent Rabatt mit Zugbindung, und dann gäbe es noch den Sparpreis von 40 Euro, aber der gilt nur im Regionalzug.«

»Okay«, sagte ich und holte Luft. Immerhin war ich in Mathematik in der Schule einer der besten gewesen. »Wenn ich also den Sparpreis mit der BahnCard 50 und der BahnCard 25 kombiniere, kriege ich 50 Prozent von 25 Prozent auf den Rabatt von 40 Euro also 5 Euro, wären Sie damit einverstanden?«

»Die BahnCards lassen sich nicht kombinieren. Die nächsten freien Tickets zum Sparpreis sind in 21 Tagen buchbar.«

Verdammt. Es gab nur noch eine Möglichkeit. Ich musste, wie die Deutschen sagen, auf die Tränendrüse drücken.

»Ich reise mit einem Kind«, sagte ich.

»So?«, fragte sie säuerlich. »Ich sehe keins.«

»Es schläft. Auf einer Bank. Wir sind schon lange unterwegs, wir

mussten vor wilden Kühen fliehen, und wir waren in eine Explosion verwickelt, und der Kleine ist nicht gesund …« Dass die Krankheit ein Sprachfehler war, brauchte ich ja nicht zu erwähnen.
Sie seufzte genervt. »Wie alt?«
»Äh … ich glaube … acht?«
»Sie *glauben*? Na, dann sind sie wohl kein Elternteil. Also braucht es eine extra Fahrkarte. Ab acht Jahren sind das mindestens vierzig Euro.«
»Und wenn ich mich nun geirrt habe, und es ist erst sechs? Pro Jahr müssten das ja fünf Euro sein, also bei zwei Jahren weniger gibt es zehn Euro Nachlass, und wenn ich die zehn Euro von meinem vorher ausgerechneten Preis von fünf Euro abziehe, bekämen wir noch fünf Euro raus.«
Die Frau verschränkte die Arme vor den kleinen, feisten Brüsten, die sie in ihre Uniform gequetscht hatte. »Wir sind nicht auf dem Basar. Gleich kommen Sie mir mit einer kranken Frau und drei hungernden Babys, das kennt man ja von solchen wie Ihnen. Wenn Sie es so billig wollen, gehen Sie zurück in Ihr Heimatland und nehmen Sie ein Kamel.«
Ich erwog, wütend zu werden, aber das brachte vermutlich nichts. Also setzte ich auf die letzte Karte, die mir blieb. Die Charme-Karte. Ich trat etwas näher an den Schalter und schenkte der Frau mein allerschönstes Lächeln. »Keine Babys, keine Frau«, sagte ich. »Ich bin Single. Wissen Sie, dass Sie ein sehr hübsches rotes Hütchen tragen?«
Sie griff automatisch nach oben und berührte irritiert den Hut.
»Diese roten Hütchen stehen nicht jedem«, fuhr ich fort. »Aber Sie kleidet das Hütchen ganz hervorragend. Sie sehen aus wie …« Ich überlegte, und dann fiel es mir ein: etwas durch und durch Deutsches. Etwas, das sie als Kompliment auffassen *musste*. »… wie ein

Gartenzwerg!«, rief ich begeistert. »Ein wunderschöner Gartenzwerg mit einem roten Schlips! Bitte, können wir uns auf sieben Euro einigen?«

»Der Nächste!«, sagte die Frau und sah stur an mir vorbei.

Und ehe ich etwas dagegen unternehmen konnte, hatte eine Gruppe von Japanern meinen Platz eingenommen.

Ich setzte mich auf eine der hervorstehenden blauen Schokoladentafelecken im Schokoladenturm und stützte den Kopf in die Hände.

Mein Vater hatte recht.

Ich war ein Versager.

Ich würde eine völlig überteuerte Fahrkarte kaufen müssen.

Und wovon sollte ich dann ein Gastgeschenk für die iranische Frau kaufen, die mir helfen wollte? Ohne Gastgeschenk konnte ich dort nicht auftauchen.

»Hey«, sagte jemand neben mir, »stehst du auf Schokolade?«

»Nein«, sagte ich. »Ich sitze.«

Dann sah ich auf. Vor mir stand ein hübsches rundliches Mädchen von eindeutig undeutschem Aussehen, mit langen Wimpern, pechschwarzem Pferdeschwanz und großen Ohrringen, die bis auf ihre Schultern herabbaumelten.

»Ich habe 142 Schokoladen-Donuts«, sagte das Mädchen. »Na ja, manche sind auch mit Zuckerguss. Blau zum Beispiel. Mit Krümelmonstergesicht. Und regenbogenfarben.«

»Ah«, sagte ich. »Schön. Gluckwunsch.« Offenbar war sie verrückt.

»You collecting … donuts?«, fragte ich vorsichtig.

Sie lachte. »Nein, ich sammle nicht«, sagte sie, jetzt auf Englisch. »Im Gegenteil. Ich muss sie loswerden.« Sie zeigte hinter sich, wo ein kleiner Wagen stand, ähnlich einem Eiswagen. In Form eines riesigen Donuts. »358 Donuts habe ich heute verschenkt«, sagte sie. »Es ist Reklame für eine Bäckereikette. Wer einen Donut nimmt,

muss seine Adresse aufschreiben und kann an einem Gewinnspiel teilnehmen. Wenn ich bis morgen nicht alle los bin, fliege ich raus. Meine Brüder haben gleich gesagt, ein Mädchen schafft so was nicht.« Sie sah aus, als würde sie gleich in Tränen ausbrechen.
»Ich nehm zwei«, sagte ich und seufzte. »Ich kann meine Adresse aufschreiben und die von meinem Freund … so ungefähr.«
Ich folgte ihr zu dem seltsamen Riesen-Donut und schrieb die Adresse meiner Eltern auf die Gewinnspielkarte, und dabei kam mir eine Idee. »Wir könnten andere Adressen aufschreiben«, sagte ich. »Wir suchen jetzt 142 Adressen im Netz und schreiben die auf.«
»Und wenn einer von denen gewinnt, die gar nicht mitgemacht haben? Wenn der den Gewinn nicht will und sich beschwert? Deutsche beschweren sich gerne.«
»Dann«, sagte ich schlau, »schreiben wir eben 142 Adressen in Teheran auf. Teheraner beschweren sich nie. Sie sind gewohnt, dass es verboten ist, sich zu beschweren.«
Und dann schrieb ich die Namen und Adressen sämtlicher Cousins, Cousinen, Tanten und Onkel von mir auf und dachte mir den Rest aus. Bei so vielen iranischen Karten würde ziemlich sicher ein Iraner gewinnen.
»Was überhaupt?«, fragte ich. »Was schickt diese Bäckerei einem?«
»Na, einen Karton mit frischen Donuts«, antwortete das Mädchen.
»Oh«, sagte ich, »ob die den Transport überleben?«
Am Ende schenkten wir fast alle *unserer* Donuts den Bettlern, die in den Mülleimern nach Pfandflaschen suchten. Ich hatte nicht gewusst, dass es in Deutschland Bettler gab, sie waren mir bislang einfach nicht aufgefallen. »Viele sind Rentner«, sagte das Mädchen. »Sie kriegen nicht genug Rente und brauchen das Flaschenpfand.«
»Das ist doch verrückt«, sagte ich, »so ein reiches Land, und dann

müssen die alten Leute im Müll wühlen? In meinem Land bringt man den alten Leuten Respekt entgegen.«
Ich wollte sie gerne fragen, woher sie kam, aber ich spürte, dass sie keine Lust hatte, darüber zu reden, weil sie das vielleicht genauso oft gefragt wurde wie ich.
Und dann holte sie plötzlich eilig ein Tuch aus ihrem Rucksack und schlang es mit einer geübten Bewegung um ihren Kopf. »Da kommt mein Bruder«, sagte sie. »Der holt mich ab.« Sie gab mir ganz rasch und beinahe heimlich eine kleine pinkfarbene Karte, auf der eine Handynummer stand und eine Rose abgedruckt war, und rannte zu ihrem Bruder hinüber, einem ziemlich kräftigen jungen Mann, der mich misstrauisch beäugte.
Ich hielt die Tüte mit den drei Donuts hoch, die ich behalten hatte.
»I hope I will win!«, rief ich, damit er dachte, ich hätte nur bei dem Gewinnspiel mitgemacht, und dann zog ihr Bruder sie weg, samt dem übergroßen rollenden Donut.
Ich sah ihr nach und dachte daran, wie viel Erstaunen die Donuts tatsächlich auslösen würden, wenn sie im Iran ankamen. Denn ungefähr hundert der Adressen auf den Karten hatte ich mit beliebigen Namen und der Adresse des Evin-Gefängnisses in Teheran versehen.
Es war eine schöne Vorstellung, wie ein Postauto vor diesen Mauern hielt, wo sonst nur die Angst herrscht, und eine riesige Box mit bunten Donuts auslud.

SMS nach Köln, auf Persisch:
Sind wieder auf dem Weg.
Antwort: Seid ihr mehrere?
SMS *nach Köln: Nein, nur ich. Was machst du?*

Antwort: Party. Mit Freunden. Warum hast du geschrieben SIND?
SMS *nach Köln: Zug morgen um acht. Bald da. Kann ich morgen bei dir übernachten?*
SMS *nach Köln: Hallo?*
SMS *nach Köln: Okay, du bist beschäftigt mit der Party. Ich habe nichts dagegen, wenn Frauen Party machen. Ich denk an dich.*

Ja, ich dachte an sie, während ich eine überteuerte Fahrkarte aus einem Automaten zog. Ich hämmerte auf dem halb kaputten Touchpad herum und dachte an sie: die geheimnisvolle Unbekannte aus Köln. Im Netz nannte sie sich *Layla Starlight*.
Sie war wunderschön, und mein Selfie mit Strohhut und Zigarette hatte ihr gefallen: das Bild eines verwegenen Helden, lässig und cool. Ihr Vater, der Jurist, würde mir helfen bei der Sache mit dem Mord, den ich nicht begangen hatte, der Sache mit der kaputten Espressomaschine und den Stieren, und natürlich bei der Sache mit dem Brief in meinem Spind, in dem höchstwahrscheinlich ein Abschiebungsbescheid steckte.
Bis dahin dachte ich, dann stand ich vor der Bank, auf der Davy geschlafen hatte.
Und die Bank war leer. Bis auf meine Jacke.
Ich vergaß Layla Starlight. Ich vergaß den Brief in meinem Spind. Ich vergaß, dass ich ein lässiger und cooler Held war.
Verdammt.
Jemand hatte mir ein Kind anvertraut, und ich hatte es verloren.
Bei der Frage, wer der Jemand war, lautete die Antwort ziemlich eindeutig Gott, und das war beunruhigend.
Ich begann, durch den riesigen, verwirrenden Berliner Hauptbahnhof zu traben und nach Davy zu suchen, und irgendwie hatte ich das Gefühl, dass Gott mir dabei zusah. Ich weiß, der christliche

Gott ist ein gütiger, angeblich, wir kennen uns erst seit ungefähr drei Jahren, und unbedingt gütig fühlte er sich in diesem Moment nicht an. Mehr wie jemand, der mir Vorwürfe machte.
Du hast ihn zu lange allein gelassen, schien er zu sagen. Er ist aufgewacht und hat gedacht, du kommst nicht wieder.
»Es war doch wegen der Fahrkarte!«, sagte ich laut, zur Abwechslung auf Persisch, was Gott wohl verstand. »Und dann die Donut-Geschichte … ich wollte dem Mädchen nur helfen!«
So, so, dröhnte Gottes Stimme in meinem Kopf. Gott stand jetzt oben an der Rolltreppe und sah mir entgegen. Du hast nicht zufällig mit ihr geflirtet?
»Nein!«, sagte ich.
»Und du hast nicht zufällig gerade noch mehrere Kurznachrichten geschrieben?«, fragte Gott.
»Doch, aber das ging ganz schnell!«, rief ich.
Dann kam ich oben bei Gott an, und da war es nur ein alter Penner mit langem weißem Haar, der mich komisch anguckte.
Ich rannte weiter durch den Bahnhof, durchkämmte Etage um Etage, rief nach Davy und fragte die wenigen Leute, die noch auf ihre Züge warteten: »Verzeiherung? Did you see a little boy in a huge blue rain jacket?«
Alles, was ich erntete, war ein Kopfschütteln, und einmal sagte jemand: »Ich hab kein Geld übrig, geh woanders betteln, du Assi.«
Ich rannte auf dem Bahnhof hin und her, bis ich wirklich nicht mehr konnte, dann ließ ich mich mit dem Rücken gegen eine Wand sacken und versuchte, zu Atem zu kommen, und Gott sagte von irgendwoher in meinen Kopf hinein: Weißt du noch, wie du mir zum ersten Mal begegnet bist?
»Ja«, flüsterte ich. »Natürlich. Das war in dieser Kirche, die nicht aussah wie eine Kirche, in diesem Haus in der Straße meiner Schule.

Als ich durch die offene Tür die Predigt von diesem deutschen Pastor hörte.«

»Und was hat der deutsche Pastor getan?«

»Er hat mich zuhören lassen. Aber später, als ich alles über das Christentum gelesen hatte und wollte, dass er mich taufte, hat er gesagt, das wäre verboten. Ein Moslem darf nicht zum Christentum konvertieren, nicht im Iran. Er hatte Angst.«

»Siehst du. Angst. Du hast auch Angst, Sean«, sagte Gott. Er nannte mich Sean, wie Davy, und das gab mir einen Stich. »Du hast Davy vor lauter Angst verloren. Du hast zu viel Angst davor, zu versagen. Du hast zu viel Angst davor, dass dich niemand toll findet. Deshalb hast du erst mit dem Donutmädchen geflirtet und dann die Nachrichten an Layla geschrieben, statt gleich zu Davy zurückzugehen.«

»Sag mir doch, wo er ist!«, rief ich. »Hat ihn jemand mitgenommen?« Ich stellte mir vor, wie irgendein Verrückter Davy mit sich zerrte und ihn zwang, in ein Auto zu steigen, irgendein Psychopath und Kindermörder, und ich schrie Gott an. »Warum hast du nicht auf ihn aufgepasst? Du bist drei, der Vater, der Sohn und der heilige Geist. Und ich bin bloß einer! Du weißt doch, wo Davy ist, oder? Ist er … er ist doch nicht vor einen Zug gelaufen?«

»Das musst du selbst herausfinden«, sagte Gott. »Überwinde deine Angst und finde es heraus.«

Da steckte ich mir eine Zigarette an, seit Langem mal wieder, und inhalierte den Rauch tief.

Ich war nie ein richtiger Moslem gewesen. Als Kind war ich mit zur Moschee gegangen, aber der muslimische Gott war mir immer vorgekommen wie mein Vater, ein Gott, der mich Versager nannte. Der christliche Gott, hatte ich gedacht, wäre da anders. Aber in diesem Moment war ich so sauer auf ihn, dass ich ihn einfach nicht mehr hören wollte.

Und deshalb nahm ich die Zigarette und drückte sie mit der rechten auf meine linke Hand, bis es so wehtat, dass ich es nicht mehr aushielt. Da war Gott weg.
Und ich öffnete die Augen und sah Davy. Er stand vor einem der erleuchteten Schaufenster, eine blaue Wollmütze in die Stirn gezogen, eine Hand seltsam nach vorn gestreckt.
Ich ließ die Zigarette fallen und rannte wieder los, schneller als zuvor, ich riss Davy beinahe um. Aber es war gar nicht Davy. Es war ein Junge von Davys Größe. Ein Junge aus Pappe. Und er hatte die Hand so seltsam ausgestreckt, weil er darin die Visitenkarten eines Ladens mit Berliner-Bären-T-Shirts hielt.
Da tickte ich aus. Ich riss dem Pappjungen die Wollmütze vom Kopf, kickte ihn zu Boden, verstreute die nutzlosen Visitenkarten, trat gegen das Schaufenster, das leider sehr stabil war, trat gegen eine Bank –
Und dann packte mich jemand, drehte mir die Arme auf den Rücken und hielt mich fest.
Ich warf den Kopf zurück und blickte in das Gesicht eines Mannes und dann in das einer Frau. Beide trugen hellblaue Hemden und dunkelblaue Uniformjacken.
»Darf man mal wissen, was Sie hier gerade veranstalten?«, fragte der Mann. »Wir beobachten Sie schon eine Weile, wie Sie herumrennen und mit sich selber reden, aber jetzt reicht es. Deutsch? You speak Deutsch?«

SMS nach Köln, auf Persisch:
Ich bin auf der Polizei. Kannst du ihnen schreiben, dass sie mich gehen lassen sollen? Ich habe nichts gemacht! Ich suche nur jemanden!
SMS nach Köln:

Okay, ich weiß, es ist Nacht, aber kannst du ihnen schreiben? Du kannst doch perfekt Deutsch. Wenn du hier geboren bist.
SMS, nicht aus Köln:
Hi, Sean, wo steckst du?
SMS zurück:
Lotta! I'm in Berlin. I am with the police near the Hauptbahnhof. But it is all great big misunderstanding. I wanted to board the ICE *to Köln, but I lost Davy. I need help to find him. They don't listen to me. And I have no Ausweis with me.*
SMS von Lotta:
Put me on the phone with them.

Wenn dies eine der Szenen in meinem Kopfkino wäre, dachte ich, wäre es zur Abwechslung eine wirklich spannende. Ich dachte an meinen kleinen Bruder, Amin, und stellte mir vor, wie er die Schale mit den Pistazien vergisst und sich an der Sofakante festklammert vor Nervosität, während er auf den Flachbildschirm starrt. Darauf sieht er mich, wie ich im grellen Licht einer Polizeiwache sitze, zerschlagen, erschöpft, eine Brandwunde auf der Hand. Die uniformierten Polizisten, die man ebenfalls auf dem Bildschirm sieht, wollen mir alles nehmen: mein Telefon, meine Freiheit, meine Würde, und Amin vor dem Bildschirm versteht das, er fürchtet sich mit mir, er weiß: Dies ist das Ende. Er weiß, was mit Leuten geschieht, die der Polizei in die Hände fallen, solche Filme gehen niemals gut aus.
Sie sperren den zerschlagenen Helden auf dem Bildschirm für einen Mord ein, den er nicht begangen hat, sie …

Aber dann fiel mir ein, dass dies kein Film war, sondern die Realität. Und ich riss mich zusammen und hielt den Polizisten das Handy entgegen, meine magische Waffe, aufgeladen in der letzten Kneipe. »Talk to this girl.«

Ich betete.
Lieber Gott, es tut mir leid, dass ich dich verscheucht habe, bitte komm zurück.
Jesus, wo bist du?
Lass Lotta etwas Kluges sagen.
Lass mich hier rauskommen, das eine Mal noch! Wie damals, auf dieser griechischen Insel, da wollten sie mich einsperren, weil ich gesagt hatte, ich sei ein Afghane, und sie gemerkt hatten, dass es nicht stimmte …
Der Polizist knurrte. Schnaubte.
»Ja, natürlich«, murmelte er. »Ein Kind … ja, schlimme Geschichte … traumatisiert … Trotzdem hat er einen Ausweis bei sich zu tragen! Was? Wenn mein Sohn weglaufen würde? Ja … Was? Sie glauben, er hat randaliert, *damit* die Polizei kommt? Um sie auf sich aufmerksam zu machen? Das ist doch lächerlich. Ich bitte Sie … von wegen Nerven verlieren … aber … Nein. Wirklich nicht. Überhaupt, Sohn? Hah. Sie!« Er legte das Handy weg und zeigte auf mich. »Sind Sie überhaupt volljährig?«
Voll, das kannte ich. Das andere Wort nicht. Voll hieß besoffen. Und deshalb sagte ich: »Ich trinken nicht.«
»Entschuldigung«, sagte die Frau, die bis jetzt gar nichts gesagt hatte. Sie hatten hier das Good-cop-bad-cop-Spiel, aber eine andere Variante: Active-cop-passive-cop. Das kannte ich natürlich, von meinen Besuchen bei der Polizei zu Hause: Der eine brüllt herum, schlägt zu oder tut andere unangenehme Dinge. Der andere sitzt nur da und zuckt entschuldigend die Schultern, wie um zu sagen: Ich bin zwar nicht für Gewalt, aber ich kann dir auch nicht helfen.

Doch da gab die Frau ihre Passivität auf und sagte: »Draußen steht ein kleiner Junge.«

»Ein kleiner Junge?«, fragte der Polizist. »Der hier, der hat doch einen kleinen Jungen gesucht.«

Ich sah zur Glastür.

Die Polizistin hatte recht, draußen stand ein kleiner Junge in einer zu großen blauen Regenjacke und drückte sich die Nase am Glas platt.

Davy.

Und auf einmal tat sich etwas im Gesicht des Polizisten, seine Züge wurden weicher. Die Polizistin öffnete die Tür, und Davy stürzte herein und umarmte mich.

Und ich umarmte ihn zurück.

Ich glaube, ich war selten so erleichtert gewesen.

Davys Gesicht war verschmiert und verheult, und er sagte: »Ich hab dir gesucht, Mann! Total lange! Da hat mir einer hierhergeschickt.« Und mit einem Blick auf die beiden Polizisten fügte er hinzu: »Komm jetz! Unsa Zug fährt doch gleich!«

Zuerst wollte ich widersprechen, doch dann begriff ich, dass es ein Trick war. Ein wirklich schlauer Trick, den ich ihm gar nicht zugetraut hätte.

»Ja, oh, die Zug«, sagte ich.

Und ich sprang auf und ließ mich von Davy in Richtung Ausgang ziehen, winkte den beiden Polizisten, die uns nur mit offenem Mund anstarrten – schon waren wir im Flur, schon waren wir draußen in der Nacht.

Als ich mich nach ein paar Metern umsah, stand die Polizistin draußen vor dem Gebäude. Doch sie kam uns nicht nach. Sie hob nur die Hand zu einer Geste, die vielleicht etwas bedeutete wie: »Viel Glück.«

Und ich fragte mich, ob das nun Jesus gewesen war oder Gott oder nur Davys unschlagbarer Charme.
Ich fragte mich noch etwas.
Ich fragte mich, wann sie darauf kommen würden, dass ich einem der Fahndungsfotos, die gerade kursierten, erstaunlich ähnlich sah.
Wir rannten. Hand in Hand.
Wir hatten uns nicht verloren.

»Davy? Wo bist du gewest?« Wir saßen wieder am Bahnhof, auf einem Bahnsteig im Untergeschoss, auf der Bank neben einer Säule, hinter der man sich notfalls verstecken konnte. Falls die Polizisten wiederkamen.
»Ich hab uns 'ne Fahrkarte besorgt!«, sagte Davy und hielt ein zerknautschtes Stück Papier hoch. »Lag unta ein von die Getränkeautomaten, da ganz hintn.« Er zeigte vage auf das Ende des Bahnsteigs.
Ich nahm das Papier. Es war ein U-Bahn-Ticket von vor einer Woche.
»Das ist sehr schöne Fahrkartin«, sagte ich. »Danke.«
Davy fuhr mit den Fingern vorsichtig über mein Gesicht.
»Du siehs fertich aus«, sagte er.
»Ich habe Donuts«, sagte ich.
Und dann aßen wir zusammen drei Donuts mit rosa Zuckerguss und Schokolade, einer hatte sogar ein blaues Gesicht. Als wir einschliefen, legte ich meinen Arm um Davy, damit er nicht mehr verloren gehen konnte.

Im Traum stand ich wieder vor der Frau mit dem roten Hütchen am Infoschalter.

»Nehmen Sie doch den Euro-Nightline«, sagte sie. »Er hat nur Liegewagen, das ist ein Aufpreis von hundert Euro pro Fahrkarte, die Liegen sind mit Gras bewachsen, Sie müssen nur ein bisschen aufpassen mit den Kühen an Bord. Der Zug hat allerdings eine Störung, das Licht ist ausgefallen, sogar das Tageslicht. Und er fährt morgen mit einer Verspätung von drei Stunden und vier Minuten, abweichend nicht nach Köln, sondern …« Sie starrte auf den Bildschirm vor sich und brach in hysterisches Kichern aus, »… sondern nach Schiras.«

»Sie sind ja betrunken«, sagte ich.

Da warf sie ihr rotes Hütchen in die Luft, fing es wieder und aß es auf.

Um kurz vor neun Uhr stiegen wir auf dem zum Leben erwachten Hauptbahnhof, der summte wie zwanzig Bienenstöcke, in unseren Zug.

Er hatte vierzig Minuten Verspätung und fuhr auf einem anderen Gleis ab als geplant, außerdem sagte jemand per Lautsprecher etwas von »leider umgekehrter Wagenreihung«, was immer das bedeutete. Wir setzten uns auf Plätze, die *bahncomfort* hießen. Das englische Wort *comfort* heißt ja »trösten«, und ich fand es nett, dass die Deutsche Bahn ihre Kunden mit der Bereitstellung spezieller Sitze trösten wollte, weil schon alles andere schiefging.

Davy hopste auf seinem Fenstersitz auf und ab und pulte im Hüpfen die Gurken und Tomaten von dem Frühstücksbrötchen, das ihm zu gesund vorkam. Als ich die Gurkenscheiben und Tomatenstückchen gerade wieder eingesammelt hatte, kamen zwei sehr dicke Leute und sagten, unsere Plätze würden ihnen gehören. Ich dachte, dies wäre eine gute Gelegenheit, ein Held zu sein und die Plätze zu verteidigen. Aber die Leute sahen stark aus, so als könnten sie mich

zum k. o. bringen, indem sie sich einfach auf mich setzten, und da zog ich es vor, ihnen die Plätze zu überlassen.
Wir fanden Stehplätze. Vor den Klos.
Sonst war nämlich alles voll.
Es war eigentlich eine lustige Gesellschaft im Gang, alle möglichen jungen Leute mit großen Rucksäcken und wilden Haaren und bunten Taschen. Studenten, sagte jemand.
Und ich sah sie an und sehnte mich danach, so zu sein wie sie.
Ein Student. Ohne Sorgen. Ich sehnte mich danach, nur so zum Spaß durch die Gegend zu reisen, ohne Angst vor der Polizei. Abends zusammen mit den anderen in einem Park sitzen und Bier trinken – wie in Teheran, nur, dass das Bier nicht auf der Heizung selbst gebraut wäre. Wir könnten über alles reden. Über die Literatur, die wir lasen und die nicht verboten war. Die Filme, die wir sahen, die man nicht illegal besorgen musste. Unsere Ideen, die Welt zu verbessern, egal, wie unsinnig sie waren. Und niemand könnte uns dafür einsperren.
Komisch, in meiner Vorstellung saß Davy neben mir, zwischen all den Studenten.
»Guten Morgen, meine Damen und Herren«, sagte eine fröhliche Lautsprecherstimme. »Frühstückszeit! Schauen Sie doch auf einen Kaffee oder ein frisch aufgebackenes Croissant bei uns vorbei! Leider haben wir einen Kühlungsausfall, deshalb gibt es nur … Wasser … warmes Wasser … und … wie ich sehe, ist auch der Ofen heute funktionsuntüchtig, und die Kaffeemaschine scheint defekt zu sein … also gibt es … lauwarmes Wasser … Wir freuen uns, sie zu dieser reichhaltigen Auswahl im Bordrestaurant oder Bordbistro begrüßen zu dürfen.«

SMS von Lotta: *You on the train?*
- *Yep. I found Davy. You safed us last night.* THANX*!*

SMS von Lotta: *The train number is X2338?*
- How do you know?

SMS nach Köln, auf Persisch: *Sind um* 15.15 *in Köln. Wie finde ich dich?*
SMS nach Köln, eine Stunde später: *Alles okay bei dir?*
SMS nach Köln, noch später: *Hallo???*

Als gegen 9 Uhr 55 die Bremsen des Zuges quietschten und er anhielt, inmitten der hübschen grünen deutschen Spielzeuglandschaft, dachte ich zuerst an Wildwestfilme. An herangaloppierende Indianer in wilder Kriegsbemalung, die die Herausgabe der Waren verlangten, die wir geladen hatten.
Aber wir hatten keine Waren geladen, außer einige Liter kalte Suppe, die man im Bordrestaurant nicht warm machen konnte, sowie einen Vorrat an lauwarmem Bier. Welcher indianische Häuptling hat es auf lauwarmes Bier und Suppe abgesehen?
Der Zug stand zwischen hohem Gras und efeubewachsenen Bäumen, nur in der Ferne winkte ein Industriegebiet mit dreckigen Dunstwolken.
»Is hier Köln?«, fragte Davy.
»Wir bedauern sehr, dass es zu einem außerplanmäßigen Halt gekommen ist«, sagte die Lautsprecherstimme. »Es handelt sich um eine tschechische Störung.« Aber im Nachhinein denke ich, ich muss das falsch verstanden haben, denn der Zug kam gar nicht aus Tschechien.
Davy und ich kämpften uns bis zu einer der Türen vor, aber auch von dort sah man nicht, warum der Zug stand.
»Meine Damen und Herren, wir haben den Grund gefunden!«, sagte die Lautsprecherstimme. »Es befinden sich Kühe im Gleis.

Wir haben die örtliche Polizei und die Feuerwehr informiert und müssen nun auf ihre Ankunft warten.«

»Guck ma«, sagte Davy in diesem Moment. »Da kommen so ne. Da vorne. So ne Leute.«

Und er zeigte ans Ende des Waggons, wo sich drei Männer mit Aktenmappen näherten.

»Das ist nur eine Kundenbefragung«, erklärte eine Studentin neben uns.

»Nee«, sagte Davy und packte mich ganz plötzlich am Ärmel. Dann flüsterte er: »Die kennen wir doch! Von den Haus an Strand. Von nachts!«

»Du bist sicher?«, wisperte ich. »Den Männer da haben auf Mann in Pyjama geschissen?«

Davy grinste. »Geschossen«, verbesserte er. Doch dann grinste er nicht mehr. »Die suchen uns, wetten? Wir ham die gesehn, wir sind Zeugung von dem Geschieße. Die wolln uns erledigen.«

»Wir bedauern, dass sich die Weiterfahrt unseres Zuges auf unbekannte Zeit verschiebt«, sagte die Ansagerin durch. »Leider weigern sich die Kühe, das Gleis zu verlassen.«

Ich sah die Männer jetzt deutlich. Sie saßen alle drei bei jemandem und taten so, als würden sie ihn befragen, aber der Größte blickte kurz von seinem Block hoch, auf den er die Befragungsergebnisse notierte, und mit einem Mal war ich sicher: Es war der, den ich in der Nacht am Strand gesehen hatte.

Nun klappte er den Block zu, stand auf und kam auf uns zu.

Und plötzlich begriff ich, dass die Kühe unser Glück waren.

Ich folgte Davy, der sich zwischen Rucksäcken, Koffern, Beinen und Reisetaschen hindurch davonwühlte wie ein Maulwurf. Wir brachten einen Waggon zwischen uns und unsere plötzlichen Verfolger, zwei, drei … Und dann war der Zug zu Ende, und ich drückte auf den grünen Knopf an der letzten Tür. Nichts. Die Tür öffnete sich nicht. Wahrscheinlich konnte man sie nur in Bahnhöfen öffnen. Blitzschnell sah ich mich um. Über einem Fenster hing ein kleines rotes Glashämmerchen, darunter war eine splitternde Scheibe abgebildet, und es stand NOTAUSSTIEG da.

Ich griff über den alten Herrn, der dort saß, murmelte: »Verzeiherung, Sir, we have to alight here«, und dann holte ich aus und ließ den kleinen Hammer mit Wucht auf die Scheibe oben in der Tür sausen. Die Splitter spritzten nach allen Seiten davon.

»Komm«, sagte ich zu Davy.

Ich hob ihn durch die Öffnung und kletterte ihm nach. Und dann rannten wir über die grüne Wiese, auf einen grünen deutschen Waldrand zu. Als ich mich kurz umdrehte, sah ich, wie vier braune Kühe das Gleis verließen. Der Zug setzte sich wieder in Bewegung; noch war das Fehlen der Scheibe nicht zum Personal durchgedrungen.

»Danke, Gott«, sagte ich und schlug ein Kreuz. »Danke, Gott, dass du uns deinen Sohn geschickt hast, in – Verzeiherung – in Form einer Kuh.«

7 Tofuwürstchen

Grün, grün, grün. Es war unglaublich, wie grün dieser deutsche Wald war.

Wir waren schon seit einer ganzen Weile unterwegs, als Davy sagte: »Warum sind wir eintlich nich an die Schienen langgegangen? Da hätten wir uns nich verlaufen könn.«

Ich blieb stehen und setzte zu einer ausführlichen Erklärung an.

Erstens hätte man uns an den Schienen sofort entdeckt, falls man jemand war, der uns verfolgte und beseitigen wollte und falls man später aus dem Zug ausgestiegen war, weil der Zug stehen geblieben war, weil jemand den Zugleuten gesagt hatte, dass ein Loch im Fenster war.

Zweitens war der Waldweg viel bequemer und führte in die ungefähr gleiche Richtung.

Drittens fand auch die Polizei uns im Wald nicht so leicht, man konnte notfalls auf einen Baum.

»Alles klar«, sagte Davy und grinste. »Du hast einfach nich drangedacht, an die Schienen langzugehn.«

Ehrlich gesagt, hatte er recht. Aber nun waren wir schon mal im Wald, und den Weg zurück zu den Schienen hätte ich auch nicht gefunden. Überhaupt war es schön hier.

Die Vögel sangen in den Ästen ganz international, ich pfiff eine Melodie aus meiner Heimat, und Davy pfiff durch seine Zahnlücke eine Art Begleitung.

Oben schien die Sonne auf den Wald, und unten lag das Licht grünlich und gelblich und goldlich auf dem weichen Waldboden. Ab und zu stand ein orangefarbener Mülleimer am Weg oder eine Bank oder ein Verbotsschild, sodass man immer wusste: Man war noch in Deutschland.

Übrigens habe ich mal gelesen, dass das Gehirn die Masse an Schildern in Deutschland nicht prozessieren kann, weshalb es sie einfach alle ignoriert. Daher gibt es auch in Deutschland Verkehrsunfälle. Das ist aber sowieso notwendig für die deutsche Automobilindustrie; die können ja keine neuen Autos verkaufen, wenn die Leute die alten nicht zu Schrott fahren.

Nichts ist schädlicher für die Wirtschaft eines Landes als eine zu lange Zeit Frieden, in der nichts kaputtgeht und nichts Neues produziert werden muss. Deshalb sollte man darauf achten, auch in Friedenszeiten genügend Dinge zu zerstören, zum Beispiel machen die Deutschen ihre Elektrogeräte so, dass sie nach einer gewissen Zeit den Geist aufgeben, auch die Glühbirnen und die Züge. Hätten wir im Iran uns immer an dieses Prinzip gehalten, hätten wir den Irakkrieg nicht gebraucht.

Wir standen also im deutschen Wald und bewunderten mal wieder Schilder, an einer Stelle gab es sogar drei übereinander an einem Baum.

Auf einem war ein Ding zu sehen, das aus mehreren Strahlen bestand, gelb auf blauem Grund, und ich erschrak. Ein Atom-Zeichen. Auf dem zweiten Schild sah man zwei Menschen mit Stöcken. Ich erklärte Davy, dass das erste Schild bedeutete, wir befänden uns in verstrahltem Gebiet, vermutlich war mitten im Wald ein Atomkraftwerk. Das zweite Schild hieß, dass man nach einem zu langen Aufenthalt hier mit körperlichen Schäden zu rechnen hatte und einen Gehstock bräuchte.

Es ist sehr deutsch, dass man davor extra gewarnt wird, bei uns im Iran stehen Atomkraftwerke einfach in der Gegend herum und die Häuser daneben, und kein Mensch wird gewarnt, aber man sieht natürlich die Atomkraftwerke auch besser, weil kein Wald da ist.

Auf dem dritten Schild war ein Wassertropfen abgebildet, also war das vielleicht eine weitere Warnung: davor, dass auch das Wasser verstrahlt war.

»Na, Strahlen sind doch gut«, sagte Davy. »Sonnstrahlen zum Beispiel.«

»Ist Gefahrung für vieles Zeug«, meinte ich. »Für Cancer. Besser, wir geht nicht zu lange hier.«

Aber wir gingen lange.

Der Wald hörte auf und fing wieder an, und es kam keine Straße. Einmal nahmen wir eine kleine Abkürzung über eine Wiese und mussten durch einen Bach waten. Wir krempelten unsere Hosen hoch und trugen die Schuhe in der Hand, und über dem Bach schwebten große blau schillernde Libellen. Davy versuchte, sie zu fangen. Die Sonne flirrte auf gelben Wasserblumen, die Schatten der Bäume wippten auf den Wellen wie kleine Boote, und ich setzte mich auf einen Uferstein und machte ein Bild von den gelben Blumen und von Davy, der immer noch im Wasser herumhopste. Ich schickte das Bild nach Köln.

Schau mal, hier ist es sehr schön. Ich wünschte, du wärst hier. Wird etwas länger dauern, bis ich ankomme.

Ich stellte mir vor, wie ich zusammen mit Layla Starlight hierher zurückkehrte, eines Tages. Wie sie neben mir am Ufer saß, die Füße im Wasser, und sich das lange, glänzende Haar zurückstrich.

»Sean«, sagte sie in meiner Vorstellung. »Es ist sooo schön, mit dir hier zu sein! Mein Held. Sean … kann es sein, dass es nass ist an diesem Ufer? Mein Rock wird ganz schlammig! Und die Mücken

stören. Außerdem müsste ich mal für kleine Ladys, gibt es hier eine saubere Toilette?«
Da merkte ich, dass es nicht stimmte, was ich geschrieben hatte. Ich wünschte *nicht*, sie wäre hier.
Es war alles gut so, wie es war.

Ich zog meine Jacke aus, weil es viel zu warm war, und dabei fiel eine blaue Strickmütze aus der Tasche: die Mütze, die ich dem Pappjungen am Bahnhof bei meinem Wutanfall abgenommen hatte.
Das verlängerte die Liste unserer kleinen Verbrechen leider um einen Diebstahl-Posten, aber im Moment konnte ich nichts dagegen tun, und so warf ich Davy die Mütze zu.
»Hier, für dich«, sagte ich.
Er strahlte und setzte sie auf. Ich dachte, er würde cool damit aussehen, und ich glaube, das dachte er auch, ein kleiner Strickmützen-Gangstarapper. Doch die Mütze stand nur komisch nach oben und war immer noch blau, und, ehrlich gesagt, sah er aus wie ein Schlumpf.
Kurz darauf saß ich also mit einem neunjährigen Schlumpf am Bach, und der Schlumpf sagte: »Ich hab ne Limelle gefangen!«, und hielt mir seine Hände entgegen.
Da sah ich, wie ein blaues Schillern zwischen Davys Fingern herumflatterte, und auf einmal wurde ich trotz der Sonne und der Bilderbuchnatur melancholisch.
»Lass ihm zu frei«, bat ich.
»Nee, die gehört mir jez«, knurrte Davy trotzig.
»Sie sterbt«, sagte ich. »Du behalts, sie sterbt.«
Er sah mich eine Weile an, die Augen halb zusammengekniffen.
»Ich wollte imma ein Tier«, sagte er leise. »Aber ich durft nie. Wenn

ich ein Tier hab, muss es dableiben und mir liebhaben. Sonst gehen imma alle weg.«
Da holte ich tief Luft und legte meine Hände auf Davys Schultern.
»Ich gehe nicht weg«, sagte ich.
»Nein?« Davy sah mich sehr genau an. Prüfte mit seinen blauen Kinderaugen, ob ich log.
Amin hatte mich auf ähnliche Art angesehen.
Und ich war gegangen.
»Okay, du gehst nich«, sagte Davy. Dann öffnete er die Hände und ließ die Libelle frei. Blau schillernd erhob sie sich in die Sommerluft und flatterte davon.

Die Abkürzung durch den Bach hätte uns zurück auf den Weg führen sollen, aber irgendwie fanden wir den Weg nicht wieder.
Da keiner von uns Lust hatte zurückzugehen, wanderten wir weiter in die ungefähr richtige Richtung. Irgendwann, dachte ich, würden wir schon wieder auf eine Straße stoßen. Am besten mit einer Tankstelle: Wir hatten beide Hunger und Durst. Von dem Bachwasser hatten wir nichts getrunken, da es ja verstrahlt war.
Doch wir stießen auf keine Straße. Wir stießen auf sieben nackte Mittdreißigerinnen, die dabei waren, in einen See zu springen.
Es geschah so plötzlich, dass wir nicht mehr zurückkonnten, wir teilten die Zweige der Bäume und standen am Ufer dieses Sees, und auf der anderen Seite brach eine Horde weißer Leiber aus dem Unterholz, sodass ich für einen kurzen Moment dachte, es sei eine merkwürdige Wildsorte. Aber es war Wild auf zwei Beinen, Wild mit fliegenden Pferdeschwänzen und großen Füßen und unrasierten Schamhaaren, Wild mit schlackernden Brüsten und weißen Pobacken und Bäuchen, und ich machte schnell die Augen zu.
»Sean?«, fragte Davy. »Was'n los?«

Ich öffnete die Augen wieder, sehr langsam. Die blassen, fleischigen Leiber schwammen jetzt im Wasser, sodass man zum Glück nicht mehr so viel von ihnen sah.

»Warum sie schwimmen in Mitte von Wald mit ohne Kleid?«, fragte ich und hörte, wie wenig cool und lässig ich klang.

Davy zuckte die Schultern. »Hatten vielleicht Lust dazu«, meinte er. »Du, die können uns bestimmt sagen, wo ne Straße is.« Und er fing an, neben mir auf und ab zu hopsen und zu winken.

»Nein!«, zischte ich. »Hör auf! Sie sehen uns!«

»Na, das solln sie ja«, sagte Davy. »Sonst kann ich ja nich mit sie reden.«

Jetzt winkte eine der Frauen zurück, sie reckte ihren weißen Arm aus dem See und lachte, und dann kamen sie doch tatsächlich alle sieben zu uns herübergeschwommen. Am Ufer standen sie auf, weil es hier flacher war. Das Wasser reichte ihnen hier nur noch bis zum Po. Ich schluckte und versuchte, nur in ihre Gesichter zu sehen, ein Gentleman starrt nicht auf die Brüste von Frauen, auch nicht, wenn sie so asymmetrisch sind, wie diese es waren.

»Guten Tag«, sagte ich höflich. »Wir sind auf dem Weg für Köln. Können Sie uns sagen, wo ist ein großere Straß?«

Die Frauen sahen einander an.

»Die nächste Straße ist ein Stück weit weg«, sagte eine, die älter war als die anderen. Sie hatte kurz geschorenes graues Haar und unglaublich viele Lachfältchen.

»Wollt ihr auf der Straße nach Köln *wandern*?«, fragte eine andere, eine sehr große, dralle Frau mit hellblondem Haar, eine Frau wie eine zu groß aufgeblasene Elfe.

»Nee, wir trampen«, sagte Davy stolz. »Ich geh nach mein Vater, ich besuch ihm. Sean hier, der hilft mich, aber das is ne lange Geschichte. Sin Sie auch zu Fuß?«

»Nein, wir machen einen Wanderritt«, sagte eine, und eine andere fügte hinzu: »Pferde. Wir reisen mit Pferden.«
Erst dachte ich, sie mache Witze, doch da streckte tatsächlich ein großes braunes Pferd seinen Kopf aus dem Unterholz und beugte den Hals, um zu trinken.
»Nicht trinken!«, rief ich. »Ist mit Strahl! Atom! Nicht gut!«
Die Frauen sahen mich verwundert an.
»Das hier ist ganz sauberes Wasser«, sagte die älteste. »Wir schwimmen jetzt zurück und machen ein Picknick. Möchtet ihr mitessen?«
Davy nickte heftig, und ich schüttelte genauso heftig den Kopf, und eine halbe Stunde später saßen wir auf einer hellblauen Picknickdecke und hielten Sektgläser aus Plastik in den Händen.

Glücklicherweise hatten die Frauen jetzt wieder etwas an.
Sie redeten und lachten und gossen Sekt ein und suchten Saft für Davy und verteilten Sandwiches mit Salat und Tomaten und eine Art Falafel-Teile, die aber Sonnenblumenkerne enthielten. Neben uns rupften jetzt acht beunruhigend große Pferde Gras und Klee aus.
Man hatte uns erklärt, dass wir uns doch nicht in der Nähe eines Atomkraftwerks befanden. Das Schild mit den Strahlen stellte eine Muschel dar, das war das Zeichen für den Jakobsweg, einen Pilgerpfad, der so ziemlich überall durch Deutschland führte. Das Schild mit den stocktragenden Menschen bedeutete »Wanderweg«, und das mit dem Tropfen darauf »Wasserschutzgebiet«, also hätte man dort, wo es stand, eigentlich nicht baden dürfen, um nicht mit seinem ungewaschenen Körper das schöne deutsche Trinkwasser dreckig zu machen.
Ich gebe zu, dass ich von dem, was sie sonst redeten, nur wenig ver-

stand. Je fröhlicher deutsche Frauen sind, desto schneller reden sie, und diese Frauen sprudelten vor Fröhlichkeit, es war, als wäre man in einen Schwarm bunter schnatternder Vögel geraten. Ich trank den Sekt in winzigen Schlucken und sah zu, wie sie Servietten und eine Thermoskanne mit Kaffee und Muffins und andere wunderbare Dinge aus den Satteltaschen ihrer Pferde hervorzauberten, und war mir nicht ganz sicher, ob ich träumte.

Aber die Frauen waren kein Traum, denn sie rochen ganz echt und ein bisschen verschwitzt, und sie hatten Falten in ihren Gesichtern und Haare unter den Achseln. Eigentlich sahen sie viel echter aus als iranische Frauen. Weniger perfektioniert. Weniger geheimnisvoll.

Als wären sie einfach die weibliche Form der Tierart *Deutscher Mensch*. Und obwohl sie Sekt aus Plastikgläsern tranken, konnte ich mir bei der Elfin sehr gut vorstellen, wie sie in einer Höhle lebte und mit ihren riesigen Händen Mammuts an die Wand malte.

Möglicherweise stellte ich mir das auch vor, weil mir der Sekt zu Kopf gestiegen war.

Ich merkte erst beim zweiten Anlauf, dass mich die Riesenelfin etwas fragte.

»Wollt ihr mit?«, fragte sie, auf Englisch. »Wir haben ein Pferd über, es geht nur so mit, wegen der Bewegung. Das könntet ihr nehmen. Wir reiten zwar nicht nach Köln, aber Richtung Westen, und wir sind noch ein paar Tage unterwegs.«

Vielleicht hätte ich nicht genickt, wenn mir der Sekt nicht zu Kopf gestiegen wäre. Vielleicht hätte ich nicht genickt, wenn die Elfin nicht so hoffnungsfroh ausgesehen hätte.

Vielleicht war es auch egal, ob ich nickte.

Denn Davy sagte: »Klar wolln wir mit, ich wollt imma schon mal auf nem echten Ferd reiten!«

Und das wäre doch mal eine wirklich schöne Kopfkino-Szene für die Verwandten zu Hause auf dem Sofa:
Lichtdurchflutete Wälder, zierliche Hirschkühe, den Kopf grazil in Kleefelder gesenkt, flauschige vorbeihoppelnde Kaninchen. Bunte Vögel in den Ästen. Sprudelnde kleine Bäche, die über Felsen hüpfen wie in Wald Disneys Bambi.
Genauso stellen sich Iraner nämlich Deutschland vor, wenn sie nur Poster kennen.
Souverän halte ich im Film die Zügel, lenke das Pferd mit der kleinsten Bewegung meines Körpers, den Strohhut lässig in die Stirn geschoben …

»Sean, alles okay mit dir? Wieder bein Träumen?«
Ich fuhr hoch. »Ja, alles … super«, sagte ich, etwas mühsam. Das Pferd war, um ehrlich zu sein, furchtbar unbequem. Ich saß weniger darauf, als zu hängen, und es war gar nicht leicht, oben zu bleiben. Davy schien Reiten bequem zu finden. Ich weiß nicht, wie *irgend*jemand Reiten bequem finden kann.
Manchmal, wenn der Weg breiter wurde oder sie die Pferde über eine Wiese lenkten, brachte eine der Frauen ihr Pferd neben unseres, und sie scherzten mit Davy und erklärten mir, wie man das Pferd steuerte, aber das Pferd war davon unbeeindruckt.
Die Frauen erklärten mir auch andere Dinge, eine ganze Menge Dinge. Auf Englisch.
Sie erklärten mir, dass sie keine Männer brauchten auf ihrem Wanderritt, aber als Gäste waren Männer in Ordnung. Sie erklärten mir, dass sie im richtigen Leben alle arbeiteten und dass dies ihr Urlaub sei, in dem sie sich ganz anders benehmen konnten als sonst, sie lebten jetzt im Einklang mit der Natur und ernährten sich viel gesünder – offenbar gehörte der Sekt dazu. Eine sprach von etwas, das

sie *ganzheitlichen Ansatz* nannte, ich nehme an, es war eine Krankheit, die sie hatte, war aber zu höflich nachzufragen.
»Und warum wandert ihr hier?«, fragte die Ältere mit den kurzen Haaren. »Walking is very good for children, of course …«
»Oh yes«, sagte ich erleichtert. »Walking is so very good for children! Davy is my friend's child, I promised I go hiking with him during school break. His father is living near Cologne.«
»Also seid ihr … mit dem Zug losgefahren und wandert jetzt zurück nach Köln?«
Sehr gute Idee, dachte ich, und sagte: »Exactly.«
»Where do you come from?«
»Right now, Berlin«, sagte ich, was ja stimmte. Ich hatte keine Lust, schon wieder über mein Land zu sprechen. Mein wunderbares Land, so weit weg, so unerreichbar. Mein Land, in dem die Frauen Entscheidungen nur hinter verschlossenen Türen fällen: Kommandeure der Küche, Königinnen der Innenhöfe und Teppichlandschaften. Mein Land, in dem kein Körper jemals ohne Bekleidung in einen Waldsee springen dürfte. Mein Land, in dem alles immer ein großes Geheimnis bleibt: Haut, Haare, Gedanken, Meinungen, Wünsche.
Ich dachte an die Natur, wie sie bei uns war, im Norden: grün, aber auf eine wildere, weniger liebliche Art. Ich dachte an unsere Ausflüge dorthin. Daran, wie ich meine Freundin hatte beeindrucken wollen, indem ich das Auto fuhr. Leider blieb es – da keine Kühe da waren – in einer Schafherde stecken. Aber wir hatten alle viel gelacht auf diesem Ausflug; die Freundin und ihre Cousinen und ihre Mutter, wir hatten ein Picknick in den Bergen gemacht und gelacht und gelacht, ganz ohne Sekt zu trinken. Es war gut gewesen, in dieser Natur, abseits der Städte, in denen es immer zu viele Augen und Ohren gab.

Die Freundin, die ich hatte beeindrucken wollen, hatte dann geheiratet. Einen anderen.
Einen älteren Mann, der nicht mit Strohhut herumlief und in Schafherden stecken blieb.
Der mehr Geld hatte und weniger verrückte Ideen.
Sollte sie zum Teufel gehen, ich brauchte sie nicht, ich war unterwegs zu einer wunderschönen Frau in Köln.
Unterwegs durch ein Paradies aus wippenden grünen Blättern und Waldwiesen voller weißer Blumen. Und alle zwei Kilometer gab es einen ordentlichen orangen Abfalleimer, falls jemand Stücke des Paradieses wegzuwerfen wünschte.

Abends machten die Frauen Feuer.
Ich half ihnen, drei Zelte auf einer Wiese aufzuschlagen, an der ein Schild mit einem Zelt darauf stand; anderswo, sagten sie, sei das Zelten verboten. In Deutschland darf man Dinge nur dann tun, wenn sie auf einem Schild abgebildet sind; ich werde, wenn ich demnächst ein Buch lesen möchte, erst einen Ort suchen müssen, an dem ein Schild mit einem Buch darauf steht.
Die Frauen waren mit den Zelten nicht so gut wie mit dem Öffnen von Sektflaschen, sie hatten leider eine Art Kleinkrieg mit den Heringen, wie sie sagten. Immer, wenn sie sie einschlugen, glitten die auf der anderen Seite wieder aus der Erde. Ich versuchte, ihnen den Grund zu erklären, und sprach eine Weile über Kraftvektoren und Mathematik, und sie sagten »Aha« und »So, so« und dann, dass wir ja die Zelte aufbauen könnten.
Also schlug ich mit Davys Hilfe sämtliche Heringe ein.
Als es dunkel wurde, saßen wir um das Feuer herum, und die Frauen kochten Suppe auf einem Campingkocher.
»Ist das nicht die ganz große Freiheit?«, sagten sie. »Hier in der Na-

tur Suppe zu kochen? Eine Weile kein Büro sehen und keine Akten und keinen Computer. Keine Straßenbahnen und Busse und Parkplätze und nicht mal einen Fernseher!«

Da musste ich lachen.

»Bei mich zu Hause, Frauen kochen jedes Tag«, sagte ich und bemühte mich, mein Deutsch bei den Frauen mal anzuwenden. »Und Nomadenfrauen, sie kochen ohne Fernseh. Aber sie wollen gerne haben Fernseh und Computer. Sie niemals sagen, Kochen es ist der großer Freiheit.«

»*Die* Freiheit«, sagte eine Frau mit roten, geflochtenen Zöpfen.

»Oh, Freiheit ist ein Frau?«, fragte ich. »Dann ist Freiheitin.«

Sie lachten.

Und so sprachen wir doch noch über den Iran.

Ich sagte ihnen, dass sie wie die Frauen der Nomaden waren, die auch jeden Tag mit dem Vieh weiterzogen und reiten konnten wie die Teufel, und das schien sie zu freuen, auch wenn ich wieder ins Englische wechselte, weil für »reiten wie der Teufel« mein Deutsch nicht reichte. Die Frauen lauschten gebannt, während ich von den Teppichen erzählte, die die Nomadinnen knüpften. Davon, wie sie die Wolle ihrer Schafe versponnen und mit Safran gelb oder mit Pistazien grün färbten. Eine der Frauen übersetzte das für Davy, und er guckte seine Schlumpfmütze an und fragte. »Und blau?«

Aber wie man Blau machte, hatte ich vergessen. »Vielleicht nehm sie ein Stück von Himmel«, sagte Davy und biss in ein Würstchen. »Ii! Das is ja gar kein Fleisch!«

»Tofu ist gesünder, weißt du«, sagte die Frau mit den kurzen grauen Haaren.

»Aber ich bin doch ga nich krank«, sagte Davy.

Zu seinem Glück fand sich noch eine kleine Flasche mit Tomatenketchup, denn: »Mit Ketchup kriecht man alles runta«, wie Davy

meinte. Er kippte den Ketchup in seine Suppe und über seinen Salat und sogar über den Kuchen, den es zum Nachtisch gab. Die Frauen lachten, und zwei sagten, sie hätten selbst Kinder, die wären genauso. Ich fragte sie, wo die Kinder jetzt wären. Bei den Vätern natürlich, antworteten sie, das wäre doch klar, dass die Väter aufpassten, wenn die Mütter auch mal alleine in den Frauenurlaub fahren wollten.
Und ich fragte mich, ob, falls ich die deutsche Iranerin heiratete, sie später alleine in den Frauenurlaub fahren wird, während ich auf unsere Kinder aufpasse. Aber womöglich wäre das gar nicht schlecht, weil dann die Kinder und ich zu Hause Kuchen mit Ketchup essen könnten.
Amin hätte die Idee gefallen.
Nachdem das Feuer fast heruntergebrannt war, rückten die Frauen enger zusammen und ließen eine Flasche Wein herumgehen. Die Riesenelfin bot mir eine Zigarette an. Und ich machte ein Bild davon, wie wir im Schein des Feuers Wein tranken und rauchten. Ganz wie in einem Cowboyfilm.
Having a good time, schrieb ich nach Köln.
Bisher hatte Layla Starlight sich auf Bilder von Frauen immer gemeldet.
Aber dann wurde ich wieder melancholisch. Es war ganz still geworden, nur das Feuer knackte ab und zu, und die Sterne leuchteten, und da tat ich, was wir zu Hause manchmal tun, wenn es still und schön und wenn man ein wenig melancholisch ist: Ich begann zu singen. Ganz leise.
Ein Held, der am Feuer sitzt, sollte zum Singen natürlich eine Gitarre haben, und sein Lied sollte rau und männlich klingen.
Das Lied, das mir über die Lippen kam, war leider nicht rau und männlich. Meine Mutter hatte es manchmal gesungen, es handelte

von jemandem, der fortgegangen ist und nie wiederkommt, und es war sanft und irgendwie weiblich. Ich musste singen, es geschah einfach. Und die Frauen hörten zu. Am Ende applaudierten sie, jedoch ganz zaghaft. Und sie sagten: »Erzähl mal. Erzähl von da, wo du herkommst. Da gibt es nicht nur Teppiche, oder?«
»Nein«, sagte ich. »Aber über den Rest will ich jetzt nichts erzählen.«
Denn sie erwarteten schon wieder eine Heldengeschichte, die ich nicht bieten konnte.
»Ich kann etwas anderes erzählen«, sagte ich. »Zum Beispiel, wie ich Gott getroffen habe.«
Die Frauen schienen nicht besonders interessiert an Gott zu sein. Aber dann sagte ich: »Er war ein Kaninchen.« Da horchten sie auf.
»Ich war in den Bergen zwischen Bulgarien und Rumänien unterwegs«, begann ich, und weil ich Englisch sprach, übersetzte eine der Frauen für Davy. »Es war furchtbar kalt, und ich wusste, wenn ich stehen blieb, würde ich erfrieren. Ich fand eine Hütte, in der sich ein paar Syrer gegen die Kälte verschanzt hatten, und sie teilten ihr Essen mit mir, obwohl ich gedacht hatte, alle Syrer hassen alle Iraner, weil der Iran Assad unterstützt. Aber sie teilten, und da keimte in mir der Verdacht, dass Gott in der Nähe war. Dann wanderte ich weiter, durch den Wald und die Berge, den ganzen Tag und die halbe Nacht. Es war so kalt, dass der Atem in meinem Schal gefror. Ich dachte, ich wandere nur noch so weit, bis ich aus dem Wald herauskomme und eine Straße finde, aber der Wald war endlos.
Und dann kamen die Wölfe.
Ich hörte sie erst in der Ferne heulen. Dann in der Nähe. Und dann sehr nah.
Der Wald war plötzlich voller Schatten, und ich schrie und fuchtelte herum, weil das wilde Tiere doch vertreiben sollte, aber ich hatte

keine Stimme mehr, von der Kälte. Ich hatte nur meine Angst und meinen Rucksack. Den Rucksack streifte ich ab und warf ihn in den Schnee, und die Angst nahm ich mit auf einen Baum.

Und da saß ich zwischen den nadeligen Ästen, und unten standen die Wölfe und geiferten und jaulten wie Zootiere zur Fütterungszeit. Ich sah sie im Mondlicht schmerzhaft deutlich.

Ich nehme an, dass Wölfe schützenswert sind, aber wie froh wäre ich in jener Nacht gewesen, wenn sie ausgestorben wären. Dort, vor meinen Augen, hätten sie alle aussterben können, ich hätte ihnen keine Träne nachgeweint.

Sie schnupperten an meinem Rucksack, doch es war nichts Essbares darin, und so warteten sie auf mich. Und ich war, das muss man leider sagen, essbar.

Ich konnte nicht von meinem Baum herunter, und mir wurde klar, entweder erfriere ich hier oben, oder ich klettere runter und werde gefressen.

Da betete ich.

Meine Eltern sind Moslems, nach außen hin mehr, nach innen hin weniger, aber ich habe mit vierzehn aufgehört, die Moschee zu besuchen. Irgendwann habe ich die Kirche in der Straße meiner Schule entdeckt, eine Kirche in einem normalen Haus, und ich bin hineingeschlüpft und habe dem Pastor beim Predigen zugehört. Sein Christengott erschien mir angenehmer als der strenge Allah, dem ich es sowieso nie recht machen konnte.

Aber auf das Konvertieren steht im Iran die Todesstrafe.

Getauft worden bin ich erst viel später, doch in jener Nacht, auf dem Baum, betete ich zu Jesus.

»Lieber Herr Jesus«, sagte ich. »Ich weiß, ich habe eine Menge Dinge im Leben vermasselt. Ich bleibe in Schafherden stecken, und ich schaffe es nicht, meine Freundin zu heiraten, weil ein anderer mehr

Geld hat. Ich kann nie den Mund halten, und seit der Sache mit der Kamera darf ich nie wieder in meinem Land auftauchen. Aber bitte, gib mir noch eine Chance. Ich könnte ein charismatischer wunderbarer Held werden, ich könnte wichtige Erfindungen machen wie die Tastatur ohne Shift-Taste, ich könnte eine Bereicherung für die Damenwelt sein. Nur geht das alles nicht …«, ich war immer lauter geworden, »… wenn du mich hier in diesem verdammten Scheißwald sterben lässt!«

Ich bekam keine Antwort.

Die Wölfe schlichen immer noch knurrend unter mir umher. Und irgendwann schlief ich ein, oder ich fiel in eine Art Kältestarre.

Im Traum erschien mir Jesus, in einem hellblauen Gewand mit einem großen roten Pappherz in der Hand, aus dem gelbe Papptränen rannen, und er lächelte.

Da dachte ich: Shayan, du bist tot. Wenn Jesus so lächelt, musst du tot sein.

Aber ich wachte auf und sah durch halb zugefrorene Wimpern, dass es Morgen war.

Und unter meinem Baum im Schnee graste ein Kaninchen.

Es scharrte mit den kleinen Pfoten, legte Gras und Wurzeln frei und frühstückte ohne Eile. Dass das Kaninchen da war, konnte nur eines bedeuten: Die Wölfe waren nicht mehr in der Nähe.

Gott hatte seinen Sohn in Form eines Kaninchens geschickt.

Ich weiß nicht, wie ich von dem Baum hinunterkam, irgendwie ging es, obgleich ich meine Hände nicht spürte. Als ich unten ankam, hoppelte das Kaninchen davon, und ich schwöre, es hinterließ keine Spuren.

Ich wanderte den ganzen Tag lang, bis der Wald zu Ende war, dann fand ich eine Straße und winkte dem ersten Auto. Es war ein bulgarischer Drogendealer, der mich erst für einen Grenzschützer hielt

und fliehen wollte, aber dann nahm er mich doch mit. Vielleicht hatte Gott da wieder eingegriffen.
»Und hat er … also, Gott … hat er gesagt, welche Religion er hat?«, fragte Davy.
»Nein«, sagte ich erstaunt.
Die Riesenelfin legte mir kurz eine Hand auf den Arm und sagte: »Komisch, mein Sohn ist ungefähr so alt wie du, und er macht eine Weltreise, bevor er mit dem Studium anfängt. Er schreibt von jedem Ort Rundmails und schickt Fotos von den Partys, die er mit anderen jungen Leuten feiert. Zuletzt war er auf Hawaii.«
»Vielleicht studiere ich auch«, sagte ich. »Wenn sie mich lassen. Vielleicht schicken sie mich zurück nach Bulgarien oder Rumänien. In Bulgarien kenne ich wenigstens die Wölfe schon.«
Irgendwie sahen alle ein bisschen betreten aus. Als wären sie schuld an irgendetwas.
»Was ist das denn für eine Sache mit einer Kamera?«, fragte eine der Frauen. »Weshalb du nicht wieder in dein Land kannst?«
»Ach das … ist zu kompliziert jetzt«, sagte ich und winkte ab.
Und dann sagte Davy zum Glück: »Jetz will ich mal ’n fröhliches Lied! Kannst du so was auch?«
Da klopfte ich auf der leeren Weinflasche einen Rhythmus und stimmte ein Lied an, zu dem wir früher getanzt hatten, alle Cousins und Onkel und Brüder. An einigen Stellen fehlte mir der Text, und deshalb sang ich irgendwelchen Unsinn. »Der kleine rote Vogel sitzt im Ofen und hustet«, sang ich, und die Frauen sagten: »Schööön, wie lyrisch das klingt, dieses Persisch.«
Und Davy stand auf und tanzte, er stampfte und wirbelte herum wie ein Derwisch mit einer blauen Schlumpfmütze, und die Sterne tanzten am Himmel mit, sie konnten nicht mehr stillhalten, und es war eine wunderbare Nacht.

8 Rohkotzsalat

SMS an Lotta:
I can't sleep. I'm here in the middle of German forest. I have to think about so many things.
SMS von Lotta:
Same here. Where are you exactly?
SMS an Lotta: *This is the coordinates. There's nothing here. No village. Only horses and very strange women.*
SMS von Lotta: *Is there chewing gum?*

Am nächsten Morgen bekam ich den ersten Reitunterricht meines Lebens.
Sie hatten das Pferd an einer langen Leine befestigt, und eine dralle rothaarige Frau ließ es im Kreis gehen und rief mir zu, was ich tun sollte, während die anderen zusahen. Ich hatte vom Vortag einen ziemlichen Muskelkater, doch ein Held gibt nicht auf, also versuchte ich, tapfer zu lächeln. Sie wollten, dass ich Reiten lernte, damit ich weniger Muskelkater bekam, weil ich meine Bewegungen denen des Pferdes besser anpassen konnte. Ich fand, das Pferd hätte sich ruhig meinen Bewegungen anpassen können. Es war allerdings eine Pferdin, vermutlich machte sie auch Frauenurlaub, und daher war ich derjenige, der sich anzupassen hatte.
Ich versuchte, die Knie an seinen dicken Bauch zu drücken, ich versuchte, gerade zu sitzen, ich versuchte, die Füße nach innen zu

drehen und die Zügel festzuhalten – und ungefähr hundert andere Dinge gleichzeitig, was natürlich nicht ging.
Davy saß mit den Frauen auf einem umgekippten Baumstamm und sah zu. Schließlich hielt die rothaarige Frau das Pferd neben dem Baumstamm an, und ich glitt elegant … Nein, ich plumpste hinunter wie ein nasser Mehlsack.
»Jetz ich!«, rief Davy.
Die Rothaarige hob ihn hinauf. Und dann saß er da, den Rücken ganz gerade, die blaue Schlumpfmütze verwegen schief auf dem Kopf, und ließ sich im Kreis herumführen wie ein kleiner König. Er breitete die Arme aus, als die Rothaarige es befahl, kreiste damit nach hinten und nach vorne, nahm die Mütze ab und grüßte nach links und rechts … Und alles, was er tat, sah ganz leicht und natürlich aus: Davy und das Pferd waren eine Einheit geworden.
Vielleicht lag es daran, dass er mit dem Pferd nicht sprechen musste.
Als wir schließlich weiterritten, saß ich zwar wieder hinter Davy, als würde ich ihn schützen, aber in Wirklichkeit war er es, der das Pferd lenkte. Er wurde sogar ein bisschen übermütig und ließ es vorantraben, und ich hoffte nur inständig, er würde nicht plötzlich durch den Wald galoppieren und über irgendwelche Büsche springen wollen.
Mittags rasteten wir in der Nähe eines Dorfes, samt Straße und Tankstelle und kleinem Industriegebiet, und ich fragte mich, ob dort die Polizei schon auf Davy und mich wartete, weil wir die Scheibe im Zug eingeschlagen hatten.
»Bitte, Herr Jesus«, flüsterte ich, während ich Karotten für das Picknick raspelte, worum mich die Frauen gebeten hatten. »Führe die deutsche Polizei an einen anderen Ort. Gib mir noch diese eine Chance. Danach werde ich nie wieder eine Scheibe zerstören oder

eine Espressomaschine oder ein Erdbeerfeld. Lass mich Köln erreichen, damit Layla Starlight mir helfen kann, in diesem Land zu bleiben, in das du mich in deiner unendlichen Weisheit geführt hast, obwohl ich in ein ganz anderes wollte. Ich meine, ich habe auch nichts dagegen, wenn du mich nach England führst, aber es wird einfacher sein, dorthin zu kommen, wenn ich einen deutschen Pass habe, meinst du nicht?«

»Ist der Rohkotzsalat fertig?«, fragte eine der Frauen. Ich weiß wirklich nicht, warum sie etwas essen wollten, was Rohkotzsalat hieß, aber so hieß es.

Am Nachmittag ritten wir an einem kleinen Fluss entlang durch Wiesen voll gelber Blumen; Enten dümpelten auf dem Wasser, und mehr und mehr Wanderer begegneten uns. Sie hatten Stöcke bei sich und waren sehr eilig unterwegs, möglicherweise rechneten sie damit, in den tieferen Teilen des Waldes überfallen und entführt zu werden. Doch ich fühlte mich sicher in der Gruppe der Frauen.

Davy saß jetzt mit auf dem Pferd der Ältesten, sodass er nicht in Versuchung kam, anderswo hinzureiten, und mein Pferd trottete brav den anderen nach.

Als die Sonne langsam sank und das Licht erst violett und dann golden wurde, lenkte die Riesenelfin ihr Pferd neben meines.

»Mein Sohn hat geschrieben«, sagte sie auf Englisch. »Er ist im Moment in Neuseeland. Er hat Fotos geschickt, von sich und ein paar Freunden, wie sie Koalas streicheln in einer Koala-Aufzuchtstation, und vom Strand und vom Surfen. Zu Hause ist es sehr einsam ohne ihn. Mit meinem Mann habe ich mir irgendwie nicht mehr so viel zu sagen. Es ist mir nicht aufgefallen, als unser Sohn noch klein war. Deine Mutter vermisst dich sicher genauso.«

»Ich schreibe ihr auch«, sagte ich. »Ab und zu. Und schicke Fotos. Und sie hat ja die Familie.«

Ihr Pferd ging jetzt so nahe an meinem, dass sich ihre weichen Pferdebäuche beinahe berührten. »Und du?«, fragte sie leise. »Bist du manchmal allein? Ich meine, in Deutschland?«
»Ich habe Freunde«, sagte ich rasch. »Zum Beispiel den, äh, dessen Sohn Davy ist. Ich habe eine *Menge* Freunde.« Ich dachte an die Freunde, die ich in Deutschland hatte. Da war mein iranischer Mitbewohner im Heim, den ich wirklich dringend anrufen musste. Und sonst … eigentlich niemand.
»Ich würde gern mal wieder verreisen«, sagte die Elfin. »Vielleicht in den Iran.«
»Sie müssten ein Kopftuch tragen«, sagte ich.
Sie lachte. »Von mir aus. Meine weiteste Reise war nach Finnland. Da waren wir in der Sauna und haben uns hinterher nackt im Schnee gewälzt.«
Ich stellte mir vor, wie ihr großer weißer Körper durch den weißen Schnee kugelte. Man würde sie kaum sehen.
»Geht man nicht verloren, bei all dem weißen Schnee in Finnland?«, fragte ich daher.
»Ja, manchmal geht man verloren«, antwortete sie nachdenklich. »Nicht nur in Finnland.«
Dann streckte sie den Arm aus und legte ihre große, warme Hand auf meine, die auf dem Hals des Pferdes lag.
»Sean«, sagte sie leise. »Aber du heißt doch in Wirklichkeit anders, oder?«
»Mm«, sagte ich und hatte einen ganz trockenen Mund.
»Ist alles okay mit dir und … dem Kleinen? Oder braucht ihr Hilfe?«
»Danke, nicht nötig«, murmelte ich. Zum Glück rief da eine der anderen Frauen, wir seien gleich da, und die Elfenfrau nahm ihre Hand wieder an sich. Ich fragte mich, ob sie etwas wusste

von unseren Schwierigkeiten. Und ob sie mir wirklich helfen konnte.
Zunächst einmal kamen wir zu einem kleinen Landgasthof, so nannten sie es, der in einem winzigen, schattigen Tal lag, mit einer alten Mühle daneben, die sie nur aufbewahrt hatten, weil sie sie hübsch fanden, und dort aßen wir auf einer Terrasse zu Abend. Die Frauen luden uns ein, sie bestanden darauf. Sie kümmerten sich auch um ein Zimmer für uns, sie waren so nett und so fürsorglich, ich bekam ein ganz seltsames schweres Gefühl.
Die Elfenfrau bat den Mann vom Hotel, ein Foto von uns allen zu machen, und ich schickte es meinen Eltern, und dann machte die Elfenfrau selbst noch eines von mir und sich und einem Pferd, das schickte ich nach Köln, weil Layla Starlight vielleicht wieder eifersüchtig werden und sich melden würde.

Nach dem Essen lernte ich ein Spiel namens »Uno«, bei dem Davy dreimal verlor. Er sah traurig aus deswegen, und ich zwinkerte den anderen zu. Da ließen wir ihn siebenmal gewinnen, und er strahlte.
Dann ging ich hinaus, eine Zigarette rauchen, und als ich die Kippe in die Mülltonne neben dem Haus werfen wollte, stand plötzlich wieder die Elfenfrau neben mir. »Nicht in diesen Mülleimer«, sagte sie sanft, nahm meine Hand und führte mich einen Mülleimer weiter. »Der hier. Der graue. Für Restmüll«, sagte sie. »Der gelbe ist für Plastik. In Deutschland trennen wir.«
»Ja, ich … habe davon gehört«, sagte ich und klang merkwürdig heiser. »Es ist … schwierig für mich.«
»Neue Dinge sind immer schwierig«, sagte die Elfenfrau. Sie hielt immer noch meine Hand.
Und sie führte mich weg von dem Holzhäuschen, in dem die Müll-

tonnen standen, zu der Weide, auf der die Pferde grasten, schwarze Schemen in der hereinbrechenden Dunkelheit.
»Sind sie nicht schön?«, flüsterte die Elfin. »Sie sind so frei. Menschen sind nie frei.«
»Nein?«, flüsterte ich. »Aber hier, in Deutschland … hier sind doch alle frei. *Sie* sind frei. Sie können Pferdeurlaub machen oder arbeiten oder Auto fahren, obwohl Sie eine Frau sind. Sie dürfen alles lesen oder tun und sagen. Sie müssen doch sehr glücklich sein.«
Sie schüttelte den Kopf. »Oh nein«, wisperte sie. »Gerade, wenn man frei ist, ist man gefangen. In Konventionen. In Erwartungen. Man ist zum Beispiel verheiratet und unglücklich und lernt jemanden kennen, der viel jünger ist. Man könnte alles tun und wagt dann nichts.« Sie beugte sich sehr nah zu mir und wisperte: »Aber irgendwann ist das Leben vorbei, dann hat man keine Chancen mehr.«
»Das ist ein … interessanter philosophischer Ansatz«, stammelte ich.
Sie roch nach einem Shampoo mit Blumenduft und nach einem warmen, lebendigen Körper und nach einer abendlich blauen Sehnsucht, und ich war etwas durcheinander. »Ich würde gerne weiter über Freiheit diskutieren«, flüsterte ich. »Aber ich fürchte …«
»Ja?«, hauchte sie.
»Ich fürchte, Davy ist alleine da drinnen«, sagte ich rasch, »und probiert die Dusche aus. Ich gehe besser nach ihm sehen.«
Dann entzog ich ihr meine Hand und floh ins Haus, wo es heller und weniger seltsam war.

Davy lag auf dem Bett in dem uns zugewiesenen Zimmer, trug einen Schlafanzug, den ihm wohl eine der Frauen geliehen hatte, und hopste auf und ab. Wirklich, er hopste im Liegen.
»Ich hab den erzählt, die haben unsan Rucksack geklaut«, erklärte

er, und ich begriff nach einer Weile, dass die Frauen nun glaubten, wir hätten kein Gepäck, weil wir bestohlen worden waren.
Ich grinste. »Schlauer Idee.«
Mir lieh niemand einen Schlafanzug. Ich war mir sicher, die Elfenfrau hätte mir einen geliehen, wenn ich sie darum gebeten hätte, einen hübschen weißen oder rosa Seidenpyjama, aber ich legte es nicht darauf an. Im Bad gab es keine Plastiksandalen, damit man trockenen Fußes dort seine Zähne putzen konnte. In jedem iranischen Bad gibt es Sandalen für Gäste, aber die Deutschen vergessen manchmal seltsame Dinge. Wenigstens gab es einen Abfluss in der Ecke. Ich duschte ausführlich, und es war ein unglaubliches Gefühl, wieder sauber und repräsentabel zu sein. Es gab drei verschiedene Fläschchen mit Seifen, die ich alle benutzte, was zu einer Explosion von Gerüchen führte. Nach dem Duschen fegte ich das Wasser mit den Händen in Richtung Abfluss, denn dazu gab es auch nichts.
Dafür sah ich – zu spät –, dass es einen Vorhang gab, ordentlich eingerollt über einer Stange. Möglicherweise hätte man ihn entrollen und als Spritzschutz benutzen sollen.
Da ich das nicht getan hatte, wrang ich den kleinen Teppich und den Klodeckelüberzug (eine weitere komische deutsche Erfindung) aus und zog mich wieder an; meine Kleidung hatte ich zum Glück an einen Haken an der Wand gehängt.
Dann stützte ich die Hände aufs Waschbecken, sah mich im Spiegel an und sagte zu mir selbst:
»Du musst endlich deinen Mitbewohner anrufen. *Ruf ihn jetzt an.* Frag ihn, ob er den Spind aufbrechen kann. Frag ihn, was in dem Brief von der Ausländerbehörde steht.«
Ich schluckte.
Davy und ich würden in dieser Nacht in einem Hotel schlafen, wir hatten Menschen gefunden, die uns halfen, und bisher waren wir

der Polizei entkommen. Vielleicht hielt die Glückssträhne an. Vielleicht täuschte ich mich, und der Brief war gar kein Abschiebebescheid.

Ich meine: Alle hatten mir *gesagt*, es würde ein Abschiebebescheid sein.

Mein Mitbewohner. Die anderen in der Gemeinde, in deren Gottesdienst ich nie etwas verstand. Die Leute im Büro des Flüchtlingsblocks.

Ihnen allen hatte ich von meinem Interview erzählt, und sie hatten gesagt, es wäre dumm von mir gewesen, ein Gentleman zu sein und daher in einem gepflegten Understatement zu behaupten, mir wäre in meinem Land nichts Ernsthaftes passiert. Und ich wäre nur ausgewandert, weil ich die deutsche Kultur so liebte und daher hier studieren wollte.

»Dann hätten Sie sich wohl besser um ein Studentenvisum gekümmert und wären mit dem Flugzeug gekommen«, hatte der Interviewer nach dem Interview säuerlich behauptet. »In dem Fall wäre Deutschland sogar das erste europäische Land gewesen, das Sie betreten hätten. Nicht Griechenland.«

»Woher wissen Sie, dass ich in Griechenland war?«, hatte ich gefragt.

Er hatte nur müde gelächelt. »Sie sind im Computer samt Name und Fingerabdruck gespeichert. Mit dem Vermerk: Hat sich erst als Afghane und später als Amerikaner ausgegeben.«

Alle hatten mir gesagt, ich würde garantiert einen Abschiebebescheid bekommen, aber es gab doch die Möglichkeit, dass sie sich alle geirrt hatten.

Ich musterte mich. Der Dreitagebart war nachgewachsen. Ich trug ein Hemd, das dringend gewaschen werden musste. Ich war zerschrammt von tief hängenden Ästen, mit denen ich beim Reiten ungute Begegnungen gehabt hatte. Nein, ich sah nicht aus wie jemand, den man unbedingt in seinem Land behalten wollte. Eher wie ein Bandit.

Die Sorte, die im Wald lebt und Reisende überfällt.

Ich seufzte. Dann wählte ich die Nummer meines Mitbewohners. Haschem.

Ich sah ihn vor mir, wie er auf dem Sofa in der Wohnung herumhing. Meistens hing er nur herum.

Er sah fern und spielte mit seinem Telefon und rauchte und hing rum.

Ich war immer derjenige gewesen, der Reis kochte oder Brot backte (etwas experimentelles Brot, da ich die Küche zu Hause eher selten betreten hatte) oder Tee machte oder versuchte, mit den Deutschen draußen Fußball zu spielen.

Dass ich immer viel getan hatte, hatte aber nur dazu geführt, dass immer viel schiefgegangen war. Entweder verstauchte ich mir beim Fußball den Knöchel, oder der Reis kochte über und verteilte sich in der ganzen Küche. Einmal war der Backofen beim Brotbacken durchgeschmort. Und während ich all diese Irrtümer wieder repariert hatte, war Haschem damit beschäftigt gewesen, rumzuhängen, und hatte dabei ungerechterweise auch noch fließend Deutsch gelernt.

Er würde bleiben dürfen und einen Job finden, das sagten alle.

Meine Finger zitterten, als ich das Handy ans Ohr hielt. Fast hoffte ich, Haschem wäre nicht da.

»Shayan! Die haben dich gesucht!«

»Brüll doch nicht so«, sagte ich, denn auch auf Farsi werde ich nicht gerne angebrüllt. »Ich heiße Sean.«

»Wie?«, brüllte Haschem ins Handy.

»Leise, leise! Davy schläft schon, glaube ich.«

»Was?«, brüllte Haschem. »Wer? Wo bist du, verdammt? Was ist passiert?«
Ich seufzte. »Okay, von Anfang an. Ich habe meinen Spindschlüssel verloren, und dann war ich nachts am Strand und habe ihn gesucht. Und dann habe ich einen Verletzten gefunden, in seinem Ferienhaus. Und …«
»Habe ich doch gesagt!«, rief Haschem. »Natürlich hat er nicht auf den Typen geschossen!«
»Moment, mit wem sprichst du?«, fragte ich misstrauisch. »Wer ist bei dir?«
»Mein neuer Mitbewohner«, sagte Haschem, »Mohammed, er wohnt in deinem Zimmer.«
»So schnell haben die mein Zimmer wieder belegt?«, fragte ich. »Die wissen doch gar nicht, ob ich wiederkomme.« Nicht, dass ich mich nach dem kleinen, stickigen Raum im vierten Stock des Blocks sehnte, aber es schien mir doch irgendwie ungerecht. »Was ist mit dem Spind? Da war ein Brief an mich drin. Und eine halbe Stange polnische Filterlose. Die haben das Zeug doch nicht etwa weggeschmissen? Haben die mich alle schon vergessen?«
»Vergessen bestimmt nicht«, sagte Haschem. »Die suchen dich immer noch. Sie haben das ganze Heim auf den Kopf gestellt, die dachten, du versteckst dich hier, aber ich hab gleich gesagt, du warst es nicht. Du hättest es nicht geschafft, dir eine Waffe zu besorgen, und wenn doch, würdest du nicht auf einen Menschen schießen. Und wenn doch, würdest du nicht treffen.«
»Natürlich würde ich«, sagte ich aufgebracht.
»Am Ende haben sie den Spind aufgebrochen«, sagte Haschem. »Als ob sie nachgucken wollten, ob du da drin bist. Du warst nicht drin.«
»Ja«, sagte ich genervt. »Das weiß ich.« Vielleicht konnte er besser Deutsch als ich, aber wirklich intelligent war Haschem nicht.

»Ach so«, sagte er. »Na ja. Sie haben die Papiere mitgenommen, die im Spind waren, irgendwelche alten Zeugnisse oder so, und ein paar Mahnungen von Sachen, die du nicht bezahlt hast.«

»Und der Brief?«, fragte ich ungeduldig. »Was stand in dem Brief von der Ausländerbehörde?«

»Willst du damit sagen, du hast ihn *nicht gelesen*?«

»Ich *wollte* ihn lesen. Später. War es ein Abschiebebescheid?«

Sag Nein, sag Nein, sag Nein.

»Ja«, sagte Haschem.

Meine Knie waren ganz weich. »Was?«

»Natürlich war es ein Abschiebebescheid. Aber ich würde sagen, das ist im Moment dein geringstes Problem. Du wirst wegen Raubüberfall und Mord gesucht. Sie denken, du bist der Anführer einer Einbrecherbande, die schon seit einem Jahr auf der Insel Ferienhäuser knackt.«

Mord. Das Wort wog schwer.

Der Mann im Pyjama war also tot. Er konnte niemandem mehr die Wahrheit erzählen.

»Was ist mit den polnischen Filterlosen?«, fragte ich tonlos.

»Die habe ich geraucht«, sagte Haschem. »Irgendjemand musste ja. Hör mal, die überwachen mein Telefon. Die sehen deine Nummer. Dann können sie dich über dein Handy orten.«

»Ich werf's weg«, murmelte ich.

Und unterbrach die Verbindung.

Starrte das Handy an.

Meine letzte Verbindung nach Hause. Der Speicher war voll mit Fotos von meinen Eltern und Amin, von Teheran und von den Bergen.

Ich schrieb Layla, ich käme bald.

Dann schrieb ich meiner Mutter, sie solle sich keine Sorgen machen, wenn ich mich eine Weile nicht melde.

Und zuletzt schrieb ich an Lotta.
Schlafe im Landhotel zur Waldmühle. Hübsch! Muss leider untertauchen. Leb wohl.
Danach fand ich einen Stift in meiner Tasche, notierte die wichtigsten Nummern aus dem Adressbuch im Handy auf ein Stück Klopapier. Und schließlich ließ ich schweren Herzens das Waschbecken voll Wasser laufen und ertränkte das Handy darin.
Es war, als ertränke man einen Freund.
Ich setzte mich auf den Klodeckel und stützte den Kopf in die Hände.

Ich sah erst wieder auf, als jemand sich räusperte. Ein kleiner blau bemützter Schlumpf hatte seinen Kopf ins Bad gesteckt. »Alles okay mit dich?«
»Ja, okay«, sagte ich und sah auf, und möglicherweise wischte ich mir kurz etwas Nasses aus dem Gesicht.
Davy nickte. Er guckte sich das Handygrab im Waschbecken an und nickte noch einmal.
Als verstünde er alles.
Dann setzte er sich neben mich auf den Klodeckel, und wir saßen eine ganze Weile einfach so da. Es war gut, nicht allein zu sein.
»Schlafen?«, fragte Davy schließlich und gähnte.
»Schlafen«, sagte ich.

Ich träumte von dem Pferd, das mich trug. Es schaukelte und schwankte, als wäre es betrunken, und dann verlor ich das Gleichgewicht, fiel – und wachte auf.
Was geschwankt hatte, war nicht das Pferd gewesen, sondern meine Matratze. Jemand hatte sich darauf gesetzt. Jemand legte mir einen Zeigefinger an die Lippen.

»Davy?«, flüsterte ich, aber der Zeigefinger gehörte nicht Davy. Es war der Zeigefinger eines Erwachsenen.
Mein Hirn arbeitete blitzschnell.
Die Polizei, dachte es.
Oder die Leute, die den Pyjamamann erschossen haben. Und die hinter uns her sind, weil wir sie gesehen haben.
Jetzt zerren sie mich nach draußen und machen mich fertig, während alle anderen schlafen.
Doch dann drang ein leicht künstlicher Blumenduft in meine Nase, der Geruch von Hautcreme und von Haut. Die Person auf meiner Bettkante war die Riesenelfin. Ich setzte mich auf.
Davy schnarchte ganz leise in seinem eigenen Bett.
Die Riesenelfin fand meine Hand, und kurz darauf zog sie mich mit sich aus dem Zimmer. Im Flur stand ein Fenster offen, und man hörte das Gluckern des Baches in der blauen Nacht. Ein Uhu rief in der Ferne.
»Schön, oder?«, hauchte die Elfin. »Es ist so schön hier!«
Sie trug einen seidig glänzenden Pyjama, und das helle Haar fiel ihr lang und weich den Rücken hinunter; sie musste es frisch gekämmt haben. Ich berührte es ganz kurz und zog die Hand wieder weg. Die Elfin lachte leise. Dann legte sie meine Hand zurück auf ihr Haar.
Und da endlich verstand ich, dass sie nie über Philosophie hatte sprechen wollen.
Sie legte beide Hände auf meine Brust und näherte ihr Gesicht mit den vollen Lippen meinem Gesicht. Und ich dachte, dass ich mich vielleicht auf das hier einlassen sollte.
Wenn sie glücklich war, würde sie mir möglicherweise Geld leihen oder mir einen Anwalt besorgen oder für mich mit den Behörden sprechen, und es wäre gar nicht schwer, sie glücklich zu machen …
Nein.

Diese Frau hatte einen Sohn, der so alt war wie ich. Und einen Mann. Vielleicht war dies hier für die Elfin richtig. Vielleicht war es für sie richtig, ganz frei zu sein.
Aber für mich war es nicht richtig.
»I'm sorry«, sagte ich. »I'm so, so sorry. I think I better leave.«
Dann versuchte ich, sie zurückzuschieben, doch sie blieb stehen.
»Mein Mann ist sehr weit weg«, wisperte sie. »Ich habe dir gesagt, dass ich manchmal sehr … verloren bin. Es ist wahr.«
»I am much too lost myself«, sagte ich. »I …«
Da zog sie mich an sich und presste ihre Lippen auf meine. Es war nicht unangenehm, die Elfin zu küssen. Mein Körper hätte sicher mehr für sie tun können. Aber mein Gewissen war dagegen.
Als die Elfin Luft holte, entschlüpfte ich ihr.
»Please, dear lady!«, flüsterte ich. »Go back to bed!«
Und dann drängte ich mich an ihr vorbei, schloss kurz darauf die Zimmertür hinter mir und lehnte mich von innen dagegen. Auf der anderen Seite, im Flur, hörte ich ein Schluchzen.
Die riesige starke Elfenfrau weinte. Und sie tat mir leid, doch ich konnte nichts tun.
Als ich nach einer Weile die Tür wieder öffnete, war sie fort. Mein Körper glühte, und mir war schwindelig.
Verdammt, wie sollte ich dieser Frau am nächsten Tag ins Gesicht sehen? Und was würde sie tun? War sie enttäuscht genug, uns doch noch der Polizei zu melden, weil sie ahnte, dass die Geschichte vom Sohn meines Freundes erfunden war?
Ich kniete mich neben Davys Bett und schüttelte ihn.
»Davy?«, wisperte ich. »Davy, wach aus! Wir muss weg. Jetz.«
»Mitten in der Nacht?«, murmelte Davy verschlafen.
»Ja«, sagte ich. »Aber ist es nicht *die* Nacht?«

Unten im Flur des alten Hauses hing zwischen gerahmten Landschaftsbildern eine Karte, und ich starrte sie so intensiv an, dass sie sich mir einfach ins Gedächtnis einprägen musste, ob sie wollte oder nicht.
Wir würden bis zur nächsten größeren Straße wandern und dann wieder ein Auto anhalten.
Ich hatte den Frauen einen Zettel geschrieben und mich für alles bedankt und ihnen erklärt, dass sie auf jeden Fall meine Eltern besuchen und bei ihnen übernachten konnten, sollten sie jemals nach Teheran reiten.
Die Vorstellung, wie diese starken, unerschütterlichen Frauen die Straßen von Teheran entlangritten, war durchaus heroisch; störend wirkte nur, dass ich sie dabei immer alle nackt sah.

Als wir an der Weide vorbeikamen, blieb Davy stehen. »Warte«, flüsterte er und kletterte über den Zaun. Ich dachte, er wollte den Pferden Auf Wiedersehen sagen, aber er kam kurz darauf mit der Stute zurück, die uns schon zu zweit getragen hatte, und öffnete das Gatter.
Dann führte er sie hindurch und kletterte auf ihren Rücken.
»Los, komm rauf!«, meinte er grinsend. »Ich reit den Pferd, du bist Beifahrer.«
»Wir nicht kann klauen den Pferd«, protestierte ich.
»Nee, wir leihn ihr nur«, sagte Davy. »Wenn wir ihr nicht mehr brauchen, läuft se von allein zurück, wirst sehn.«

Das wäre wieder eine schöne Szene für mein Kopfkino gewesen: Wie das Pferd mit uns quer durch den Wald prescht, um uns die blauviolette Nacht zwischen den Bäumen. Nebelschwaden. Dramatische Musik.

Mondlicht fällt vom Himmel wie Schnee und legt sich auf die Schultern der Reiter, auf ihre gebeugten Rücken, auf den Hals des Pferdes.
Ach, es ist so schön!
Und die Zuschauer, Amin zum Beispiel, seufzen.
Dann sieht er zu, wie wir in die deutsche Stadt Köln hineinreiten. Wie wir auf dem Platz vor dem Kölner Dom haltmachen. Wie quer über den Platz ein wunderschönes dunkeläugiges Mädchen auf uns und das Pferd zuläuft, Layla Starlight …
»Vorsiiicht!«, schrie Davy.
Und ich fiel aus meinem Filmtraum.
Köln war nirgendwo zu sehen.
Davy lenkte das Pferd gerade auf ein Gatter zu, das im Weg war, und das Pferd setzte zum Sprung an.
Der Sprung gelang. Dem Pferd.
Uns weniger. Uns warf es leider ab. Wir kullerten über eine feuchte Wiese und blieben zwischen Gras, Matsch und etwas Weichem liegen, das im Mondlicht rund und flach glänzte: Kuhfladen.
Das Pferd schüttelte sich, schien sich halbherzig zu entschuldigen, und kehrte um. Es setzte wieder über das Gatter und trabte davon.
Wir waren allein.
Ach, doch nicht. Jemand beugte sich über uns.
Es war eine Kuh.
»Nein«, sagte ich. »Das nicht kann sein. Das nicht ist möglich.«
Ich schloss kurz die Augen, doch als ich sie öffnete, sah die Kuh mich immer noch an. Ich hatte sie mir nicht eingebildet, sie war da.
Und sie hatte ihre Freundinnen mitgebracht.
Diesmal waren es eindeutig weibliche Kühe, also Kuhinnen, ich sah ihre Euter.
Ich griff, noch im Liegen, nach meinem Hut, setzte ihn wieder auf

und wollte mich hochrappeln, doch ehe ich dazu kam, küsste die Kuh mich. Sie leckte mich mit ihrer riesigen rosa Zunge ab, und sie ließ sich weit weniger gut wegschieben als die Riesenelfin.

»Nein!«, sagte ich zu ihr, auf Deutsch, Englisch und Persisch. »Ich habe eine Freundin!«

Das stimmte zwar nicht, aber das wusste die Kuh ja nicht. Ich kam endlich hoch, und dann kletterten Davy und ich zurück über das Gatter. Drüben blieben wir einen Moment stehen, um Luft zu holen; wir waren beide ziemlich zerschlagen von dem Sturz.

Die Kühe stießen ihre breiten Köpfe gegen das Gatter und muhten.

Ich fürchte, das Pferd war mit dem Huf am Gatter hängen geblieben, denn der Holzriegel war kaputt. Die Kühe schoben das Tor einfach mit den Köpfen auf. Wir gingen rückwärts.

»Davy«, sagte ich. »Sie sind Kuh, keine Stier, aber es seht aus gefahrlich, nein?«

Das Muhen der Kühe klang jetzt ziemlich aggressiv.

»Auf den Baum da!«, sagte Davy. Und das war eine gute Idee.

Minuten später kletterte ich hinter Davy durch die Äste, und dann saßen wir da und sahen zu, wie die schweren Leiber der Kühe sich unten um den Stamm des Baumes drängten.

Davy gähnte. Dann sagte er: »Is wie bei deinen Wölfen. Du muss beten.«

»Wir können versuchen zusammen«, sagte ich.

»Ich weiß nich, wie man betet.«

»So«, sagte ich. Und ich schloss meine Augen und legte die Hände zusammen. »Jesus, du hörst? Wir sind in ein große Problem. Wir müssen machen ein Wunsch.«

»Ja«, meinte Davy neben mir. »Nimm die Kühe weg.«

Ich blinzelte kurz und sah, dass Davy die Augen zusammengekniffen und die Hände gefaltet hatte, aber so, dass er beinahe aus dem Baum fiel. Da hörte ich lieber auf zu beten und hielt ihn fest.

»Jesus«, sagte er, »kannst du das so machen, dass die Polizei uns einfach vergisst? Und die Einbrecher auch? Und dass wir immer zusammen bleiben, Sean und ich? Ach, und wenn du schon dabei bist, kannst du auch gleich bitte eine Flasche Cola machen, weil ich hab Durst.«

Er öffnete die Augen und sah sich um, enttäuscht. »Das funktioniert ja gar nich. Ich seh keine Cola.«

Dann gähnte er wieder und lehnte sich an mich, und ich hoffte wirklich, wir würden nicht herunterfallen und von den Kühen tot-getrampelt. Aber tief in mir spürte ich ein kleines Freudenfeuer, weil Davy gesagt hatte, wir sollten immer zusammen bleiben. Natürlich ging das nicht. Ich würde ihn bei seinem Vater abliefern, und das war's.

Was danach mit mir passierte; ob die Polizei mich erwischte, ob sie mir glaubte, dass ich niemanden erschossen hatte, und ob ich in diesem Land bleiben oder zurückgeschickt werden würde – das alles hatte nichts mehr mit Davy zu tun.

Ich würde ihn vermissen.

Als ich aufwachte, war das Erste, was ich sah, ein Kaninchen.

Es saß unter dem Baum und schien zu dösen, ich sah, wie sich sein Fell bei jedem Atemzug hob und senkte.

Es war rosa.

Ich blinzelte.

Das Kaninchen befand sich auf einem Damen-T-Shirt. Um genau zu sein, es war draufgedruckt.

Und dass es da war, bedeutete: Die Kühe waren weit genug weg, um keine Gefahr mehr zu sein. Gott hatte uns seinen Sohn geschickt, ein zweites Mal in Form eines Kaninchens, diesmal jedoch in Form eines Kaninchens, das auf einem Busen saß.

Denn in dem Damen-T-Shirt steckte jemand; jemand schlief unter unserem Baum, die Arme hinter dem Kopf verschränkt. Die Haare der Person bildeten einen schönen pinken Kontrast zum grünen Gras, in dem sie lag.

Es war – schwer zu glauben, aber es war Lotta.

9 Kaugummi

Ich kletterte vom Baum und landete neben Lotta, und da schlug sie die Augen auf.

»Lotta«, sagte ich. »What are you doing here?«

»Ich habe geschlafen«, sagte Lotta. Und eine Weile sahen wir uns an, nur so, ohne zu sprechen. Es war ein merkwürdiges Gefühl. Ich dachte, dass ich ihr tausend Dinge erzählen könnte, die wir in der Zwischenzeit erlebt hatten, aber ich sagte nichts.

Schließlich setzte sie sich auf, kramte einen Kaugummi aus ihrer Tasche und gab mir einen, und ich fand zwei restliche sehr zerknautschte Zigaretten in meiner Tasche und gab ihr eine. Dann saßen wir eine Weile da und kauten und rauchten abwechselnd.

»We have to go on to Cologne«, sagte ich schließlich.

»Hm«, sagte Lotta. »Ich auch.«

»Why? Why were you walking in this forest? Why do you want to go Cologne?«

»Sprich Deutsch«, sagte Lotta.

Ich seufzte. »Warum?«

»Weil du es dann übst«, sagte Lotta freundlich und stand auf, und da kam Davy aus dem Baum gefallen oder gesprungen wie ein kleiner Affe und gähnte ausführlich.

»Wie komm wir jetzt weita?«, fragte er. »Wo is das Frühstück?« Er sah Lotta an, erst jetzt, als hätte er sie vorher nicht bemerkt. »Und was macht *die* hier?«

»Straße«, sagte ich. »Wir mussen finden ein Straße.«
»Ich bin von da gekommen«, sagte Lotta und zeigte hinter sich. »Und ihr?«
»Da«, sagte ich und zeigte in eine etwas andere Richtung.
»Dann ist die Straße da«, meinte Lotta und zeigte in die Richtung, die am wenigsten mit einer der anderen übereinstimmte.
So gingen wir los.

Lotta hatte recht.
Wir kamen nach einer guten Stunde zu einer schönen ordentlichen deutschen Straße mit einer saftigen Menge Schildern: Überholverbot und Geschwindigkeitsbegrenzung und Schneeflockenwarnung. Im Sommer?
»Was machen wa jetzt?«, fragte Davy.
Und Lotta sagte: »Wir machen ein Schild.«
Sie erklärte, dass wir ein Pappschild machen sollten und Köln darauf schreiben, und sie holte einen Schreibblock aus ihrem Rucksack, riss die Pappe ab und begann mit dem Buchstaben K. Dann sagte Davy: »Ich kann das bessa«, rupfte Lotta die Pappe weg und schrieb ein Ö und ein N, allerdings war das N falsch herum.
Ich sagte, dass ich auch etwas schreiben wollte, und er gab mir die Pappe zurück, ignorierte aber Lotta, die neben uns stand. Ich glaube, er war eifersüchtig.
»Na, macht ihr mal«, meinte Lotta, »ich geh eben für kleine Mädchen.« Sie verschwand in einem Gebüsch, und ich bemühte mich, nur das L anzugucken, dass ich in das Wort KÖN einflickte, denn wenn eine Lady auf die Toilette geht, ist das ihre Sache.
Während ich mit Lottas Kugelschreiber malte, geschah auf der Wiese auf der anderen Straßenseite etwas sehr Interessantes. Ein paar Leute hatten dort ein riesiges bunt gestreiftes Stück Stoff auf

dem Gras ausgebreitet und machten sich jetzt an einem großen Bastkorb zu schaffen.
Das L wurde sehr schön, so schön, dass ich noch ein zweites malte. Als wir das Schild probeweise hochhielten, sagte Davy, es wäre ganz bestimmt das schönste Schild der Welt.
»Weil wir das gemacht ham«, sagte er. »Ganz allein. Ich mein, ganz zusamm.« Und, nach einer Weile: »Hast du auch so'n Hunger? Frühstück wär schon geil.«
Ich nickte.
»Stell dir vor, jetzt n Cheeseburger mit ordentlich Pommes«, sagte er verträumt. »Und n Bier …«
»Für Frühstück?« Ich lachte. »Und du hast nicht Bier getrinkt schon in dein Leben, oder?«
»Klar«, meinte Davy. »Mit die große Jungs von Heim. Wenn sie nett drauf warn. Wenn sie scheiße drauf warn, ham sie mir verprügelt.«
Die Leute auf der Wiese hatten den bunten Stoff jetzt ganz ausgebreitet, und mit einem Fauchen fuhr von irgendwoher heiße Luft hinein und blähte ihn auf. Das Ding war ein Heißluftballon! Ehe ich etwas darüber zu Davy sagen konnte, schrie er ganz plötzlich: »Da! Der hält!«
Und er rupfte vor Freude so wild an dem Schild, dass es in der Mitte durchriss. Ich und KÖ standen also an der Straße, während LLN mit einer blauen Schlumpfmütze neben uns auf und ab hüpfte.
»Davy. Wir kann nicht fahren mit!«, rief ich. »Lotta ist nicht hier!«
»Ach«, meinte Davy. »Die kann ein anderen Auto nehmen. Ich glaub wieso nicht, dass sie nach Köln muss.«
Es klang, als wäre er ganz froh, Lotta los zu sein.
Und das Auto, ein schwarzer Lieferwagen, hielt tatsächlich. Er hatte schicke dunkel getönte Scheiben gegen die Sonne. Das Beifahrerfenster senkte sich, und von drinnen fragte jemand: »Köln, ja?«

»Ja«, sagte ich. »Danke.«
Da glitt die hintere Schiebetür lautlos auf. Ich setzte einen Fuß hinein, etwas zögerlich.
Was tat Lotta so lange in dem Gebüsch? Wenn wir sie hier alleine zurückließen, wäre sie doch ganz verloren, eine Frau, alleine an der Straße! Ich setzte mich in Zeitlupe auf die schwarzlederne Rückbank, und Davy wollte mir nachklettern – doch dann kletterte er nicht.
»Wart mal«, sagte er und kniff die Augen zusammen, um den Mann zu mustern, der schon hinten saß. Es war ein ganz normaler deutscher Mann mit einer spiegelnden Skifahrersonnenbrille. Er trug eine Wollmütze wie Davy, allerdings nicht schlumpfblau, sondern grau.
»Nee«, sagte Davy leise, und jetzt zog er an meinem Ärmel. »Du, wir wolln vielleicht doch nich nach Köln, weißt du?«
»Warum?«, fragte ich.
Davy zog mit sehr viel Kraft an meinem Ärmel, und da griff der Mann mit der Skifahrerbrille nach mir und hielt mich fest. Dabei verrutschte seine Brille. Und ich erkannte ihn.
Es war einer der beiden aus dem Zug.
Einer von denen, die in das Ferienhaus auf Usedom eingebrochen waren.
»Hiergeblieben«, knurrte er. »Schieb nicht gleich Panik, wir wollen nur reden. Talk? Hablar? Ihr habt ein paar Sachen gesehen, die ihr vergessen solltet. You forgetting? Hier, in Kopf? Erinnerung weg, kapierste? Vielleicht gibt's ja Geld dafür. Money-money.«
Da wurde ich wirklich wütend.
»Ich bin nicht bescheuert!«, fauchte ich auf Persisch, »und ich vergesse überhaupt nichts! Sie haben einen Menschen erschossen!«
In diesem Moment sah ich, dass der Fahrer sich umgedreht hatte.

Und dass er eine Waffe hatte. Ungünstigerweise zielte er damit. Auf mich.
Aber hey, ich war ein Held, und ich entschlüpfte dem Mann mit der Skibrille, riss Davy mit und warf mich herum, aus dem Auto, rollte auf dem Grasstreifen ab, während – ja – ein Schuss sich löste. Verdammt, ein echter Schuss.
Er hätte mich beinahe getroffen. Der Gedanke war merkwürdig surreal. Wir lagen jetzt auf dem Boden, und die Autotür schloss sich automatisch zu Ende. Ein zweiter Schuss krachte – von innen gegen die Tür. Davy und ich krabbelten über das Gras davon, wobei wir wahrscheinlich wieder einmal keine gute Figur machten. Als wir schließlich auf die Beine kamen, drehte ich mich um und rief den Satz, den ich für den Ernstfall schon vor der deutschen Grenze damals auswendig gelernt hatte: »Nicht schießen!«
Leider ist es für Iraner schwer, ei und ie auseinanderzuhalten, weshalb ich »Nicht scheißen!« rief, und Davy kicherte, später erklärte er mir den Satz, aber dann hörte er plötzlich auf zu kichern.
Der schwarze Wagen setzte jetzt zurück und raste direkt auf uns zu. Die Typen waren verrückt, eindeutig. Wir rannten. Über die Straße, vor einem anderen Auto, das bremste und hupte, über die Wiese, auf den Ballonkorb zu, der eben samt Ballon vom Boden abhob. Drei Menschen standen darin, einer zog an irgendwelchen Schnüren, die anderen, zwei Frauen, sahen uns überrascht entgegen. Sie mussten die Schüsse doch gehört haben! Vermutlich rechnen die Leute in diesem Land so wenig mit Schüssen, dass sie jeden Knall für eine Fehlzündung halten. Oder für eine Einbildung.
»Excuse us«, keuchte ich, »Verzeiherung, kann wir mitnehmen in diese schöne Ballonin?« Und ich hob Davy in den Korb, warf ihn sozusagen, während ich verzweifelt nach einer schönen deutschen Redensart suchte. »Es … es geht um Leben und Toast!«

Die Frauen sahen verwirrt aus.
Der Ballonmann schrie, wir sollten verschwinden, wir störten den Ballonstart, und im Augenwinkel sah ich eine weitere Person auf uns zurennen: Lotta.
Und jetzt war sie da, und jetzt war sie im Ballonkorb, und der Ballon stieg weiter, und Lotta und Davy zogen mich gerade noch so hinein, und dann –
Ja, dann flogen wir.
Wir stiegen in den blauen deutschen Sommerhimmel auf. Unten wurde das schwarze Auto mit den Verrückten drin, die uns Geld geben oder uns erschießen wollten, immer kleiner.
»We can explain«, keuchte ich. »It was an emergency. You just safed our lifes.«
»Er sagt, sie haben uns das Leben gerettet«, sagte Lotta.
»Das haben wir verstanden.« Eine der Frauen lächelte. »Das ist schön.«
Der Mann, der sich mit dem Ballon auskannte, schüttelte den Kopf. »Das ist viel zu viel Gewicht! Drei Personen mehr! Gebucht wurde das Event für zwei Personen!«
»Wir retten aber gerne jemanden«, sagte die andere Frau. »Wir zahlen dann ein bisschen mehr.«
Sie sahen beide kugelig und fröhlich aus, eine hatte Haare wie ein Igel, die andere kleine blonde Kringellocken. Die mit den Locken öffnete eine Box mit Schokoladenkuchen und hielt sie Davy hin, der hineingriff und zwei Stücke nahm. Er grinste dabei so breit und glücklich, dass man die Zahnlücke besonders schön sah, und ich wusste, auch diese Frauen waren Davy verfallen.
Ich bemühte mich, ebenfalls charmant zu lächeln, und rückte meinen Hut zurecht, obwohl er von der Abrollnummer aus dem Auto ziemlich geplättet war.

»Warum Sie machen so eine schöne Ballonfliege?«, fragte ich.
»Oh«, sagte die Frau mit dem Igelhaarschnitt. »Wir feiern unseren Hochzeitstag.«
»Verzeiherung, wer sind verhochzeitet?«, fragte ich.
»Na, wir«, sagten die beiden Frauen und lachten, und dann, dann beugten sie sich zueinander, diese pummeligen, nicht mehr jungen glücklichen Frauen, und küssten sich.
Ich sah schnell weg. Manche Arten von Freiheit sind so frei, dass ich mich nur schwer daran gewöhnen kann.

Der Ballon flog geradewegs nach Köln.
Nein, das tat er nicht. Ballons fliegen nie dorthin, wo man hinmöchte, das erklärten mir die Deutschen. Man muss umgekehrt einfach dorthin möchten, wo sie hinfliegen.
Der große Vorteil an Ballons ist, dass sie nie, aber wirklich niemals in Kuhherden stecken bleiben.
»Also sind Sie aus Pakistan, ja?«, fragte die eine Frau, die Emma hieß. Auch sie sprach zum Glück Englisch.
Ich warf Davy einen Blick zu, doch er hing über dem Geländer der Ballongondel und sah sich die Landschaft an, die unten vorbeiglitt: Felder, Bäche, Seen.
»Und diese Leute wollten wirklich auf Sie schießen?«
»Nein«, sagte ich. »Sie *haben* auf uns geschossen.«
»Wir sollten die Polizei rufen«, meinte die andere Frau.
»Nein, danke«, sagte ich. »Vielleicht war es ein Missverständnis. Vielleicht haben sie jemand ganz anderen zum Totschießen gesucht, vielleicht ist das ihr Job. Ich möchte sie nicht bei der Arbeit stören, solange es mich nichts angeht.«
»Bei uns in Deutschland ist es eigentlich nicht üblich, Menschen aus Autos heraus zu erschießen«, sagte die Frau, die Emma hieß.

»Oh, ich glaube, sie wollten uns eigentlich *im* Auto erschießen«, sagte ich.
Davy schickte einen Spuckeklumpen über den Rand der Gondel. »Den kriegt jetzt einer aufn Kopf«, sagte er zufrieden. »Die wird ihr wundern.«
»Und Sie sind ... eine Familie?«, fragte die Frau, die nicht Emma hieß. Sie trug eine braune Jutejacke mit Aufnähern, für die sie zu alt wirkte: Sternaufnäher für den Kommunismus und Aufkleber von Musikbands.
»Auf ... gewisse Weise«, antwortete ich. »Nicht blutsverwandt. Davy hier ist mein ... Neffe. Ein nicht blutsverwandter Neffe.«
»Oh«, sagte die Frau, die nicht Emma hieß.
»Wir machen Wanda-Urlaub«, erklärte Davy. »Ich hab die Mütze gekriegt, die is neu, und das is toll so mit'm Wandan in die echte Wälda, Sean hat tausend Fotos gemacht mit den Handy, die zeig ich nächste Woche meinen Vater. Die Bekloppten, die geschossen ham, die kannten wir überhaupt nicht. Keine Ahnung, was die wollten.«
»Und die junge Dame hier ...« Die Frau, die Emma hieß, sah Lotta fragend an.
Komisch, dachte ich, Lotta hatte bis jetzt noch überhaupt nichts gesagt, sie stand nur da und sah aus, als müsste sie sehr über etwas nachdenken.
»Den Wanda-Urlaub machen Sean und *ich*«, sagte Davy nachdrücklich. »Das da is nur Lotta. Wir kennen ihr eigentlich gar nicht.«
»Aber ihr wandert nicht zu Fuß zurück nach ... Pakistan?«, fragte Emma.
»Quatsch«, sagte Davy. »Nur in Deutschland rum. Sean is ja wie ein Deutscher. Die bei mir inner Schule, die sagen, mit die Ausländer kann man nicht reden. Aber mit Sean kann man. Also isser deutsch.«

Er lächelte zufrieden und ließ sich von den Frauen mit Tee aus einer Thermoskanne bedienen und mit Weintrauben füttern. Der Mann, der den Ballon steuerte, sagte knurrend: »Ich glaub kein Wort über die Wandertour. Solche wie den da mit dem Hut, die kennt man doch. Kommen hierher und stellen direkt Forderungen, wollen Geld vom Sozialamt und freie Ballonflüge, da ist denen keine Lüge zu blöd.«
Emma und Nicht-Emma lachten nur, aber der Ballonmann, dachte ich, der würde die Polizei anrufen, sobald er wusste, wo wir landeten. Und während Davy Weintraubenkerne-Weitspucken spielte und Lotta auf ihrem Handy herumwischte, dachte ich, dass wir nur hier oben sicher waren. In dem Ballon.
Weder die Polizei noch die Verrückten mit dem schwarzen Wagen konnten uns hier etwas tun. Ich fragte mich, ob es nicht möglich wäre, einfach immer weiterzufliegen. Dann konnte keiner auf uns schießen und keiner mich einsperren oder mich zurückschicken zu den Wölfen. Natürlich müssten wir ab und zu kurz landen, um Treibstoff und Essen an Bord zu nehmen …
»Warum Pakistan?«, flüsterte Lotta.
»Keine Lust mehr auf Iran«, flüsterte ich zurück. »Die Leute stellen immer die gleichen Fragen. Über Pakistan wissen sie weniger.«
Lotta klebte einen Kaugummi auf den Gondelrand.
»Pakistan ist neben Indien«, sagte sie. »Oder? Da wollte ich immer hin. Die Tempel angucken. Meditieren, während die Sonne untergeht. An einem Fluss. Sie lassen Öllampen und Blüten auf den Flüssen schwimmen, wenn einer stirbt, davon war mal ein Bild in der Zeitung. Du sitzt da und atmest nur, und irgendwann geht dein Geist für eine Zeit auf Reisen. Die ganzen blöden Sachen lässt du hinter dir. Deinen Körper zum Beispiel.«
»Hast du was gegen deinen Körper?«, fragte ich vorsichtig.

Sie wickelte einen neuen Kaugummi aus. »Ich renn schon siebzehn Jahre damit rum, der hat alles durch, der alte Körper. Da wär mal ein neuer drin.«

Dann schwieg sie, nachdenklich. Wir lehnten nebeneinander am Rand der Gondel, und ich stellte mir vor, der Wind würde drehen. Der Ballon würde über Österreich und Rumänien und Bulgarien fliegen, über Griechenland und die Türkei, zurück bis nach Hause. Ich sah von oben die Nomaden nahe der Grenze auf geschmückten Pferden über das Land jagen, ich sah die Färber in den großen Bottichen Schafwolle kochen, rot, gelb, grün. Ich sah lauter Bilder für Postkarten. Nicht den wahren, sondern den märchenhaften Iran: Minarette, Teppichknüpferinnen, geflieste Innenhöfe. Der Ballon würde über Schiras fliegen, wo der ganze Himmel nach Orangen duftete und wo mein Onkel auf einem Flachdach stand und winkte …

»Wir landen dann«, sagte der Mann, der für den Ballon zuständig war.

Er tat irgendetwas mit den Klappen am Ballon, und wir begannen zu sinken.

Ich schloss die Augen.

Ich musste handeln.

Jetzt.

Ich würde den Ballon entführen. Ich griff in meine Tasche und fand meine Sonnenbrille. Das musste reichen. Ich holte tief Luft. Dann öffnete ich die Augen, hob die Sonnenbrille und drückte sie dem Ballonführer in den Rücken wie den Lauf einer Waffe.

Diesmal würde nicht in der Zeitung stehen: *Islamist entführt Flugzeug in New York!*

Diesmal würde die Schlagzeile lauten: *Christ entführt Heißluftballon über Niedersachsen!*

»Es tut mir sehr leid«, sagte ich höflich und so leise, dass nur der

Ballonführer es hörte. »Aber Sie fliegen jetzt diesen Ballon nach Köln. Andernfalls sehe ich mich gezwungen, Sie zu erschießen. Ich habe eine Pistole in der Hand.«
»Ich versteh kein Englisch«, brummelte der Ballonführer und guckte so sauer wie die ganze Zeit schon. »Nehmen Sie die Hand weg, ich muss da mal an den Hebel und das Seil.«
Und dann landeten wir.

Die Wiese, auf der die Gondel zum Stehen kam, lag zwischen einem Kreisverkehr, mehreren Fabrikgebäuden und einer Menge Asphalt. Die Natur schien verschwunden zu sein – bis auf die Wiese, deren Gras gelb war wie die Finger eines Kettenrauchers.
Ich hätte auch gerne eine geraucht. Meine Beine zitterten, als wir dastanden und die große bunte Blase des Ballons sich langsam in ein flaches Laken verwandelte.
Was wäre passiert, wenn ich den Ballon wirklich entführt hätte?
In meiner Tasche waren keine Zigaretten mehr. Kein Handy. Keine Papiere. Das Einzige, was ich noch besaß, war mein Portemonnaie.
Irgendwer sagte wieder etwas über Polizei, die man nun endlich rufen müsse wegen der Schießerei. Das war doch komisch, dachte ich, selbst wenn man ein Opfer war, musste man in Deutschland zur Polizei. Möglicherweise war es effektiver, die Opfer einzusperren als die Täter.
»Danke, wir gehen jetzt«, sagte ich in meinem höflichsten Englisch. »Wir müssen zurück zu unserer Wanderroute. Haben Sie noch einen schönen Hochzeitstag.«
Ich ging einfach los, Davy hopste neben mir her. Lotta, die keine Wanderroute wiederfinden musste, folgte. Nachdem wir um die Ecke eines Fabrikgebäudes gebogen waren, sagte ich: »Rennen!« Und wir rannten.

Es war höchstwahrscheinlich ein Wunder, dass die Polizei uns nicht irgendwo aufsammelte.
Und ein zweites Wunder, dass wir den Bahnhof fanden; ein winziges Ding mit den Gleisen 113 und 114. Lotta fand heraus, welche Richtung die richtige war, um nach Köln zu kommen. Komisch, wir redeten fast gar nicht.
Wir kauften stahlharte Brötchen mit etwas drauf, das Lebendkäse hieß oder so ähnlich, und fuhren mit einem kleinen, grau-roten, dreckigen Zug, in dem fast niemand saß. Die wenigen Leute, die doch dasaßen, sahen aus, als hätten sie keine Lust auf das Leben. Sie sahen uns an und dann weg, irgendwie bitter. Es kam kein Kontrolleur, aber Köln kam auch nicht.
Davy tat die ganze Zeit so, als wäre Lotta nicht da.
Der dritte Zug verendete sozusagen in der Abenddämmerung auf einem Bahnhof, der so klein war, dass er nicht mal ein Industriegebiet hatte. Lotta trat gegen einen Pfosten und fluchte.
»Vor morgen fährt hier nichts mehr.«
»That's okay«, sagte ich. »We can sleep here, no?«
»Ich versteh kein Chinesisch«, sagte Davy.
Komisch, bei den Ballondamen und den Nacktbadefrauen war er nicht sauer gewesen, wenn ich Englisch gesprochen hatte.
Ich ging in die Knie und sah ihn ernst an.
»Davy«, begann ich. »Du willst nicht sein mit Lotta. Aber er ist eine Lady, und wir sind Männer, wir muss aufpassen auf Lady. Promise, ich spreche nichts mehr Englisch today.«
»Okay«, sagte Davy.

SMS nach Köln, auf Persisch, von Lottas Handy aus:
Jetzt sind wir wirklich bald da. Hat dein Vater morgen Zeit?
SMS von Layla Starlight:

Vater?
SMS nach Köln:
Der Anwalt? Ich habe ein Problem mit der Polizei. Da ist ein Toter, den ich nicht ermordet habe. Und dann sind da ein paar Verrückte, die versuchen, mich zu erschießen.
SMS zurück: *So, so :)*
SMS nach Köln: *Im Ernst!*
SMS zurück: *Muss jetzt los, bei uns ist noch Party. Was ist das überhaupt für eine Nummer?*

Der Abend war warm, und wir fanden einen Platz im weichen Gras, nicht weit entfernt von dem Bahnhof. Wir sammelten Äste, und Lotta hatte ein Feuerzeug. Es war eigentlich schön.
Man braucht zum Schlafen nicht mehr als eine Jacke, um sich darauf zu legen. Davys blaue Männerregenjacke leuchtete noch in der Dämmerung wie ein Signal. Eines Tages, dachte ich, musste ich ihn fragen, woher er sie hatte.
Er schlief mit dem Kopf auf meinem Knie ein, an unserem Feuer, und ich strich ihm die Haare aus dem Gesicht und bettete seinen Kopf vorsichtig auf ein Stück Jacke.
»Ist schon morgen?«, flüsterte ich dann. »Den Datum? Weil, morgen ich kann sprech English again.«
Lotta legte sich auf den Rücken und sah in die Sterne. »Es ist definitiv heute«, sagte sie.
»Deutsch ist … schwer«, sagte ich. »Warum alle Mensch hier sprechen Deutsch? Sie kann haben viel einfacherer, wenn sie sprech English.«
»Du musst ja gar nicht sprechen«, flüsterte Lotta.
Ich legte mich auch auf den Rücken. Die Sterne waren ziemlich verwölkt.

»Aber ich will fragen. Warum du musst nach Köln? Warum …«
»Scht«, machte Lotta, rollte sich auf den Bauch und legte mir einen Finger auf die Lippen.
Ihr Finger fühlte sich seltsam an auf meinem Mund. Vielleicht, dachte ich, war es in Deutschland normal, anderen Leuten den Finger auf den Mund zu legen.
Vielleicht taten fremde Leute das, zum Beispiel in Konferenzen, wenn sie wollten, dass der andere schwieg, ich traue den Deutschen alles zu. Trotzdem war es seltsam.
»In Köln ist eine Frau aus Iran«, wisperte ich an ihrem Finger vorbei. »Ich kenne von Internet. Ich fahre zu diese Frau. Ich habe ihr geschrieben von dein Handy, wenn du mich geleiht hast. Vielleicht wir machen Heirat.«
Ich musste das sagen, ich wollte anständig sein, ich wollte nicht, dass Lotta sich Hoffnungen darauf machte, möglicherweise geheiratet zu werden. Doch Lotta sah nicht enttäuscht aus. Sie nickte nur. Dann entfernte sie ihren Finger, beugte ihren Kopf herunter und küsste mich, und das machen Deutsche in Konferenzen garantiert nicht. Ihre Lippen waren weich, und ihr Gesicht roch nach rosa Kaugummi.
Ich wollte sie zurückschieben, wegen Layla Starlight, aber Layla Starlight war auf irgendeiner Party, sie schien ständig auf Partys zu sein. Ich fühlte mich beinahe ein bisschen trotzig.
Wenn Layla Starlight das hier sehen könnte!, dachte ich.
Sie könnte es wie einen Film sehen, im Kino, allein, mit einer Tüte Popcorn, und auf der Leinwand sind wir: Wie wir uns küssen, vor den verglimmenden Resten eines Lagerfeuers. Mit entsprechender Musik im Hintergrund, persische Filmmusik ist gut für so was.
Layla sieht zu, wie das Mädchen auf der Leinwand sich über mich beugt, wie ich in ihr kurzes pinkes Haar greife, sie zu mir herab-

ziehe, wie ich ihren Kuss erwidere, leidenschaftlich. Sie erkennt den verwegenen Strohhut, den ich zurückgeschoben habe, dann erkennt sie *mich* und zerdrückt ihre Popcorntüte, rasend vor Eifersucht. Sie …

Ich fiel wieder aus meinem Film und vergaß die Zuschauerin, denn, ehrlich gesagt, war diese halb liegende Stellung ziemlich unbequem. Und, ehrlich gesagt, fühlte sich meine Hand in Lottas Haar ziemlich verkrampft an. Und, ehrlich gesagt, kam ich mir auch gar nicht verwegen vor, sondern eher unerfahren.

Nicht, dass ich noch nie geküsst hatte, ich hatte nur keine richtige Übung.

Ich meine, ich hatte immerhin eine Freundin gehabt, in Teheran, und die Polizei hatte mich für das Küssen im Park sogar verhaftet. Bevor die Frau einen anderen geheiratet hatte.

Hinterher hatte ich zwei oder drei andere Frauen geküsst, na ja, eigentlich nur eine, auf einer Party, ziemlich betrunken.

Jetzt war ich auch betrunken, betrunken vor Überraschung. Lotta wusste wirklich, was sie wollte, vielleicht sind deutsche Mädchen so. Ich fühlte ihre Zungenspitze zwischen meinen Lippen, öffnete den Mund und versuchte, alles andere zu vergessen.

Lotta schmeckte nach künstlichen Erdbeeren. Ich dachte an das Erdbeerfeld. An das leuchtende Rot und Grün vor dem Blau des Himmels. Schließlich stand Lotta auf, und sie führte mich weg von der Feuerstelle, weg von Davy, der friedlich schlief, zu einem anderen, weicheren Stück Gras.

Ich wollte sie fragen, was sie vorhatte, aber sie machte wieder »Sch!«.

Eigentlich war es mir auch klar.

Und ich dachte, dass ich vielleicht doch Lotta lieben könnte statt Layla Starlight, auch wenn ich nicht wusste, wie es ohne Layla Starlights Hilfe weiterging. Dass die Liebe dann eben wichtiger war als das Weitergehen. Dass Lotta mir so lange nachgereist war, nur um zu beweisen, dass sie mich liebte.

Sie streifte mit etwas Mühe ihre engen Jeans herunter und meine Hosen; sie war gut darin, obwohl sie doch keine Übung haben konnte in ihrem Alter und ohne Ehemann.

Sie zog sich nicht ganz aus, streifte nur das T-Shirt ab und den BH, dann kniete sie vor mir im Gras, und ich sah ihre nicht besonders großen weißen Brüste. Sie waren ein bisschen asymmetrisch und hatten harte braune Nippel, und ich dachte unpassenderweise an Luftballonknoten.

Lotta hatte ein Kondom dabei, das nach Orange roch, aber nach Ananas schmeckte, jedenfalls sagte sie das. Es war so ziemlich das Einzige, was sie während der ganzen Zeit sagte.

Schließlich setzte sie sich auf mich, mit ihrer halb heruntergezogenen Hose, und war die Herrin der ganzen Szene.

Ich hatte mit echtem Sex noch weniger Erfahrung als mit Küssen, es gehörte zu den Dingen, die wir im Park dann nicht mehr getan hatten, weil uns die Polizei dazwischengekommen war. Lotta änderte das in dieser Nacht. Und jetzt erwartet womöglich jemand, dass ich genauer werde und meine Erfahrung teile, aber Entschuldigung, die kann jeder selber machen.

Schließlich lagen wir nebeneinander im Gras und keuchten.

Ich tastete nach Lottas Hand und spürte, dass die Nägel abgekaut waren.

»Willst du Kinder?«, flüsterte ich.

»Nicht jetzt«, sagte sie und lachte.

»Später«, sagte ich. Wir sprachen wieder Englisch, zum Glück.

»Schau mal, die Sterne«, sagte Lotta. »Die sind jetzt viel klarer.«

»Hm«, sagte ich. »Bei uns zu Hause sind sie noch anders. Ich könnte

dir das mal zeigen. Und du musst meine Familie kennenlernen. Wenn ich irgendwann zurückkann.«
»Hast du wirklich keine Zigaretten mehr?«, fragte Lotta.
»Nein.«
»Warum kannst du nicht zurück?«
»Heldengeschichte.« Ich seufzte.
»Was?«
»Du willst eine Heldengeschichte. Das wollen sie alle. Darüber, warum ich gesucht werde. Oder?«
»Nee«, sagte Lotta. »Ich will nur ne Zigarette.«
»Was ist denn mit dir?«, fragte ich. »Was war vor den Erdbeeren?«
»Nichts«, sagte sie. »Ein Kaff. Und meine Mutter. Als ich sieben war, war ich sehr verknallt. Lange her. Später waren ein paar blöde Sachen, und dann hab ich entschieden, ich geh weg. Deshalb hab ich Englisch gelernt.«
Eine Weile schwiegen wir zusammen. Dann standen wir auf und zogen uns an, und ich setzte den Strohhut auf Lottas kurzes Haar. So wanderten wir neben den Gleisen zurück. Und legten uns neben Davy und schliefen ein, jeder für sich.

Als ich am nächsten Morgen aufwachte, lag Lotta nicht mehr neben mir. Ich setzte mich auf.
Etwas fehlte. Außer Lotta.
Mein Portemonnaie.
In meiner Tasche steckte ein Zettel.
Tut mir leid. Ich brauch das Geld wirklich.
lol, Lotta
»Lol?«, rief ich, sprang auf und sah mich wild um. Aber neben der kalten Feuerstelle schlief nur noch Davy, die blaue Schlumpfmütze an sich gedrückt wie einen Teddybären.

»Lots of love? Lots of lies! The little bitch«, knurrte ich. Und ballte die Fäuste und drückte sie gegen meine Stirn, damit mein Kopf nicht platzte. »Fucking strawberries. Fucking cows. Fucking Germany!«

»Nich wein«, sagte Davy, der plötzlich wach war, und streichelte meinen Rücken. »Nich wein, ja?«

»Lotta, sie hat … weg«, murmelte ich. »Mit mein Geld.«

Davy nickte. »Frauen sind so«, sagte er. »Vergiss ihr.«

10 Mobile Brezeln

Irgendwann kam ein Zug, und wir schlossen uns in der Toilette ein, weil wir keine Fahrkarte hatten.
Das war Davys Idee, er sagte, man würde das so machen.
Und dann kamen wir tatsächlich in eine Stadt, und dort gab es einen richtigen Bahnhof und einen richtigen Zug nach Köln. Als ich das auf der Anzeigetafel sah, war ich so froh, dass ich hätte singen können. Stattdessen sangen nur unsere Mägen, im Chor sangen sie ein Lied von Frühstück, und ich fluchte minütlich auf Lotta, die uns nicht mal zwei Euro für Brötchen gelassen hatte.
Vor dem Bahnhof saßen ein paar junge Leute auf dem Boden, in schwarzen zerrissenen Kleidern und mit Hunden. Sie hatten alte Rucksäcke bei sich und neue Bierflaschen.
Vor ihnen stand ein Papp-Kaffeebecher, in den manche Leute Münzen warfen.
»Guck!«, sagte Davy. »Wir müssen das so machen wie die!«
»Problem ist«, sagte ich, »kein Hund.«
»Können wir nich einen leihen?«, fragte Davy.
Die schweren Schnürschuhe der jungen Leute waren abgestoßen; Wanderschuhe, und da begriff ich, dass es Nomaden waren. Ich hatte in Berlin schon welche gesehen, aber nicht auf sie geachtet. Man sah ihnen an, dass sie umherzogen, statt in Häusern zu wohnen, und wie unsere Nomaden machten sie Musik, einer von ihnen jedenfalls hatte eine Gitarre vor sich liegen. Ich fragte mich,

warum sie so zerrissen aussahen, offenbar geht es den Nomaden in Deutschland nicht besonders gut, vielleicht ist es eigentlich verboten, nicht sesshaft zu sein. In meinem Land gibt es dieses Verbot auch, aber es ließ sich nie durchsetzen in den Landstrichen, die immer schon den Nomaden gehörten.

Außerdem sind sie gut für die Teppichindustrie. Und für den Tourismus.

Ich hätte gerne etwas über sie gewusst, und deshalb stellte ich mich neben zwei der Männer, die an der Wand lehnten und rauchten, und fragte mit höflichem Interesse: »Haben Sie ein Zigarette?«

»Yo, man, kannst du haben«, sagte der eine und gab mir Feuer. Davy streckte die Hand aus, er wollte auch eine Zigarette, aber ich schüttelte den Kopf, und er zog eine Schnute.

»Verzeiherung«, sagte ich. »Ich bin sehr Spannung für Ihre Leben. Auch Sie mach Teppich-Verknupfung?«

»Was? Nee«, sagte der eine. Er trug eine Hose wie einen Sack, ähnlich dem Typen in der Kneipe in Berlin, und ein T-Shirt mit einem von Hand aufgenähten Flicken, auf den ein Schwarz-Weiß-Foto von einem kleinen Mädchen mit abstehenden Zöpfen und sehr großen Schuhen aufgedruckt war. Darunter stand: *Sei immer wild und frei.*

»Wer ist der Lady?«, fragte ich und zeigte auf das T-Shirt.

»Das ist Pippi Langstrumpf«, sagte er und lachte. »Gutes Motto. Pippi Langstrumpf ist meine Heilige.«

»Aber sie ist Kind«, sagte ich.

»Genau.« Er nickte. »Man muss das Leben nehmen wie die Kinder, nur dann is man frei.«

Ich sah das einzige Kind in der Umgebung an, Davy. Er kniete zwischen zwei riesigen Hunden und streichelte beide gleichzeitig.

War Davy frei? Im Moment hatte er Hunger und wurde wahrscheinlich von der Polizei gesucht, die ihn zurück in ein Heim stecken würde, wo er wohnen musste, obwohl er einen Vater hatte. Außerdem konnte er nicht mit der Welt kommunizieren, weil niemand seinen Sprachfehler therapiert hatte. So ganz frei kam er mir nicht vor.

»Kinder sind nicht in dem ganzen sozialen Scheißsystem«, sagte der Typ. »Die zahlen keine Steuern, die können die Verbotsschilder nicht lesen. Irgendwann müssen sie zur Schule, da werden sie gebrochen vom System, aber Pippi, meine Heldin, die geht da nicht hin. Die lässt sich nichts sagen.«

Ich wollte den Typen bitten, Englisch zu sprechen, weil ich philosophische Themen auf Deutsch nicht diskutieren konnte, aber dann dachte ich daran, was Lotta gesagt hatte. Dass ich Deutsch üben musste. Und ich ärgerte mich so über Lotta, dass ich weiter Deutsch sprach. Um ihr zu beweisen, dass ich es konnte.

»Pippi geht nicht in Schule, sie kann nicht lernen«, sagte ich. »Für frei sein, man muss zu haben Wissen. Nein?«

»Die erzählen doch denen in der Schule nur, was die herrschende Klasse so für tauglich hält«, murmelte der Typ.

»Und geht gut mit Teppiche Verkauf?«, fragte ich und nickte zu dem Pappbecher hin. »Oder was ihr verkauft?«

»Nichts«, sagte er.

»Leute in Deutschland bezahl viel Geld für nichts«, sagte ich und lachte. »Vielleicht weil haben sie schon alles, sie brauchen diese Nichts.« Ich hob den Pappbecher hoch und ließ die Münzen klackern. »Wenn *ich* verkaufe nichts, Leute auch gibt Geld? Ich habe versucht arbeiten …«

»Schwerer Fehler«, meinte der Typ und trat seine Kippe aus. »Ich arbeite doch nicht für dieses korrupte System. Das Geld gehört allen, die sollen ruhig was davon abgeben, die feinen Damen und Herren. Kommunismus, verstehst du?«

»Es ist verboten in meinem Land«, erklärte ich. »Die Mullahs, sie mögen nicht Kommunist. Früher sie haben zusammen gemacht Revolution, Kommunist und Mullahs, für wegjagen den Schah. Aber danach sie haben Streit gemacht, und hat es nichts vergebessert. Früher keine Menschen sind frei wegen Schah, jetzt keine Menschen sind frei wegen Mullahs. Dein Pippi Langstrons in mein Land sie würde zu sein in Gefängnis.«

»Und du?«, fragte der Typ.

Heldengeschichte, Heldengeschichte! Na, dachte ich, jetzt streng dich mal an, Sean, damit der Typ auch kriegt, was er erwartet. »Oh, ich … zwei Jahre ich war auch in Gefängnis«, sagte ich und versuchte, einen rauen Heldenbariton in meine Stimme zu legen. »Weil ich gekämpfen hat für Freiheit. Ich auch, ich bin Kommunist. Marx, Engels, sehr gut. Alles teilen. Du gibst für uns Geld für breakfast?«

»Moment«, sagte er und nahm mir eilig den Pappbecher weg. »Du hast schon ne Kippe geschnorrt, ja? Das ist unsers.«

Die anderen Nomaden nickten. Sie saßen herum, rauchten, tranken Bier zum Frühstück – eine sehr deutsche Sache – und hörten Musik. Es war ein bisschen wie ein Picknick im Park in Teheran. Die Frauen hatten sogar Tücher um ihren Kopf gewunden, allerdings sah man ihr Haar darunter, das sich in dicken verfilzten Locken kringelte.

Ich setzte mein charmantestes Heldenlächeln auf. Für diese Frauen.

Mein Magen knurrte.

Kommunismus kann man nicht essen.

Davy stand auf und seufzte. »Denn gibt es wieder kein Frühstück, is ebent so«, sagte er und sah sehr unglücklich und sehr tapfer aus.

Da lächelte eine der Frauen, eine mit einem violetten Turban, und sie griff in ihre Tasche und holte einen Fünfeuroschein heraus, den drückte sie Davy in die Hand. »Los, lauf und kauf dir was zu essen«, sagte sie.

Und ich dachte, dass das doch unglaublich war: Er knackte selbst die härtesten nomadischen Kommunisten, ohne viel zu tun, während ich mich anstrengte und Heldengeschichten erfand und nichts dabei herauskam.

Davy fiel der Frau um den Hals und zog mich weg.

Hinter uns entstand eine lautstarke Diskussion darüber, warum die Frau eigenes Geld hatte, das nicht allen Nomaden gehörte. Wir hörten das Ende der Diskussion nicht.

Wir waren damit beschäftigt, Brötchen zu kaufen.

»Okay, und jetzt fahrn wir mitn richtig schicken Zug nach Köln«, sagte Davy entschlossen.

Okay, und dann fuhren wir mit einem richtig schicken Zug nach Köln.

Allerdings ohne richtig schicke Fahrkarte.

Zuerst dachte ich, wir müssten uns wieder im Klo einschließen, doch es kam anders. Der Zug war ein ICE, und so fühlte er sich auch an, eiskalt nämlich. Er war weiß und endlos lang und hatte eine Schnauze wie ein Tier. Am Anfang gab es ein schreckliches Gedränge im Gang, und mitten in diesem Gedränge fand ich zwischen den Koffern und Taschen auf einer Ablage einen Stapel orangefarbener Westen mit silbernen Reflektorstreifen, eine Packung Einmal-Gummihandschuhe und eine Rolle hellblauer Mülltüten. Eine kleine ältere Frau zog gerade eine solche Weste an und begann, durch den Zug zu gehen, um Müll in eine Tüte zu sammeln. Der Mensch ist nun mal ein Jäger und Sammler, und die Deutschen jagen und sammeln offenbar am liebsten Müll. Im Zug schienen sie dafür extra Leute anzustellen.

Ich nickte Davy zu. Wir zogen uns ebenfalls orangefarbene Westen und Gummihandschuhe an – bei Davy hatten die zu großen Handschuhe wieder einen gewissen Schlumpf-Effekt – und gingen in die Richtung, in die die Frau nicht gegangen war.
Wir waren Zug-Müllmänner geworden.
Niemand kam darauf, uns zu kontrollieren.
Damit man nicht sofort sah, dass Davy ein Kind war, gab ich ihm meine verspiegelte Sonnenbrille, womit er leider ein paarmal die Richtung verlor. Er war trotzdem stolz darauf. Und wenn die Leute ihn in den Wagen kommen sahen – Müllmannweste, Schlumpfmütze, zu große Handschuhe, Sonnenbrille – sahen sie immer gleich viel fröhlicher aus. Vielleicht glaubten sie auch, er wäre das Kind eines Reisenden, das nur so tat, als wäre es ein Müllmann.
So sammelten wir uns also quer durch den Zug, und als wir der echten Müllsammlerin begegneten, nickte sie uns zu und sagte etwas in einer Sprache, die ich noch nie gehört hatte. Vielleicht war sie gar nicht echt, sondern auch auf der Flucht vor der Polizei, wie wir, vielleicht sind die Müllsammler in allen deutschen Zügen in Wirklichkeit verkleidete Flüchtlinge, die vor ihrem Abschiebungsbescheid davonlaufen.
Ich dachte an die Elfenfrau und fragte Davy, ob wir den Müll nicht trennen mussten.
»Ja, is einfach«, meinte Davy. »Sachen mitm grünen Punkt kommen in die gelbe Tonne, und die braune Pappe da in die blaue Tonne, verstehste? Das Grünzeuch muss in die braune Tonne, und der Rest, so bunt gemischt, in die graue.«
»Gibt es keine lila Tonne?«, fragte ich und grinste. »Fur schwarzweiß karierten Mull?«
Wir hatten sowieso nur blaue Säcke, an die wir dann eben Schildchen machten, vier Säcke für vier Sorten Müll, ich war sehr stolz.

Die Glasflaschen waren am schlimmsten. Ihre Deckel bestanden aus Metall oder Plastik, waren also wiederverwertbar, aber die Etiketten waren aus Papier und gingen nur schwer ab. Die Reste, die sich in manchen Flaschen befanden, gehörten logischerweise zum Restmüll, weshalb ich sie in die Restmülltüte goss.

Nach ein paar Bahnhöfen trafen wir einen mobilen Brezelverkäufer, *a mobile pretzel vendor*, so hieß es in der englischen Zugdurchsage, und erst dachte ich, es hätte mit Handys zu tun, wegen *mobile*. Tatsächlich war es aber nur jemand, der herumlief und diese verknoteten deutschen Brötchen verkaufte. Als er uns traf, sagte er, das sei ein Scheißjob und ob ich einspringen wolle, er werde sich jetzt hinsetzen und eine Stunde schlafen, letzte Nacht sei Party gewesen, er sei Student. Ich verkaufte also mobile Brezeln, und das war ein sehr guter Job, vor allem weil die Brezeln zwei Euro kosteten und ich sie für drei Euro anpries. Ich rechnete mir aus, dass wir ungefähr bei zwei Euro herauskämen, wenn die Leute handelten. Aber die Deutschen zahlten brav drei Euro für die Brötchen, und das, obwohl Knoten drin waren. Davy half, indem er, Brezel essend, vor mir herging, sodass die Leute Hunger auf Brezeln bekamen. Und ich muss sagen, im Brezelessen war er wirklich gut.

Der wahre Brezelverkäufer wachte nach genau einer Stunde auf, nahm mir den Bauchladen wieder ab, zählte die Brezeln nach und streckte die Hand aus, um sein Geld entgegenzunehmen. »Moment«, sagte ich. »Das Geld ist fur uns.«

Er tippte sich an die Stirn. Und ich seufzte und händigte ihm den Betrag aus, den er haben wollte.

Aber nachdem er ausgestiegen war, steckte ich die Hand wieder in die Hosentasche, und sie war wieder voller Münzen, als ich sie herauszog. Der eine Euro Differenz.

»Jetzt sind wa reich«, sagte Davy.
Elf Euro. Reich.

Köln. Ich hatte fast nicht mehr geglaubt, dort anzukommen.
Ich hätte die Erde küssen können wie der Papst. Nur, dass dazu kein Platz war.
Der Kölner Hauptbahnhof ist eigentlich eher ein Ameisenhaufen, es wimmelt und wuselt in dem schmalen Tunnel, in den man von den Gleisen hinabsteigt. Alle rempeln ständig alle an, und gleichzeitig versuchen sie, auch noch in den Geschäften mit den schreiend bunten Schaufenstern einzukaufen. Ungefähr so stelle ich es mir in Mekka vor, wo ab und zu ein paar Hundert Leute totgetrampelt werden. Vielleicht ist der Kölner Bahnhof ja das Mekka der Deutschen …
Davy zog mich mit sich, vorbei an Koffer schleifenden Reisenden, Mülleimer durchsuchenden Rentnern und jungen Leuten in dunklen Ecken.
In der Eingangshalle riss eine Frau an meinem Ärmel, die ein Kopftuch und ein Baby trug. Sie hatte auch ein Pappschild; irgendwie schaffte sie es, das Baby, mich und das Pappschild gleichzeitig festzuhalten. BITE HELFEN SIE MIR, las ich.
FUR MEIN BABY ICH BRAUCHE MILCHPULVER.
ICH HABE VIER KINDER, SIE HABE HUNGER
MEIN MANN IN KRANKENHAUS
WIR SIND GEFLOHEN
DURCH BULGARIEN RUMÄNIEN
WIR HABEN ALLES VERLOREN
»You give money«, sagte die Frau. »Money, money.«
»Which country?«, fragte ich, aber sie verstand mich nicht, und als ich ihr nichts gab, wurde sie böse. »Money, money!«, wiederholte sie und rupfte stärker an meinem Ärmel.

Ich dachte an meine Reise nach Deutschland. An die Leute, mit denen ich zusammen auf ein Boot oder in Busse gescheucht worden war, Leute aus allen möglichen Ländern, alle mit dem einen Ziel: Europa. Wie viele von denen, die mit mir im Bus oder auf dem Boot gewesen waren, bettelten jetzt in einem Bahnhof?
Irgendwer hinter mir sagte: »Hören Sie ihr nicht zu, junger Mann. Die sagen, es geht ihnen so schlecht, dabei leben sie von unseren Steuern, das ist alles Mafia. Echte Flüchtlinge gibt es gar nicht. Und selbst wenn, dann sollen sie doch in einem Land betteln, wo die Leute ihre Religion haben!«
Er klang sehr wütend, und die Frau war auch wütend, die einzige nicht wütende Person war das Baby, das einen unsagbar hässlichen Strampelanzug mit orangen Comicbären trug und mich aus schwarzen Augen anstarrte.
»I'm sorry«, sagte ich. »I can't help you. I'm so, so sorry.«
Denn ich hatte nur eine Handvoll Eurostücke, und die brauchte ich zum Telefonieren. Da grinste Davy das Baby an und gab ihm eine zerknautschte halbe Brezel, und das Baby lachte. Als die Frau es lachen hörte, ließ sie mich los. Ich glaube, sie lächelte. Und der wütende Mann lächelte plötzlich auch.

In der nächsten Viertelstunde trafen wir sieben Frauen, die hungrige Kinder hatten, fünf Leute, die etwas von dringend notwendigen Operationen erzählten, und vier Leute, denen ihr Portemonnaie gestohlen worden war. Offenbar war die Hälfte der Kölner Bevölkerung im Krankenhaus, weil sie der anderen Hälfte ihre Portemonnaies gestohlen hat und deshalb verprügelt wurde.
Die Einzigen, die nicht bettelten, waren die Jugendlichen in den dunklen Ecken. Die taten wenigstens etwas für ihr Geld: Sie verkauften kleine Tütchen.

»Was is das?«, fragte Davy.
»Zucker«, sagte ich schnell. »Oder Mehl.«
»Ach so«, sagte Davy. »Falls einer plötzlich ein Kuchen backen will, vor er in Zug steigt.«
Dann waren wir draußen.
Vor uns erhob sich der Kölner Dom, den ich von Bildern kannte. Er war an zwei Seiten eingerüstet und offenbar kaputt. Auf dem Domplatz standen Japaner und fotografierten sich mit Selfie-Sticks, alle einzeln, obwohl es bequemer gewesen wäre, sich gegenseitig zu fotografieren.
Tauben flogen herum.
Die Sonne schien.
Ich drehte mich noch einmal zum Bahnhof um, ich weiß gar nicht, wieso – und da sah ich etwas, das mir bisher entgangen war: eine Reihe von großen Schwarz-Weiß-Fotos, hinter der Eingangstür an die Wand geklebt.
Ich trat näher.
Und hielt die Luft an.
Unter einem Bild stand mein Name, falsch buchstabiert, und dass die Polizei um »sachdienliche Hinweise« bat. Ich überflog den Text, während ich spürte, wie der ganze Bahnhof mich anstarrte: die Kofferträger, die Flaschensammler, die Bettler, die Dealer, sie alle waren stehen geblieben und starrten. Denn sie hatten mich erkannt. Natürlich. Ich stand vor meinem eigenen Foto.
Der gesuchte Iraner, las ich, war unterwegs nach Norden. Er hatte ein Kind in seiner Gewalt, das er aus einem Heim in Zinnowitz entführt hatte, vermutlich als Geisel.
Vorsicht!, warnte das Suchplakat. *Der Gesuchte könnte bewaffnet sein!*
»Der da sieht aus wie du«, sagte Davy.

Dann sah ich, wie er begriff. Ganz langsam. Dann nahm er meine Sonnenbrille ab und setzte sie mir auf. Danach zog er sich die Schlumpfmütze vom Kopf, nahm meinen Strohhut und stülpte mir stattdessen die blaue Mütze über. Ich zog sie ganz herunter, ich musste nicht unbedingt herumlaufen wie ein Schlumpf. Als ich mich umsah, starrte uns niemand an. Ich hatte mich geirrt.
»Ist Zeit«, sagte ich mit einem Seufzen, »wir finden deine Vater. Komm.«

Zwei Straßen weiter gab es ein Internetcafé mit internationalen Telefonen in kleinen Zellen, in denen Afrikaner standen und in die Hörer brüllten, während an den Computern Araber saßen und mit Geldtransfer-Seiten beschäftigt waren, die dauernd abstürzten.
Davy sagte: »Kann ich Computer spieln?«, und ich sagte: »Wir spielen den Spiel: Wie ist Nummer von dein Vater?« Und Davy sagte: »Schon verloren. Weiß ich nich. Aber ich weiß, wo er wohnt. In ein Ort gleich neben Köln, man muss mit die S-Bahn hinfahrn. Denn einmal abbiegen, sieben Stockwerke hoch, und da, wo die Grünpflanze steht, is seine Tür.«
Ich seufzte. »Weißt du Name von dein Vater?«
»Klaa. Mattewski«, sagte Davy. »Rico.«
Ich notierte mir *Klamattewski, Rico*. Es konnte nicht so schwer sein, den Typen im Internet zu finden.
»Okay«, sagte ich. »Wir gucken. Zuerst ich mache Telefon-call für mein Freundin, ja?«
»Schon wieder ne Freundin?«, fragte Davy. »Die letzte hat unser Geld mitgenomm …«

Meine Finger zitterten, als ich Layla Starlights Nummer tippte.
Als wir uns in diesem Forum kennengelernt hatten, hatte sie mir

Bilder geschickt: Layla Starlight Arm in Arm mit einer Freundin, einen Kuss in die Kamera hauchend. Layla Starlight, hingegossen auf einem Teppich, ihre langen Beine in engen Jeans elegant übereinandergeschlagen, einen kleinen weißen Hund im Arm. Layla Starlight mit sehr schickem Kopftuch vor einer Moschee, die ich nicht kannte und die angeblich im Iran war, wo ihre Eltern herkamen.

Sie hatte vor einem halben Jahr geschrieben, sie könne mich retten und sie wolle mich sehen, und wir hatten uns romantische nächtliche Nachrichten geschickt.

Aber wenn ich versucht hatte, sie anzurufen, hatte sie nie abgenommen. Vielleicht hatte sie Angst davor, dahinzuschmelzen, wenn sie meine Stimme hörte, sodass sie es dann keinen weiteren Tag mehr ohne mich aushalten würde.

Vielleicht gab es aber auch andere Gründe.

Plötzlich hatte ich eine Wahnsinnsangst.

Vielleicht gab es Layla gar nicht. Vielleicht würde ich gleich mit einem Computer telefonieren, oder, schlimmer, mit einem alten Mann. Es klingelt. Fünfmal. Sechsmal. Siebenmal. Zehnmal.

»Ja?« Fast hätte ich den Hörer fallen lassen.

»Hallo? Wer ist da?«

Dies war eindeutig eine Frauenstimme. Tief. Jung. Sexy.

»It's … it's me. Me, Sean«, stotterte ich.

»Wer ist Sean?«, fragte die Stimme.

Da fiel mir ein, dass nur Davy mich Sean nannte. »Eigentlich Shayan«, sagte ich schnell. »Du hast geschrieben, du willst mir helfen. Mit dem Abschiebebescheid. Außerdem ist mein Portemonnaie gestohlen worden, und mein Handy …«

»Du bist nicht der Shayan, mit dem ich geschrieben habe, oder?«, fragte sie auf Farsi. »Du hörst dich an wie ein Bettler am Kölner Hauptbahnhof.«

»Ja«, sagte ich. »Ich habe zwanzig hungrige Kleinkinder, und meine Großmutter braucht dringend eine Prostata-Operation.«
Da lachte Layla Starlight. Und ich wusste, dass ich sie jetzt auf meiner Seite hatte. Ich stotterte nicht mehr. Ich war wieder der charmante Charismatiker mit dem schrägen Humor.
»Ich weiß nicht, mit wie vielen Tausend Männern du schreibst, aber ich bin der mit dem Strohhut«, sagte ich, »der dir das Bild vom Erdbeerpflücken geschickt hat.«
Sie lachte wieder. Wie schön wäre es, dieses Lachen live zu erleben!
»Ich bin nicht allein unterwegs«, sagte ich. »Ich reise mit einem etwa achtjährigen Schlumpf. Er ist aus einem Kinderheim abgehauen, aber die Polizei glaubt, ich hätte ihn gekidnapped. Er hat mich davor gerettet, erschossen zu werden. Oder ich ihn. Aber jetzt sind sie hinter mir her …«
»Klingt wild«, sagte Layla, die offenbar dachte, ich machte wieder Witze. »Ich muss jetzt Schluss machen.«
»Halt!«, rief ich. »Ich brauche deine Adresse! Ich bin nur nach Köln gekommen, um dich zu sehen!«
»Oh«, sagte Layla. »Aber ich bin nicht mehr in Köln. Ich habe bis letzte Woche da gewohnt, bei meiner Tante. Jetzt bin ich in München.«
Natürlich brach in diesem Moment auch noch die Verbindung ab, weil das Geld durch war. Es half leider nichts, mit der Faust auf das Telefon zu schlagen. Nur der Besitzer des Ladens sah mich komisch an. Womöglich war er gestern mit dem Zug gefahren und erinnerte sich gerade an ein gewisses Plakat …
Ich zog die blaue Wollmütze tiefer ins Gesicht und murmelte eine Entschuldigung.
Dann machten wir, dass wir wegkamen.

11 Schokoladeneis

Und dann saßen wir auf einer sonnenbestrahlten grünen Wiese an einem blauen Fluss, irgendjemand hatte gesagt, das wäre der Rhein. Auf dem Uferweg gingen deutsche Pärchen spazieren, Arm in Arm oder Mund in Mund. Studenten tranken Bier aus Flaschen, und deutsche Hundebesitzer sammelten das Geschäft ihrer Hunde sofort mit einer Hundekottüte ein, um es in Hundekottütenbehältern unter dem Hundekottütenbehälterschild an der Hundekottütenbehälterschildstelle zu deponieren. Irgendwo rannte eine Horde grölender Fußballfans mit Streifenschals vorbei. Im Gras lagerten südländische Familien mit alle-umsorgenden, Picknick zubereitenden Müttern, die mich an meine Mutter erinnerten.

Wenn sie jetzt vor dem Flachbildschirm sitzt, dachte ich, und mich im Film sieht! Mich im grünen deutschen Gras am blauen deutschen Rhein, zwischen den Picknickern und den Managern mit ihren Laptops. Sie sagt: »Wie schön es da ist, in Deutschland! So ordentlich! Und mein Sohn sitzt mittendrin, er ist angekommen in diesem Land, er ist fast schon ein Deutscher, tragen alle Deutsche solche komischen verknickten Strohhüte? Aber … Moment! Warum lässt er sich jetzt plötzlich ins Gras fallen und drückt sich flach auf den Boden?

Hat er etwa Angst, weil dahinten ein Polizeiauto durchfährt? Hat er etwa doch wieder etwas angestellt?

Wir hatten uns eine Tüte Pommes geteilt, ein paar allerletzte Euros hatten wir noch gefunden, und nun lagen die Pommes alle im Gras verteilt, neben uns. Ich gab mir Mühe, mich so platt zu machen wie möglich, und Davy neben mir tat dasselbe.

»Beste ist«, sagte ich, »du gehst zu Polizei alleine. Sie finden für dich Vater. Aber mich, sie darf nicht sehen, versteh?«

»Nee«, sagte Davy. »Spinnst du? Die dürfen mir auch nich sehen! Die schicken mir sofort zurück nach das Heim! Die von der Polizei, die sagen, ich darf nich bei mein Vater wohn. Ich komm mit zu München. Ich helf dich da.«

Er war sehr rührend, dieser Schlumpf neben mir im Gras, ohne Frage.

»Nein«, sagte ich fest. »Du musst zu dein Vater. Es ist besser like that.« Und ich seufzte und fühlte eine dunkelblaue, ungeahnt schwere Melancholie in mir aufsteigen. Vielleicht stände es mir als Helden ganz gut, dachte ich, so melancholisch zu sein …

In diesem Moment krabbelte ein Kleinkind in mein Blickfeld. Ganz plötzlich. Seine Hände waren erd- oder schokoladenverschmiert, und eine dieser Hände streckte es aus und fuhr mir damit quer übers Gesicht. Dann setzte es sich auf seinen Windelpopo und lachte.

»Er mag dich!«, sagte jemand über uns.

Da stand eine junge Frau mit roten Locken, alten Jeans und dem buntesten Hemd der Welt.

»Kannst du wohl fünf Minuten auf den Kleinen aufpassen? Ich krieg zehn Euro die Stunde, ich würde dir fünf abgeben.«

Ich setzte mich auf und wischte mir die Erde aus dem Gesicht. Das Polizeiauto war nirgends mehr zu sehen. Und die junge Frau, dachte ich, konnte entweder nicht rechnen, oder sie brauchte diese wertvollen fünf Minuten wirklich dringend.

»Okay«, sagte Davy sofort. Er kitzelte das Kind, und das Kind lachte: Liebe auf den ersten Blick.
Die junge Frau sah zwischen mir und Davy hin und her.
»Komische Sachen habt ihr auf dem Kopf«, sagte sie. »Ich muss schnell meinem Freund was geben, der ist immer um die Zeit dahinten im Café, zwischen seinen Unikursen. Er hat einen Ordner bei mir vergessen. Geht schneller ohne Kind.«
»Du kennst nicht uns«, sagte ich verwirrt. »Was ist, wir entführen deine Kind?« Ich dachte an political correctness und fügte hinzu: »Oder deine Kindin.«
»Ihr seht nicht so aus«, sagte sie mit einem Augenzwinkern und drückte mir einen Fünfeuroschein in die Hand. Und dann war sie weg.
Das Kind streckte die Ärmchen aus und sagte: »Arrrrgh!«
Ich sah in die Richtung der Ärmchen. Dort stand ein Eiswagen. Jetzt grinste das Kind; es hatte sieben Zähne, und es wusste genau, wie man grinst, um zu kriegen, was man will.
Es wollte ein Eis.
Wir wussten nicht mal, wie das Kind hieß.
Aber das war dem Kind egal.
Es zeigte immer noch auf das Eis, und Davy sagte. »Fünf Euro reich für drei Eis.«
Ich begann zu erklären, dass wir unser Geld brauchten, um nach München zu kommen, doch Davy grinste bloß und sagte: »Für fünf Euro kommst du wieso nirgends hin.«
Das Kind krabbelte schon über die Wiese, unerwartet flink. Ab und zu blieb es sitzen, sah sich über die Schulter um, ob wir auch kamen, und juchzte, wenn es Davy entdeckte. Dieses Kind, dachte ich, hatte nicht nur keine Angst, von uns entführt zu werden. Es war dabei, uns zu entführen.

Ich sah den nächsten Zeitungsartikel schon: Flüchtiger Iraner ist Serien-Kidnapper! Er tarnt sich, indem er kleinen Kindern hinterherkrabbelt und dabei blöde grinst …
Ehrlich gesagt, machte es Spaß, über die Wiese zu krabbeln. Layla Starlight sah mich nicht, mein Vater sah mich nicht, na also. Ich krabbelte mir meine Hose grün und lachte mich zusammen mit Davy und dem Kind kaputt, als wir beim Eiswagen ankamen.
»Dadadaaa!«, krähte das Kind.
Ich nahm es auf den Arm und zeigte dem Eisverkäufer, dass wir drei Kugeln wollten, und Davy meinte: »Schoko is am bessen.« Der Eisverkäufer sagte, ja, aber auch sehr farbecht.
Ich sah meine grünbefleckten Knie an und sagte: »Auch egal«, nur zwei Worte, und ich glaube, ich sagte sie ohne Akzent. Denn der Eisverkäufer meinte: »Schön, wenn man Kinder hat, was? Mit den Kindern wird man selbst wieder klein.« Dann füllte er drei Tüten mit Schokoladeneis, nahm das Geld und schlug gegen eine Glocke oben an seinem Stand. »Das machen wir in der Türkei immer so, damit die Leute wissen, wenn einer ein Eis kauft«, erklärte er, und ich war verwundert, dass Köln zur Türkei gehörte, aber wenn man sich die picknickenden Familien ansah, hatte er wohl recht.
Das Kind freute sich jedenfalls über das Geklingel und machte mit dem Eis einen farbechten Fleck auf meine Stirn.
Ich trug Kind und Eis zurück zu der Stelle, wo die Babysitterin uns verlassen hatte, und fühlte mich plötzlich leicht und glücklich. Der Eisverkäufer hatte mich für den Vater des Kindes gehalten!
Ich beschloss, dass ich später Kinder haben wollte. Zehn Stück. Ich musste nur Layla überzeugen.
Wenn sie wollte, konnte sie die Hälfte der Zeit Frauenurlaub machen und nackt durch die Wälder reiten, dann würde ich zu Hause mit den zehn Kindern Eis essen.

Wie schön das Leben war! Das Licht glitzerte auf dem Rhein, die Luft um uns war erfüllt von Lachen und Rufen … Das Kleinkind guckte mich an, machte ein konzentriertes Gesicht und ließ das Eis auf meine Hose fallen. Dann begann es zu stinken.

Ich sah mich um.

Das rotlockige Babysittermädchen war nirgends zu sehen.

»Davy«, sagte ich, »wir brauch zu wechsel nappies. Deutsch, ich weiß nicht. Sache für Babys.«

Davy leckte gedankenverloren an seinem Eis. Er sah nicht bedeutend besser aus als das Kleinkind.

»Windeln«, sagte er. Ich nickte. Ich war entschlossen, das Kind zu wickeln, ich wollte einmal einen Job richtig gut machen.

»Wir schaffen«, sagte ich.

Und dann ging ich hinüber zu einer pummeligen Mutter, die auch ein Baby hatte. Sie hatte dazu noch zwei Töchter, die sehr hübsch und vielleicht fünfzehn oder siebzehn waren. Sie saßen auf einer Picknickdecke und sahen mich interessiert an, und ich wischte mir schnell mit dem Ärmel die Schokolade von der Stirn und versuchte angestrengt, ein charismatisches Gesicht zu machen, während ich mir die richtigen Worte zurechtlegte.

»Haben Sie Zahnweh?«, fragte die Frau mit dem Baby.

»Nein, danke«, sagte ich. »Verzeiherung, ich brauche …« Ich hielt das Kind hoch. »Wind?«

»Windeln?«, fragte die Frau, und die beiden Mädchen brachen in synchrones Gekicher aus.

Die Frau kramte in einer hübsch bestickten Tasche und holte wirklich eine Windel heraus, und sie sagte etwas über Nummern, was ich nicht verstand, aber dann verstand ich es doch, diese Windel war nämlich für das Kind in meinen Armen zu groß. Egal.

Ich legte es vorsichtig ins weiche Gras, und Davy rief »Da!« und rupfte an zwei Klebestreifen, die die Windel zusammenhielten. So bekam man die Windel also ab – aber danach würden wir das Kind waschen müssen. Sollten wir es einfach in den Rhein tauchen?

Ich sah mich um, auf der Suche nach Verbotsschildern.

Da kam ein Typ mit Motorradjacke und Jeans herübergeschlendert, lässig, selbstsicher, ein Cowboy ohne Pferd. Er blieb bei uns stehen und grinste auf uns hinunter.

»Keine Erfahrung, wie?«

Mit einer lässigen Geste warf er eine Packung Kleenextücher vor mich ins Gras. Feuchte Kleenextücher mit Bärchen und Entchenaufdruck. Es waren dann gar keine Kleenextücher, sondern eine Art feuchte Papierwaschlappen.

Ich entfernte die Windel und säuberte das Kind, und dann stülpte das Kind seine Hose über die Füße und strampelte und lachte sich kaputt, als Davy und ich versuchten, die Hose zu entheddern und uns dabei völlig darin verknoteten.

Da kniete sich der Cowboy hin, packte das Kind mit geübtem Griff – und in null Komma nichts war es fertig gewickelt und angezogen. Der Cowboy ging, samt Bärchen- und Entchentücherpackung, wiegenden Schrittes davon.

Deutsche Männer sind erstaunlich.

Als ich, Kind auf dem Arm, die alte Windel in den Mülleimer für Hundekottüten warf, hörte ich die Frau mit den kicherigen Mädchen auf Farsi sagen: »Guckt euch das an, er gibt sich solche Mühe, aber er hat keine Ahnung. Sonst wickelt sicher die Mama das Kind. Na, immerhin, sag mal einem jungen Mann in Teheran, er solle ein Kind wickeln. Das gäbe eine Katastrophe. Und um seinen kleinen Bruder kümmert er sich auch noch …«

»Du findest ihn süß, was?«, fragte das eine Mädchen.

»Mama verliebt sich immer in junge deutsche Väter, das weißt du doch«, sagte das andere.
Na toll. Ich war vielleicht nicht erfolgreich, was das Ausführen seltsamer Jobs anbelangte oder das Landen bei schönen Frauen – aber immerhin verliebten sich übergewichtige persische Mütter in mich, die im Gegensatz zu mir fließend Deutsch sprachen.

Das Mädchen mit den roten Locken blieb über eine Stunde fort.
Das Kind hatte sehr viel Spaß mit seinem Schokoladeneis, und am Ende war es eigentlich nur noch dadurch vom Eis zu unterscheiden, dass das Kind Augen hatte und das Eis nicht. Den Rest Eis vermengte es gleichmäßig mit Gras und Erde und quietschte vergnügt.
Davy und ich spielten mit dem Kind Verstecken (ich versteckte mich hinter Davy), Fangen (Davy fing mich, und das Kind gluckste) und Ball (wir liehen uns einen Ball, und das Kind biss hinein). Irgendwann legte es sein Köpfchen an meine Schulter und rieb sich die Augen. Da sang ich ihm ein Schlaflied auf Farsi vor.
Und so fand uns das Babysittermädchen: alle drei in der Sonne eingeschlafen, das verschmierte Kind in meinen Armen.
»Oh, mein Gott, ist das Blut?«
»Nein. Nur Schokolade.«
»Oh, mein Gott, oh, mein Gott. Ich war viel zu lange weg. Ich hatte ein Problem … mein Freund … Wir haben uns gestritten und … Wie kann ich das nur wiedergutmachen? Was kann ich für euch tun?«
»Ganz einfach«, sagte ich auf Englisch. »Erstens, kannst du Englisch?«
»Ja, ich …«
»Zweitens. Kannst du unsere Kleidung waschen? Drittens: Hast du

eine Ahnung, wo wir heute schlafen und eventuell telefonieren können? Wir haben ein Problem mit der Polizei.«
»Oh, mein Gott«, sagte das Mädchen.

So kam es, dass wir an diesem Abend in einer großen Küche an einem riesigen Holztisch mit einer Menge Studenten saßen, die zu schnell und zu viel sprachen. Aber sie waren nett. Es gab Dinge wie Schnitzel ohne Fleisch und Cheeseburger ohne Käse, dafür aber Wein aus einer Zweiliterflasche.
Davy schob seine Tasse mehrfach in Richtung der anderen Tassen, in die gerade Wein gegossen wurde, aber irgendwer merkte es immer und goss stattdessen Apfelsaft hinein.
Sie hatten eine Art Party in der *Wege*, wie mir mehrere Leute sagten, und eine *Wege* schien eine Wohnung zu sein, in der es besonders viele Wege gab, sich in den Zimmern zu verirren, da so viel Gerümpel herumstand und überall bunte Tücher als Raumteiler hingen. In einer *Wege* machte sich aber auch niemand viele Gedanken darüber, ob zwei Leute mehr dort übernachteten, wahrscheinlich wusste sowieso niemand, wie viele Menschen hier wohnten.
Die rotlockige Babysitterin, die Christina hieß, wuselte zwischen Schüsseln und Leuten hin und her und steckte Kerzen in Flaschenhälse. Sie trug jetzt ein sehr weites rot-grün besticktes Hemd zu einer hautengen Leggins mit Löchern, die aber aufgedruckt waren.
Neben mir saß ein Typ in einem T-Shirt, auf das ein Schlips gedruckt war. Offenbar ist es in Deutschland schick, Dinge zu tragen, die nicht das sind, was sie sind, und ich überlegte, ob es für muslimische Frauen Kopftücher mit aufgedruckten Haaren gab und was die Mullahs dazu sagen würden.
Ich fragte mich, während ich Christina beobachtete und Pizza aß,

die nach Vollkornkeksen schmeckte, ob es vielleicht klug wäre, sich in sie zu verlieben.
Sie hatte eine irgendwie männliche Nase, aber schöne Lachfältchen um die Augen und eine üppige, hübsch gerundete Figur. Sie hatte unsere Sachen in die Waschmaschine geworfen und uns etwas gegeben, was wir solange anziehen konnten, und uns duschen lassen.
Wenn ich beispielsweise bei ihr schliefe, konnte sie mir immerhin kein Geld klauen. Weil ich keins hatte. Der Freund, mit dem sie sich gestritten hatte, schien nicht da zu sein.
Sie hatte allen erzählt, wie wunderbar ich auf das Kind aufgepasst hatte.
Nur der Mutter des Kindes, der hatte sie erzählt, *sie* hätte auf das Kind aufgepasst. Wir hatten auf der anderen Straßenseite gewartet, während sie es abgab. Und die Mutter, sagte Christina, hatte sich nur kurz über die Eisflecken gewundert, dann hatte sie gesagt, sie hätte ihr Kind noch nie so fröhlich zurückbekommen.
Vielleicht machten Davy und ich doch nicht alles falsch. Vielleicht war es richtig, deutsche Kleinkinder mit Schokoladeneis einzucremen, und es wusste nur keiner.

Nach dem Essen tanzten alle. Sie tranken zwischendurch immer noch Wein aus Tassen, aber auch ein paar andere Mixgetränke, die ich nicht kannte und die ich daher alle probierte.
Eines war komisch: Ich kam mir alt vor. Ich war ziemlich sicher, dass die Studenten alle älter waren als ich, aber sie hatten so viele Dinge nicht erlebt, dass sie wirkten wie Schüler bei einem Kindergeburtstag. Obwohl sie so viel tranken.
»In meinem Land sitzen die jungen Leute mit ihren Milchshakes in ihrem Cafeshap, so heißt das bei uns«, sagte ich zu Christina, während ich ein weiteres buntes Mixgetränk trank. »Und sprechen nur

über ernste Dinge. Aber ganz leise. Meistens sprechen sie über die nächste Revolution, mit Revolutionen sind wir gut. Wir machen sie dauernd, und sie funktionieren nie.«
Christina nickte.
»Aber vielleicht ist das Volk der Perser auch nur so versessen auf die übernächste Revolution«, fuhr ich fort, »dass sie das Funktionieren selbst gar nicht zulassen können. Wenn es eines Tages wirklich Freiheit gäbe, hätte man ja keinen Grund mehr zum Revolutionieren …«
»Wie jetzt?«, fragte Christina, aber ich hatte mich verhedddert, was vielleicht an zu vielen Mixgetränken lag.
In diesem Moment betrat Davy die Tanzfläche.
»Also jetz!«, rief er. »Jetz zeig ich euch mal was. Ich mach Breakdancing!« Alle nickten und lachten, und Davy meinte, er brauche seine Mütze, die ich ihm gab.
Hier waren sowieso alle zu betrunken, um sich an Bahnhofsfahndungsfotos zu erinnern.
Davy holte tief Luft – dann ging die Musik weiter, irgendwelcher Hip-Hop, den jemand für ihn aufgelegt hatte, und Davy breakdancte. Oder er tat das, was er für Breakdancen hielt; er wirbelte Arme und Beine so asynchron durcheinander, dass es beinahe ein Wunder war, denn bei vier Gliedmaßen ist doch die Wahrscheinlichkeit, dass zwei davon sich im Rhythmus miteinander oder mit der Musik befinden, relativ hoch.
Zwischendurch ging er in die Hocke und hopste ein bisschen, wobei er ab und zu ein Bein ausstreckte oder einen Arm auf den Fußboden stützte, und am Ende stürzte er sich in einen waghalsigen Handstand, wobei seine Füße allerdings nicht wesentlich höher in die Luft kamen als sein Po.
Als er die blaue Schlumpfmütze abnahm und sich verbeugte,

klatschten alle, und eine halbe Stunde später fiel er auf ein Lager aus Sofakissen in einem Nebenzimmer.
Ich steckte die bunt gewürfelte Wolldecke um ihn fest, die jemand mir in die Hand gedrückt hatte, und sah ihn eine Weile im Halbdunkel an. Draußen brannte eine Straßenlaterne. Auf dem Fensterbrett wuchs ein kleiner Urwald aus dekorativen Cannabispflanzen.
»Davy«, flüsterte ich.
»Hm«, machte Davy.
»Dein Vater muss vermiss dich«, sagte ich. »So ein gutes Dancer, er muss vermiss.«
»Nee-hee«, nuschelte Davy in eines der Kissen. »Der will mich eigentlich gar nich haben, sonst hätt er mir ja früher zu sich genomm. Vielleicht schickt er mir wieso wieder weg, wenn ich zu ihn geh.«
Ich schluckte. »Dustát darám«, sagte ich. »Das heißt, ich mag dich. Merk dir das.«
»Dustát darám«, murmelte er. Dann rollte er sich zusammen wie eine Sprungfeder und schlief ein, und ich ging zurück zu den anderen.

Irgendwann in dieser Nacht fand ich mich in einem Sessel wieder, vor mir auf dem Fußboden eine kleine Menge Leute, und ich merkte, dass ich zwischen den Alkoholnebeln in meinem Hirn dabei war, den Studenten meine Geschichte zu erzählen.
»Und wie bist du rausgekommen aus dem Lager in Griechenland?«, fragte Christina auf Englisch. Hoffentlich, dachte ich, hatte ich ihnen nicht den Grund für meine Flucht erzählt.
»Ich habe gebetet«, sagte ich. »Sie haben mir gesagt, ich muss für mehrere Jahre ins Gefängnis, weil ich behauptet hatte, ich wäre Afghane. Dann hat mir jemand gesagt, dass Weihnachten ist. Und ich habe gebetet, zum ersten Mal richtig, das war noch vor den Wöl-

fen. Herr Jesus, habe ich gebetet, lass mich Weihnachten feiern wie alle anderen Menschen, nicht im Gefängnis. Kurz danach haben sie mich in ihr Büro geholt, mitten in der Nacht. Ich musste irgendwas unterschreiben, dann haben sie mir meinen Pass wiedergegeben und geknurrt, ich solle gehen. Einfach so. Ich habe mich bekreuzigt, als Dank für Jesus. Und da wurden die Griechen auf einen Schlag alle viel netter, weil sie auch Christen sind. Einer fragte: ›Bruder, brauchst du etwas? Brauchst du Geld?‹ Und ich sagte: ›Nein, ich will nur weg hier.‹ Am nächsten Morgen ging ich an Bord einer Fähre, die zum Festland fuhr.

Und jetzt muss ich wieder weg. Die Polizei ist hinter mir her, und außerdem zwei oder drei Verrückte mit einem schwarzen Wagen.«

»Die deutsche Polizei ist hinter dir her? Warum?«, fragte ein afrikanischer Junge mit sehr abstehenden Haaren. Es war wirklich eine äußerst gemischte Party. Ich meine, ich habe kein Problem mit Afrikanern, sie sind nur so … afrikanisch.

»Weil ich einen Spindschlüssel im Sand verloren habe«, antwortete ich. »Und statt des Schlüssels habe ich dann ein Kind gefunden und einen Mann, der dabei war zu sterben. Das hätte er besser bleiben lassen, weil er jetzt keinem mehr sagen kann, dass ich ihn nicht umgebracht habe.«

Ich sah ihre besorgten Gesichter, und der Raum drehte sich um mich, und dann ist da eine weitere Lücke in meiner Erinnerung.

Als die Nacht schon fast ein Morgen war, tanzte ich mit Christina. Sehr eng umschlungen. Ich fragte mich, ob sie zehn Kinder in Ordnung fände. Ob ich mit Davy in dieser verrückten *Wege* bleiben sollte, wo wir uns notfalls in einem Gerümpelberg verstecken konnten, wenn die Polizei kam. Obwohl in Deutschland nicht so oft Wohnungen durchsucht werden, glaube ich, außer in Flüchtlingsheimen. Da tun sie das ab und zu, damit die Flüchtlinge sich zu Hause fühlen, denn das sind sie ja aus ihren Ländern gewohnt. Es waren nur noch ein paar Leute da, die Party schien zu Ende zu sein. Und schließlich machte Christina die Musik aus und sagte, sie müsse ins Bett, sie hätte am Morgen eine frühe Vorlesung. Dann machte sie sich von mir los, nahm den afrikanischen Jungen mit den vielen abstehenden Haaren an der Hand und zog ihn mit sich.

»Moment«, sagte ich. »Wohin geht ihr?«

»Na, ins Bett«, sagte Christina und schlang ihren Arm um den Afrikaner.

»Wie … aber … das ist ein Afrikaner!«, stotterte ich.

»Ja, das ist Mohammed«, sagte Christina. »Wir sind seit zwei Jahren zusammen. Ich habe ihm doch heute den Ordner gebracht.«

»Du kannst doch nicht einen Afrikaner als Freund haben!«, rief ich. »Was ist mit mir? Iraner sind Arier, das ist erwiesen, das passt viel besser zu Deutschen!«

»Sean«, sagte Christina sanft. »Du bist sehr, sehr betrunken.«

Dabei ist es in meinem Land normal, über Arier zu reden, die Leute tun es auch völlig nüchtern.

Ich glaube, ich sagte noch ein paar Dinge, die man besser nicht sagt, denn dann fand ich mich auf dem Boden wieder, verkeilt in den Afrikaner, und er war leider viel stärker und weniger betrunken und älter. Als er so über mir kniete und mich nur ansah und den Kopf schüttelte, dachte ich, nun macht er mich endgültig fertig. Doch das tat er nicht.

»Jetzt schlafen wir aber alle mal«, sagte er. Und er zog mich auf die Beine, schüttelte noch mal den Kopf und führte mich in das Cannabiszimmer, wo Davy leise schnarchte. Er gab mir sogar noch eine Decke.

Am nächsten Morgen, als die *Wege* leer war, tat es mir alles ziemlich leid, das mit dem Afrikaner und so. Wir fanden in der Küche ein Frühstück, tatsächlich, und daneben lagen auf dem Tisch zwei Tickets und ein Zettel. Tickets für ein Schiff.
»Die Tickets habe ich mal geschenkt bekommen«, stand auf dem Zettel. »Ihr könnt sie haben. Viel Glück. Und trink nicht mehr so viel. Christina.«
Ich schrieb sieben Mal SORRY hinten auf den Zettel. Auf Englisch, auf Farsi, auf Türkisch, auf Griechisch, Italienisch, Kroatisch, Bulgarisch und Rumänisch. SORRY hatte ich überall zuerst gelernt, weil man das braucht, wenn man so häufig Dinge verkehrt macht wie ich.
Ganz ans Ende schrieb ich: *Verzeiherung. Sean.*
»Die Brötchen sind geil«, sagte Davy. »Und guck mal, da is Nutella, musst du probiern.«
»Davy«, sagte ich, »bin ich fruchtbar … nein … furchtbar? Bin ich ein furchtbare Mensch?«
»Nee«, sagte Davy und streichelte meinen Arm. »Kann ich das letzte Brötchen?«
Ich schob es ihm hinüber, und dabei fand ich den zweiten Zettel, eilig bekritzelt und in den Brotkorb gelegt: 7.20 *Uhr – Vor unserem Haus lungern zwei komische Typen rum, hat das was mit euch zu tun?*
Ich zog den langen sonnengelben Vorhang beiseite, der bis auf den Boden hing und vielleicht ein Bettlaken war. Die Typen waren immer noch da. Und ich erkannte sie sofort.

12 Schnitzel

Ich glaube, ich habe sie noch nie richtig beschrieben. Eigentlich habe ich auch keine Lust dazu, denn jemandem, der einen schon mal erschießen wollte, möchte man nicht einmal den Gefallen einer Beschreibung tun. Um es also sehr kurz zu machen, der eine war hässlich, der andere hübsch, und der Hässliche sah klüger aus, während der Hübschere eine sehr lange Nase hatte. Irgendwer hatte mir mal einen Witz über ein berühmtes europäisches Bild erzählt, und da sagte einer, der Arm ist doch viel zu lang, und da sagt der andere, der ist so schön, der kann gar nicht lang genug sein.

Der Hässliche trug eine randlose Brille wie ein Professor, nur hatte er für einen Professor zu muskulöse Oberarme.

In der Nacht am Strand hatten sie noch einen bei sich gehabt, vielleicht machte der zu Hause die Verwaltung und sortierte das Diebesgut alphabetisch.

Weiß der Teufel, wie sie uns gefunden hatten. Sie waren es, da gab es keinen Zweifel.

»Wir könn aus'n Fenster klettern und fliehn«, sagte Davy mit leuchtenden Augen.

»Aber dann wir sind genau unten gleiche Ort«, sagte ich. »Vor Türhaus. Was ist, wenn wir uns zerkleiden? Ausleih Kleider von Christina?«

»Ich weiß nich«, sagte Davy. »Is ziemlich Risiko. Ich wär denen lieber los, den beiden.«

Da kam mir eine Idee. »Davy«, sagte ich. »Wir ruf den Polizei.«
»*Was?*«
»Du ruf. Mit Telefon. Du sagst, dieses Iran-Mann, er kidnapped me, und jetzt ich bin in Wohnung in ...« Ich fand draußen einen Straßennamen, und Davy wusste sogar die Hausnummer.
»Die Polizei, es kommt, und wenn sie ist da, verrückte Typen unten geht weg. Und wir geht auch weg, durch Haustür, adios, fertig«, sagte ich. »Nur, Polizei nicht weiß, das ist wir, weil wir sind zerkleidet.«

Eine halbe Stunde später standen zwei muslimische Ladys – oder besser: eine Lady und ein Mädchen – im Flur eines Kölner Mehrfamilienhauses und sahen durch die offene Tür zu, wie drei Polizeiwagen vorfuhren. Zugegebenermaßen hätte es eindrucksvoller ausgesehen, wenn die Lady und das Mädchen mit ihren kunstvoll geschlungenen Kopftüchern und ihren langen Mänteln sich aus dem Fenster abgeseilt hätten, aber den Gefallen hatte ich Davy dann doch nicht getan.
Wir huschten aus dem Haus, die Augen niedergeschlagen, Einkaufstaschen am Arm, kurz bevor die Polizeiwagen hielten.
Aus dem Augenwinkel sah ich, wie die beiden Verrückten in ihren schwarzen Lieferwagen stiegen und davonfuhren.
Die bewaffneten Polizisten, die jetzt aus den Wagen sprangen, stürmten ins Haus, augenscheinlich etwas enttäuscht darüber, dass die Tür zum Flur offen stand und sie sie nicht aufbrechen mussten.
Die muslimischen Frauen hingegen beeilten sich, im Gewusel der allgemein sehr wuseligen Stadt Köln zu verschwinden. Niemand merkte, dass ihre Kopftücher eigentlich Stücke eines dunkelblauen Vorhangs waren.

»Steht mir gar nich schlecht, son Tuch«, meinte Davy, als wir uns in einem öffentlichen Klo aus den Mänteln schälten und er in den Spiegel guckte.
Ich nickte. »Du bist ein süßer persischer Mädchen. Vielleicht du hast letzte Monat gemacht Feier für Erhaltung von Kopftuch, weil genug alt.«
»Ich könnt das öfters so tragen«, sagte er. »Macht mir geheimessvoller.«
Aber dann setzte er doch wieder meinen Strohhut auf und ich die Wollmütze und die Sonnenbrille.
»Fastnacht ist doch schon ne ganze Weile vorbei? Ich mein, ich bin hier auch nur Touri, aber ich dachte, es wäre rum«, sagte einer, der neben uns pinkelte.
Da hatte er recht, denn es war nicht fast Nacht, sondern Morgen. Komischer Typ.

Ich hätte die riesigen, hässlichen Mäntel gerne zurückgeschickt.
Wir hatten sie in der *Wege* gefunden, möglicherweise trug sie sowieso niemand, aber vielleicht galten sie auch als todschick, mit Mode kenne ich mich nicht aus. Obwohl Mode quasi schuld daran war, dass ich mein Land verlassen habe, Mode und Schafe … und natürlich die Kamera …
Jedenfalls war es unmöglich, die Dinger zurückzuschicken ohne Geld.
Also lieh ich mir einen Stift, riss ein Stück von einer weggeworfenen Zeitung ab, schrieb CRISTINA und die Adresse darauf und steckte sie in die Tasche des einen Mantels. Danach drapierten wir beide auf einer Bank unten am Rhein.
»It's a game«, sagte ich zu einem neugierigen Spaziergänger. »For a birthday. There's a message in the pocket.«

»Ach so, Schnitzeljagd«, sagte er.
Schnitzel, das wusste ich, ist ein geschmackloses plattes Stück Fleisch. Es ist mehr als tot und kann definitiv nicht fliehen. Vielleicht ist Schnitzeljagd eine Sportart für besonders faule Deutsche.

Eine halbe Stunde später hatten wir uns in Touristen verwandelt. Touristen, die auf dem Oberdeck eines hübschen weißen Dampfers standen, in die Junisonne blinzelten und die vorbeiziehenden grünen Rheinufer betrachteten. Asphalt, Fabriken und Vorstadtindustrie waren vergessen. Wobei eines seltsam ist; es gibt kein wildes Grün in diesem Deutschland. Jemand plant die komplette Landschaft von vorne bis hinten durch, wahrscheinlich gibt es ein Amt dafür. Die deutsche Freiheit ist nur für Menschen da. Pflanze möchte ich hier nicht sein.
Am Rhein, das erklärte uns eine Lautsprecherstimme, bestand das Grün aus Weinhängen. Tatsächlich: die hellgrünen Streifen waren in Reih und Glied stehende Weinstöcke. Später, hieß es, gebe es an Bord eine Weinverkostung.
»Cool«, sagte Davy.
»Und woher kommen Sie?«, fragte ein Japaner auf Englisch.
»United States«, sagte ich.
»Oooh, wie wir!«, flötete eine Frau mit einem riesigen Sonnenhut. »Sie machen auch Urlaub hier, ja? Mit diesem süüüßen Kleinen … Ihr Neffe? Oh, dieser Rhein ist sooo romantic.« Sie sah Davy an und wuschelte ihm über die Schlumpfmütze. »Gefällt dir Deutschland?«
»Mein Neffe«, sagte ich, »ist ein bisschen … besonders. Er … spricht nicht.«
»Oh«, sagte die Amerikanerin. »Armes Kind.«
Irgendwie tat es mir leid, dass ich Davy noch problematischer

machte, als er war. »Eigentlich ist er hochbegabt«, fügte ich daher hinzu. »Er löst die kompliziertesten Matheaufgaben und kommuniziert mit Pferden. – Sag ein Zahl«, murmelte ich leise in Davys Richtung, »langes Zahl.«

»Sieben vier null null null null«, sagte Davy und grinste freundlich.

»Deutsch«, erläuterte ich. »Zahlen sagt er immer in der Sprache des Landes, in dem wir gerade sind. Wir sind auf Europareise.«

»Beeindruckend«, hauchte die Amerikanerin.

»Es ist sooo schwere Sprache, Deutsch«, sagte ihr Mann, ein älterer Herr mit einer Art Safarihelm auf dem Kopf. »Ich habe gelernt: *Guten Tag, diese Reise ist ein Gewinn.*«

»Nein, *eine* Gewinn«, verbesserte ich. »*In* ist ein weibliches Endung.«

Ich nahm Davy dann beiseite und erklärte ihm flüsternd, dass er kein muslimisches Mädchen mehr war, sondern ein hochbegabter amerikanischer Autist mit Mathegehirn.

Daraufhin wackelte er mit den Ohren, sagte »Sieben acht null null drei« und fing an zu schielen.

So fuhren wir, inmitten von Japanern, Amerikanern und ein paar Geburtstag feiernden achtzigjährigen deutschen Damen, den breiten Rhein hinunter, der in seinem hübschen einbetonierten Bett lag und nicht ausbrechen konnte.

Aus dem Dunkelgrün des Waldes hinter den Weinhängen ragten überall Burgen hervor: Burgen mit Türmen und Zinnen, man kam sich vor wie in einem Disney-Film. Die Lautsprecherstimme gab zu jeder Burg eine Geschichte zum Besten, aber die Geschichten waren langweilig, und ich erfand andere für Davy, die ich ihm ins Ohr flüsterte: Auf allen Burgen am Rhein hatten ausnahmslos kleine Jungen gelebt, die reiten konnten wie die Teufel und die entweder

auszogen, um ihre Väter zu suchen und vor Drachen zu retten – oder den Angriff einer feindlichen Armee ganz allein abwehrten.
Davy grinste triumphierend.
Hah, dachte ich, das sollte diese Lotta mal erleben, wie ich auf Deutsch Geschichten erzählen konnte!
Ich sah vor mir, wie sie eine große rosa Kaugummiblase machte und mich anguckte, irgendwie frech und irgendwie ein bisschen melancholisch.

Kurz vor einem Ort namens Remagen gab es ein Büfett. Wir stellten fest, dass dies eine Sonderfahrt war, die bis Mainz durchging, sie nannten sie die Burgen-und-Loreley-Tour, aber was ein Lorel-Ei war, wusste ich nicht, ich kannte nur Spiegelei und Rührei.
Auf dem Büfett gab es kein Lorel-Ei. Deshalb aß ich Reis mit Nudeln und Kartoffeln und etwas Brot, was manche Leute verwunderte. Aber im Iran macht man das so. Davy holte sich dreimal Pommes nach, kaute glücklich, schielte ab und zu und murmelte lange Zahlen.
Die Amerikanerin mit dem Hut lächelte ihm zu.
In Koblenz legte das Schiff an, und wir hatten eine Stunde Freigang. Es gab einen Platz mit lauter alten Fachwerkhäusern, wieder total disney, und alle fotografierten sich vor den Häusern. Die meisten davon waren im Krieg zerbombt worden, sagte jemand, aber das war okay, so viele Fotos kann ja sowieso kein Mensch machen.
Ich erzählte einer faltigen Japanerin, mein Handy sei ins Wasser gefallen, und fragte sie, ob sie ein Foto von uns machen und meinen Verwandten in Amerika schicken könne. Sie nickte und knipste Davy und mich vor den Disney-Häusern: einmal ohne Köpfe, einmal mit halben Gesichtern und einmal total verwackelt. Ich gab ihr die Nummer meiner Mutter.

»Schreiben Sie dazu, sie soll sich keine Sorgen machen, ja?«, bat ich.
»Sorgt sie sich?«, fragte die Japanerin. »In Deutschland ist das Reisen doch ungefährlich.«
Hatte die eine Ahnung.

Als wir wieder an Bord waren, erzählte irgendwer, er hätte die Fischtreppe an der Mosel gesehen. Die Fische wandern wohl die Flüsse hinauf, um zu laichen, und weil alles mit Wasserkraftwerken zugebaut ist, kommen sie ohne Hilfe nicht an.
Die Deutschen sind sehr gut darin, Umweltprobleme zu lösen, die sie selbst geschaffen haben. Sie begradigen erst alle Flüsse und starten dann milliardenschwere Projekte, um sie wieder zu entgradigen. Oder sie bauen Kraftwerke und dann Treppen für die Fische. Wobei sie die Anatomie der Fische hätten genauer studieren sollen, denn dass ein Fisch keine Treppe steigen kann, weiß im Iran jedes Kind.
Es ist sowieso nicht so sinnvoll, sagte der Typ, der die Treppe besichtigt hatte, man hat inzwischen festgestellt, dass die Fische sich zwar die Treppe hinaufquälen und oben Nachwuchs produzieren, dass der Nachwuchs dann aber auf dem Weg zurück ins Meer wieder in die Turbinen der Kraftwerke gesogen und zerhäckselt wird.
Wir im Iran machen das anders mit der Umwelt und der Energiegewinnung. Wir bauen einfach ein Atomkraftwerk, und wenn da Fische herumschwimmen wollen, überlassen wir das ihnen. Und wenn junge Leute dagegen protestieren, sperrt man sie ein, dann stören sie nicht mehr.

Wir fuhren weiter, vorbei an lauter Burgen mit merkwürdigen Namen, und nach der Burg Katz und der Burg Maus sprach die Lautsprecherstimme wieder von der Loreley. Es war eine Die, und kein Das. Die Gesichter der Japaner und Amerikaner und deutschen Großmütter wurden ganz verzückt. Sie standen mit Ferngläsern an der Reling, und aus den Lautsprechern erklang ein Lied:

»Ich weiß nicht, was soll es bedeuten,
Dass ich so traurig bin;
Ein Märchen aus uralten Zeiten,
Das kommt mir nicht aus dem Sinn …«

Danach erzählte jemand von einer Frau, die Loreley hieß und einen Typen liebte, der nichts von ihr wissen wollte. Durch ihr Singen und das Kämmen ihres goldenen Haares versuchte sie, ihn zu einem Felsen über dem Rhein zu locken, aber stattdessen guckten nur massenweise andere Männer zu ihr hinauf, ließen ihre Schiffe gegen die Klippen fahren und ertranken. Daher führte man die Loreley zum Gefängnis, aber auf dem Weg dorthin stürzte sie sich von einem Felsen in den Tod.

Jetzt versenkt sie ab und zu als Geist ein Schiff.

»Sie kämmt es mit goldenem Kamme«, sangen die Lautsprecher,
»Und singt ein Lied dabei;
Das hat eine wundersame,
Gewaltige Melodei …«

Ich glaube, dass die Steuerleute immer deshalb vom Kurs abkommen, weil sie sich den Hals nach der Loreley verrenken und sie nicht finden können. Die sitzt nämlich gar nicht auf dem Felsen, sondern unten am Hafen und ist aus Stein und außerdem von einer russischen Künstlerin.

Fakt ist, hätte die Loreley schön brav nach islamischem Recht ein Kopftuch oder einen Tschador getragen und vor männlichem Publikum den Mund gehalten, dann hätte kein Mensch zu ihr hochgesehen.

»Den Schiffer im kleinen Schiffe«, sang es weiter.
»Ergreift es mit wildem Weh;

Er schaut nicht die Felsenriffe,
Er schaut nur hinauf in die Höh' …«

In diesem Moment guckte ich zu Davy hinüber. Er starrte an mir vorbei, als sähe er einen Geist.

Dann kletterte er ganz plötzlich auf die Reling und sprang. Einfach so. In den Rhein, Kopf voran.

An Bord erhob sich ein vielstimmiger Tumult, jemand sagte, man müsse anhalten, ein anderer, man müsse den Küstenschutz informieren, und das Wort Küstenschutz erinnerte mich unangenehm an Griechenland. »Er macht manchmal so was«, sagte ich schnell, »fahren Sie ruhig weiter, ich kümmere mich.«

Im gleichen Moment entdeckte ich den Geist, den Davy gesehen hatte. Und der mit der Loreley überhaupt nichts zu tun hatte. Es war ein Geist, der bei der letzten Station zugestiegen sein musste. Zwei Geister, um präzise zu sein. Einer war hässlich, der andere hübsch.

Wahrscheinlich hätten sie uns nichts tun können in der Menschenmenge. Aber Davy hatte seine Instinkte. Ich verbeugte mich kurz, rief den versammelten älteren Damen ein höfliches »Auf Wiederversehen!« zu und sprang Davy nach.

Keine Sekunde zu früh.

Er war gerade dabei, ziemlich endgültig unterzugehen.

13 Schafkopf

Ich zog Davy auf den künstlichen Streifen aus Land und Felsen, der hier vor das Ufer gebaut war – vielleicht, um den Hafen dahinter zu schützen, vielleicht, weil hier überdurchschnittlich oft Leute ins Wasser sprangen.

»Ich … ich hatte vergessen«, keuchte er, »dass ich nicht schwimmen kann.«

Über uns thronte auf ihrem Denkmal die steinerne russische Loreley, deren Haar nicht golden war, sondern grau. Sie hatten vergessen, es anzumalen. Und ganz oben, auf dem echten Felsen, thronte die Erinnerung an die alte Geschichte und die untergegangenen Schiffe, sodass ich mich ein wenig feierlich fühlte.

Davy schüttelte sich wie ein Hund und grinste mich mit seiner Zahnlücke an. »Gewonn«, sagte er. »Wieder mal.«

Ich war mir nicht so sicher. Beim nächsten Halt würden die beiden Verrückten das Ausflugsschiff verlassen und sich auf den Weg hierher machen. Wir mussten weg, ehe sie bei der Loreley ankamen.

Davy hielt seine Hand hoch, und da sah ich, dass er die ganze Zeit etwas festgehalten hatte.

»Weißt du«, sagte er. »Ich hab die nich erst gesehn, als ich reingesprung bin. Reingesprung bin ich, weil die *mich* gesehn ham. Ich hab se vorher schon gesehen, in den Gewühle auf das Schiff, und da han ich den ein was außa Tasche genomm, weil, wenn die uns dauernd Ärger machen, ist das nur gerecht.«

Was er festhielt, war ein nasses Portemonnaie aus feinem Leder. Ich klappte es auf. Verschiedene Geldkarten, Ausweis mit dem Bild des großen Typen, Stefan Kaschinski, mehrere Plastikkarten, Führerschein, ein rundes Einkaufswagenplättchen: eine komplette deutsche Identität. Sowie fünfhundertneunzehn Euro und achtunddreißig Cent.
Ich atmete langsam ein und wieder aus.
»Davy, wir kann nicht einfach nehmen das«, sagte ich.
»Konnt ich ganz gut«, sagte Davy und blitzte mich an, beinahe kampfeslustig. »Und die konnten auch ganz gut eimfach auf uns schießen.«
Ich dachte, dass wir das Geld ja leihen könnten. Dass wir es verwenden sollten, um in einem Internetcafé doch noch die Adresse von Davys Vater herauszufinden und Davy dorthin zu schicken, mit dem Taxi vielleicht. Deutsche Taxis sind zwar so teuer, dass es sich ab einer gewissen Strecke lohnt, das Taxi zu kaufen – aber das Geld würde reichen.
Ich versuchte, Davy das zu erklären, aber er verstand mich auf einmal überhaupt nicht mehr. Er sagte nur: »Bis München reicht das für Garantie«, und dann: »Da kommt den nächsten Schiff.«
Er hatte recht. Auf dem Rhein näherte sich ein sehr kleiner Dampfer, fast schon in Spielzeuggröße. Bunte Wimpelketten schmückten seine Aufbauten, und Blumen waren um das Geländer der Reling gewunden. Blasmusik schallte über den Rhein, und auf dem Vorderdeck stand eine kleine Kapelle aus älteren, nicht ganz schlanken Herren und saxophonte und posaunte, was das Zeug hielt.
Vermutlich war es ein Trick. Sie übertönten den lockenden Gesang der Loreley, um nicht an einem Felsen zu zerschellen. Ihre Köpfe waren schon ganz rot und ihre Bäuche prall vom Luftholen.
Jemand hätte ihnen sagen sollen, dass die Loreley gar nicht sang.

Davy sprang auf und winkte, und ich winkte auch, wie zwei Schiffbrüchige auf einer einsamen Insel. Jetzt! Jetzt hatten sie uns gesehen! Zwei der Herren winkten mit ihren Instrumenten zurück. Aber sie änderten ihren Kurs nicht. Vielleicht fürchteten sie, wir könnten eine Art moderne gender-gemainstreamte Version der Loreley sein, die sie anlocken wollte.
Es gab nur eine Möglichkeit: Ich holte tief Luft und sprang wieder ins Wasser. Davy sprang mit mir. Ich schleppte ihn auf den Rhein hinaus, direkt auf das Schiff zu. Als wir ganz nahe waren, hob ich einen Arm und hielt den Daumen in die Höhe. Davy, der etwas unglücklich in meinem anderen Arm hing, hob die Hand ebenfalls mit gerecktem Daumen, und da –
drosselte das Schiff seinen Motor.
Kurz darauf wurde eine Strickleiter über Bord geworfen.
Oben beugte sich ein Gesicht mit weißem Stoppelbart und geröteter Nase über die Reling. »Das sieht man auch nicht alle Tage«, sagte das Gesicht, »dass Leute *im Wasser* per Anhalter fahren.«

Die Herren an Deck waren sehr lustig und tranken eine Menge und feierten ihre Pensionierung. In Deutschland gehen die Menschen nicht erst in Rente, wenn sie zu alt sind zum Arbeiten. Sie gehen immer mit 65 in Rente, obwohl sie heute viel länger leben als früher, das liegt an den Fortschritten der Medizin. Das Leben ist in Deutschland über die Jahre immer länger und immer gesünder geworden. Außer für die Ärzte, die sterben früher, weil sie vom vielen Behandeln erschöpft sind.
Jedenfalls sahen die Rentner auf dem Schiff alle ziemlich fit aus.
»Endlich Zeit zum Reisen«, sagte einer. »Nächste Woche geht es erst mal nach Mallorca. Und dann auf die Fidschiinseln.«
»Ich fahr nach Thailand«, sagte ein anderer.

Ich musste, dachte ich, eigentlich nicht unbedingt in Deutschland einen Job finden. Es würde reichen, hier Rentner zu sein. Obwohl offenbar alle Rentner Deutschland schnellstmöglich in verschiedene Richtungen verlassen wollten.

Ich hatte mal wieder keine Lust auf Fragen nach dem Iran. Also erzählte ich den Herren auf Englisch eine wilde Geschichte darüber, dass ich aus Syrien geflohen war, aber eigentlich aus Saudi Arabien kam und seit zehn Jahren als Wirtschaftsspion in Aleppo gelebt hatte (ich dachte an Sean Connery als James Bond), aber auch das war nur eine Tarnung gewesen, um die Welt von allen bösen Diktatoren zu befreien. Ich war in ein Attentat auf Assad verwickelt gewesen, erfolgreich natürlich …

»Aber der lebt doch noch«, sagte jemand.

»Nein«, sagte ich schlau, »das ist sein Double.«

»Und jetzt sind Sie in Deutschland, um Asyl zu beantragen?«

»Was? Nein!«, rief ich empört. »Ich bin auf dem Weg nach London, zur Queen. Man wartet dort auf uns. Der Junge … Er hat einen Sprachfehler, aber er ist … Nein, das kann ich hier nicht genau ausführen, mein Arbeitgeber … Sie verstehen.«

»Auf dem Weg nach London … auf dem Rhein?«, fragte ein anderer Herr verwundert in seinem deutschen Englisch, das immer klingt, als wäre es aus lauter kleinen zersägten Holzstücken gemacht.

»Nun, das mit dem Rhein ist kompliziert«, antwortete ich vage. »Wir wurden verfolgt. Daher waren wir auch im Wasser.«

Das wiederholte ich auf Deutsch, und Davy nickte eifrig. »Die ham geschossen«, sagte er. »Und ich bin ins Wassa, da bin ich fast atrunken, aber Sean hat mir gerett.«

»Oh, er kann ja ein bisschen Deutsch!«, sagte einer von ihnen entzückt.

»Ich hab ja wenig für diese Leute übrig, die kommen und hier kassieren wollen«, sagte der neben ihm. »Diese ganzen Tränendrüsengeschichten, über das Elend im Krieg, na, die Frauen glauben so was, ich persönlich hab da so meine Zweifel. Aber wenn einer so eine Geschichte erzählt wie Sie, das kann man auch als Mann logisch begreifen. Das ist doch mal eine wirklich glaubhafte Sache.« Und er klopfte mir auf die Schulter – mit einer Kraft, die nur ein Trompete blasender deutscher Rentner hat. »Ihr braucht trockene Sachen. Gehen wir mal nachsehen, was wir haben … Meine zweite Lodenweste, die könnte Ihnen passen, junger Mann. Da wären Sie dann auch gleich gut verkleidet, falls die Kerle wieder auftauchen, die hinter Ihnen her sind.« Er rieb sich die Hände, und sein dickes rotes Gesicht glänzte. Die Begeisterung darüber, einem internationalen Spion zu helfen, hatte sie alle gepackt. Es ist doch verwunderlich, was die Leute einem für haarsträubende Dinge abnehmen, während sie die Wahrheit nur selten glauben.

Die trompetenden Rentner brachten mir ein Kartenspiel namens Schafkopf bei, das aus Bayern kam wie die Rentner auch. Bis zum Schluss suchte ich das Schaf im Spiel, fand es aber nicht. Sie versuchten auch, mir das Trompeteblasen beizubringen, doch Davy brachte die besseren Töne zustande. Er sagte, das liege daran, dass er weniger rauche als ich … und ob jemand eine Zigarette für ihn hätte?

In Mainz endete unsere Fahrt, da wollten die Rentner in einem Hotel weitertrompeten und Bier trinken. Wir verabschiedeten uns wie gute Freunde.

Mainz, hatten die Rentner gesagt, sei die Hauptstadt des rheinländischen Karnevals. Ich hatte mal einen Film über den Karneval in Venedig gesehen, damals hatte Amin gesagt, er würde gerne mal dorthin und mit so einem Boot fahren und so eine verrückte Maske

tragen, ich könne ja das Boot mit dem Stock staken, aber mein Vater hatte gesagt, dabei würde ich mich höchstens selbst aus dem Boot katapultieren, weil ich nie etwas hinbekam.
In Mainz sah ich niemanden, der eine Maske trug oder sonst wie verkleidet war.
Es sei denn, die Mainzer gingen alle als deutsche Normalbürger zum Karneval, aber dann war die Frage, wie sie unter ihrer Verkleidung aussahen?
Vielleicht waren es alles geflohene Iraner?
Damit das niemand merkte, hatten sie einen schönen deutschen Dom in die Stadt gebaut, das machen die Deutschen im Gegensatz zu den Iranern immer, vielleicht, weil es irgendwie klassischer aussieht als ein Atomkraftwerk.
»Sean, guck mal!«, rief Davy und zeigte auf einen Laden in einer der hübschen Altstadtstraßen.
»'n Rucksackladen! So richtige Reisende, die ham doch Rucksäcke!«
Damit zog er mich auch schon durch die Tür. Darüber stand irgendwas mit Alpin-Sport. Na toll, ich hatte immer gedacht, die Einzahl von diesen Bergen, den Alpen, sei Alp. Aber natürlich war es weiblich und hieß Alpin.
In dem Laden gab es eine Säule mit bunten Kletterfesthalte-Dingern, die Davy blitzschnell und ohne irgendwelche Hilfsmittel hinaufkrabbelte wie ein riesiges Insekt. Dann kam er wieder herunter, sagte: »Den da«, und zerrte mich zu den Rucksäcken. Ich las die Preisschilder und schluckte. Bei dem Geld konnte man von den Rucksäcken eigentlich erwarten, dass sie selbst liefen. Aber Davy sagte, die Preise seien normal für Autoläden, womit er wahrscheinlich Outdoorläden meinte. Ich stand und staunte.
Was die Leute alles brauchten, um über einen Berg zu kommen!

Leichtwanderschuhe, Hosen mit verstellbaren Beinlängen, Trinkwasserreinigungsmaschinchen, UV-dichte Unterhemden und atmungsaktive Oberhemden, Kunststoffdaunenschlafsäcke … die Liste nahm kein Ende.

Ich war mit einem Strohhut, einer Plastikflasche und einem Paar nicht ganz neuer Turnschuhe vom Iran bis nach Deutschland gekommen.

Am Ende kaufte ich zwei ultraleichte Travellerdecken, die quasi schon trocknen sollten, ehe sie nass wurden, und Schuhe für Davy, da er seine nassen auf dem Altherrenschiff vergessen hatte (möglicherweise absichtlich). Die Schuhe waren Gummistiefel, rot, die waren am billigsten. Darauf war ein Kaninchen mit Reißzähnen und Geweih abgebildet, und Davy bettelte so lange, bis er auch das zugehörige T-Shirt bekam. Ich glaube, er hatte sich noch nie selbst Kleider aussuchen dürfen. Der Verkäufer erklärte uns, diese Kaninchen hießen Wolpertinger und seien in den Alpen endemisch, also nur dort beheimatet. Immerhin, Kaninchen waren besser als Kühe.

Wir kauften auch einen Rucksack, in den Davy sich verliebt hatte, weil er so schön gelb und orange war. »Wie'n Tag mit Sonne an Strand«, sagte er und grinste romantisch.

Und dann war nicht mehr so viel Geld übrig.

»Du vermisst es?«, fragte ich ihn an diesem Abend.

Wir lagen, in die ultraleichten Travellerdecken gewickelt, neben einem Feuer am Flussufer, etwas außerhalb von Mainz.

Ich fühlte mich stolz und froh, denn ich hatte die schlauste Idee unserer Reise gehabt:

Wir waren von all den unberechenbaren, fremdgelenkten Verkehrsmitteln auf ein sicheres umgestiegen: das Fahrrad. In dem Outdoorladen hatte ich zwei Leute auf Englisch über die Veloroute 15 sprechen hören, den Radweg am Rhein. Wir würden in der Masse der Sommerradfahrer untergehen. Beim Fahrradverleih hatte ich zwar nicht mit meinem Namen unterschrieben, aber immerhin hatte ich den passenden Ausweis zum Namen vorgelegt: Stefan Kaschinski. Da Stefan alt genug war, einen Sohn wie Davy zu haben, schien mir das die beste Lösung. Ich lächelte nur fein und dankte für das Kompliment, als man mir sagte, ich sähe jünger aus als mein Passbild.

»Du vermisst … den Meer? Und deine Zuhause?«

»Den Strand«, sagte Davy. »Rest nich.«

»Machs du Gedank … für dein Vater?«

»Ob ich an den denk? Klaa, manchmal. Aber ich geh da erst nach München hin. Erst helf ich dir in München! Das ham wir doch besprochen!«

»Sure«, sagte ich. »Heißt: ja. Sehr viel ja. Du verstehs?«

»Sure«, sagte Davy. »Is das von deine Sprache?«

»Persisch? Nein. English. Persisch du musst nich lern. English ja. Du kannst überall gehen mit English.« Ich setzte mich auf und sah ihn an, diesen kleinen, schmächtigen Schatten in der Nacht, zusammengerollt auf dem deutsch gemähten Ufergras.

»Versprech mich«, sagte ich, »du machst das. Du hast deutsches Pass, du kannst Reise machen bis andere Endung von Globus. Du musst sehen alles. Später. Sonst du kannst nichts wissen.«

»Hm.«

»Wenn du gesehn alles und du weißt alles, du kannst Veränderung machen mit alles. Besser machen den Welt.«

Er schüttelte den Kopf. »Aber wie soll *ich* denn verreisen? Ich kann nich mal rechts und links. Und auf so'n Flugbahnhof geh ich hundertpozent verloren.«

Eine Weile sahen wir nur zusammen den dunkel vorbeifließenden Rhein an, und ich dachte an das goldene Haar der Loreley und daran, wie viele Männer auf diese Weise auch verloren gegangen waren. Und dass ich Davy das nicht wünschte und dass ich ihn vielleicht vor den Frauen warnen sollte, aber er war es schließlich, der Lotta mit dem pinken Haar von Anfang an ignoriert hatte. Vielleicht war er im Grunde klüger als ich.
»Wir könn das ja zusamm machen«, sagte er und gähnte. »Durch die ganze Welt verreisen. Zusamm is es wieso besser.«
Und dann rollte er sich noch enger zusammen und kullerte ein bisschen näher an mich heran.
»Mir's kalt«, flüsterte er.
Da legte ich einen Arm um den schmächtigen Schatten, und ich dachte an Amin, der nur ein wenig älter war als Davy, und an meine Mutter und unser Haus und meine Freunde, bei denen ich mich seit einer Ewigkeit nicht gemeldet hatte. Und an die Frau, die jemand anderen geheiratet hatte, und an Anais, die schuld daran war, dass ich hier war. Und an die Cousinen und Tanten und Onkel und sogar an meinen Vater, der nun ohne Erben für sein Unternehmen dasaß.
Ich hatte eine Familie gehabt, und nun hatte ich keine mehr.
Und Davy hatte sowieso keine, denn die wollten ja alle nichts von ihm wissen.
Wir hatten nur uns.
Das Feuer verglomm leise, und ich schlief ein, dicht neben Davy, sodass wir uns gegenseitig wärmten.

Wenig später fahren zwei Helden auf Fahrrädern sportlich-elegant den Radweg am Rhein entlang – oder so wäre es in meinem Kopfkino-Film gewesen. Schön ist der Rhein, schön ist der Tag, schön sind auch die Frauen, die die beiden überholen.

Den Kleineren sieht man ab und zu Kusshände werfen, wobei er jedes Mal beinahe vom Rad fällt.
Den Größeren, mich, sieht man nur an seinen Hut tippen, lässig.
Ja, der Strohhut … jeder Filmzuschauer kann gleich sehen, dass ich ihn mit einem jägergrünen Halstuch umwickelt habe, sodass man ihn nicht als den Hut eines Gesuchten erkennen kann. Ich stelle mir vor, wie die Zuschauer die olivgrüne Lodenweste bewundern, die ich jetzt über dem karierten Altherrenhemd trage, wie sie sagen: Er sieht richtig fesch aus, richtig deutsch, bestimmt hat er das Halstuch in der Tasche der feschen Weste gefunden …

»Sean«, sagte Davy. »Weiß du, dass diese komische Weste sich echt supa lustig aufbläht in' Wind? Du siehs aus wie ein olivengrüna Luftballon.«
»Du bist nicht viel mehr schöner«, knurrte ich. »Mit diese riesen Blaujacke und dein Alte-Mann-Hose, nur das haltet fest mit safety pin.«
Da lachten wir beide, denn der Tag war zu perfekt, um sauer zu sein. Wir sahen, abgesehen von den komischen Kleidern, auch ungewöhnlich ordentlich aus, denn wir hatten kürzlich einen Supermarkt gefunden, der Dinge wie Rasierzeug und einen Kamm verkauft hatte, all das war jetzt in unserem Rucksack verstaut wie bei echten Weltreisenden. Denn das waren, wir: lässig dahinsausende Weltreisende.
Gut, okay, wir fuhren nicht so wahnsinnig schnell. Und eigentlich waren es die Frauen, die uns überholten.
Aber warum sollten wir uns hetzen? Wir hatten alle Zeit der Welt.
Wir hatten unsere Verfolger abgehängt.
Wir machten Pausen, ich zum Rauchen, Davy zum Trinken – Wasser aus der Wasserflasche, kein Bier.
Und wir rissen Stücke aus einem frischen Brot und bissen in ganze

Tomaten, die schön spritzten. Zwei deutsche Touristenkinder machten es sofort nach.
Und schließlich näherten wir uns dem sagenumwobenen Worms.

Worms, und davon hatte ich keine Ahnung, ist eine Stadt voller Geschichte.
Ich war nach dem Supermarkt kurz in einem Internetcafé gewesen, weil ich versucht hatte, Layla über E-Mail zu erreichen (leider hatte ich ihre Adresse dann aber vergessen), und ich hatte »Worms« kurz gegoogelt und Bildersuche eingegeben, aber da bekommt man, ehrlich gesagt, nur Fotos von Würmern.
Eigentlich wollten wir in Worms nur kurz etwas Richtiges essen, diesmal einen Döner, eines der wenigen Gerichte deutscher Küche, die nach etwas schmecken. Doch dann sahen wir all die anderen Fahrradtouristen ihre Räder abstellen und durch die Stadt schlendern, und da wir immer noch als Touristen getarnt waren, schlenderten wir auch. Ich las die englischen Erklärungen an den Denkmälern und erklärte sie Davy, der nicht zuhörte.
Zum einen gab es überall Denkmäler von Luther. Ich war ja noch nicht so lange Christ, und von Luther hatte ich noch nichts gehört, nur von Martin Luther King, das war der mit dem Traum. Der andere Luther hieß auch Martin, Zufälle gibt's.
Der deutsche Luther, so lernte ich dank der ausführlichen Schilder, wurde einmal fast von einem Blitz erschlagen. Er war wie ich, denn er betete mitten in der Nacht, Jesus möge ihm helfen. Aus lauter Dankbarkeit reformierte er hinterher die Kirche, formte sie also irgendwie neu.
Wobei ich die Form mit dem Turm eigentlich praktisch finde. Man sieht sie von überall, auch, wenn man gerade durch Bulgarien wandert und erfriert und sich verlaufen hat.

Außerdem kann man den Turm als Minarett weiterbenutzen, sollte der vorherrschende Glaube wechseln (oder umgekehrt). Die Deutschen machen das mit den Schokoladenfiguren zu Weihnachten und zu Ostern auch so, man kann die Kaninchen und die rotbemäntelten Zwerge ineinander verwandeln. Wobei das Auswickeln und Neueinwickeln ja eine fürchterliche Arbeit ist, vielleicht verschicken sie die Schokolade nach Istanbul, wo sowieso Tausende von illegalen Flüchtlingen in unterirdischen Textilfabriken arbeiten. Die könnten ja auch Schokolade auswickeln.

Aber zurück zu Luther.

Er war in einen Anschlag verwickelt, den Anschlag der Thesen zu Wittenberg, und dann wurde er nach Worms geholt, weil er da seinen revolutionären Ideen abschwören sollte. Vermutlich war in Worms die damalige Geheimdienstzentrale.

Irgendwie kam er da raus, Bestechung wahrscheinlich, und ein sexistischer Kurfürst hat ihn beschützt. Ein Japaner erklärte mir, es sei ein sächsischer Fürst gewesen, na, von mir aus.

Am Ende machte Luther aus einer zwei Kirchen, ähnlich wie bei uns Sunniten und Schiiten, aber das ist auch egal, da die Christen in Deutschland nur an Weihnachten in die Kirche gehen.

Dann sog uns der Strom der Touristen zu einem Denkmal von einer kriegerischen Dame samt Gefolge, die einem kriegerischen Herrn samt Gefolge begegnet war, das waren eine Brunhild und ein Etzel, die stammten aus einer Sage, die »nie gelungen« war.

Davy setzte Brunhilde die Schlumpfmütze auf und Etzel meinen Strohhut, und alle machten Fotos.

Ich fand währenddessen eine britische Schulklasse mit Audioguides und lieh mir von einem Mädchen einen Kopfhörer. Sie war vielleicht sechzehn und trug einen knielangen schwarzen Schlabberpulli, unter dem sie ihren Körper versteckte, ziemlich ähnlich wie unter einem Tschador. Ihr Gesicht versteckte sie hinter langen, strähnigen Haaren. Vielleicht hätte sie sich ein Kopftuch gewünscht.

Ich sagte ihr, dass das Verstecken nicht nötig war, weil ich sie sehr hübsch fand, und sie wurde tiefrot. Es war ziemlich romantisch, zusammen mit ihr aus einem Audioguide deutsche Geschichte zu hören, und ich erinnerte mich, dass ich eigentlich nach Großbritannien gehen wollte. Ich nahm mir vor hinzufahren, sobald ich den deutschen Pass hatte. Moment, aber den bekam ich nur mit Laylas Hilfe, und dann würde ich Layla heiraten … Es war kompliziert.

Die Geschichte, die nie gelungen war, war ebenfalls kompliziert. Sie hieß in Wirklichkeit die *Nibe*lungen, und irgendwelche Riesen und Zwerge und Menschen stritten sich darin um einen Schatz, der in der Tiefe lag. Wahrscheinlich Erdöl. Der Held war Siegfried, den murksten sie ziemlich bald ab. Das ist der Grund, warum ich meistens doch lieber kein Held bin: Die Halbwertszeit von Helden ist ziemlich gering.

Es gab auch noch einen Drachen, aber was der wieder wollte, blieb unklar.

»Blickst du da durch?«, fragte ich das britische Mädchen.

»Nein«, flüsterte sie. »Unser Lehrer hat gesagt, das Denkmal ist ein Symbol für die Begegnung zwischen Orient und Okzident.«

Ich gab ihr den Ohrstöpsel zurück und flüsterte: »Das hier könnte auch ein Symbol für so eine Begegnung sein. Ich bin der Orient.«

Sie sah mich mit großen hamsterbraunen Augen an und nickte nachdenklich. Dann sprang sie auf und rannte ihrer Klasse hinterher, die gerade den Platz verließ. Ich sah ihr nach, wie sie in ihrem Tschador-Pullover mit den anderen verschwand.

Die Europäer haben alle Angst vor der eigenen Freiheit.

»Na, schon wieder eine aufgegabelt?«, fragte Davy.
»Sei schweig«, knurrte ich.

An diesem Tag kaufte ich in der Stadt der alten Geschichte in einem modernen Laden ein billiges Handy mit Prepaidkarte und rief Layla Starlight an. Die nicht dranging.
SMS nach München, auf Farsi:
Fahren jetzt Rad. Wären gestern fast auf einem Schiff umgebracht worden. Und du?
SMS nach München: *Lebst du noch? Melde dich! Bitte!*

»Guck bloß mal«, sagte Davy. »Schon wieder'n Denkmal. Was macht denn der da?«
Wir standen wieder am Rhein.
»Sein Name ist …« Ich las nach. »Hagen. Hier es sagt: Hagen wirft den Schatz der Nibelungen in den Rhein.«
»Echt? Hat der das gemacht?«, fragte Davy mit großen Augen. »Den einfach weggeworfen? Diese Kronen und Edelsteine und den ganzen Kram? Liecht das jetz in echt alles untern ins Wassa?«
»Quatsch.« Ein deutsches Wort, das ich liebe, man kann es so schön saftig aussprechen.
»Aber da glänzt was.«
Ich beugte mich vor. Tatsächlich, ganz nahe bei der steinernen Ufereinfassung glänzte in der Tiefe etwas Helles. »Das kann nicht sein die Schatz«, sagte ich. »Schatz ist großer.«
»Und wenn's nur ein Teil von den Schatz ist? Die Ecke von einer Krone, die da im Schlick steckt!« Davy hüpfte aufgeregt neben mir auf und ab. »Sean, stell dir mal vor, wir heben den raus! Da wärn wir richtig reich, und wir würden in der Zeitung kommen! Wenn mein Vater das liest!«

Ich verbiss mir ein Grinsen.

Iranischer Kidnapper hebt zusammen mit Schlumpf sagenumwobenen deutschen Schatz.

Mein Vater würde den Kopf schütteln und sagen: Was will er denn damit? Einen anständigen Job finden soll er, keine weibischen Schmuckstücke aus Fließgewässern ziehen.

Und die trompetenden Rentner würden sagen: *Diese Flüchtlinge, jetzt finden die uns noch das Rheingold vor der Nase weg.*

Natürlich, dachte ich, lag da unten kein Schatz, aber … wenn doch? Wenn einfach nie jemand an der offensichtlichen Stelle gesucht hatte, weil sie zu offensichtlich war?

Ich sah mich um. Und dabei entdeckte ich etwas, das viel interessanter war als der Schatz.

Ich entdeckte das schönste Mädchen der Welt.

Es war nicht Layla Starlight, die war ja in München, Layla Starlight rutschte auf Platz zwei der schönsten Mädchen der Welt, denn hier in der Touristenmenge stand die Nummer eins. Sie trug ein Kopftuch und einen engen Mantel. Sie stand ganz stolz und aufrecht da, nicht wie jemand, der von jemand anderem gesagt bekommt, was er zu tragen hat. Ihr Haar war hinten modern unter dem Tuch aufgesteckt; sie hatte unglaubliche Augen und einen unglaublichen Mund und wahrscheinlich auch andere unglaubliche Teile. Sie sah mich an.

Sie lächelte.

Und da wusste ich, ich musste es tun.

Ich sah es wieder im Film vor mir: ein Mann an einem Fluss.

Die Sonne scheint, doch am Horizont türmen sich schon dunkle Gewitterwolken.

Die Kamera fängt ein goldenes Glitzern unter Wasser ein, schick-

salhaft. Der junge Mann wirft einen letzten Blick über die Schulter zu der schönen Spaziergängerin am Ufer.
Dann reißt er sich die Kleider vom Leib, also, bis auf die Unterhose – und fliegt zu dramatischer Musik mit einem vollendeten Kopfsprung hinab in die Wellen. Durch die Luft gellt der Schrei eines kleinen Jungen:
»Du hast vagessen, den Strohhut abzunehm!«

Der arme Hut, er dümpelte vermutlich einsam auf den kleinen glitzerigen Sommerwellen des Rheins. So ganz perfekt war der Kopfsprung natürlich nicht gewesen, mehr ein bisschen krumm, aber immerhin versammelten sich jetzt nach und nach die Leute an der Absprungstelle: allen voran die Japaner und Amerikaner, aber auch eine britische Schulklasse, Davy erzählte es mir später, ich glaube, es war beeindruckend.
Ich kann es mir vorstellen, wie er selbst dastand und wartete, wie er in seine eigene Faust biss vor Nervosität.
Die Sekunden vergingen, mehr und mehr.
Und dann – dann hob sich ein Arm aus dem Wasser. Und das war meiner.
Ich hielt das Glänzende empor, das sich übrigens an einer Unebenheit der gemauerten Flussbettwand verhakt hatte – es war …
Kein Schatz. Leider. Nur ein kleiner billiger Blechanhänger an einer dünnen Kette. Dennoch applaudierte das Publikum. Ein Dutzend Arme versuchten, mir heraufzuhelfen, zogen mich an Land, klopften mir auf die Schulter … Das in meiner Hand waren, hier sah ich es besser, nicht eine Kette, sondern zwei. Der Anhänger, ein Herz, ließ sich teilen, wenn man ein wenig zog, ein Anhänger für ein Liebespaar: für jeden eine Kette mit einem halben Herz.
Wer hatte die in den Fluss geworfen?

Ich schüttelte das Wasser aus meinem Haar – oder versuchte es, weil es vermutlich gut aussah, das zu tun – und ging durch die sich teilende Menge auf die Schöne am Ufer zu – und blieb, wie heißt das auf Deutsch? *Wie angebrutzelt* stehen. Neben der Schönen stand jetzt ein Mann. Ein Mann, an den sie sich leicht anlehnte. Ein blonder Mann, blond und langhaarig und deutsch. Müssten eigentlich theoretisch langhaarige deutsche Männer, die zum Islam konvertieren, Kopftücher tragen? Ich schluckte. Und dann wusste ich, was ich tun musste. Was ein echter Held tun würde.
Unter aller Augen ging ich auf das Paar zu, streckte die Hand aus, zur Faust geballt – und öffnete sie. Darin glänzte das wertlose, symbolgeladene Amulett der Liebe. Das Rheingold des einundzwanzigsten Jahrhunderts.
Ich schenkte es ihnen wortlos. Und sie nahmen es und lächelten, und wieder klatschten die Umstehenden. Die Menge verlief sich.
Ich, der einsame Held, kehrte zurück zu meinem Schlumpf.

Und dann, als alle weg waren und ich wieder angezogen, kam plötzlich jemand herangeschlendert, der (oder die) eben noch nicht da gewesen war.
»Herzlichen Glückwunsch«, sagte sie. »Eins-a-Tauchgang.«
Und machte eine große rosa Kaugummiblase.
Ich schloss die Augen und öffnete sie wieder. Sie war keine Einbildung. Sie war da. Pinkes Haar, zu weites T-Shirt, ausgeblichene enge Jeans – alles wie immer.
»Ich verstehe zwei Dinge nicht«, sagte ich auf Englisch, möglichst gelassen. »Erstens, wie du hier sein kannst. Und zweitens, wie du es wagen kannst, hier zu sein, wenn du schon hier bist.«
Lotta holte tief Luft. Dann sagte sie, erstaunlich leise für das tiefe Luftholen: »Ihr solltet machen, dass ihr hier wegkommt. Da sind

zwei Typen, die euch folgen. Hier in der Stadt. Kann es sein, dass ihr was habt, was die sehr interessiert?«
»Offenbar hatte ich etwas, was dich sehr interessiert hat. Mein Portemonnaie.«
»Oh, das Geld.« Sie zuckte die Schultern. »Ich geb's dir zurück. Es ist jetzt nur zu kompliziert zu erklären. Aber was wollen diese Typen?«
»Vielleicht das Portemonnaie, das wir neuerdings haben«, sagte ich. »Das gehört nämlich denen. Jetzt müssen die Typen nur noch dein Portemonnaie klauen, dann ist der Kreis perfekt. Aber ich nehme an, du hast keins? Du benutzt nur die Portemonnaies von den Männern, die du dir krallst?«
Lotta sah mich nachdenklich an, machte nur die nächste rosa Kaugummiblase und ließ sie platzen.
»Die Typen wollen was anderes«, sagte sie dann. »Was ihr schon länger habt.«
»Nein«, sagte ich. »Sie wollen uns loswerden, weil wir Zeugen sind. Unliebsame Zeugen werden beseitigt. Unliebsame Diebinnen und Flittchen eigentlich auch. Ich könnte dich einfach schütteln, bis das Geld aus dir rausfällt, bloß fürchte ich, da fällt nicht viel.«
Ich spürte Davys Blick auf mir, der zwischen bewundernd und ängstlich schwankte.
»Haut ab«, sagte Lotta. Es war keine Beleidigung, es war ein Ratschlag. »Ne halbe Stunde, dann sind die Typen hier.« Und sie machte einen Schritt auf mich zu und umarmte mich, plötzlich, kurz und sehr fest. »Los jetzt«, flüsterte sie. »Und viel Glück.«

Was sollten wir haben, das die Verrückten so sehr interessierte? Was hatten wir schon auf dem Erdbeerfeld besessen? Unsere Probleme mit der deutschen Sprache. Unseren Glauben daran, dass es immer irgendwie weiterging. Anders gesagt: unsere Dummheit.

Wir fuhren weiter die Veloroute 15 südwärts.
Wir sahen unsere Verfolger nicht, doch ich bildete mir ein, sie zu spüren.
Irgendwo fragten wir nach der Richtung, weil wir uns verfahren hatten, und jemand sagte, wir müssten erst mal nach Heidelberg, am Neckar entlang, München käme erst später.
Der Neckar ist hübsch, wie der Rhein, nur kleiner, am Ufer wächst derselbe Wein, die Orte sind alle wie aus dem Bilderbuch geschnitten – mit etwas Industrie dazwischen für das Geld. Nur leider gibt es einen gravierenden Unterschied zum Rhein: Am Neckar regnet es.
Es fing an, als wir Mannheim verließen, gegen Nachmittag, und zuerst dachte ich, es würde schon dunkel, aber das waren die Gewitterwolken. Es regnete nicht nur irgendwie, es regnete, würden die Briten sagen, Hunde und Katzen. Ich weiß nicht, was es in Deutschland regnet. Kühe vielleicht oder Denkmäler.
»Ich werd ja nich nass mit die Jacke«, sagte Davy, und nach einer Weile: »Ich glaub, die is n bisschen undicht«, und nach einer weiteren Weile: »Scheißjacke.« Über uns blitzte und donnerte es, und ich dachte an Luther und betete zu Jesus, er möge keinen Blitz in uns einschlagen lassen, auch wenn ich nicht versprechen konnte, dann eine neue Religion zu erfinden.
Wobei das vielleicht mal an der Zeit wäre.
Der Islam ist total hinüber, und die christliche Nächstenliebe hängt den meisten auch zum Hals raus.
Man würde mir für die neue Religion ein hübsches Denkmal setzen, ich hätte es gerne oben auf einem Felsen, am Rhein vielleicht, oder neben dem Fernsehturm in Berlin, weil da alle Ausländer mal hinkommen und …
»Seaaan!«, brüllte Davy. Und ich hielt an, weil er angehalten hatte. Das Wasser lief ihm in Strömen übers Gesicht, seine Mütze war

schwarz vor Nässe, Haarsträhnen wie Wasserpflanzen klebten in seiner Stirn.
»Ich kann nich mehr!«, brüllte er gegen den Wind an, der das Gewitter begleitete und von vorne-seitlich kam. »Echt nich!«
Und da legte ich sein Rad an den Straßenrand und zeigte auf meinen Gepäckträger.
Davy kletterte hinauf wie eine halb ertrunkene Maus, die auf einen Stein im Bach klettert. Zum Glück wog er nicht viel, aber er wog mehr als nichts. Auch meine Beine taten weh, aber hier konnten wir nicht bleiben, nicht als einzige Radfahrer auf freier Strecke, wo uns neben den Blitzen noch jemand zu leicht finden konnte: die beiden Verrückten.

Schließlich verließen wir den Neckar und folgten einem Schild nach Heidelberg auf einen Weg durch die Felder. Wie ein grünes Meer lag der Weizen sturmgepeitscht unter dem Wetter, und dann – dann hörte ich die Sirene eines Polizeiwagens.
Das konnte nicht sein. Wie hatten sie uns hier gefunden? So plötzlich?
Ich hielt an, sah mich um.
»Da is'n Umfall«, sagte Davy. Und da sah ich es auch. Hinter dem verwehten Weizenmeer stand quer auf der Landstraße ein Lkw, verkeilt in ein kleineres Auto; offenbar war einer von ihnen wegen des Regens in einer Kurve geschlittert und gegen den anderen geprallt.
»Die sind nich fü uns hier!«, rief Davy. »Die sinn fü die da gekomm!«
Ich fuhr weiter, der Radweg näherte sich der Straße, bis nur noch ein schmales Stück Wiese dazwischen wuchs, und da hielt ich erneut an. Der Weg vor uns war versperrt.

Darauf standen drei große, braun-weiß gefleckte Kühe.
Hinter ihnen kamen mehr, sie kamen von der Straße. Der Lkw, der sich quergestellt hatte, war nicht einfach nur ein Lkw. Es war ein Viehtransporter. Gewesen. Jetzt transportierte er kein Vieh mehr, das Vieh transportierte sich selbst, und es transportierte sich, nass und verwirrt von dem Gedonner und Geblitze, in unsere Richtung.
Vielleicht hofften die Kühe, wir würden sie nach Hause in einen sicheren Stall führen.
»Verflixt, Herr Jesus!«, brüllte ich zwischen Sturm, Regen und panisches Gemuhe hinein. »Nimm die Kühe da weg! Alle Tiere sind Geschöpfe Gottes, also befiehl ihnen, zu gehen!«
Sie gingen.
Auf uns zu.
Innerhalb von Sekunden hatte die Herde uns umringt, drängte sich an das Fahrrad, leckte mit riesigen rosa Zungen unsere Arme und Hände ab. Hinter ihnen sah ich jetzt zwei Polizeiwagen auf der Straße halten, und die meisten Beamten, die heraussprangen, gingen sofort auf den Haufen Schrott zu, der einmal zwei Fahrzeuge gewesen war, doch einer guckte zu den ausgebrochenen Kühen, und das war einer zu viel.
Er rief den anderen etwas zu und zeigte auf uns. Und dann kam er herüber.
Vermutlich war Davys Mütze noch immer zu blau, vermutlich war inzwischen überall bekannt, dass ein entführter Junge mit einer blauen Schlumpfmütze gesucht wurde. Und möglicherweise wunderte sich der Polizist darüber, dass das Entführungsopfer sich an den Rücken des Entführers krallte und bei ihm Schutz zu suchen schien; vor Kühen, vor Blitzen, vor der Polizei.
Während ich abstieg und versuchte, das Rad samt Davy durch die

Menge der panisch augenrollenden Kühe zu schieben, sah ich, wie sich auf der Straße hinter dem Lastwagen ein Stau bildete. Und ich sah einen schwarzen Wagen mit getönten Scheiben darin und erschrak. Aber er steckte ja fest, zwischen den anderen Autos.

»Davy!«, schrie ich, Sturm und Sirenen übertönend (oder auch nicht). »Du musst help me! Die Kuhe weg bring!«

Davy schluckte.

Dann tat er etwas sehr Tapferes.

Er kletterte vom Gepäckträger – nicht hinunter, wo er vielleicht totgetrampelt worden wäre. Sondern hinauf. Auf die nächste Kuh.

Und dieser Kuh rammte er die Hacken seiner Killerkaninchen-Gummistiefel in die Flanken wie einem Pferd. Er musste es mehrmals tun, ehe es zu ihr durchdrang. Kühe haben ein dickes Fell und sehr viele Steaks zwischen ihrem Inneren und ihrem Äußeren, aber endlich bemerkte die Kuh das Ungeziefer auf ihrem Rücken und stürmte in einem neuen Anfall von Panik voran.

So ritt Davy auf einer Kuh vor mir her, und die anderen Kühe folgten, obwohl dies bestimmt nicht die Leitkuh war, nun ja, vielleicht wurde sie später befördert. Denn jetzt war sie es, die die Herde anführte. Davy war eben ein Naturtalent im Reiten.

Als ich mich umdrehte, rieb sich der Polizist, der uns entdeckt hatte, verwundert die Augen.

Ich stieg wieder aufs Rad und trat in die Pedale, so schnell ich konnte, um der fliehenden Herde zu folgen, ein Hütehund auf einem Herrenrad. So verließen wir die Unfallszene in Richtung Heidelberg.

Nach einer gewissen, eher kurzen, Zeit wurde den Kühen das Gerenne allerdings zu viel, sodass Davy hinunterklettern und wieder auf das Rad hinaufklettern konnte. Das Gewitter regnete noch,

blitzte aber nicht mehr. Wir ließen die Kühe zurück, deren Panik sich in Erschöpfung verwandelt hatte, und fuhren davon in den Sonnenuntergang.
Nein, das nicht.
Aber es wäre schön gewesen.

In Heidelberg ließen wir das Fahrrad stehen. Es tat mir leid, ich hatte geplant, es bei einem Radladen abzugeben, der den Radladen, dem es gehörte, benachrichtigen konnte. Doch wir mussten es rasch loswerden, denn nun würden sie einen iranischen Schwerverbrecher auf einem Fahrrad suchen.
Und obwohl Heidelberg wieder so ein Bilderbuchding war, blieben wir nicht dort, aus Angst, gefunden zu werden. Wir schliefen außerhalb der Stadt unter einer kleinen Brücke. Dort konnte man wenigstens ein Feuer machen, ohne dass es gleich jeder sah.
Der Regen hatte aufgehört, die ultraleichten Travellerdecken und unsere Hemden trockneten, die Hosen blieben feucht, und dann saßen wir dich beieinander und teilten uns ein Abendbrot aus Dosenfisch in Tomatensoße und Schokoladenpudding.
Wir hatten das Zeug in einem Discounter mit einem Rest Wechselgeld bezahlt, den ich in meiner Tasche gefunden hatte. Was ich nicht gefunden hatte, war das geklaute Portemonnaie.
Das war seltsam.
»Heute war ne Menge los«, murmelte Davy schläfrig. »Komm wir morgen nach Münchn?«
»Sure«, sagte ich.
Aber ich hatte keine Ahnung, wie.
SMS nach München, auf Farsi:
Hängen bei Heidelberg fest, große Probleme gerade. Kannst du uns hier rausholen?

Layla Starlight: *Hi darling, bin krank, morgen Konzert, will mit meiner Cousine hin, hoffentlich wieder fit dann. Und ihr?*
SMS nach München:
Wir haben PROBLEME*! Ernste! Die Polizei und Kühe.*
Layla Starlight: *Polizei? Gibt es etwas, was ich besser wissen sollte, ehe ich dich treffe ;-) ?*
Ich: *Ich bin unschuldig.*
Layla Starlight: *Schade.*
Ich: *Nimmst du mich überhaupt ernst?*
Ich: *Hallo?*
Ich: *Bist du noch da?*

Unschuldig, dachte ich, während ich neben Davy unter der Brücke lag und zitterte in der deutschen Junikälte. War ich das? Die Liste unserer Vergehen wurde immer länger. Jetzt kam dazu, dass wir ein Portemonnaie und zwei Fahrräder gestohlen hatten und vermutlich unsere zweite Kuhherde entführt. Laylas Vater, der Anwalt, hätte eine Menge zu tun, wenn wir ihn trafen.

Vielleicht war es an der Zeit, mir eine wirklich gute Heldengeschichte zurechtzulegen, darüber, warum ich aus dem Iran geflohen war.

Nicht die mit den Flugblättern. Für Layla brauchte ich eine Heldengeschichte mit Mondschein und Liebe und Tod. Ich hoffte inständig, dass sie keine Kontakte zur Szene gewisser junger Leute in Teheran hatte, die ihr die Wahrheit sagen oder schreiben konnten, die peinliche Wahrheit mit Anais' weißem Kleid und den Schafen.

14 Weißwurst

Wenn man ohnehin mit einer Liste von Kleinverbrechen lebt, ist es vielleicht egal, ob man auch noch ein Moped borgt, das zufällig an einer Tankstelle steht und bei dem zufällig der Schlüssel im Zündschloss steckt. Wenn zufällig der leichtsinnige Besitzer hinter der Tankstelle steht und raucht und mit dem Tankstellen-Mädchen flirtet, um nicht zu sagen, eigentlich knutscht, dann hat der eben Pech. Und er kriegt sein Moped ja wieder. Geborgt ist nicht gestohlen.

Davy hatte das Moped gefunden, er hatte mich geweckt, niesend und mit blauen Lippen, aber auf seinen Lippen waren die stolzen Worte »Ich hab n Moporad!« gewesen, und er hatte von einem Ende der blauen Schlumpfmütze zum anderen gegrinst. Die Tankstelle befand sich nur eine Minute von unserer Brücke entfernt.

Und wir befanden uns wenig später schon ziemlich weit vom Besitzer des Mopeds entfernt.

Es war erschreckend einfach, sich darauf zu setzen und loszufahren. Nicht mal das Geknatter rief den Besitzer auf den Plan, so weltvergessen wollte ich auch noch mal knutschen.

Ein einziges Mal hatte ich das getan, und daran dachte ich, während wir auf dem geborgten Moped auf die Landstraße abbogen. Damals in dem Park, mit sechzehn. Es hatte sich angefühlt wie der Anfang von allem, und ich hatte gedacht, ich heirate dieses Mädchen.

Und wir machen zusammen etwas aus allem, auch, wenn die meisten Dinge verboten sind – sobald man die Tür zumacht, wartet da die eigene kleine oder ganz große Freiheit. Das Denken kann dir kein Mullah verbieten, und das Lieben auch nicht.

Ich hatte sie geliebt, ganz sicher. Ich hatte die Welt um uns vergessen, die Nacht, den Park, ich hatte nicht gehört, wie die beiden Polizisten näher gekommen waren. Das Nächste, was ich gesehen hatte, war ein Polizeiwagen von innen. Und dann hatte meine Freundin wirklich geheiratet, aber nicht mich, das hatten wir ja schon.

Ich hatte meine Lektion gelernt. Verliebe dich nie, die Frauen lassen dich sowieso im Stich.

Komisch nur, dass ich diese Lektion seit damals ungefähr ein Dutzend Mal wieder vergessen hatte.

Aber daran wollte ich jetzt nicht denken. Die Straße war lang und gerade, der Wind sommerlau, und Davy hatte seine Arme um mich geschlungen.

Ich dachte an Amin, mit dem ich nie Moped gefahren war.

Amin, der versucht hatte, mich über die Sache mit der Freundin hinwegzutrösten. Der mich mit einer anderen Frau verabredet hatte, der großen Schwester seines Schulfreunds.

Ein folgenschwerer Fehler.

Ich meine, es war nicht Amins Schuld. Ich hätte nicht mitzugehen brauchen. Wer geht schon mit, wenn eine schöne junge Frau ihn fragt, ob er nachts bei einem Fotoshooting für Avantgarde-Mode dabei sein will?

Bei näherer Betrachtung – wahrscheinlich jeder. Durch meine Erinnerung rannte ein Schaf, und ich sah das rote Blut auf dem weißen Kleid wieder vor mir …

»Sean?«, rief Davy. »Da war' n Schild! München rechts! Warum sind wir nich abgebiegt?«

»Wir … ehm … fahrt ein kleines Herumweg«, erklärte ich ihm. »Es ist mehr hübscher so.«
»Sure«, sagte Davy. Und dann nieste er schon wieder. Ich sah zum Himmel hoch. Der Regen lauerte noch an den Rändern des Wetters, aber für den Moment hatte es aufgeklart, und das war gut so, denn Leute, die draußen schlafen, dürfen nicht krank werden, ehe sie ankommen.
Mopedfahren ist auf die Dauer auch nicht bequemer als Reiten. Vor allem, wenn man sich in den Kopf gesetzt hat, eine zu lange Strecke zu fahren. Aber es ging nicht anders.
Ich glaube, wir verfuhren uns, denn wir landeten, mit schmerzenden Oberschenkeln und unangenehm eingeschlafenem Hintern sehr viel später, in einer Stadt namens Augsburg, in einer Straße mit grünen Schildern, auf denen weiße Affen und Elefanten zu sehen waren. Eigentlich hatte ich gehofft, wir kämen irgendwann auf eine Autobahn nach München, aber dies hier sah eher so aus, als kämen wir demnächst nach Afrika.
»Du, ich glaub, da is einer hinter uns«, sagte Davy, als wir vor einem großen Gittertor mit einem Drehkreuzdurchgang und einem Wachhäuschen und sehr vielen geparkten Autos davor anhielten. Es war ein bisschen wie ein Gefängnis, und mir war plötzlich unbehaglich zumute.
»Hinter uns? Wer? Polizei?«
»Nee, so'n Auto. Aber nich schwarz. Blau. Es is da schone Weile.«
Ich sah mich vorsichtig um. Wirklich, da war ein Auto, klein und blau und verbeult, so ein winziges japanisches Ding. Ich fragte mich, ob die Verrückten sich tarnten oder ob die Polizei auch verrückt geworden war und in kleinen blauen Japanern herumfuhr, und ob wir, falls wir geschnappt würden, hinter dem Gittertor landen würden.

»Hast du Angst vor Zoos?«, fragte Davy, und ich sagte: »Ah. Es ist nur eine Zoo«, und kam mir ziemlich bescheuert vor. Ich wendete das Moped. Wenn ich die kleine Straße wieder zurückfuhr, verlor sich das blaue Auto hoffentlich im Park-Chaos, dann konnten wir es abhängen.

Aber es war hartnäckig, und ich war zu nervös für einen wirklich guten Plan.

»Wir müssen das Motorrad loswern!«, rief Davy. »Kannst du das nich irgendwo hinstelln, und wir haun zu Fuß ab?«

Bitte, Herr Jesus, gib uns eine Chance, sagte ich lautlos. Schick uns eine Menschenmenge, in die wir tauchen können …

Jesus schickte einen Biergarten.

Er befand sich ganz nahe bei der Straße, mit einem aufgeräumten deutschen Spaziergängerwald dahinter. Alle Bierbänke und Biertische und Bierstühle waren besetzt, eine bunte Menschenmasse krabbelte dort herum wie in einem Ameisenhaufen, nur dass diese Ameisen statt Ästen Tabletts trugen und statt toten Käfern Fahrräder und Kinderwagen durch die Gegend schleiften. Eines war sofort klar: die Ameisen – die mit den Tabletts – brauchten Hilfe. Und da ich ein netter Mensch bin, beschloss ich zu helfen.

Fünf Minuten später stand das Moped ordentlich geparkt an der Straße, im Biergarten saß ein kleiner Junge, der weder eine blaue Mütze noch eine blaue Jacke trug, da ich beides in den Rucksack gestopft hatte, und durch die Hintertür trat ein Held.

Natürlich ein Held, niemand sonst wäre wohl wagemutig genug, von einer Verfolgungsjagd aus direkt in eine Biergartenküche einzudringen, die Deutschen haben da so eine Redewendung, vom Regen in die Taufe, was bedeutet, dass man direkt ins Taufbecken geworfen wird, wo es noch nasser ist. In meinem Fall bedeutete es, dass ich den Verfolgern kurzfristig entkommen war, mich aber da-

für dem spritzenden Fett aus mehreren Fritteusen und dem Anblick einer riesigen Wanne voll Weißwürsten ausgesetzt sah.
Jesus sorgte dafür, dass ich, oh Wunder, kurz alleine in der Küche war, weil alle anderen draußen herumwuselten. Und, ein zweites Wunder: Da hingen am Haken neben der Tür mehrere Schürzen, weiß-blau kariert: die Uniform des Personals.
Weitere fünf Minuten später trat ein weiß-blau karierter Held mit einem Tablett vorn durch eine andere Tür des Biergartenhäuschens, hinaus ins Chaos.
Ich fand die Tablettausgabe für Angestellte, nahm ein Tablett mit einer Zahl daran und brachte es zu einem Tisch, in dessen Mitte diese Zahl auf einem Holzblock stand. So wurde ich zu einer Bedienung, trug mehr Tabletts zu mehr Tischen, fleißig, lächelnd, in einer Kakofonie aus Worten, von denen ich kein einziges verstand; Sie schienen hier kein Deutsch zu sprechen. Ich sah aus dem Augenwinkel erstens Davy, der an einem Tisch saß und mir mit den Augen folgte, und dann sah ich, wie das blaue Auto in der Straße hielt. Die Blödmänner, wir hatten ihnen das Moped direkt vor die Nase gestellt, aber sie sahen es nicht. Sie kamen zum Biergarten. Beinahe ließ ich mein Tablett fallen. Ich stellte mich neben Davys Tisch.
»Nicht schau zu mich«, wisperte ich ihm zu.
»Ich will'n Bier«, sagte Davy trotzig.
»Nein«, zischte ich.
»Doch«, zischte Davy.
»Kimma do nochamol zwoa Weißwürscht und oan Kartoffelslat kriang«, sagte eine blonde junge Frau mit einem riesigen Busen zu mir und hielt mir einen Teller entgegen.
»Gesundheit«, sagte ich.
»Wos duastn du hier, bisch neu?«, fragte ein anderer Typ in einer blau-weiß karierten Schürze. »Hob di noch nie hier gseng. I moan …«

Neu hatte ich verstanden, es war also vielleicht doch eine Unterart von Deutsch, die sie sprachen. Ich nahm den leeren Teller, lächelte, nickte wieder, es fehlte nicht viel, und ich hätte geknickst, während Davy weiter »Ich will'n Bier« sagte wie eine hängen gebliebene Schallplatte und die beiden aus dem blauen Auto durch das Gewühle näher kamen.

Es waren keine Polizisten und nicht die Verrückten. Es war der Typ, dessen Moped wir entliehen hatten. Und seine Knutschbekanntschaft. Glückwunsch, dachte ich. Wir haben also eine dritte Sorte Verfolger.

Bei der Essensausgabe nahm ich einen Teller, auf dem eine undefinierbare gelbfaserige Masse lag, die säuerlich roch. Außerdem zwei Biergläser mit Henkel, die großen Kaffeetassen glichen. Dies alles begann ich durch die Menge spazieren zu tragen, um unauffällig zu bleiben.

Als ich mit dem Teller wieder an Davys Tisch vorbeikam, hätte ich beinahe alles fallen gelassen vor Schreck: Genau da standen das Knutschmädchen und der Mopedtyp.

»So einer mit ner blauen Jacke und ner blauen Mütze?«, fragte Davy eben und setzte sich ganz gerade hin. »Bisschen kleiner wie ich? Klar hab ich die gesehn. Die sind hier langgerast, erst hin zum Zoo und denn wieda zurück, und denn ham sie das Motorrad da abgestellt, da vorne, und sind weg, zu Fuß, nach da.« Er zeigte in die Richtung vom Zoo weg. »Da ha' ich mir schon gedacht, dass das zwei echt komische Typen sind.«

Der Mopedbesitzer sah sich um. »Hier sind sie nicht, nein?«

»Nee, sach ich doch, die Straße lang sind die«, sagte Davy. »Und die ham euch das Motorrad echt geklaut? So wie im Film?«

Das Knutschmädchen nickte. Der Mopedbesitzer entdeckte endlich sein Moped und schien aufzuatmen.

»Krieg ich 'n Bier für den Info?«, fragte Davy. »Meine Mama erlaubt das nie, aber die is ja gerade aufs Klo …«
»Vergiss es«, sagte das Knutschmädchen und wuschelte durch Davys Haar. »Aber danke. Schatz, hast du der Polizei Bescheid gesagt?«
»Selbstverständlich«, sagte der Mopedfahrer und nahm das Handy vom Ohr. »Und rate, wen die suchen? 'n Jungen mit blauer Mütze und 'n Ausländer. Die Kollegen aus Augsburg sind gleich hier. Der Ausländer hat den Kleinen als Geisel bei sich, sie versuchen schon ne Weile, ihn zu befreien.«
»Du!«, sagte das Knutschmädchen und brachte ihr Gesicht ganz dicht an das von Davy. »Du gehst aber nicht mit Ausländern mit, die dir ne Spritztour auf nem geklauten Moped anbieten, oder?«
»Nee«, antwortete Davy. »Wenn *ich* Motorrad fahrn will, frag ich mein Kumpel Sean, der kann das auch, der kann *alles*. Sogar Leute ausm Fluss retten.«
»Da sind sie«, sagte das Mädchen.
Ja, da waren sie, sie sprangen zusammen mit drei Spürhunden aus einem Polizeibus und kamen ebenfalls herüber. Davy murmelte etwas von Klo und verschwand in der Menge, und ich eilte in die Küche des Biergartenhäuschens. Dort war es jetzt sehr voll, eine Menge andere Schürzenträger holten gerade Tabletts ab. Ich lehnte mich für einen Moment, schwer atmend, gegen die Wand.
Dann lächelte ich in das Gewusel hinein.
»Ich bin die Neue«, sagte ich erklärend, und sie lachten und sagten, ich wäre eher *der* Neue.
»Sean«, sagte ich, und sie sagten: »Klingt gor net ukrainisch, der Chef hot gsogt, der Neue kimmt von da Ukraine her.« Ich fragte mich, warum sie alle so seltsam sprachen. Vielleicht waren sie alle keine Deutschen und versuchten nur, Deutsch zu sprechen. Der,

der zuletzt etwas gesagt hatte, sah türkisch aus, und die beiden Mädchen, die mich neugierig betrachteten, waren nach meiner Einschätzung eine Philippina und eine Sudanesin, jedenfalls eine Afrikanerin mit Kopftuch (und schulterfreiem Tanktop). Sie sprachen alle dieses merkwürdige weiche Kauderwelsch, das auch die blonde Frau mit dem großen Busen gesprochen hatte.
Vielleicht war also auch die blonde Frau keine Deutsche? Blonde Frauen sind ja oft Russinnen.
All das dachte ich in wenigen Sekunden.
Ich wusste, ich musste gleich wieder nach draußen, wo die Polizisten und die Hunde waren. Und dann würden sie mich erkennen, auch in der Schürze. Einen letzten unsinnigen Versuch machte ich: An den Garderobenhaken, neben den Schürzen, hing jetzt eine sehr merkwürdige Mütze, rot-gelb-grün-schwarz gestreift, mit angenähten Rastalocken. »Der ist sehr viel cool«, sagte ich leichthin, »darf ich?«
»Klar«, sagte der Türke. »Des isch der Fatima ihre, die hot da sicher nix dageng.«
»Aber nimm d'Pladdn mit die Weißwürscht mit, hoscht doch noch a Hand frei«, meinte die Philippina.
Ich hatte keine Hand frei, ich hielt noch immer den Teller mit der gelben undefinierbaren Masse und die drei Biergläser. Die Philippina lächelte über meinen entsetzten Blick, setzte mir die Rastalockenmütze auf, sagte: »Lernsches scho no«, und platzierte eine Platte mit schlappen blassen Würsten zwischen meinem Ellenbogen und meiner Schulter.
»Des Sauerkraut brauch eh noch a Gsellschoft da herom«, sagte sie und verschwand nach draußen, in Händen und Armen ungefähr zehn Biergläser und hundert Teller.
Auch die anderen verließen den Essensausgabeteil der Küche, nur

hinter einer Trennwand mit Durchreiche klapperte noch Geschirr. Am liebsten wäre ich durch diese Durchreiche gekrochen und verschwunden. Doch der Türke schob mich mit sich hinaus. »Kimm, die warten«, sagte er, und da stand ich, unter den grünen Bäumen, in der schönen bierseligen Sommerlaune.
Und sah mich umringt von drei schnüffelnden, hechelnden Polizeihunden.
Die Polizisten sah ich durchs Gewühl nur undeutlich, einer hielt ein altes Kinder-T-Shirt in der Hand, natürlich, sie hatten die Hunde an einem T-Shirt von Davy riechen lassen, im Heim musste er noch welche gehabt haben. Und was roch, bis auf Davy, am meisten nach Davy?
Ich.
Diese verdammten Viecher! Sie sprangen jetzt an mir hoch und kläfften und interessierten sich überhaupt nicht dafür, ob ich eine bunte Mütze mit falschen Rastas trug oder eine blau-weiß karierte Schürze.
Die Gläser fielen alle gleichzeitig, das undefinierbare Sauerdingsda rutschte mir aus der Hand, und da stand ich zwischen den Scherben und hatte zu meiner Verteidigung nichts als eine Platte voll schlapper Würstchen.
Ehrlich gesagt, war ich mir ziemlich sicher, dass diese Würstchen ohnehin schlecht geworden und nicht mehr zum Verzehr geeignet waren, sie hatten das nur noch nicht gemerkt.
Deshalb hatte ich kein wirklich schlechtes Gewissen, als ich das erste Paar dicker, madiger Würstchen hochhielt.
»Hier«, sagte ich auf Englisch zu den Hunden. »Hier, ihr blöden Viecher, fresst und krepiert.«
Und ich ließ die Würstchen fallen. Die Hunde waren irritiert. Sie waren ordentliche, gut erzogene deutsche Spürhunde, es war nicht

ihr Auftrag, Würstchen zu fressen, es war ihr Auftrag, gefährliche Ausländer zu überführen.
Aber sie waren auch Hunde, und Hunde lieben Würstchen.
Ich hielt noch ein Paar hoch.
Da siegte der Instinkt.
Der erste Hund schnappte zu und verschlang die Würstchen noch in der Luft, der zweite fraß die vom Boden, und der dritte sprang wieder an mir hoch und bekam ebenfalls eine Wurst in die Schnauze gesteckt.
Dann waren die Polizisten da.
Ich hob die Hände. Gab auf.
Da geschah etwas Seltsames. Die Polizisten pfiffen die Hunde zurück, packten sie an den Halsbändern und fingen an, sich hektisch zu entschuldigen. Und ich begriff: Sie hatten mein Händeheben für den Versuch gehalten, die Platte mit dem Rest der schlappen weißen Riesenwürmer zu retten. Jetzt waren auch die anderen Schürzenträger da, die schulterlose Kopftuchsudanesin keifte die Polizisten an, die Philippina holte etwas, um die Scherben aufzufegen, und der Türke klopfte mir auf die Schulter.
Als wäre ich, tatsächlich, ein Held.
Am merkwürdigsten war, dass auch die Polizisten in dieser gutturalen O- und S-lastigen Sprache sprachen, die Hunde waren die Einzigen, die das nicht taten.
Dann senkten die Hunde die Nasen wieder auf den Boden, wurstsatt jetzt, und zogen ihre Polizisten mit sich fort von den Biergartentischen und -bänken und -stühlen, hinein in den lichten Spaziergängerwald. Sie hatten eine Fährte, die nichts mit Weißwurst zu tun hatte. Eine Fährte, die roch wie das Kinder-T-Shirt.
Davys Fährte.
Er war also nicht länger auf dem Klo.

Er war in den Wald abgehauen.
Ich sah ihnen nach. Ich fegte die Scherben auf und holte neue Teller und neue Biergläser. Das war alles, was ich tun konnte. Davy war auf sich gestellt, da draußen im wilden deutschen Wald.

Insgeheim zitterte ich, während ich Teller um Teller, Bierglas um Bierglas nach draußen trug, leere Gläser und Teller nach drinnen trug, Tischnummern wiederholte, rannte, schwitzte. Zu neunzig Prozent bediente ich sowieso die falschen Leute, aber es schien nichts zu machen, sie hatten so gute Laune vom guten Wetter, dass sie einfach nahmen, was kam. Und die Polizei-und-Hunde-Geschichte hatte ihnen gefallen: ein aufregendes Intermezzo.
Außerdem bestellten einige jetzt Weißwurst für ihre Hunde. Die Idee schien ihnen zu gefallen, und sie machten fleißig Fotos für Facebookseiten oder Tweets.
Nach zwei Stunden, als ich in einer kurzen Pause einen Arbeitsvertrag ausgefüllt hatte, den »der Chef wohl vergessen hatte am Morgen«, und mir einen neuen Namen ausgedacht und eine Adresse in Donezk erfunden hatte, nach zwei Stunden also verließen die Polizisten den Wald. Ich sah nicht, ob sie Davy bei sich hatten, denn sie stiegen etwas weiter weg in ihr Auto.
Ich wartete darauf, dass sie zurückkamen, um mich einzusammeln, weil er ihnen gesagt hatte, wo ich war. Sie kamen nicht zurück.
Davy kam. Aus dem Wald.
Er hatte Äste und Ranken im Haar und hübsche kleine weißrosa Blüten, die ihm fast so gut standen wie die blaue Schlumpfmütze.
Nie war ich so froh gewesen, ihn zu sehen.
Ich traf ihn hinter dem Biergartenhaus, bei einer Reihe Mülltonnen für Trennmüll, etwas außerhalb des Trubels, und da schloss ich ihn in meine Arme und hob ihn hoch, und er grinste.

»Wo bist du verwest?«, fragte ich.
»Gewesen«, verbesserte Davy. »Na, in'n Wald.«
»Aber die Hunds! Sie haben nicht erfunden dir?«
»Nee«, sagte Davy. »Türlich nicht, ich bin ja nicht blöde. Die könn doch die Spur ins Wasser nicht weiter verfolgen, das weiß ich aus den Fernsehen. Also ich ab in so'n Bach und gewatet. Und denn durch'n Gebüsch und auf'n Baum. Wie du mit die Wölfe. Ich bin erst runter, wie das Kaninchen da war. Das macht man doch so, oder?«
Er hustete jetzt. Er hatte zu lange da oben in seinem schattigen Baum still gesessen. Ich zog die Lodenweste aus und legte sie ihm um. Dann hob ich ihn wieder hoch und setzte ihn auf eine grüne Tonne, damit wir besser von Angesicht zu Angesicht miteinander sprechen konnten.
»Das Kaninchen war bei ein Kind in Arm«, erklärte Davy. »Es war aus so'n Fusselstoff, und das Kind is da quer durch'n Wald und die Großelters hinterher, war lustig zum Angucken. So, und jetzt will ich endlich 'n Bier.«
Da nahm ich ihn mit zu den anderen, die gerade Pause machen wollten. Der Ansturm war abgeflaut, es ging schon auf den Abend zu.
»Mein kleine Bruderin«, erklärte ich. »Er will Besuch machen, angucken neues Arbeit.«
Zum Glück erinnerte sich niemand daran, dass er schon vor Stunden hier gesessen hatte.

Und dann saßen wir im Licht der langsam tiefer rutschenden Abendsonne und machten, wie die anderen sagten, ein Weißwurstfrühstück, was man auch abends machen kann. Es gab diese großen schlabberigen Würste und dazu Bier und sauren Filterkaffee mit Süßstoff und Senf, der ebenfalls süß war.

Davy hatte ein Bierglas voller Apfelsaft vor sich, das ich ihm eingegossen hatte, ohne dass er die Flasche gesehen hatte. Von Zeit zu Zeit murmelte er: »Schmeck doch gut, auch für Kinder, und ich bin ga nicht besoffen. Ich vertrag ebent ne Menge, wie meine Mutter, über die sagen die das auch immer.«
Leider half das Apfelbier nicht gegen Davys zunehmende Nies- und Hustenanfälle. Es war wirklich zu schattig hier am Waldrand.
Ich biss in eine Wurst, und sie fühlte sich so schlapp an, als wollte sie sich gleich auf meiner Zunge zum Schlafen hinlegen. Die verknoteten Brötchen waren genießbarer.
»Aber du ischt scho a Schweinefleisch, oder?«, fragte der Türke, bei dem sich inzwischen herausgestellt hatte, dass er Grieche war. »In der Ukraine san's Chrischta, oder netta?«
Ich verstand erst, als er es auf Englisch wiederholte.
»Ja«, sagte ich. »Aber wenn es um Weißwurst geht, bin ich Moslem.«

Es war beinahe traurig, als wir uns verabschiedeten.
»Bis morgen«, sagte die Sudanesin. »Aber dann pünktlich, gell? Halb neune hier.«
»Für deinen ersten Tag warsch gor net übel«, sagte der Grieche-Türke.
»Des wird aber ois *no* besser. Wenn'd lernsch, vier Teller zugleich z'drang. Wirsch noch a Spezialist fürs Oktoberfescht.«
Und ich nickte und wusste, dass ich nie lernen würde, vier Teller gleichzeitig zu tragen. Oder alles zu verstehen, was die Leute sagten. Weil ich morgen um halb neun schon auf dem Weg nach München sein würde. In der Hosentasche hatte ich mein Trinkgeld.
»Pfiati«, sagte die Philippina, als ich an ihr vorbeiging. Sie war dabei, mit weißer Kreide auf eine Tafel neben dem Eingang zu schreiben.

NEU!
WEISSWURST-FRÜHSTÜCK FÜR HUNDE
Sonntag, 9 bis 18 Uhr
Wir sind der erste bayerische Biergarten
mit diesem Angebot!

»Meinst du, der Zoo hat noch auf?«, fragte Davy.
Er hatte.
»Könn wir da rein, denn?«, bettelte Davy. »Heut zu ein Bahnhof is wieso zu gefährlich, weil die Bullen, die warten da vielleicht auf uns, da könn wir auch noch in Zoo. Mir isso komisch kalt, und ich glaub, ins Affenhaus isses wärmer. Und … ich war noch nie in ein richtign großem Zoo.«
Ich zögerte. »Gibt es Kuhe?«

Es gab keine Kühe.
Wir betraten den Zoo ganz legal durch das Drehkreuz neben dem großen Tor, auch wenn die Kassierfrau hinter ihrer Glasscheibe etwas irritiert guckte und sagte, es wäre aber nur noch eine Viertelstunde offen.
Ich dachte wegen der Scheibe an den deutschen Ausdruck »Wer im Glashaus sitzt, soll nicht mit Scheinen werfen«. Ganz hatte ich es nie verstanden, vielleicht ging es um Neider, die man durch das Scheinwerfen anzog. Vielleicht hieß es aber auch: »… soll nicht mit Schweinen werfen«, und das verstand ich dann nicht mal im Zoo.
Später, dachte ich, wenn ich irgendwann Erfolg hätte und ein reicher Mann wäre, würde ich schon ganz gerne mit Scheinen werfen. Ich würde in einem dicken Wagen mit heruntergekurbelten Scheiben fahren, langsam, um alle zu begrüßen, ich sah mich den Arm aus dem Fenster strecken und Hände schütteln, und die Mütter würden

ihren Söhnen zuwispern: »Der hat es geschafft, der ist weggegangen und hat alle diese Abenteuer erlebt, und nun hat er drei Häuser mit Swimmingpool und diese wunderschöne Frau …«

»Sean?« Davy stieß mich an. »Träumst du?«

Ich lehnte an der Mauer, die außen um den Graben des Tigergeländes herumlief, und ehrlich gesagt, war ich hundemüde. Ich war mindestens zwanzig Meilen gelaufen an diesem Tag, hin und her mit Gläsern und Tabletts.

»Kannst gleich schlafen«, sagte Davy. »Das hier is nämich unser Hotel für heut Nach.«

Seine Augen leuchteten, endlich war er es, der einen Plan hatte. »Wir lassen uns einschließm. Hier in Zoo. Und denn schlafen wir gemütlich ins Tropenhaus.«

Ich stellte mir vor, wie Davy gemütlich in einem Gewirr von Urwaldästen lag, in jedem Arm eine Schlange, während ein netter Riesenskorpion durch seine Haare kletterte.

Ich würde vermutlich gemütlich tot daneben liegen, weil die Schlangen und Skorpione ihn aus irgendwelchen Gründen mochten, wie die Pferde, und mich nicht.

SMS nach München, auf Farsi:

Sind in Augsburg. Guck, Selfie im Biergarten! Und mit Giraffe! War gar nicht schwer, über den Zaun zu klettern, aber das Ding wollte ewig nicht still stehen.

Morgen München. Adresse?

Antwort aus München:

Was ist das für eine Sache mit geklautem Moped und entführtem Kind im Radio?

SMS nach München:

Lauter Unsinn. Erklär ich dir dann.

Layla: *Von dem Moped war ein Bild im Netz. Du bist also nicht der Bekloppte mit der grünen Opa-Lodenweste?*
Ich: *Nein! Wohin sollen wir in München kommen?*
Layla: *Ich bin nicht mehr in München. Ich bin in Schwangau. Besuche eine Tante.*

Schwangau? Wo zum Henker war das wieder? Das Billighandy wusste es nicht, denn es konnte kein Internet. Einen Moment lang saß ich auf der Bank neben dem Giraffengehege und fluchte.
Die Dämmerung senkte sich gold-lila über den Zoo, das Tor war lange verschlossen und die letzten Besucher zum Ausgang geeilt, während wir uns in einem Gebüsch versteckt hatten wie Kinder. Vor mir graste eine kleine Herde Zebras, die der Giraffe Gesellschaft leisteten.
Komisch, Giraffen und Zebras haben in diesem Land mehr Platz als Asylanten. Man hat auch noch nie davon gehört, dass eine Giraffe abgeschoben wurde. Ich meine, ich habe mich schon als Afghane, Pakistani, Syrer und Ukrainer ausgegeben. Als Giraffe habe ich es noch nicht versucht. Vielleicht wäre das mal ein Plan?
Ich könnte mich auch als persischer Leopard tarnen, die gibt es im Iran. Na ja, im Zoo in Teheran, direkt neben dem Eram Amusement Park. Als Kind taten mir die Tiere immer leid, weil sie in Käfigen saßen und deshalb keine Chance hatten, hinüberzulaufen und die großartigen alten Schiffschaukeln und Karussells zu benutzen.
Davy hatte gesagt, er wolle noch eine Abendrunde drehen. Als sei er der Zoowärter.
Vielleicht konnte er das später mal werden, dafür musste man nicht gut reden können. Ich erhob mich und schlenderte ihm nach, durch die Ausläufer des Sonnenuntergangs.

Im Tigergehege, in dem man vorher nichts gesehen hatte als Bambus, lagen nun zwei große Tiere auf einem Felsen und blinzelten in die beginnende Dunkelheit. Jagdzeit, sagten ihre Funkelaugen.
Ich fragte mich, was sie da drinnen jagen wollten.
Und dann sah ich es.
Es stand hinter dem Graben, ungefähr hundert Meter entfernt von den Tigern, und war nass, als sei es hindurchgewatet.
Es war kein es. Es war ein er. Davy. Er war tatsächlich über die Mauer geklettert und durch den Graben gegangen, um … ja, um was?
»Davy!«, rief ich leise.
Davy drehte sich um und grinste. Dann winkte er. Die Tiger richteten sich auf ihrem Felsen auf.
»Ich wollt immer schon ein Tiga streicheln!«, rief Davy. »Darf man bestimmt nicht, aber jetzt sieht mir ja keina!«
Ich spürte, wie eine eiskalte Panik in mir aufstieg und mich am Platz festfror. Es war lustig, mit Davy in Kuhherden stecken zu bleiben oder Erdbeeren zu pflücken, es war sogar irgendwie lustig, ihn aus dem Rhein zu ziehen. Ein Besuch bei zwei Tigern war nicht lustig.
»Komm hier! Jetz!«
Davy schüttelte trotzig den Kopf. Er ging auf die Tiger zu, eine Hand ausgestreckt, beruhigend murmelnd, als wären es Hunde, zu denen er sprach.
Jesus, wirk ein Wunder.
Aber Jesus hatte sich an diesem Tag bei der Mopedgeschichte vermutlich verausgabt. Davy ging weiter auf die Tiger zu. Der erste Tiger sprang jetzt vom Felsen, legte die Ohren an und fauchte.
Vielleicht war das gut. Davy war für ihn doch eher Störung als Beute.

Vielleicht war es auch schlecht. Der Tiger mochte keine Störungen.
Davy blieb stehen. Noch ein Fauchen.
»Davy! Run!«, brüllte ich.
Ich saß jetzt oben auf der Mauer, keine Ahnung, wie ich dorthin gekommen war. Ich hatte auf keinen Fall geplant, in dieses Gehege zu klettern, ich war nicht lebensmüde und hatte auch nie vorgehabt, ein wirklicher Held zu werden … Der Tiger sah kurz mich an und fauchte noch einmal. Jetzt, endlich! Jetzt rannte Davy.
Und ich stand im Wasser. Es war kalt und schlammig, ich war wohl hinuntergesprungen, obwohl ich auch das nicht geplant hatte, mein Körper tat diese Dinge von allein. Er watete von allein durch den Graben, auf Davy und den Tiger zu. Der Tiger rannte jetzt auch, er folgte Davy. Nein. Beide Tiger folgten ihm. Auch der zweite war vom Felsen gesprungen.
Ich hob einen dicken Stock auf und schleuderte ihn den Tigern entgegen, er flog über Davy, verfehlte ihn knapp, und landete vor den Pfoten des ersten Tigers, der ein irritiertes Knurren ausstieß und stehen blieb.
Das war der Moment, in dem ich Davy in meinen Armen auffing.
»Wir muss raus hier«, keuchte ich. »Los!«
Und ich zerrte Davy durchs Wasser, die Tiger rannten jetzt wieder, aber das Wasser, dachte ich, würde sie stoppen, Katzen verabscheuen Wasser.
Diese beiden Tiger hatten kein Problem mit Wasser.
Sie ließen sich hineingleiten, als täten sie das jeden Tag.
Der Graben war nicht dazu da, sie abzuschrecken. Er war dazu da, dass sie darin baden konnten, wenn ihnen zu heiß wurde. Vielleicht fingen sie Fische. Vielleicht fingen sie ab und zu Besucherkinder. Es minimierte die Futterkosten für den Zoo.
Ich bin nie schneller gewatet.

Die Mauer auf der anderen Seite des Grabens erschien mir auf einmal unendlich hoch.
Hinter mir fauchte es wieder.
Und in meinem Kopf lief wieder der Film ab, der Film für die Verwandten zu Hause in Teheran:
Zwei ausgewachsene Sumatra-Tiger schwimmen mit geschmeidigen Bewegungen ihrer muskulösen Körper durch Wasser, auf dem rot und violett der Sonnenuntergang liegt.
Vor ihnen schwimmt ihre Beute: ein kleiner Junge mit weit aufgerissenen blauen Augen und einer blauen Schlumpfmütze – und ich, der Held, der den Jungen mit sich fortzerrt.
Schon schnappt der vordere Tiger mit einem wütenden Knurren zu, doch seine Kiefer schließen sich um Luft, noch ist er nicht nahe genug. Man sieht, wie ich den Jungen weiterzerre.
Man sieht Wassertropfen glitzern in meinem markanten Heldengesicht …
Jetzt! Jetzt bin ich bei der Mauer angekommen, hebe den Jungen hoch, und, in einem Akt der schieren Verzweiflung, mit einer einmaligen Kraftanstrengung, werfe ich ihn sozusagen auf die Mauer.
Die Hände des Jungen greifen nach der Kante, er zieht sich hinauf.
Und ich stehe unten, bis zur Hüfte im kalten Wasser, allein.
Nein, nicht ganz: Da sind die Tiger.
Jetzt wird die Musik wirklich dramatisch …
Der ältere, der Alpha-Tiger, ist so nah, dass man seine gefletschten Zähne sieht, als er knurrt, denn ich bin ein Störenfried, ich gehöre nicht in diesen deutschen Zoo; Tiger sind die größten Rassisten.
Ich springe. Schaffe es nicht bis hinauf zur Mauerkante.
»Ich sag's ja immer, ein Versager«, höre ich meinen Vater vor dem Bildschirm sagen, ehe er das Programm wechselt.

Und ich sagte mir: Vergiss den Film, den gibt es nicht, nimm dein Ende gelassen hin wie ein wirklicher Held. Hauptsache, du hast Davy gerettet.
Aber irgendwer schrie, ziemlich ungelassen, eher panisch. »Help! Hiiiilfe!« Ich merkte, dass ich es war, der schrie.
Der Tiger paddelte jetzt auf der Stelle, irritiert von dem Gebrüll.
Und da streckte sich eine Hand von oben hinunter, eine Hand mit abgekauten Fingernägeln unter einem Rest von rosa Nagellack. Die Hand war erstaunlich kräftig.
Jemand zog, oben. Ich strampelte mich aus dem Wasser heraus, stützte mich mit den Füßen ab, bekam endlich mit der zweiten Hand die Kante zu fassen – war oben. Ich fürchte, ich sah nicht mehr filmtauglich aus. Eher derangiert. Nass, zerknautscht, dreckig, würdelos. Ich wischte mir das Grabenwasser mit dem Ärmel aus dem Gesicht, und möglicherweise ein paar Tränen der Erleichterung. Die Tiger, da unten im Graben, schienen zu grinsen. Ein bisschen hämisch.
Die Arschlöcher.
»Was war'n das für ne Aktion?«, fragte Lotta. »Is euch das Leben mit der Polizei und zwei Schwerverbrechern auf den Fersen nicht aufregend genug?«

15 Pommes

»Wieso bist du in einem für die Nacht geschlossenen Zoo in Augsburg?«
»Wieso ihr denn?«
»Na ja, Schlafplatz und so. War Davys Idee.«
»Ich wollte dir das hier zurückgeben.«
Sie streckte die Hand aus und öffnete sie. Zweihundert Euro. Und ich nahm sie, zwei neue, knisternde Scheine. Wir saßen am Fuß einer Bronzestatue von einem Mungo, der mit einer Brillenschlange kämpfte. Die nassen Hosen und Schuhe hatten wir ausgezogen (mal wieder) und trugen nun die Ultraleichtdecken als eine Art Röcke.
»Deshalb bist du hier?«
»Glaub die kein Wort!«, sagte Davy, obwohl wir Englisch gesprochen und er also nichts verstanden hatte. »Wahrscheinich hat die schon die Bullen angerufen, und wenn die uns fangen, kassiert se die Belohnung.«
Lotta seufzte. »Quatsch. Ich brauche auch einen Ort zum Schlafen.«
»Aber wir nehm den schönen warmen Schlangenhaus!«, erklärte Davy und verschränkte die Arme. »Sie kann ja ins Tigergehege schlafen.« Er stand auf und nahm meine Hand. »Komm, Sean.«
Lotta winkte nur, blieb aber sitzen und wickelte einen rosa Kaugummi aus, um ihn langsam in den Mund zu schieben. Als ich mich umdrehte, saß sie immer noch dort und kaute.
Davy zog mich weiter.

Das Schlangenhaus war warm, Davy hatte recht.
Wir legten unsere Sachen zum Trocknen auf die Heizung.
Die Schlangen schliefen. Und sie schliefen hinter dickem Glas, das war eine sympathische Eigenschaft. Eine war so dick wie Davy an seiner dicksten Stelle.
Davy sagte, er hätte sie gerne um sich gewickelt, ihm war schon wieder kalt, trotz der Wärme hier drin, und er hustete. Er legte sich auf die Bank mitten zwischen den Terrarien, und ich deckte ihn mit allem zu, was wir noch hatten, inklusive der Decke, die ich statt Hose getragen hatte, die getrocknete Unterhose musste eben reichen.
»Ich würd ja sagen, morgen kommen wir an«, murmelte Davy, schon halb im Schlaf. »Aber ich sag das jetz nich, weil, passiert ja doch wieder was anderes, is ja immer so.«
Dann schlief er ein, beruhigt, dass wieder etwas anderes passieren würde.
Vielleicht träumte er davon, dass wir für immer zusammen um die Welt reisten, er und ich, durch Tigergehege und Schlangenhäuser, auf Mopeds und in Heißluftballons.
Aber irgendwann würden wir ankommen.
Irgendwann würde meine Geschichte in diesem Land zu Ende sein.
Mit oder ohne Polizei.
Und kein Kind kann ewig aus einem Kinderheim fortbleiben.

Nachts erwachte ich davon, dass etwas raschelte, und ich lag still und lauschte. Es war absolut dunkel. Davy hustete manchmal im Schlaf, aber das Rascheln war etwas anderes gewesen. Etwas ganz nahe bei mir. Eine Maus?
Die Tür klappte hin und her. Wir hatten sie wohl nicht anständig geschlossen, jedenfalls hoffte ich, dass es so war und nicht eine der

Riesenschlangen ihr Terrarium verlassen und beschlossen hatte, draußen einen Mondscheinspaziergang zu machen.
Ich versuchte, mich an meinen Traum zu erinnern. Ich hatte von zu Hause geträumt, von Amin und meiner Mutter, die auf dem Bildschirm meine Flucht vor den Tigern mitverfolgten, und von meinem Vater, der nur den Kopf schüttelte. »Jetzt muss er sich schon von Mädchen mit rosa Haaren retten lassen«, hatte er im Traum gesagt. »Das weiße Kleid war schlimm genug …«
»Hör auf, immer auf ihm rumzuhacken«, sagte meine Mutter, und Amin sagte: »Aber das Kleid hatte er doch nur aus Versehen an. Oder?«
Ich schüttelte den Traum ab, stand auf und trat hinaus.
Draußen gab es überhaupt keinen Mondschein für spazieren gehende Schlangen, der Himmel war voller dicker schwarzer Wolken, und das einzige Licht kam von einer weiß-grünlichen Lampe zwischen den Büschen.
In diesem Licht sah ich, dass jemand in der Nacht stand und rauchte.
Lotta, natürlich.
Ich trat zu ihr, und sie gab mir schweigend eine Zigarette. Wir schlenderten zusammen hinüber zu einem Gitter, wo es noch eine Lampe gab, die aber nur die Gitterstäbe anleuchtete. Eine Weile lehnten wir da und rauchten, bis Lotta sagte: »Wie Gefängnis«, und ich sagte, auf Englisch: »Dachte ich auch, als ich den Zoo gesehen habe, aber eigentlich ist er ganz nett.«
»Da drin sind Elefanten«, sagte Lotta. »Zwei alte. Es ist zu klein. Sie bauen was Größeres. Steht da.«
»Schläfst du bei den Elefanten?«
Sie nickte. »Wollt ich. Aber die träumen so schwer.«
Ich sagte, ich wollte die alten Elefanten mal sehen, und wir gingen

hinein, und Lotta sagte, es seien Damen, die eine sei über sechzig. Die riesigen dunklen Körper schaukelten im Schlaf sachte hin und her.

»Seit sechzig Jahren hinter Gittern, schon Scheiße«, sagte ich. »Das muss man sich mal vorstellen. Wenn die mich so lange ins Gefängnis stecken würden, würde ich mich erhängen. Das geht fast immer, man braucht nur einen Gürtel.«

»Elefanten haben keine Gürtel«, sagte Lotta.

Und dann saßen wir auf einer weiteren Bank und sahen die dunklen Schaukelkörper an und schwiegen.

»Ich brauch Geld«, sagte Lotta schließlich. »Ein paar Sachen sind schiefgegangen in letzter Zeit. Tut mir leid mit dem geklauten Portemonnaie. Das Erdbeergeld hat nicht gereicht.«

»Kannst du dir nicht einen besseren Job suchen? Du bist Deutsche. Du kannst alles machen. Studieren. Ins Ausland gehen. Einfach alles.«

»Nee«, sagte sie. »Falscher Schulabschluss. Nicht alle Leute in diesem Land studieren. Es sind auch nicht alle Leute dauerglücklich, weißt du?« Sie schwieg eine Weile. »Ich hatte so nen Kerl«, sagte sie schließlich, »und ich könnt in sieben Monaten sein Kind kriegen, aber ich glaub nicht, dass ich das will. Bloß, Geld genug hab ich noch nicht, es wegmachen zu lassen. Ich spare. Aber ich konnte dein Geld nicht behalten. Ich hab mich zu mies gefühlt.«

»Du sparst für … eine Abtreibung?«

Sie lachte. »Du siehst ungefähr so entsetzt aus wie der Papst. Meine Mutter wär sicher auch entsetzt. Das ist so ne ganz Vernünftige, die macht immer alles richtig.«

»Und dein Vater?«

»Keine Ahnung, kenn ich nicht. Ich wollt's machen wie meine Schwester, die älteste. Die hat sich 'n Mann mit Geld gefangen und

ist weg. Ich dachte, das kann ich auch. War aber nicht. Der Typ war'n Arschloch.«
»Ich dachte, in Deutschland machen die Frauen alles selbst? Geld verdienen und alles?«
»Ja, vom Himmel fällt's nicht«, sagte Lotta. Und sie lachte.
Komisch, sie sah so traurig aus, dass ich ihr alles verzieh, das geklaute Geld und überhaupt alles.
Ich weiß gar nicht, wie ich ihre Traurigkeit sah, das einzige Licht kam vom grün-weißen Notausgangschild über der Tür.
Alles und jedes hat in Deutschland einen Notausgang mit barrierefreiem Anfahrtsweg. Nur das Leben selbst, das hat keinen.
Ich legte meine Hand auf Lottas Bauch, aber der war ganz flach.
»Das wär eh noch zu klein«, flüsterte sie.
»Ach so«, flüsterte ich und kam mir doof vor.
Und dann legte sie den Kopf mit dem pinken Haar an meine Schulter und war auf einmal wieder so nah wie in der Nacht neben den Bahngleisen, und ich streichelte ihren mageren Rücken. Sie war überhaupt nicht die Frau, die ich haben wollte, sie war weder schön noch treu, das hatte ich jetzt begriffen. Sie war ein Flittchen und eine Diebin und niemand, den man meiner Mutter vorstellen konnte.
Und sie war einsam.
Einsam wie ich.
So kam es, dass wir zum zweiten Mal miteinander schliefen, im Elefantenhaus, auf einer ziemlich unbequemen Bank, es war ganz anders als beim ersten Mal, weil ich mir die ganze Zeit im Stillen vorbetete: Es bedeutet gar nichts. Aber ich wollte immer denken: Es bedeutet doch etwas.
Am Ende zogen wir uns wieder an, als wären wir nur zusammen schwimmen gewesen. Die Einsamkeit war ein bisschen kleiner. Leider nur ein bisschen.

»Komisch, was«, flüsterte ich. »Ihr habt diese ganze Freiheit hier. Und dann ist irgendwie auch nichts richtig.«
»Frei sein«, sagte Lotta nachdenklich, »ist gar nicht so einfach.«

Ich musste eingeschlafen sein, dort neben Lotta.
Als ich aufwachte, war Morgen. Ich war allein mit den Elefanten. Ich sprang auf, plötzlich alarmiert, und lief nach nebenan ins Schlangenhaus. Dort stand der rot-gelbe Treckingrucksack auf dem Boden, mit den beiden Decken obendrauf, krumpelig gefaltet.
Meine Hose hing brav auf der Heizung, sie war fast trocken.
Davys Hose war nicht mehr dort. Davy auch nicht. Nur die Gummistiefel.
Dafür aber ein Zettel, oben auf den Decken: eine abgerissene Ecke von einem Schlangenhaus-Werbeprospekt. Keine Ahnung, wo Davy einen Stift gefunden hatte.
SCHÜS, stand da. GE DU MIT LOTTER, IS MIR EGAL. ICH GE NACK SÜDM. MAL KUKN WAS DA IS. DEIN DAVY.
Ich steckte den Zettel ein und fluchte. Auf Persisch, auf Englisch, auf Deutsch.
Draußen nieselte es.
Davy war krank und trug keine Schuhe. Er konnte Süden von Norden vermutlich nicht mal unterscheiden. Und er ging gerne Tiger streicheln oder sprang in den Rhein, obwohl er nicht schwimmen konnte.
Ich musste ihn finden.

»Can you tell me which is South?«
»Häh?«
»Okay. Ich … wenn ich will … gehen für Süden, wo ich muss gehen?«

»Du meinsch, wenn'd von hier aus in'd Süda willsch? Moi, wos füra komische Frog, die hot mer heit fria scho eina gschtelld, vor zwoi Stund, wie ich herkimma bin.«
Ich fragte mich, von welchem Frosch er sprach, aber es schien sich wieder um diese andere Sprache zu handeln, die nicht wirklich Deutsch war. Er, der Mann, den ich gefragt hatte, saß auf dem noch leeren Zooparkplatz und war dabei, einen altmodischen Leierkasten zu putzen. So ein Ding wie aus einem Film, mit Stoffaffen obendrauf – vielleicht war es auch ein ausgestopfter Zoo-Affe oder einfach ein komatöser Zoo-Affe.
»Jo mei, i tät song do lang musch«, sagte der Mann einen Satz, von dem ich lediglich das Wort »song« verstand, Lied, aber er zeigte in eine Richtung, immerhin. »Do wirsch vamutlich d'Siebentischstroß lang müssen«, fuhr er fort, und dann sagte er noch viele andere Dinge, unter anderem ein paarmal »Landsberg« und »Schilder«.
»Mei, der andre«, sagte er, »der mi gfrogt hat, des war so a kloiner Bua, der is gritta.«
Er hob die Hände vor sich, als hielte er Zügel, und schnalzte.
Ich sah ihn verständnislos an.
»A kloina Bua. A boy?«, sagte er, tatsächlich, er konnte Englisch, und er erzählte etwas von einem Jungen. Ich horchte auf. »A boy with so a blaua Mütze. Blue hat«, fuhr er fort. Davy! Dieser Mann hatte Davy gesehen! Und Davy war offenbar auch nach Süden … geritten. Aber auf was?
»He was on a horse?«, fragte ich.
»Na, a horse wor's net«, sagte der Leierkastenmann und rückte seinen Hut zurecht, an dem ein Pinsel befestigt war. »Gamsbart«, sagte er sehr deutlich und zeigte darauf, als er meinen Blick bemerkte. »Des musch da merken, wenn'd bei uns in Bayern bisch. Gamsbart.«

»Gamsbart«, wiederholte ich gehorsam. »Es hat ein … Funktion?«
»Jo, scho«, sagte der Leierkastenmann und lachte. »Is fesch.«
»Fesch«, wiederholte ich.
Er nickte und streichelte seinen Affen. »Mir san ohnehin recht fesch, mir zwoa«, erklärte er. »D' Leit hockn den ganzen Tog vor ihra Computa in ihra virtuella Welt, ois nur no viereckert, da frein's si, wenn's uns seng. Mir sinn des, i sog a mol, *historische Element.*«
Damit begann er, an der Kurbel des Leierkastens zu drehen, und ich verließ den Zooparkplatz zu einer alten Filmmelodie. Die ersten frühen Lieferantenautos bogen ein, vielleicht lieferten sie das Weißwurstfrühstück für die Tiger.

Nach Süden!
Was wollte Davy da?
Er musste aufgewacht sein und mich gesucht haben, und da hatte er mich im Elefantenhaus gefunden, fest schlafend neben Lotta auf der Bank – offenbar war sie zu diesem Zeitpunkt noch da gewesen. Und er hatte beschlossen zu gehen. Aus Eifersucht.
Ich fragte mich, wo Lotta war und wo Schwangau war. Aber wo Davy war, war viel wichtiger.
Wenn man von Deutschland aus in den Süden wandert, kommt man irgendwann ans Mittelmeer. Für die Deutschen ist es kein Hindernis, sondern ein Urlaubsziel.
Vielleicht dachte Davy, er könne den Rest seines Lebens in einer Strandhütte verbringen, wo man auch als Achtjähriger Bier bekam.

Ich schaffte es bis ungefähr an die Stadtgrenze.
Und das war eine komische Sache, auf dem Schild stand nämlich Augsburg, durchgestrichen, und gleich ein neuer Name, den ich

vergessen habe. Die eine Stadt hörte auf, und die andere fing an, so war das hier, es gab nichts dazwischen. Die Welt bestand aus Asphalt.
Es musste eine Menge Arbeitsplätze geben, bei so vielen Häusern und so viel Industrie, und offenbar konnte sich jeder zwei Autos leisten, jedenfalls sah ich mehr davon als Menschen.
Eines bremste jetzt neben mir.
Obwohl ich nicht den Daumen rausgehalten hatte, aus Angst, im Radio würde ein Iraner gesucht, der per Anhalter fuhr. Das Auto, das hielt, war ein Traktor.
Es zog einen Anhänger voller Kühe.
Wirklich.
Ein Mann in Gummistiefeln sprang herunter und rannte nach hinten zum Anhänger, weil dort eine Kuh ihren großen Kopf zwischen die Latten geschoben hatte, um hinauszuschauen, und nun klemmte sie also fest und muhte ängstlich. Der Mann schob und fluchte, doch der Kopf der Kuh ließ sich nicht befreien.
Und da griff ich ein.
Ich war mit einem Satz bei der panisch Augen rollenden Kuh, streichelte ihre weiche Nase, ihre Stirn, ihre samtigen Ohren und sprach Persisch mit ihr.
»Du bist eine dumme Kuh«, sagte ich freundlich. »Jetzt zieh deinen Dickkopf zurück. Du bist zu groß, um durch diese Lücke zwischen den Brettern zu steigen. Du möchtest in die Freiheit, ich weiß schon, aber zu viel Freiheit ist gar nicht gut, das sagt sogar Lotta.«
Die Kuh stieß ein trotziges »Mbuuuuuuu« aus und zog wirklich ihren Kopf zurück. Ich musste nur ein wenig auf ihre Stirn drücken, um ihr zu helfen.
»Der Wahnsinn!«, sagte der Traktorfahrer. »Wie hams jetzat des g'mocht? Wos wao des fürra Sprochen?«

»Afrikaans«, sagte ich. »Sie mich mitnehm für eine Stück?«
Der Mann nickte. »Aber net bis nach Afrika.«

Man saß wie auf einem Königsthron in diesem Traktor, hoch oben über der Welt. Draußen nieselte es wieder, aber drinnen war es warm und trocken.
Über eine kleine Anlage lief deutsche Rapmusik, zu der der Fahrer im Takt schnipste, während er Kaffee aus einem Thermosbecher trank, ab und zu an einer Zigarette sog und ab und zu auf sein Handy guckte.
»Und Sie kommen aus … Wo spricht man Afrikaans? Südafrika?«
Er sprach jetzt Englisch, zum Glück. Ich winkte ab. »Egal«, sagte ich, »wichtig ist. Ich suche meinen … Neffen, ungefähr acht Jahre alt. Er ist heute Nacht abgehauen.«
»Von Südafrika bis nach Deutschland?«, fragte der Traktorfahrer ungläubig.
»Nein, nur vom Schlangenhaus nach Landsberg«, sagte ich. »Sagen Sie mal, hören Sie manchmal Radio?«
»Nee, lieber meine Musik«, sagte der Traktorfahrer. »Ich bin abends noch DJ. Und wie ist es so in Südafrika? Da gibt's Wale, oder? Ich war kürzlich zum Surfen in Neuseeland. Nach Südafrika wollt ich auch immer mal …«
Da erzählte ich ihm vom Surfen. Ich erzählte, wie ich selbst gesurft war, zwischen den Wellen und den Walen, und wie ich manchmal verzweifelten Touristenmädchen das Surfen erst beibringen musste, am Strand. Ich sah es vor mir, so genau beschrieb ich es: den Helden, der das untergehende Mädchen rettet, natürlich im Sonnenuntergang. In meiner Vorstellung hatte das gerettete Mädchen in meinen Armen pinkes Haar, und ein kleiner Junge ritt auf einem Wal vorbei.

Draußen begann es wieder zu regnen, ein dicker, grauer Nieselregen, und ich fröstelte plötzlich. Vielleicht hätte ich von Anfang an nach Südafrika auswandern sollen.
»Aber warum seid ihr in Bayern?«, fragte der Traktorfahrer.
»Oh, das ist kompliziert«, antwortete ich wahrheitsgetreu. »Es hat mit Schafen zu Hause zu tun und mit einem blauen Herrenpyjama an der Ostsee und …« Ich stockte. Auf der Wiese zu unserer Linken graste ein Zebra.
Verrückt. Der Traktortyp hatte es nicht gesehen.
»Können Sie hier anhalten?«, fragte ich. »Bitte, ich glaube, ich muss raus!!«
»Schwache Blase, hm?«, fragte der Traktortyp. »Na, denn viel Glück.«
Als ich vom Traktor geklettert war, tippte er zum Gruß an seine Schirmmütze und nickte.
»Aber glauben Sie nicht, ich höre kein Radio«, sagte er, schloss die Tür und fuhr weg.

Und ich ahnte etwas.
Ich ahnte, dass er weder die Sache mit Afrika noch die mit dem Neffen geglaubt hatte.
Würde er die Polizei rufen? Rief er sie schon in dieser Minute? Sobald ich Davy fand, mussten wir machen, dass wir von dieser Straße wegkamen.

Ja, und dann fand ich ihn.
Am anderen Ende der Wiese.
Da floss ein hübscher kleiner Bach, mit überhängenden Weidenzweigen und gelben, knolligen Blumen am Rand. Ich entdeckte sogar zwei Frösche, die mit ihren Goldaugen aus dem Wasser guckten.

Und dazwischen lag ein kleiner Junge, barfuß, fest zusammengerollt, schlafend.
Es wäre eine kitschige und schöne Szene gewesen.
Wenn der kleine Junge nicht gezittert hätte. Wenn er nicht blaue Lippen gehabt und ab und zu gehustet hätte. Ich kniete mich neben ihn und fasste ihn an der Schulter. Schüttelte. Er war wie ein nasser Sack.
»Davy?«, rief ich. »Davy! Aufwach! Wie viele Zeit du bist hier?«
»Weiß nich«, murmelte Davy. »Paar Stundn. Das Ferd hatte keine Lust mehr zum Laufen.«
»Pferd?«
»Na, das gestreifte.« Davy rollte sich zu einer Kugel zusammen. »So, und jetz lass mir schlafen. Geh weg zu deiner Nutte.«
»Davy!«
»Na, die magst du doch lieber wie mich«, sagte er bitter. »Heut Morgen warst du bei sie, wie ich aufgewacht bin. Und irgendeiner hat nachts wieder unser Zeug durchgewühlt. Aber dir ist das ja egal. Mach, was du willst, lass dir beklaun, ich hab nix mehr damit zu tun.«
Da hob ich ihn einfach hoch.
Er sträubte sich nicht.
Ich lockte das Zebra, und es war ein sehr gutmütiges Zebra; vielleicht war es Kinderreiten im Zoo gewohnt, denn es hatte nichts dagegen, dass ich ihm Davy auf den Rücken setzte.
»Du bist mich bald los«, sagte ich zu Davy, auf Persisch, weil er sowieso nicht zuhörte. »Aber erst müssen wir nach Schwangau, damit Laylas Anwaltsvater der Polizei alles erklärt. Alleine kann ich das nicht.«
Ich band dem Zebra eine der Ultraleichtdecken als Führstrick um und führte es am Bach entlang, zwischen den Büschen, sodass man uns von der Straße aus nicht sah.

Denn auf besagter Straße war eben ein Polizeiwagen vorbeigefahren.
Möglicherweise glaubte er, eine Verabredung mit uns zu haben.

Um die Mittagszeit stand ich in Landsberg mit einem Zebra in einem verregneten Park neben einem Fluss. Der Fluss hieß Pech, ich hatte jemanden das sagen hören, und es war passend für uns.
Davy hatte ich in einen McDonald's gesetzt, wo er auf mich warten sollte. Ohne mich fiel er weniger auf. Und ich ohne ihn.
Wir hatten die beiden Hunderterscheine nicht angebrochen, sie steckten immer noch unangetastet hinten in meiner Hose, aber wir hatten ein T-Shirt und eine Hose für Davy bei einem Kleiderdiscounter erstanden. Das Shirt mit dem Werwolfkaninchen hing jetzt bei McDonald's auf dem Klo unter dem Händetrockner, sodass es dauernd Wärme abbekam.
Das Werwolfkaninchen, sagte Davy, brachte Glück, man musste es gut behandeln.
Er saß also bei McDonald's, in trockenen Kleidern, mit Kakao und Pommes. Aber es ging ihm nicht gut. Er hustete zu oft. Er glühte.
Ich hatte in der Apotheke Fiebermittel gekauft, aber ich war nicht sicher, ob es die richtigen waren, ich war ohne Davy hineingegangen und mit einer Packung pflanzlicher Pastillen wieder herausgekommen, die gut für Kinder sein sollten und gar nicht schädlich.
Davy hatte gesagt, die Pastillen seien lecker, er aß sie alle auf einmal, aber weniger fiebrig wurde er davon nicht.
Und nun stand ich also in dem Park und dachte nach.
Am besten wäre es wahrscheinlich, doch mit der Bahn zu fahren.
Den Bahnhof fand ich, und auch zwei kaputte Fahrkartenautomaten. Da fragte ich eine Frau, die das Zebra streicheln wollte, und die sagte, es seien nur ungefähr zwei Stunden.

Zwei Stunden! Wir waren fast da!
»Woher kommen Sie denn?«, fragte die Frau. Es war eine nette, interessierte Frau.
»Jemen«, sagte ich.
»Ach«, sagte sie. »Und den ganzen Weg mit dem Zebra …?«

Der nächste Zug in Richtung Schwangau würde erst in fünf Stunden fahren, das zeigte mir die Frau auf dem gelben Fahrplan. Besser, Davy noch so lange im Warmen sitzen zu lassen.
Ich vertrödelte die Zeit – und dann stand ich wieder im Park, weil das Zebra gerne in Parks stand, und plötzlich drückte mir jemand ein Geldstück in die Hand. Ich fuhr hoch, ließ meine verregnete Zigarette fallen und sah irritiert mein Gegenüber an: einen kleinen rothaarigen Jungen, vielleicht vier Jahre alt. Er steckte in einem schwarzen Anzug mit Fliege, und das verwunderte mich, da deutsche Kinder, auch die Mädchen, sonst eher in bunten und ein bisschen schmuddeligen Sachen herumlaufen, je teurer, desto schmuddeliger.
»Für den Zirkus«, erklärte der Junge. »Konnsch deim Zebra was zum Fressen kaufen, sogt der Papa. Im Winta sammelts ihr doch alle für d' Zirkustiere, oder netta?«
»Ja, *sehr* nett«, sagte ich schnell. »Danke.«
Und ich steckte die Münze ein, während der Kleine über die Wiese davonrannte. Er rannte zu einem merkwürdigen Turm, wieder so ein Ding aus einem Disney-Film; Disney muss viel Zeit in Deutschland verbracht haben. Auf einem Schild war zu lesen, dass es sich um den Mutterturm handelte, irgendein Künstler hatte das Ding zu Ehren seiner Mutter bauen lassen. Hoffentlich erwartete meine Mutter nicht, dass ich ihr einen deutschen Turm baute.
Vor dem Turm stand eine ganze Ansammlung von fein angezoge-

nen Kindern, auch Mädchen, und sie sahen beinahe aus wie im Iran, sie trugen Kleidchen mit Spitze und hochgesteckte Haare, genau so, wie meine Mutter es liebt. Ich glaube, sie hofft, dass ich irgendwann eine Tochter bekomme, damit sie sie mit Spangen und Glitzerkleidchen versehen und in winzige hochhackige Schuhe stecken kann.
Das Zebra sah gierig zu den Blumensträußen, die die kleinen Mädchen umklammerten, und dann hielt eine Kutsche mit zwei weißen Pferden vor dem Turm und den fein angezogenen Leuten.
Heraus stiegen ein Stück Sahnetorte und ein dicker junger Mann in einem schwarzen Anzug.
Eine deutsche Hochzeit.
Zum ersten Mal fragte ich mich, warum eigentlich nur bei der Hochzeit die Braut vollverschleiert ist. Möglicherweise, damit der Bräutigam sie nicht so genau sieht, falls sie hässlich ist, und er sich plötzlich entscheiden würde, sie doch nicht haben zu wollen.
Im Iran heißt es, eine Frau betritt das Haus ihres Mannes in Weiß und verlässt es in Weiß, im Leichentuch nämlich. In Deutschland ist das anders, nach dem, was man hört, eigentlich heiratet man sich dort fast immer nur für eine gewisse Dauer, dann lässt man sich scheiden, was allerdings kostet. Wir haben aber etwas noch Praktischeres bei uns: die Zeitehe. Sie dauert von einer halben Stunde bis zu 99 Jahren, das wird in einem Vertrag festgelegt. Wenn man danach zwei Monate wartet, kann man direkt die nächste Zeitehe eingehen. Keine Scheidungsgebühr. Na ja, Deutschland ist ein Sozialstaat, kein Öl-Staat, daher braucht es das Geld von den Scheidungen.
»Sie stehen im Weg!«, sagte jemand auf Englisch zu mir, und ich schrak aus meinen Gedanken hoch. Es war der Fotograf, der mich jetzt wegzog, irgendwie waren das Zebra und ich zwischen die Kamera und das Brautpaar geraten. Aber die Braut sagte: »Neinnein!«,

und viele bayrische Sätze, in denen »Zebra« vorkam, und ich begriff, dass sie sich unbedingt auf das Zebra setzen wollte, sie fand es lustig, dass es schwarz-weiß war, was ja passte. Das Zebra wollte leider keine Braut auf sich haben, es schnaubte und bleckte seine gelben Zähne, und ich fürchtete, es könne die Braut beißen, deshalb sagte ich: »Verzeiherung, ich kenne diesen Zebra guter«, und dann holte ich tief Luft und stellte mir vor, wie alles wieder zu einem Film wurde:
Da stehe ich, vor einem Rapunzelturm ohne Rapunzel, mit ausgebreiteten Armen. Ich umfasse die weiß gewandete Braut, um sie, leicht und elegant, auf das Zebra zu heben. Sie schweben zu lassen … Aber die Braut war zu schwer, und der Film riss ab. Diese Braut, mein Gott, sie wog Tonnen, vielleicht mehr als der Bräutigam, das fluffige Sahnetortenkleid verbarg ihre Masse.
Ich hob sie ein klein wenig vom Boden hoch, wobei ich mit dem Gesicht im weißen Stoff versank, unangenehm nah beim bräutlichen Busen. Tüll geriet mir in die Nase, ich kämpfte mit dem Niesen. … Jetzt, dachte ich, würde etwas Furchtbares passieren. Das Zebra würde durchgehen. Der Bräutigam würde mich erschlagen. Die Umstehenden würden glauben, ich umarmte die Braut absichtlich so lange und intensiv, und würden auf mich losgehen, um ihre Ehre zu retten.

Da gellte ein Schrei über die Wiese: »Seaaan!«
Und ich setzte die Braut ab, sagte »Verzeiherung«, wischte mir die weißen Stofffussel aus dem Gesicht und fing den kleinen Schlumpf auf, der sich in meine Arme warf.
»Ich … hab dir gesucht«, sagte Davy und putzte sich die Nase mit dem Ärmel. Mit meinem Ärmel. »Irgendwer … meinte, das Zebra … is in den Park hier.«

Er sah die Braut an. »Wollten Sie … gerade auf … das raufsteigen?«
Er hatte Probleme mit der Luft, sodass er zwischen den einzelnen Wörtern Pausen brauchte. Aber zunächst kam ich nicht dazu, darüber nachzudenken.
Denn die Braut nickte, und Davy sagte: »Komm Se mal mit«, und führte Zebra und Braut zu einer niedrigen Mauer ein paar Meter entfernt. Er dirigierte die Braut auf die Mauer, und sie bestieg, würdevoll und fluffig, das Zebra. Die Leute klatschten. Der Fotograf fotografierte. Der Bräutigam kicherte in einem überraschend hohen Sopran. Und die Sonne kam durch die Regenwolken. Dann drehte das Zebra den Kopf nach hinten und fraß den Brautstrauß.
Und plötzlich wollte sich jeder mit dem Zebra knipsen lassen, alle kleinen Mädchen und alle kleinen Jungen und auch sonst alle; es gab ein riesiges Gedränge.
Wir standen außerhalb des Gedränges, auf einmal völlig vergessen.
»Ich dacht schon, du lässt mir sitzen beim Mac«, sagte Davy.
»Quatsch«, sagte ich. »Ich habe gefinden Zug, aber die ist abends.«
Davy nickte. Dann hielt er sich plötzlich an mir fest und sagte: »Mir isso schwindelig. Wie in ein Karussell.« Ich hob ihn hoch und legte eine Hand auf seine Stirn. Er glühte.
»Du bist Krankheit«, sagte ich. »Sehr.«
»Ist so … kalt hier«, sagte Davy. »Eben … war mir … noch zu warm. Komisch.« Seine Zähne schlugen aufeinander. »Jetz … hab ich dir ja … gefunden«, murmelte er, »und alle hier sind … glücklich. Kann ich jetz … 'n bissen schlafen?« Damit legte er den Kopf an meine Schulter wie ein Baby. Und war eingeschlafen. Sein Atem rasselte wirklich schrecklich.
»Okay, vergiss den Zug«, sagte ich auf Persisch, weil ich es mehr für

mich sagte. »Du brauchst Medizin. Und einen Arzt. Ich kann dich nicht zu einem Arzt bringen, dann verhaften sie mich, aber Layla kann. Wir müssen zu ihr. Es sind nur zwei Stunden.«

Mein Blick fiel auf die Hochzeitskutsche. Im Moment brauchte sie niemand, und es passte auch niemand auf sie auf. Ich hob Davy hinein, nahm die Zügel und schnalzte, und die Pferde setzten sich in Bewegung. Wir schossen nur so davon, durch den Park, am Fluss namens Pech entlang.

Was für ein großartiges Reiseende! Wir würden in einer geschmückten Kutsche nach Schwangau reiten.

Ich blinzelte. Nein, wir saßen nicht in der Kutsche. *Noch* nicht. Ich hatte keine Ahnung, wie man so ein Ding lenkte, und eigentlich auch keine Lust, im Pech zu landen.

Aber dann hatte ich eine andere Idee. In meiner Hosentasche steckten noch immer zweihundert Euro, die mir Lotta zurückgegeben hatte.

Ich trug Davy bis zu nächsten größeren Straße. Dort gab es Taxis, das hatte ich zuvor gesehen. Das Schild, an dem wir vorüberkamen, verkündete übrigens, dass der Fluss gar nicht Pech, sondern Lech hieß. Ich nahm an, das war ein gutes Zeichen.

Ich öffnete die Hintertür des ersten Taxis in der Schlange und legte den zitternden, fest schlafenden Davy hinein. Dann krabbelte ich neben ihn. Er öffnete die Augen, nur kurz, hustete wieder und schlief einfach weiter. Und da merkte ich, wie ich langsam Panik bekam.

Diesem Kind, für das ich doch irgendwie verantwortlich war, ging es wirklich, wirklich schlecht.

Wenn jetzt noch etwas passierte. Wenn wir noch einmal aufgehalten wurden. Wenn wir Layla nicht fanden. Ich sah uns schon alleine in einem weiteren fremden Ort landen, sah uns unter ei-

ner weiteren Brücke schlafen, sah Davy am Morgen nicht mehr aufwachen.
»Ich hab gefragt, wo's hingehn soll!« Der Taxifahrer hatte sich umgedreht. »Aufwachen, junger Mann!« Er meinte nicht Davy, er meinte mich. Ich sah ihn an. Er sah aus wie einer meiner Cousins.
»Kannst du uns nach Schwangau bringen?«, fragte ich auf Farsi.
Da wurden die Augen des Taxifahrers groß.
»Scheiße, du bist der Typ, den sie suchen«, sagte er. »Der Iraner, der das Kind entführt hat.«
»Bitte!«, sagte ich. »Hilf mir! Wir kommen aus dem gleichen Land, oder?«
»Ich bin in Landsberg geboren«, sagte der Taxifahrer. »Die ganzen verdammten Flüchtlinge, die jetzt kommen, alle machen sie nur Ärger, und wir kriegen das dann zu hören. Steig aus meinem Taxi. *Jetzt.*«
»Was?«
»Ich geb dir eine Minute. Dann rufe ich die Polizei.«
»Das ist nicht dein Ernst! Nächstenliebe, sagt dir das was? Hilfsbereitschaft? Humanismus? Kennst du Jesus?«
»Ach, Christ bist du auch noch«, knurrte der Taxifahrer. »Dann sag ich dir mal was: Das hier ist das christliche Abendland, und da wollen wir keine Verbrecher wie dich. Ich meine, ich bin Moslem, aber trotzdem. Die Minute ist fast um.« Er tippte auf die Armbanduhr, die er gar nicht umhatte.
Und ich öffnete die Tür und zerrte Davy aus dem Taxi. In meinen Augen standen Tränen.
Jesus nutzte einem zunehmend wenig, ich war ein bisschen böse auf ihn. Vielleicht würde ich Buddhist werden.
Der nächste Taxifahrer in der Schlange war ein übergewichtiger Türke oder so mit Schnurrbart, und ich erwartete schon gar nichts

mehr, aber er sagte: »Na, Jungs? Net heulen, Ärger gehabt? Wo wolltan hin?«
»Schwangau«, sagte ich. Davy hustete.
»Au, des hört si schlecht an«, sagte der Fahrer. »Sackra, wos an Huschda! Schwongau is arg weit, host'n du da des Geld?«
Ich griff in meine hintere Hosentasche, um die beiden Hunderter herauszuholen. Sie waren nicht da. Auch nicht in der anderen Hosentasche. Lotta hatte sie mir wiedergegeben. Hatte sie sie zurückgeklaut? Nachts? Wozu hatte sie mir das Geld dann erst wiedergegeben?
Alles, was ich fand, waren die vier Euro, die mir der Junge im Anzug gegeben hatte, und die gehörten theoretisch dem Zebra.
»Vier Euro, des langt net bis Schwangau«, sagte der Taxifahrer. »I sag dir, bis wo des langt.« Er musterte Davy, der auf dem Sitz lag, den Kopf in meinem Schoß, die verschwitzten Haare in der Stirn. Er atmete wirklich sehr komisch.
»Bis zum Krankenhaus langt's. Klinik, verstehsch?«
Ich nickte. Er hatte recht.
Vielleicht wusste auch dieser Taxifahrer, wer wir waren. Er sagte nichts darüber, auch nichts über die Polizei. Er fragte nichts. Er fuhr.

»Davy? Kannst du hören?«
Ich schüttelte ihn, und er blinzelte. Er hing halb auf dem Plastikschalenstuhl in der Notaufnahme, die Schlumpfmütze wieder auf dem Kopf, die blaue Jacke neben sich; all seine Besitztümer waren um ihn versammelt.
»Ich bin nicht … an die Ohren krank«, murmelte er. »Ich krieg nur … keine Luft. Kannst du machen, dass ich … Luft krieg?«
»Ich nicht. Die doctors. Davy, I'm so, so sorry, du musst bleiben

in clinic, und ich muss zu Schwangau. Es ist hier Trennerung von deine und meine Weg.« Ich schluckte. »Das ist alles … in Deutsch, der Wort ist Scheiße. In Persisch, es ist: Ga'nd.«
»Ga'nd …«, wiederholte er. »Sean? Geh nich weg.«
»Ich muss. Polizei, er weiß, ich bin hier. Er kommt jetzt, schnell, und dann sie einsperren mich in prison.«
»Ich sag den, dass du mich nich entführt hast!« Er hustete wieder. »Bleib da. Bitte.«
Ich strich ihm das verschwitzte Haar aus der Stirn. Ab jetzt musste er alleine klarkommen. Ihnen seinen Namen sagen, seine Adresse, für die Formulare, die man auch hier ausfüllen musste.
Als wäre das wichtig, in einer Notaufnahme! Da liegst du und verblutest, aber du kriegst keinen Arzt zu sehen, bevor du nicht deine Versicherungsnummer und deinen Geburtsort angegeben hast. Man glaubt immer, der Mensch bestehe zu neunzig Prozent aus Wasser, aber in Deutschland stimmt das nicht, in Deutschland besteht der Mensch zu neunzig Prozent aus Papier.
Ich fand einen Stift und kritzelte meine Handynummer auf die Ecke einer Zeitschrift.
»Du bist Problem, du rufst an«, sagte ich zu Davy. »Aber ich glaube, du brauchst nicht. Du wirst gesund, und du gehst dein Vater. Die doctors kann helfen zu finden.«
Dann drückte ich ihn ein letztes Mal fest an mich. Er drückte zurück, aber nur ein bisschen, das Fieber stahl seine Kraft.
»Ich muss gehen jetzt. Ich muss rennen von Gefahr, wie 007. Sean Connery.«
»Wer ist Sean Connery?«
»Aber, du hast mir gesagt Sean!«, wisperte ich. »Ich denke, du hast gesagt Sean wie Sean Connery, nein? Weil ich aussieht wie er? James Bond?«

»Nee«, flüsterte Davy. »Ich dacht mehr so an Shaun, das Schaf.« Dann schloss er wieder die Augen.

Und ich ging. Den kahlen Klinikflur entlang. Mit einem rot-gelben Rucksack und einem Loch im Herzen.

16 Klee

Eigentlich erwartete ich, dass sie mich verhafteten, sobald ich mich an die Straße stellte. Der Taxiperser hatte die Polizei sicher längst angerufen.
Doch es geschah nichts.
Das Auto, das anhielt, war ein Mietauto, gemietet von Touristen. Ich kannte die Sprache nicht, Finnisch oder Norwegisch, irgendetwas, das nach Schnee schmeckte. Sie hatten kein deutsches Radio gehört.
Sie wussten nicht, dass ich gesucht wurde.
Sie waren Mitte zwanzig und sehr lustig, hörten laute Musik in ihrer Sprache und tranken Limonade aus Flaschen. Und fuhren nicht nach Schwangau.
Allerdings beinahe. Sie fuhren zu etwas anderem mit »Schwan« im Namen, das sagten sie mehrfach, und dass es in der Nähe von Schwangau sei. Und dann hielten sie vor einem Hotel, das auf halber Höhe eines Berges stand, und sagten, da oben sei es.
Ich hob den Kopf. Tatsächlich, über uns war etwas. Ein Schloss.
Es thronte dort in der Dämmerung wie eine Erscheinung, mehr Disney als alles bisher; es war mehr Disney als Disney selbst. Weiße Türme mit spitzen runden Dächern, Erker und Zinnen, dahinter das dunkel bewaldete Gebirge: Das mussten die Alpinnen vom Alpinsportladen sein.
Die norwegischen Finnen winkten noch einmal, ehe sie in der er-

leuchteten Lobby ihres Hotels verschwanden. Ich hatte noch immer keine Adresse von Layla.
Die Straße hinunter führte nach Schwangau. Der Weg hinauf führte zum Schloss. NEUSCHWANSTEIN stand auf dem Schild.
Ich entschied mich für *hinauf*. Wenn du irgendwo schlafen musst, und du hast keinen Cent, dann kann es auch ein Schloss sein.

SMS an Layla Starlight, auf Farsi:
Bin in Schwangau! Oben beim Schloss. In der Stadt wartet vielleicht die Polizei. Morgen Treffen! Wo?
SMS an Layla: *Schläfst du schon? Bitte antworte!*
SMS an Layla: *Ich glaube nicht, dass du schon schläfst. Das Schloss ist so schön. Wir könnten zu zweit hier sein. Die Sterne sind ganz klar.*
SMS an Layla: *Dann schlaf eben.*
Mitternachts-SMS: *Fucking hell. I need you, so why aren't you answering? Police is after me, this is real, not a story!!!*
SMS gegen 2 Uhr: *Sorry for what I said. Ich versuche es morgens noch mal.*

Kalt sind die deutschen Sommernächte in den Bergen, und die Schlösser verschlossen.
Und die Aussicht immer dieselbe: ein riesiges Holztor mit geschnitzten Kassetten, sehr malerisch, sehr zu. Dunkle Nadelbäume. Weiße Türmchen, die möglicherweise innen geheizt sind. Außen nicht. Gegen Morgen begann es zu nieseln.

SMS an Lotta, auf Englisch: *Kann man mal wissen, wo du dich rumtreibst? Falls du mir wieder was zurückgeben und noch mal klauen willst, ich bin in Neuschwanstein. Dem Schloss.*

Und dann war es sechs Uhr, und ich schälte mich aus meiner ultraleichten Alpindecke, die ultrawenig wärmte, und streckte meine steif gefrorenen Glieder. Ich war nicht wirklich weniger müde als am Abend zuvor, nur kälter.
Mit Davy zusammen hatte ich immer irgendwie gewusst, wie es weiterging. Jetzt war ich allein, und das Problem war: Ich musste gar nicht weiter.
Ich war angekommen.
Nur nützte es mir nichts.
Irgendwo gab es jetzt Geräusche, Stimmen. Das Schloss erwachte, Deutschland erwachte, ausgeschlafener als ich – und mit den Touristen und Schlossrestaurantbetreibern und Busfahrern und Postkartenverkäufern erwachte die deutsche Polizei.
Ich verließ den Windschatten der alten Mauern, hob einen feuchten Flyer auf – *Kommen Sie mit dem Märchenkönig Ludwig in seine Welt!* – und machte mich auf den Weg in die Berge. Ich würde einen kleinen deutschen Waldspaziergang machen, den Schildern folgen, ein paar Aussichten knipsen. Bis Layla sich meldete.
Als ich den Flyer entfaltete, fiel etwas heraus. Ein Ticket mit einem schlammigen halben Schuhabdruck darauf, das Datum unleserlich geworden. Ironie des Schicksals: Was sollte ich mit einem Ticket für eine Schlossführung? Ich, der von allen Gesuchte? Ich musste weg hier, ehe der Andrang begann.

Fünf Minuten vom Schloss entfernt lag eine Brücke aus Eisen und Stahl, etwas wie eine Eisenbahnbrücke ohne Eisenbahn. *Marienbrücke* stand dran. Als ich in ihrer Mitte stand und hinab in die steile Schlucht sah, schienen die Holzplanken unter meinen Füßen zu wanken, und das uralte Eisen knarzte. Über dem Bach hingen Nebelfetzen.

Hier hatte er gestanden, der Märchenkönig, der das Schwanenschloss gebaut hatte. In diese Schlucht hatte er hinabgesehen. Schwäne gab es nirgends. Aber vielleicht hatte er welche gesehen, Schwäne aus Nebel, Hirngespinste. In dem Flyer stand, er sei wahnsinnig geworden und unter mysteriösen Umständen ertrunken.

Ich stützte meine Arme auf das Geländer, legte den Kopf darauf und schloss die Augen, um Müdigkeit und Schwindel abzuschütteln. Eine Weile stand ich so, atmete nur tief ein und aus …

Und dann legte sich mir eine Hand auf die Schulter.

»So«, sagte eine bekannte Stimme. »Ende der Reise.«

»Wo ist es?«, fragte eine zweite Stimme. Die Verrückten. Sie hatten mich gefunden.

»Eigentlich ist es egal, ob er es uns sagt«, meinte der Erste. »Wir können seine Sachen auch durchsuchen, nachdem wir ihn beseitigt haben. Wäre ungünstig, wenn er der Polizei erzählen würde, was er in dem Haus am Strand gesehen hat. Die Schlucht bietet sich an, hm? Ein tragischer Unfall …«

»Der Selbstmord eines Verzweifelten«, sagte der andere.

Ich versuchte, blitzschnell zu denken.

Sean Connery als James Bond hätte sich über diese Brücke geschwungen, ein Stahlseil aus der Tasche gezogen und sich abgeseilt … Ich hörte wieder Davys Stimme: Ich dachte mehr an Shaun, das Schaf. Shaun, das Schaf, würde blökend übers Geländer fallen, unten auf einem Felsen aufschlagen, seinen Knetmassekörper verformen und schielend im Bach landen.

»Wir können über alles reden«, flüsterte ich heiser. »Ich habe gar nicht vor, der Polizei etwas zu erzählen, denn ich habe nicht vor, ihr zu begegnen. Wenn Sie mir helfen, das zu vermeiden … Das wäre für uns alle besser. Und Sie können gerne meine Sachen durchsuchen. Ich weiß wirklich nicht, was Sie da finden wollen, aber bitte sehr.«

Die beiden hinter mir brachen in schallendes Gelächter aus.
»Guter Versuch«, sagte der eine. »Aber der Plan ist ungefähr so klug wie der mit den Schafen. Du erinnerst dich, wie du nachts in einem weißen Kleid vor der Tür deiner Eltern standest?«
»Erstens war der Plan mit den Schafen nicht meiner«, sagte ich. »Es war Anais' Plan. Zweitens waren die Schafe nicht geplant, sondern zufällig im Wagen, und drittens hatte ich das Kleid nicht an, es hatte sich lediglich um mich geschlungen.«
»Aber du hast die Fotos gemacht.« Jetzt flüsterte auch der hinter mir, ein diabolisches Flüstern. »Du hast das Evin-Gefängnis von außen fotografiert, und jeder weiß, dass das verboten ist. Du wirst Gelegenheit haben, es ausführlich von innen zu betrachten, sobald sie dich zurück in dein Land fliegen. Du weißt ja, was da drin geschieht. Vor allem mit solchen, auf die sie sauer sind. Und auf dich sind sie sehr sauer. Sei also dankbar, wenn du dir in dieser Schlucht das Genick brichst, das ist nämlich kurz und schmerzlos.«
»Moment«, sagte ich, »das mit dem Kleid und mit dem Gefängnis … das können Sie doch gar nicht wissen! Niemand in Deutschland weiß das. Ich habe ihnen beim Interview was anderes erzählt.«
Erst als ich das sagte, fiel mir auf, dass wir Farsi sprachen. Die ganze Zeit über schon.
Das war doch alles Unsinn!
Ich zwang mich, endlich die Augen zu öffnen. Tief unter mir rauschte das Wasser. Über mir kreiste ein Raubvogel. Ich war ganz allein auf der Brücke.
Ich war einfach wieder eingenickt, den Kopf auf den Armen, und hatte das ganze Gespräch geträumt. Ich fluchte ausführlich, und dann machte ich, dass ich von der Marienbrücke runterkam.

Zwei Tage später war ich immer noch im verflixten deutschen Bergwald.
Ich meine, es war ein schöner Wald, er wäre prima gewesen für einen Film. Für die Verwandten zu Hause. Vor allem für Amin, meinen kleinen Bruder: dunkle deutsche Wälder; Wälder, so weit das Auge reicht. Bergwälder.
Felsige Schluchten. Dramatische Höhen.
Und kleine gelbe Schilder an Holzpfeilern. Über jedem Schilderbaum ein hingemalter Schwan.
Man sieht, wie einige frühe Touristengruppen bunte Tupfen in das Grün des morgendlichen Waldes malen. Und dann sieht man mich, in einem Stück Wald ohne Touristenwege: mich, wie ich an einem Rinnsal knie und klares Wasser aus der hohlen Hand trinke, ein malerisches Bild, wirklich: eine Art Robin Hood, ein Wegelagerer, ein Guerillakämpfer allein mit der Natur: unrasiert, wild, hungrig. Ich setze mich auf einen Stein und stecke lässig eine Zigarette in den Mund, wie Guerillakämpfer das so tun …
Nein, okay, das tat ich nicht. Es war keine Zigarette, ich hatte schon lange keine Zigaretten mehr, es war ein Kleeblatt.
Und den Film drehte auch wieder keiner. Besser so.

Vermutlich sah ich eher erschöpft, blass und müde aus als lässig. Und ich fühlte mich weniger wie Robin Hood als wie ein verloren gegangenes Kind. Ich konnte die Alpen nicht verlassen, wegen der Polizei, ich saß fest. Und die einzige Person, die mir hätte helfen können, antwortete auf keine SMS mehr.
Schließlich fluchte ich, sprang auf, breitete die Arme aus und rief: »Jesus! Warum hilfst du mir nicht? Willst du, dass ich hier oben verhungere? Kein Mensch kann auf die Dauer von Klee leben!« Nichts geschah.

Da setzte ich mich wieder, im Schneidersitz, legte die Hände auf die Knie, wie Leute beim Meditieren, und fragte zaghaft: »Buddha?«
Und als ich eine Weile so saß, vollkommen reglos, kam etwas aus dem Unterholz, schnupperte, tippelte näher – hoppelte davon. Ein Kaninchen. Moment. Hatte dieses Kaninchen ein Geweih? Reißzähne? War es eines der Tiere, die es nur in den bayrischen Alpen gab? Halluzinierte ich?
Ich machte das Handy an, vielleicht bedeutete das Auftauchen des Kaninchens, dass jetzt eine Nachricht da war? Nein. Es war gar nichts da. Der Akku war leer.
Und ich begriff. Das Kaninchen war in Richtung Schloss gehoppelt.
»Okay, okay«, murmelte ich. »Ich geh's aufladen.«
Und als ich diesmal aufstand, stand ich ganz gerade: »Ich komme jetzt!«, rief ich, obwohl keiner mich hörte. »Ich folge Buddha und dem Kaninchen! Sperrt mich ruhig ein. Ich bin bereit, einen dramatischen Heldentod zu sterben! Und vielleicht«, setzte ich etwas leiser hinzu, »gibt es ja irgendwo in dem blöden Schloss was zu essen. Einen Schokoriegelautomaten, aus dem beim Draufhauen ein Riegel rausfällt. Von mir aus auch einen Wurstgulaschautomaten.«

Als ich die Marienbrücke zum zweiten Mal betrat, war ich also Buddhist geworden.
So schnell kann es gehen.
Diesmal war die Brücke gut besucht, diesmal stand das Schlosstor offen. Es musste gegen neun Uhr morgens sein. Die Frau am Einlass meckerte wegen des unleserlichen Datums auf meinem gefundenen Ticket, doch dann ließ sie mich durch. Sie sah nicht aus, als hätte sie in mir einen gesuchten Schwerverbrecher erkannt. Noch nicht.
Ich kann gleich sagen: Das Schönste an Neuschwanstein sind die Toiletten.

Nach zwei Tagen war es eine Wohltat, sich nicht nur an einem Bergbach zu waschen, es war eine Wohltat, eine Kloschüssel zu benutzen. Die kühle sauberweiße Keramik schien mir beinahe Kunst zu sein. Wie damals im Winter in den Bergen zwischen Rumänien und Bulgarien. Damals hatte ich keine Kloschüssel gefunden, sondern ein halb fertig gebautes Haus mit einem kleinen Ofen, und ich hatte es geschafft, ein Feuer zu machen und meine erfrorenen Hände zu wärmen. Nur, dass dann leider jemand gekommen und sauer geworden war, denn das Holz war wohl ein Regal gewesen, das derjenige noch hatte einbauen wollen.
Er hatte eine ältliche Mutter bei sich gehabt, und nachdem mich beide eine Weile in ihrer Sprache angeschrien hatten, waren sie verschwunden und mit einer Schale heißer Suppe wiedergekommen.
Auf der Toilette in Neuschwanstein brachte mir niemand Suppe.
Na ja, irgendwas ist immer. Ich sah in den Spiegel, fragte mich, warum dort ein bärtiger IS-Terrorist stand, schüttelte den Kopf und seufzte. Der Bart war wahrscheinlich eine gute Tarnung. Ich blieb noch eine Weile in der Toilette, während der Handyakku sich gierig vollsaugte.
Gott, wie ich wünschte, ich hätte Strom essen können.
Mein Magen knurrte schon wieder. Mir war schwindelig. Und Schokoriegelautomaten gab es im Schloss offenbar auch nicht. Wie viele Guerillakämpfer in den Bergen verhungern eigentlich?

Ich machte das Handy an.
Ich hatte eine SMS von Layla. Beinahe stockte mein Blut. Die SMS war erst zwei Stunden alt.
Hey, Shayan, schrieb sie. *Heute Treffen auf dem Schloss?*
Da war ich vor zwei Tagen, schrieb ich zurück. *Wie kommst du drauf, dass ich noch da bin?*

Wo bist du denn?, schrieb Layla.
Doch, ich bin noch da. Neuschwanstein.
Layla?
Layla, sei nicht beleidigt. Bitte. Komm her.
Layla?!?
»Vergiss es«, sagte ich und hätte das Handy am liebsten an die Wand geworfen. »Ich suche mir jetzt was zu essen.«

Im Hof zwischen den schnörkeligen weißen Märchentreppen und Türmen stand eine Touristengruppe, verglich Postkarten, machte Selfies. Keiner von ihnen hatte etwas zu essen bei sich, das er vielleicht fallen ließ. Gott, ich dachte schon wie eine Taube.
Und dann sah ich sie.
Sie standen etwas abseits von der Gruppe und taten so, als würden sie einen Prospekt lesen.
»Nein«, flüsterte ich, »nein, das ist nicht wahr. Ich träume nur wieder. Ich halluziniere.«
Aber diesmal half es nichts, die Augen zu- und wieder aufzumachen. Sie waren hier. Sie waren real.
Die beiden aus dem schwarzen Wagen mit den getönten Scheiben. Die Verrückten.
Warteten sie seit Tagen *im* Schloss? Oder machten sie stichprobenartig kleine Abstecher hinein und warteten sonst draußen? In jedem Fall wussten sie, dass ich in der Nähe war und dass ich schon auftauchen würde. Ich hatte unverhältnismäßiges Glück gehabt, ihnen nicht am Eingang in die Arme zu laufen.
Ich taumelte zurück in Richtung Toiletten. Und dann fand ich im Vorraum eine Tür, die einen Spalt weit offen stand, eine Tür mit der Aufschrift PRIVAT. Ich schlüpfte hindurch und verriegelte die Tür von innen. Dann sah ich mich um.

Ich befand mich in einem weiteren Toilettenraum, allerdings war dieser hier vollgestopft mit Regalen voller Klopapierrollen, Papierhandtuchpacken, Putzmitteln, einer Garderobe mit mehreren Jacken, und, in einer Plastikschutzhülle an einem Bügel, einer Uniform.
Einer Uniform?
Ich dachte an Davy und die Warnwesten der Abfallsammler in der Deutschen Bahn.
Auf einmal musste ich grinsen.
Behutsam zog ich die Uniform aus ihrer Plastikhülle und strich darüber. Ein tiefblaues Jackett mit einem breiten roten Band über der Brust, eine enge weiße Hose, ein paar komische klunkerige Orden und Abzeichen, ein silberner Gürtel. Darunter standen kniehohe schwarze Reitstiefel.
Buddha hatte mich erhört.

Als ich wieder hinaustrat, zeigten die Touristen alle auf mich und riefen »Oooh!« und »Da ist er!« und »Der König!«.
Ich bemühte mich, freundlich zu lächeln und huldvoll zu nicken. Auf dem Flyer war ein Bild von König Ludwig gewesen, der ungefähr das hier angehabt hatte. Offenbar war es eine Uniform für ein Theaterstück oder irgendein Fest. Na, Hauptsache, die Verrückten erkannten mich nicht.
»Machen Sie die Führung, ja?«, fragte eine ältere Dame mit lila Dauerwelle auf Englisch.
Ich sah mich kurz um. Es war kein anderer Schlossführer zu sehen.
»So ist es. Madam, wenn ich bitten darf«, sagte ich galant und reichte ihr meinen Arm, und sie kicherte und nahm ihn. So schritten wir die nächstbeste Treppe hinauf, gefolgt von allen anderen Touristen.

Verdammt, und ganz hinten gingen die beiden Verrückten.
Falls sie mich doch erkannt hatten, konnten sie mir hier in der Gruppe jedenfalls nichts tun.
»Hatte Ludwig wirklich einen Vollbart?«, fragte die alte Dame.
»Am Ende seines Lebens ja«, sagte ich.
Wenn bloß keiner der regulären Fremdenführer auftauchte! Ich hoffte, dass sie eine schöne lange Raucher- oder Frühstückspause machten.
Frühstück! Zigaretten!
Mein Magen und meine Lunge knurrten unisono.

Okay. Sich sammeln. Ganz ruhig werden.
Ich dachte an den Flyer, den ich gefunden hatte. Wie gut, dachte ich, dass ich in meiner Guerillazeit im deutschen Bergwald keine andere Lektüre gehabt hatte; ich hatte das Ding ungefähr fünfzehn Mal gelesen.
König Ludwig war »der Zweite«, also schon die upgedatete Version, keine Ahnung, was mit dem ersten schiefgelaufen war. Er kam jung auf den Thron und gab eine Menge Geld aus, um Schlösser zu bauen, die älter aussehen sollten, als sie waren. Deshalb erklärte man ihn für verrückt und sperrte ihn in ein königliches Irrenhaus, aber statt dort brav herumzurennen und »Ich bin ein Eichhörnchen!« zu rufen, starb er mysteriös in einem See. Außerdem hatte er irgendein Ding mit Lohengrin und Wagner. Der eine erfand Musik, der andere züchtete Schwäne, aber wer was tat, war mir entfallen. Und dann war da etwas mit Rittern und einem heiligen Wal gewesen oder so ähnlich, den Ludwig finden wollte. Ich weiß nicht, wer ihn verlegt hatte.

»Meine Herren und Herrinnen«, begann ich. »Hoschen da moschen toschen wo pfiartl ma Brezn di woischtl i wurscht.«

»Entschuldigung«, sagte eine dicke junge Frau auf Englisch. »Können Sie auch Englisch?«
Ich sah sie erstaunt an. »Selbstverständlich«, sagte ich – auf Englisch. »Aber wir Bayern sind sehr stolz auf unsere Sprache. Nun gut, dann machen wir die Führung heute auf Englisch.
Ladies und Gentlemen, Sie wissen, wer ich bin.« Ich sah an meiner Uniform hinab. »Ich bin seit Längerem tot, aber lassen Sie sich davon nicht stören.« Dankbares Gelächter.
»Wie Sie wissen, starb ich zu jung, stieg zu jung auf den Thron und wurde zu jung geboren … im übertragenen Sinne, Sie verstehen.«
Keiner verstand, und alle nickten. Nur ein älterer Herr mit randloser Brille murmelte: »So ein Unsinn«, aber seine Frau trat ihm auf den Fuß, und da verstummte er.
»Wir stehen hier im …« Der Raum war groß, hatte einen glatten Boden mit einem Mosaik, das Bäume und Tiere darstellte, und eine Kuppel voller Sterne auf blauem Grund. »Wir stehen hier in meiner privaten Kirche.« Ich sah mich um. Und was ich sah, war erstens sehr bunt und zweitens zu viel von allem, eine Art Jahrmarkt aus Brokat und Seide, Säulen und Vorhängen und Troddeln.
Aber ich war Ludwig, *ich* hatte das Ganze hier erbauen lassen. Ich musste er werden, um zu überleben. »Hier habe ich Nächte und Tage lang gebetet«, erklärte ich. »Ich habe die Welt auf dem Boden nachgebildet und den Himmel in der Kuppel, da mir die wahre Welt Angst machte. Deshalb lebte ich einsam und zurückgezogen. Ständig hatte ich das Gefühl, von Menschen verfolgt zu werden, die mich erschießen oder einsperren wollten.«
»Das hier war ein Thronsaal«, knurrte der ältere Herr mit der randlosen Brille. »Keine Kirche.«
»Man hat darüber neue Erkenntnisse«, sagte ich fest, und alle sahen den Herrn an, dem seine Frau schon wieder auf den Fuß trat.

»Bitte folgen Sie mir weiter.«
Nächster Raum: roter Boden, mehrere Stühle, ein seltsames goldenes Ding auf dem Tisch.
»Das Musikzimmer, auf dem Tisch sehen Sie eine besonders komplizierte Spieluhr.«
»Das ist das Esszimmer«, knurrte der ältere Herr und zog schnell seinen Fuß beiseite, damit seine Frau nicht drauftreten konnte.
»Selbstverständlich«, sagte ich ungerührt. »Das Musik- und Esszimmer. Damals wurde beim Essen musiziert.«
»Ich dachte, der König lebte allein und zurückgezogen?«, fragte jemand.
»Richtig«, sagte ich, »ich musizierte ja *selbst*. Manchmal …« Ich sah mich um. Kein Klavier. »Manchmal spielte ich Flöte, manchmal Trompete.«
»*Beim* Essen?«
»Durchaus. Bitte hier entlang. Das Schlafzimmer.«
Ich erzählte den Leuten, wie schlecht ich in dem dunkel geschnitzten Bett mit den blauen Vorhängen geschlafen hatte, wie mich Albträume heimgesucht hatten von geifernden Wölfen, vor denen ich auf Bäume floh.
Und ich sah das Zimmer an, sah die bunten Bilder: Da waren ein junger Mann mit langem Haar und eine schöne Frau, die ihn verliebt ansah. »Mein Verhängnis waren die Frauen«, erklärte ich. »Zu oft habe ich einer von ihnen vertraut, doch keine hat je dieses Bett mit mir geteilt.«
»Es ist bekannt, dass Ludwig homosexuell war«, maulte der Mann, der alles besser wusste.
»Vielleicht war er ja sexuell interessiert an Frauen *und* Männern«, sagte die Amerikanerin, die zu Beginn meinen Arm genommen hatte, so als wäre das hier ganz normal. »An Schwänen übrigens auch.«

Schließlich kamen wir in ein Zimmer voller Schwanendarstellungen.
»Lohengrin«, hauchte eine zierliche Japanerin, und ich nickte und stellte mich vor ein Bild von einem Ritter, der sein Boot von einem Schwan ziehen ließ, etwas, das bei den heutigen Tierschutzgesetzen in Deutschland verboten wäre. »Sehen Sie die Ähnlichkeit? Dies ist Lohengrin, aber dies war auch Ludwig, dies bin auch ich.«
Alle nickten, denn Lohengrin hatte einen Bart.
Ansonsten war er blond gelockt. Na ja.
»Ich wollte immer ein Held sein«, erklärte ich. »Gegen die Unterdrückung kämpfen, für Freiheit und Menschlichkeit. Das ist nicht leicht. Man möchte gegen feindliche Ritter kämpfen, aber dann raubt einem jemand den letzten Cent, und man muss ein Moped klauen. Oft bin ich hier durch die Wälder gewandert, auf der Flucht vor der Poli- … vor der Wirklichkeit. Sie alle kennen die Marienbrücke. Aber wissen Sie, warum sie so heißt? Nun, damals gab es eine Frau in meinem Leben, die hieß Marie. Eines Nachts ging sie spazieren, in einem weißen Kleid, auf der Brücke. Und sie beugte sich zu weit über das Geländer und stürzte. Ich war ihr nachgegangen, um sie zu malen, ich saß mit meiner Kamer- … meiner Staffelei unten in der Schlucht auf einem Felsen, und als ich sie mit wallenden Gewändern fallen sah, sprang ich auf meinen Schwan und jagte ihn bis unter die Brücke. Die anderen Schwäne folgten uns. So landete Marie weich. Ich wollte ihr an Land helfen, doch dabei blieb ich zwischen den Schafen stecken. Das weiße Kleid flatterte lose durch die Luft, sie hatte es abgestreift, um besser laufen zu können, die Blutflecke leuchteten unnatürlich rot im Flutlicht aus den Scheinwerfern, und die Wachleute waren schon ganz nah. Der Motor stotterte …« Ich schüttelte den Kopf, irgendetwas war schiefgegangen. Ich hatte angefangen,

die Wahrheit zu erzählen. Die Wahrheit über den Beginn meiner Flucht, die ich nie, niemals erzählen durfte.

»Waren es nicht Schwäne?«, fragte die alte Dame sanft und legte eine faltige Hand voller Ringe auf meinen Arm.

»Ja, ja, Schwäne«, sagte ich. »Habe ich etwas anderes gesagt? Lauter Schwäne.«

»Aber wie kam denn das Blut auf das Kleid?«, fragte jemand anderer.

»Oh, das … weiß heute niemand mehr«, sagte ich rasch.

Der nächste Raum war eine Höhle. Wirklich, eine Höhle, im dritten Stock des Schlosses.

»Hier hatte ich eine Lücke in der Bauplanung«, gestand ich. »Die Architekten hatten einen Raum einfach vergessen, sodass man den Berg sieht. So, hier geht es nach oben …«

Wir wanderten weiter, und ich erzählte von rettenden Kaninchen und Ritten durch den einsamen Tann.

Ganz hinten wanderten die beiden Verrückten. Sie hatten ja keine Ahnung, wer da zu ihnen sprach!

Komisch, die Frauen auf den Wandgemälden sahen alle ein bisschen aus wie Lotta. Und die Kinder wie Davy. Wenn er da gewesen wäre, hätten wir viel bessere Geschichten erfunden. Ich zwang mich, nicht an ihn zu denken und daran, wie sehr ich ihn vermisste.

Und dann erreichten wir einen riesigen Raum mit spiegelnd glattem Parkettboden.

»Dies«, sagte ich, »war der Tanzsaal. Ladies und Gentlemen, malen Sie es sich aus: Wie sich die jungen Paare hier drehten, im festlichen Glanz der Kerzenleuchter! Wie schön es war, die Welt draußen zu vergessen! Alles war erlaubt. Alle durften hier über alles reden, kein Polizist, kein Sicherheitsbeamter hatte Zutritt zu diesem Tanzsaal.«

»Das hier nennt sich Sängersaal«, sagte der ständig meckernde Herr. »Und es ist niemals darin getanzt worden.«
Während er das sagte, drängten sich meine Verfolger auf unangenehme Art durch die Menge nach vorn. Vielleicht hatten sie mich doch erkannt. Ich ahnte, dass dies der letzte Raum war, den man besichtigen konnte, und dass ich danach die Gruppe, die mich schützte, verlor.
»Natürlich wurde getanzt«, sagte ich und stellte mich so aufrecht hin, wie ich konnte. Ich war einen Kopf größer als der meckernde Mann. »Und wie! Aber nur in meiner Vorstellung. Die ideale Welt, die beste aller möglichen Welten (irgendwo hatte ich diesen Ausdruck gehört) gab es nur in meiner Phantasie. Ladies und Gentlemen, lassen Sie uns in diese Phantasie eintauchen. Fassen Sie sich an den Händen. Hören Sie die Musik?«
Und ich nahm die korpulente junge Frau am Arm und schwang sie im Kreis herum. Ich kann nicht tanzen, schon gar keine europäischen Schlosstänze, aber die korpulente junge Frau lachte, und da fanden sich auch die übrigen Touristen zu Paaren zusammen.
Und sie tanzten.
Irgendwer fand auf seinem Handy Walzermusik, und es war wunderbar, wie wir tanzten, ganz wunderbar. Meine Verfolger, der Hässliche und der Schöne, sahen sich zurück an die Wand gedrängt.
Doch alles endet, und so endete auch dieser Tanz.
»Sie wissen, Ladies und Gentlemen«, sagte ich, »was dann geschah. Man hat mich ins Irrenhaus gebracht, weil die Regierung meine Märchenwelt nicht weiter existieren lassen konnte. Die Freiheit, von der ich träumte.«
»Er hat zu viele Schulden angehäuft, daher«, sagte der alte Herr.
»Oh, aber bedenken Sie, was der Eintritt kostete!«, rief ich empört.

»Jetzt, nach meinem Tod, bringt mein Schloss dem Staat Geld ein, es hat sich längst amortisiert!«
»Wie sind Sie gestorben?«, hauchte die ältere Dame gespannt. »War es ein Mord?«
»Nun ja, ich wusste, dass ich die Gefangenschaft nicht lange überleben würde«, sagte ich. »Deshalb habe ich den Tod im See vorgezogen.«
»Sie haben sich selbst ertränkt?«
»Aber der Irrenarzt, der ist doch auch im See gefunden worden«, sagte jemand.
»Ja, den habe ich mit in den Tod genommen«, erklärte ich. »Er war immerhin schuld, dass ich abgeschoben und eingesperrt wurde, er hatte mich verraten.«
»Sie haben den Arzt ertränkt?«, fragte der alte Herr. »Na, da bin ich ja mal gespannt, wie Sie das gemacht haben, wo Sie doch zwei Stunden vor ihm gestorben sind.«
Himmel, was dieser Mensch alles wusste!
»Das ist doch einfach«, sagte ich. »Ich bin ihm *erschienen*. So, und wenn Sie hinausgehen, denken Sie an unseren Tanz!«, schloss ich. »An den besseren, freieren Ort, an dem wir waren. Vergessen Sie ihn nicht.«
Da klatschten alle, und ich hatte ganz feuchte Augen vor Rührung. Die halb nackte Frau auf dem Wandgemälde zu meiner Linken ließ eine Kaugummiblase platzen, was vermutlich nur ich sah, eine der Hunger-Halluzinationen. »Du bist und bleibst ein Idiot«, flüsterte sie. »Und jetzt vergiss nicht, das Trinkgeld einzusammeln.«

Und dann ging es irgendwie schief.
Ich war wieder in PRIVAT und wollte mich umziehen. Den Rucksack und meine Sachen hatte ich dort gelassen, ordentlich gefaltet,

in der Hoffnung, dass kein anderer Fremdenführer gerade eine alte Lodenweste und eine löchrige Jeans brauchte. Ich pfiff vor mich hin, ich hatte fast zwanzig Euro Trinkgeld bekommen, und es war mir gelungen, im Schutz der Touristenherde die Treppen hinunterzusteigen und in PRIVAT hinein abzubiegen.

Die Jeans hatte ich schon wieder an, und gerade wollte ich das blaue König-Ludwig-Jackett mit dem roten Querband abstreifen, da drehte sich mit einem Knirschen die verriegelte Tür von PRIVAT. Jemand war dabei, das Schloss von außen mit einer Münze zu öffnen.

Bestimmt jemand vom Schlosspersonal.

Ich stellte mich gerade hin und erwartete ihn mit einer guten Erklärung auf den Lippen – »Ich habe eine Wette verloren und musste dieses Kostüm anziehen« –

Und dann traten zwei Männer ein, die ich kannte. Ein hässlicher und ein hübscher.

Sie schlossen die Tür ganz behutsam hinter sich.

Ich sah mich um. Es gab kein *um*. Es gab gar nichts.

Ich drückte mich mit dem Rücken gegen die kalte geflieste Wand zwischen Toilette und Pissoir.

»Okay«, sagte der kleinere, der Hässliche. »Und du dachtest, wir erkennen dich in diesem lächerlichen Aufzug nicht, wie?« Er sprach leidliches Englisch, immerhin.

Der größere, der Schöne, packte mich, ohne auf eine Antwort zu warten, er war nicht nur groß, sondern auch gut trainiert.

»Guten Tag. Schönes Wetter heute«, sagte ich möglichst beiläufig, was schwer war, da er mich mit seinem ganzen Gewicht gegen die Wand presste »Und Sie … brechen also gerne in Ferienhäuser ein?«

»Spar dir deine blöden Witze, Junge«, knurrte der Typ. »Wo ist die Brieftasche?«
»Brieftasche?«, echote ich. »Ach so, das Portemonnaie. Davy hat es geklaut. Aber wir haben es wieder verloren, in dieser Stadt, die nach den Würmern heißt, ich weiß gar nicht, wie …«
»Das hier?« Der Kleinere zog ein schwarzes Portemonnaie aus der Tasche. »Das haben wir längst wieder, wie du siehst. Wir wollen die *Brieftasche* zurück. Etwas größeres Format. Braunes Leder. Du erinnerst dich.«
Ich schüttelte verzweifelt den Kopf. »Seid ihr besoffen?«, keuchte ich, denn mehr als ein Keuchen war im Griff des Großen nicht mehr möglich. »Ich hab keine Brieftasche, was soll ich mit einer Brieftasche? Wenn ihr euren Kram irgendwo liegen lasst, kann *ich* doch nichts dafür!«
Der Große holte kurz aus und schlug mir mit der flachen Hand ins Gesicht wie einem ungehorsamen Schuljungen. Die Scham, so behandelt zu werden, brannte heißer auf meiner Wange als der Schmerz.
»Ts-ts«, sagte er. »Was ist das für ein dummer kleiner Lohengrin. Und seinen Schwan hat er auch nicht dabei, keiner kann ihm helfen. Also wo ist das Ding?«
»Ich weiß es nicht!« Ich wand mich, doch es nützte nichts, der Typ war mir mindestens ein Jahr Bodybuilding-Abo voraus.
»Woher wusstet ihr, dass ich hier bin?«, fragte ich, um Zeit zu gewinnen.
»Ach, das.« Er winkte ab. »Deine Freundin mit dem Kaugummi-Tick ist ein hübscher Informationsquell.«
Ich merkte, wie der Boden unter mir wegsackte, obwohl er aus harten Fliesen bestand. Lotta.
Natürlich, es erklärte einiges. Es erklärte, warum die beiden immer

dann aufgetaucht waren, wenn ich kurz zuvor mit Lotta telefoniert hatte. Es erklärte, warum Lotta selbst immer wieder aufgetaucht war.
»Leider war sie bisher nicht sehr erfolgreich damit, eure Sachen zu durchsuchen«, fuhr der Große fort. »Aber irgendwo müsst ihr die Brieftasche ja haben. Unser Kollege hatte sie bei dem Ferienhaus noch, und die Polizei hat sie jedenfalls nicht gefunden.« Er presste meine Wange gegen die Wandfliesen und beugte sich ganz nah zu mir. »Wir hätten verhandeln können, verstehst du? Darüber, dass du vergisst, was du gesehen hast. Darüber, dass du schweigst. Aber offenbar kann man mit dir keine Geschäfte machen.«
»Jetzt rück das Ding raus«, knurrte der andere. »Sonst knipsen wir das Licht hier ganz schnell aus.«
»Das … Licht?«, fragte ich und sah zur Decke, wo eine goldene Lampe mit kleinen eingravierten Schwänen hing.
»Wo? Ist? Die? Brieftasche?«
»Ich weiß …«, begann ich und bekam einen Tritt in die Magengegend, sodass ich mich zusammenkrümmte. Beim zweiten oder dritten Tritt übergab ich mich, aber es kam nur Galle, na, immerhin nicht schade um irgendwelches Essen. Der Große zog mich wieder hoch.
»… es nicht«, beendete ich den Satz.
»Ts-ts«, sagte der Kleine. Dann landete ungünstigerweise seine Faust in meinem Gesicht.
»Sucht … ruhig«, brachte ich hervor, und kurze Zeit später lag ich auf dem Boden und sah zu, wie sie den Rucksack und meine Kleidung durchwühlten. Sie fanden nichts, ich hatte die blöde Brieftasche ja nie gesehen, geschweige denn besessen. Aber sie wurden nicht wirklich zuvorkommender, weil ich die Wahrheit gesagt hatte. Sie wurden jetzt wirklich sauer.
Sie zerrten mich wieder auf die Beine, und der Größere presste

mein Gesicht dicht an die Wand; an einer Stelle, wo keine Fliesen waren, sondern ziemlich rauer Putz. Dann begann er, mich an der Wand nach unten zu schieben, was ungefähr den gleichen Effekt hatte, wie wenn man Schmirgelpapier mit sehr viel Kraft über ein Gesicht zieht.
»Wir können das Licht langsam oder schnell ausknipsen«, sagte er dabei liebenswürdig. »Eine Chance hast du noch. Wo?«
Aber ich wusste ja nicht, wo, ich wusste überhaupt nichts mehr. Ein kluger Mensch hätte jetzt einen Ort erfunden, und ein Held hätte sich gewehrt. Leider war ich weder klug noch ein Held, ich war ein Versager, mein Vater hatte es immer gesagt, und der Schmerz in meinem Gesicht war zu weltumspannend, um überhaupt noch viel zu wissen. Ich glaube, ich konnte vor lauter Schmerz nicht einmal schreien. Ich dachte nur, Scheiße, das Auge, das Auge auf der Seite muss jetzt also auch dran glauben, und ich schmeckte mein eigenes Blut und dachte, okay, das ist das Ende, und so hat es den König Ludwig also doch noch erwischt, obwohl ich gar nicht er bin.
Gut, dass Davy nicht hier ist. Dass er das hier nicht sehen muss.
Aber, verdammt noch mal, wenn ich schon auf diesem Schloss dran glauben musste, hätte es dann nicht in einem Saal voll alter Möbel und Wandteppiche sein können?
Musste es ausgerechnet das Klo sein, auf dem ich starb?

Und dann hämmerte jemand gegen die Tür, und dann sprang sie auf.
Da war Licht, blendend helles Licht, Tageslicht aus dem Schlosshof.
Das Licht war also nicht aus, sondern an, sie hatten sich geirrt.
Sie. Sie waren gar nicht mehr da. Sie mussten sehr schnell gegangen sein, untergetaucht in der Touristenmenge draußen, oder sie hatten

sich in Luft aufgelöst, keine Ahnung. Irgendwie fehlten mir ein paar Sekunden, oder eher Minuten.

Über mir stand, ich sah es nur undeutlich, der alte Herr, der bei der Führung alles besser gewusst hatte.

»Was zum Henker«, sagte er. »Oh, mein Gott.« Dann kniete er neben mir. Es war ein sportlicher alter Herr, der gut knien konnte, im Moment war er definitiv der Fittere von uns beiden. »Mein lieber Junge«, sagte er. »Was ist denn mit Ihnen passiert? Wer hat das getan?«

»Zwei … Verrückte«, murmelte ich, auf Englisch, aber es klang nicht Englisch, es klang nur unverständlich. Einer meiner Zähne fühlte sich komisch an. Ich zog es vor, ihn auszuspucken, zusammen mit einem Mund voll Blut. Die dunkelblaue König-Ludwig-Jacke war sowieso schon blutig. »Ich hatte Ärger mit denen, weil … sie mich für jemand anderen halten. Aber ich bin gar nicht jemand anderer. Ich bin ich.«

»Sollen wir die Polizei rufen?«, fragte der alte Herr. Er meckerte nicht mehr an den Fakten herum.

Ich schüttelte den Kopf. »Ist schon … okay«, murmelte ich. »Bloß keine … Umstände.«

»Ich hole jedenfalls meine Frau«, sagte er und stand auf. »Die kennt sich aus mit so was, die ist Krankenschwester. Bleiben Sie schön hier sitzen.«

Ich nickte. Ich hatte nicht vor, irgendwohin zu gehen. Ich hätte auch nicht gewusst, wohin. Aber als er aufstand, entdeckte ich meinen Strohhut, auf dem Boden neben dem Rucksack. Die Typen waren draufgetreten, und das schmerzte beinahe am meisten. Ich bekam ihn zu fassen, zog ihn zu mir heran und drückte ihn an mich wie ein Stofftier.

Und dann ging die Tür von PRIVAT ein zweites Mal auf, und es war sehr viel weniger real, wer dann hereinkam. Nämlich nicht die Ehefrau des Amerikaners. Sondern eine junge Frau.
Hinter ihr standen, kichernd, wispernd, eine ganze Menge anderer junger Frauen, hundert oder vielleicht auch nur drei, sie mussten im Hof gewesen sein, wo sie auf jemanden gewartet hatten. Und sie mussten mitbekommen haben, dass hier etwas Seltsames vor sich ging.
Ich erkannte sie sofort.
Sie sah aus wie auf den Bildern, die sie mir geschickt hatte. Nein, nicht ganz. Ich hatte ja geahnt, dass die Bilder nicht die Wahrheit zeigten. Ich hatte, ehrlich gesagt, vermutet, dass sie in Wirklichkeit übergewichtig und hässlich war. Oder furchtbar schüchtern. Oder dass sie selbst in Schwierigkeiten steckte und gar niemandem helfen konnte.
Layla Starlight.
Hier war sie, sie stand in PRIVAT und sah zu mir herunter.
Und sie war schöner, viel schöner noch als auf den Bildern. Sie war eine Göttin. Ihr glattes schwarzes Haar fiel in einem offenen Wasserfall über ihre Schultern hinab, ihren Augen strahlten, dunkel und doch glitzernd, ihre Augenbrauen waren perfekte dünne Bögen, ihre Nase war vollkommen ebenmäßig, ihr Körper ein Wunder der Natur in einem engen dunkelroten Shirt mit einem Muster aus winzigen Strasssteinchen. Ein bisschen kitschig, aber kleidsam.
»Layla«, flüsterte ich, in meiner Sprache, denn sie verstand meine Sprache. »Ich dachte nicht, dass es dich wirklich gibt.«
Und ich wusste, dass jetzt alles gut war. Dass ich mich jetzt fallen lassen konnte.
Sie kniete sich neben mich.
Hier war ich, der gebrochene Held, der verletzte Abenteurer. Und

hier war ein Frauenherz, das schmelzen würde. Zu irgendetwas sind letztlich auch Blut und Schmerzen gut.

»Bist du Shayan?«, flüsterte sie. »Bist du der, der mir geschrieben hat? Nicht wirklich, oder?«

»Doch«, flüsterte ich heiser.

Sie schüttelte langsam den Kopf. »Die Bilder im Netz waren alle geschönt, was? Und du bist nicht wirklich … was hast du geschrieben? Siebenundzwanzig?«

»Ich bin vierundzwanzig«, log ich.

»Sure«, sagte sie, und ich dachte an Davy. Es tat weh, an ihn zu denken.

»Ich … hatte einen … Zusammenstoß mit zwei Typen, die mich nicht leiden können«, sagte ich.

Sie nickte. Dann schüttelte sie den Kopf. »Der geborene Fighter bist du auch nicht gerade.«

»Sie waren … zu zweit. Sie waren älter als ich. Sie waren … stärker.«

Sie nickte wieder. Schüttelte wieder den Kopf. »Die Polizei kann dich auch nicht leiden«, meinte sie. »Was man so hört.«

»Aber das ist alles ein Missverständnis!«, flüsterte ich und fabrizierte einen dramatischen röchelnden Husten. »Ich habe nichts getan! Na ja, außer ein Moped geliehen und eine Kuhherde entwendet, oder zwei, aber das war ein Versehen. Den Ballon habe ich nur fast entführt, und das Pferd war kein Diebstahl, ich meine, es hat sicherlich zurückgefunden …«

»Und diese Uniform ist deine. Oder wie?«

»Nein. Ich …« Ich sah an mir hinab. »Das Ding ist ruiniert, oder …«

Layla rümpfte ein wenig die hübsche Nase, streckte eine Hand aus, als wollte sie die Uniform berühren, ließ es dann jedoch. Sie hatte

recht mit dem Naserümpfen, es stank in diesem PRIVAT, es stank nach Erbrochenem und Blut. In dem ich lag. Und jetzt stand sie auf und trat einen Schritt zurück.
»Das alles«, sagte sie, »ist ziemlich widerlich. Genau wie die Lügen.«
»Ich … ich kann es doch erklären!«, flüsterte ich. »Warte. Lügen? Hast *du* auch gelogen? Dein Vater ist gar nicht Anwalt, oder? Er kann mir gar nicht helfen.«
»Doch«, sagte sie. »Er *ist* Anwalt. Er könnte dir helfen. Aber, nimm mir das jetzt nicht übel, Shayan, oder wie du wirklich heißt. Er wird es nicht tun. Du kannst nicht von mir verlangen, dass ich mich von jemandem wie … dem da …« Und sie sah mich an wie ein Ding, das sie in Privat gefunden hatte, nur wie ein Ding. »… in so eine Sache reinziehen lasse. Dass ich dich zu ihm bringe. Er hat damit zu tun, Leute zu verteidigen, die wirklich tapfer sind und die wirklich nichts getan haben. Und er hat eine *Menge* zu tun.«
»Helden«, sagte ich.
»Quasi«, sagte sie.
Verdammt, warum war sie überhaupt hergekommen? Natürlich. Wenn sie jemand anderen getroffen hätte. Einen Shayan, der älter war. Besser aussah. Nicht in seiner eigenen Kotze auf dem Boden eines Klos herumkroch. Dann. Dann hätte sie ihm geholfen.
»Layla!« Ich gab meine Opferhaltung auf und versuchte, mich hochzurappeln, aber ich rutschte auf dem verschmierten, glatten Boden aus, krallte mich am Pissoir fest und kam nur auf die Knie statt auf die Beine. »Layla, ich liebe dich! Du bist die Frau meiner Träume! Du bist meine einzige Rettung!«
Sie nickte. Dann schüttelte sie den Kopf, zum dritten Mal.
In diesem Moment kam der alte Herr wieder, im Schlepptau seine Frau. Sie sahen beide klein und spießig und besorgt aus. Layla, schön

und jung und strahlend, bildete einen beinahe hörbaren Kontrast zu ihnen, als sie sich an ihnen vorbeidrängte, zur Tür hinaus.
»Moment«, sagte der alte Herr. »Kennen Sie diesen Jungen?«
Da sah sie mich ein letztes Mal mit ihren wunderschönen dunklen Augen an, sanft, endgültig.
»Nein«, sagte sie.
Dann drehte sie sich um und verließ PRIVAT.
Verließ mein Leben, für immer.

Und das wäre ein wirklich guter Moment gewesen, um das Bewusstsein zu verlieren.
Im Kino.
Aber leider war es die verdammte beschissene Realität.

17 Käsebrot

»Und was machen wir jetzt mit dir?«, fragte der alte Herr.
»Erschießen«, flüsterte ich.
»Säubern«, sagte seine Frau. »Wir wollten deinen Kollegen vom Schloss Bescheid sagen, aber die sind alle gerade mit eigenen Führungen beschäftigt.«
Unglaublich, dachte ich, es wusste also noch gar nicht das ganze Schloss Bescheid, dass in PRIVAT ein Wrack neben einem Pissoir kniete und jammerte.
Vielleicht konnte ich aus Neuschwanstein herauskommen, ohne auf dem Rücksitz eines Polizeiautos zu sitzen.
Zehn Minuten später sah ich einigermaßen wiederhergestellt aus, der Boden von PRIVAT auch, und ich stand auf zwei Beinen, wenngleich zwei zitternden.
Ich hatte meinen Rettern etwas von einem Studentenjob erzählt, als Fremdenführer, und dass eigentlich einer meiner Mitbewohner den Ärger mit den Verrückten hätte abkriegen sollen, weil er sich bei einer Glücksspielsache mit denen angelegt hatte. Aber der Idiot hatte meinen Namen angegeben. Und wahrscheinlich dachten sie, dass ich selbst der glücklose Glücksspieler war. Das schien mir in Ordnung, denn es lenkte von der Tatsache ab, dass ich der glücklose persische Kindesentführer war, der übers Radio gesucht wurde (wobei, vermutlich war ich der erste Kindesentführer ohne Kind).
»Junger Mann«, sagte die alte Dame und steckte ihr Fläschchen mit

dem ekelhaft brennenden Desinfektionsspray wieder ein, »unsere Gruppe wandert weiter, rauf zur Tegelbergbahn, sie warten schon alle auf uns. Wir bringen Sie jetzt zu Ihren Kollegen, irgendeiner muss sich doch inzwischen auftreiben lassen.«
Ich war nicht scharf darauf, den wahren Fremdenführern übergeben zu werden, damit sie das, was noch von mir übrig war, ebenfalls erledigten, weil ich die Uniform geklaut und ruiniert hatte. Bei meinem Glück waren die Fremdenführer alle Kampfsportler und nicht gut auf Ausländer zu sprechen.
Ich sah die alte Dame an, und ich wünschte, die Welt bestünde aus pensionierten Amerikanerinnen wie ihr. Sie trug eine blau-weiß karierte Bluse, offenbar hier in Bayern gekauft, mit aufgestickten weißen Blümchen, Rehböcken und … Kaninchen.
Da wusste ich, dass diese alte Dame meine Rettung war.
»Kann ich vielleicht einfach mitkommen?«, fragte ich. »Ich habe das schlechte Gefühl, dass die beiden Verrückten mich da draußen irgendwo abfangen, wenn ich allein gehe, und meine … Schicht … ist zu Ende.«
»Fühlen Sie sich denn in der Lage, einen Berg hinaufzuwandern?«, fragte ihr Gatte zweifelnd. »Sie sehen eher aus, als müsste man Sie tragen. Haben Sie nicht eine Freundin, die man anrufen und die Sie abholen kann?«
»Nein«, sagte ich. »Und ich wandere gerne Berge rauf. Ich bin die ganze Balkanroute gewandert. Im Winter.«

Ich war mir eigentlich sicher, dass irgendwer vom Schloss mich aufhalten würde, wenn ich mit dem besudelten König-Ludwig-Jackett davonspazierte, aber vielleicht dachten sie, dies wäre geplant. Man muss einfach dreist genug sein, dann fällt man nicht auf.
Die Reisegruppe, die ich geführt hatte, war mein Glück.

Das amerikanische Ehepaar erzählte die Geschichte von meiner unguten Begegnung, und auf einmal wollte sich jeder um mich kümmern. Ich löste in diesen älteren Menschen genau die Gefühle aus, die ich in Layla nicht ausgelöst hatte, sie schienen mich als eine Art zugelaufenes Haustier zu betrachten. Was seine Vorteile hatte, denn sie fütterten das zugelaufene Haustier, als sie kurz nach der Marienbrücke auf einem Aussichtspunkt ein Picknick machten.
Ich war selten dankbarer für ein Käsebrot gewesen. Die Deutschen haben es ja nicht so mit Brot, sie kriegen das nie fladenförmig hin, sondern aus Versehen wird es im Ofen immer zu groß, sodass sie es in Scheiben schneiden müssen, ähnlich wie Toastbrot. Nur, dass es dunkler und härter ist. Und es kommt ihrer Neigung zur Ordnung entgegen, alles, was sie essen wollen, in gleich dicke Scheiben zu schneiden und nach Größe zu sortieren. Wurst, Käse, Tomaten, Gurken. Am Ende haben sie eine Art essbaren Aktenstapel.
Ich saß also mit meinem Wurstbrottomatenstapel in der guten bayrischen Bergluft und sah auf die weißen Türmchen des Disneyschlosses hinunter und war für einen Moment sehr glücklich.
Glück ist vielleicht nicht das Gefühl, das man hat, wenn man am Ziel ist, dachte ich.
Glück ist die kurzzeitige Abwesenheit von Erschöpfung, Hunger, Schmerzen und imminenter Verfolgung. Ich erwog, diesen Satz später an einen Spruchkalender-Hersteller zu verkaufen.

»Sie sind also ein Outdoor-Spezialist?«, fragte der alte Herr, später, auf einem Alpenpfad zwischen Tannen und Fels. »Die Balkanroute, die Sie erwähnt haben … Ist das ein europäischer Fernwanderweg, ja?«
Ich nickte. »Ja, ja, so ein Abenteuerwanderweg. Eine Weile war er sehr gut besucht.«

»Irgendwo habe ich gelesen, dass er jetzt geschlossen ist«, sagte die alte Dame, »ich nehme an, witterungsbedingt?«
Und ich dachte, dass ich das auch gelesen und dass ich verdammtes Glück gehabt hatte, mithilfe des Kaninchens durchzukommen, ehe sie die Grenzen dicht gemacht hatten.
»Schon«, sagte ich, »aber das ist nicht so schlimm. Verschiedene Unternehmen bieten dafür jetzt Abenteuerreisen übers Mittelmeer an.«
Keiner von ihnen verstand meinen Sarkasmus.
»Ach ja?«, fragten sie. »Lohnt sich das?«
»Es kommt darauf an. Ich glaube, man erwägt im Moment, das als Managerseminare durchzuführen … Es stärkt den Teamgeist und so … Ich habe mal ein kurzes Stück so einer Reise mitgemacht, nur von der Türkei auf eine griechische Insel, das war vor meiner Wanderung. Man macht solche Touren … normalerweise mit … Führer. Das Mittelmeer ist nicht so gut ausgeschildert wie Deutschland. Na ja, damals steuerte also jemand die ganze Zeit lang das Boot, bis der Sprit alle war und wir merkten, dass die … äh … Fremdenführer … gar nicht mehr an Bord waren, sondern dass der, der steuerte, selbst nur ein … ein Abenteuerreisender war, dem hatten sie das Steuer in die Hand gedrückt. Wir waren im Kreis gefahren. Ohne Sprit mussten wir also rudern, und es war Nacht. Alle begannen zu streiten, welche Richtung die richtige sei, und ich zeigte in die Richtung, aus der wir gekommen waren, und rief: »Dahin auf jeden Fall nicht!« Oder so ähnlich. Und ich betete zu Jesus, er möge mir helfen. Jesus bewirkte ein Wunder, und die anderen hörten auf, sich gegenseitig anzuschreien. Sie sahen stattdessen mich an, und ich sagte noch einmal: »Von da sind wir gekommen«, und zeigte noch einmal in die Richtung. »Okay«, sagten sie, und dann steuerten sie in die Richtung, in die ich gezeigt hatte. Das war leider genau falsch.

Keiner von ihnen hatte verstanden, was ich gesagt hatte. Nach ein paar Stunden erreichten wir Land, und ich wusste, dass wir wieder dort waren, wo wir losgefahren waren. In der Türkei. Da geschah das zweite Wunder: Es war nämlich nicht die Türkei. Es war eine griechische Insel. Und alle dankten mir, weil sie glaubten, ich hätte sie dorthin geführt.« Ich seufzte. »Das war … sehr schön.«

»Sie sind also gläubiger Christ?«, erkundigte sich der ältere Herr.

»Nein, seit heute Morgen bin ich Buddhist«, sagte ich. »Das liegt an dem Kaninchen.«

Aber ich kam nicht dazu, es zu erklären, denn der Wanderweg wurde schmaler, wir mussten uns an einem Stahlseil festhalten, und unter uns tat sich ein Abgrund auf. Mir wurde schwindelig. Um mich abzulenken, half ich ein paar nicht mehr jungen Amerikanerinnen.

Das funktionierte gut, ich vergaß meine eigene Angst vollkommen. Man sollte wirklich immer ältere Damen bei sich haben.

Und dann erreichten wir die Tegelbergbahn.

Ich sah die hübschen spielzeugartigen Gondeln an, die herauf- und wieder hinunterglitten, und ich dachte daran, was für einen Spaß Davy hier gehabt hätte.

Dann dachte ich, dass die beiden Männer, die neben der Bergbahn im Gras saßen, mir bekannt vorkamen.

»Kommen Sie«, sagte eine der Damen, »da drüben starten gerade ein paar Paraglider! Können Sie uns kurz mit denen knipsen, ehe wir wieder runterfahren? Nur mal schnell auf den Auslöser drücken?«

»Das letzte Mal, als mich eine Frau gebeten hat, nur mal schnell den Auslöser zu drücken, war ich sechs Stunden später auf der Flucht aus meinem Land«, murmelte ich, aber sehr leise. Und ich machte das Foto, ich war ja ein Gentleman.

Sechs Minuten später befand ich mich im freien Flug mehrere Hundert Meter über einer felsigen Landschaft.

Aber beginnen wir mit dem Beginn.
Direkt hinter der Amerikanerin befand sich nämlich eine hölzerne Rampe, ähnlich einem Steg, der vom Berg hinaus ins Nichts führt. Mehrere Menschen in Weltraumanzügen und mit länglichen Rucksäcken auf dem Rücken machten kleine Hopser neben der Rampe. Sie schienen eine Mondlandung zu planen.
Die Gruppe der älteren Herrschaften zog mich mit dorthin, und einer der Astronauten fragte, in schönem Touristenenglisch: »Will jemand mitfliegen? Die Dame, die gebucht hat, ist plötzlich erkrankt. Jetzt bin ich schon mal hier, also, einer von Ihnen hat daher die einmalige Möglichkeit eines Tandemflugs *umsonst*!«
Gekicher. Die Damen sagten, sie hätten das Falsche an für einen Flug. Die Herren sagten gar nichts. Keiner traute sich.
Die beiden Typen, die im Gras gesessen hatten, waren aufgestanden.
Sie hatten die Arme verschränkt und sahen aus, als warteten sie. Darauf, dass ich mich von der Gruppe trennte. Irgendwann würde ich das tun müssen, ich konnte mich nicht ewig an die alte Dame klammern. Die beiden sahen ganz so aus wie Leute, die noch ein Hütchen mit jemandem zu rupfen haben, wie man auf Deutsch sagt.
Dabei sah ich schon reichlich gerupft aus. Meine Backe war eine einzige Abschürfung, die Lippe auf der Seite geplatzt, mein Haar, ich hatte es kurz im Spiegel gesehen, war verklebt von Blut, verdammt, reichte ihnen das denn nicht? Was wollten sie noch?
Ich hatte keine Chance.
Ich hatte nur *eine* Chance.

Ich würde fliegen.
Und so trat ich vor und ließ mich von dem Astronauten in Gurte und Schnallen stecken und mit einem Rucksack versehen.
»Wos isch denn mit Ihna bassiert?«, fragte der Astronaut, sein Englisch vergessend. »Homs miam Gsicht bremst? D'ganze Wang'n is im Orsch!«
Dann erklärte er etwas, doch ich konnte nicht richtig zuhören; ich hatte noch etwas entdeckt: Aus einer der Bergbahngondeln stiegen gerade zwei Polizisten.
Wer hat sie gerufen? Eine schöne junge Frau, die in einem PRIVAT einem Gesuchten begegnet war?
»Let's go!«, sagte ich.
Der Astronautenbayer nickte, und wir rannten, rannten unter dem Applaus der Amerikaner die Rampe hinab, und dann –
Sprangen wir.
Ins Nichts.
Ich schloss die Augen, bereit zu sterben.
Für die Liebe, die ich nie gefunden hatte.
Für den kleinen Jungen mit der Schlumpfmütze, den ich auf dieser Welt zurücklassen musste.
Für meine Familie.
Ich stellte mir vor, wie sie mich fallen sahen, auf dem Bildschirm, durch den blauen deutschen Himmel.
Wie sie schon ihren Tee tranken und ihre Pistazien knackten dabei, wie Amin sich gespannt vorbeugte …
Und wie er brüllte: »Jetzt mach doch den dämlichen Fallschirm auf!«

Plöpp – ging der dämliche Fallschirm auf. Groß, rot, unten bedruckt mit Reklame:

HAPPY ALPENLAND – GENIESSEN SIE MIT UNS DIE FREIHEIT DER VÖGEL!
Und ich schwebte, hinter mir den Tandempiloten, über Wiesen und Fels, über dunklen Tann, über eine Kuhherde weit, weit unten.
Im blutbefleckten König-Ludwig-Kostüm, blau mit roter Schärpe. Die kaputten Jeans und der Strohhut machten sich bestimmt gut dazu.
Das Land unter mir machte sich auch gut unter dem Himmel. Es war wie eine Eisenbahnlandschaft: winzige Tannen, winzige Häuser, winzige Kirchen. Und über uns die wattig runden Wolken.
Als gäbe es keine Probleme auf der Welt.
Der Tandempilot hinter mir erklärte irgendwelche Dinge, vergaß aber vor Begeisterung, dass ich nicht Bayerisch sprach, und ich sagte brav »Ja« und »Oh« und »Sehr schön«.
Und langsam begann ich, es wirklich schön zu finden.
Ich war noch freier als in dem Heißluftballon. Es gab keine Grenzen hier oben, man konnte einfach über sie fliegen, wenn welche kamen. Eigentlich komisch, dass noch kein Schleuser darauf gekommen war, Gleitflüge anzubieten.
Und wie im Ballon fragte ich mich, wie es wäre, zurückzufliegen.
Wir würden auf dem flachen Dach landen, und sie würden alle heraufkommen, um uns zu begrüßen, meine Mutter, Amin, die Cousins und Cousinen, die Tanten und Onkel, und auch mein Vater. Er würde auf mich zutreten und mich in seine Arme schließen.
Sie würden den außerirdischen Bayern hereinbitten, und der würde nichts verstehen und daher in alle Fettnäpfchen treten, so wie sonst immer ich.
Und eine halbe Stunde später würde die Polizei vor der Tür stehen, denn besonders unauffällig war es nicht, mit einem bunten bayerischen Gleitschirm auf einem Dach zu landen. Außerdem ist es ver-

boten, Privatreisende aus dem Ausland zu beherbergen. Und wenn ich ihnen erzählte, ich wäre gar nicht ich, sondern König Ludwig, würde das möglicherweise nichts nutzen.

»Da unten!«, schrie der Tandempilot hinter mir. »Da ist sie!«

»Wer?«, schrie ich zurück.

»D'Wieskirchen!«, schrie der Tandempilot.

»Was?«, schrie ich.

»Wirst scho seng!«, schrie er. »Da land'mer! Vor der schönsten Kirchen, wo der Herrgott uns gschenkt hat hier herunten! Wind is berfekt heit! Laufen, beim Landen, kapiersch? Nät vergessen!«

Laufen hatte ich verstanden.

Und dann landeten wir, mitten auf einer dieser wahnsinnig grünen Wiesen, und ich lief, oder ich versuchte es, aber es klappte nicht, und alles wurde ein unübersichtliches Durcheinander aus Schirm und Schnüren und Gurten und Beinen. Dann lagen wir, ineinander verheddert, im Gras, und der Bayer fluchte.

Als ich aufsah, waren wir umringt von Kühen. Irgendwie wunderte mich das nicht.

Noch während ich mich aus dem Durcheinander herausarbeitete, wurde mir klar, dass es jetzt an der Zeit war, zu verschwinden. Wenn die Polizei meinetwegen auf dem Tegelberg gewesen war, war sie meinetwegen jetzt wieder auf dem Weg nach unten. Es war nicht schwer herauszufinden, wohin wir geflogen waren.

Ich löste den letzten Knoten und sah über das Wiesengrün zum großen hohen Weiß der Kirche, das sich dahinter erhob: gleißend helle Säulen mit goldenen Streifen, ein Turm mit geschwungenem Dach, cremefarbene Sahnewände. Beinahe schmeckte man mit den Augen den Zuckerguss, und Diabetiker durften das Ding bestimmt nicht zu lange angucken.

Der außerirdische Bayer hockte noch immer verknotet auf dem Boden und schimpfte in seiner mir glücklicherweise unverständlichen Sprache. Ich schob die weichen Schnauzen zweier Kühe beiseite, sie waren cremefarben und weiß, offenbar passend zur Kirche gewählt, wahrscheinlich für die Touristenfotos.
Natürlich war es unhöflich, den Piloten, meinen Retter, ohne Dankesrede zurückzulassen. Aber es hätte zu lange gedauert zu warten, bis er mit dem Schimpfen und Fluchen fertig war. Und so bahnte ich mir einen Weg durch das cremige Muhen und überquerte die Wiese, ehe der Pilot sah, wohin ich ging.
Es gab nicht viel Auswahl beim Wohin.
Es gab die Kirche, einen Parkplatz und ein paar Häuser dahinter, deren Türen verschlossen aussahen wie die Türen der meisten deutschen Häuser.
Ich flankte über einen Holzzaun, mit der lässigen Eleganz von Sean … dem Schaf, und trat kurz darauf hinein in die schattige Kühle verschnörkelten Christentums. Hinein in einen Pulk aus bewundernd seufzenden Chinesen.

Das Wunder der Wieskirche war auf Dutzenden bunter Prospekte beschrieben, die dort auslagen.
Es hatte damit begonnen, dass eine Frau Lory einen gebrauchten Jesus mit nach Hause nahm, der ein wenig misslungen war und den die Gemeinde daher nicht mehr haben wollte.
Der Jesus, eine lebensgroße Holzpuppe mit beweglichen Gliedmaßen, war ein Leidender: Er trug eine Dornenkrone und war in Ketten gelegt und an eine Martersäule gefesselt.
Bei der Größe der Säule hätte er sie einfach mitnehmen und weggehen können, aber natürlich wäre das Diebstahl gewesen … Die Frau Lory, eine liebe Bäuerin, stellte jedenfalls den gefesselten,

größtenteils nackten Heiland in ihr Schlafzimmer. Zum Anbeten, natürlich.
Und eines Abends sah sie Tränen in seinem hölzernen Gesicht. Na ja, ich hätte anstelle des Herrn Jesus auch geweint.
Da kauft dich eine stramme Bauersfrau und stellt dich in ihr Schlafzimmer, und dann lässt sie dich bloß weiter in Ketten herumstehen!
Also, die Frau Lory erzählte dem Priester von den Tränen, das war das Wunder, und letztendlich bauten sie die Wieskirche für den leidenden Jesus.
Im einundzwanzigsten Jahrhundert geschah noch ein weiteres Wunder in der Wieskirche. Aber greifen wir nicht vor.

Ich war in einem unbeobachteten Moment, als gerade keine anderen Touristen in der Kirche waren, vorn durch eine kleine Seitentür in einen winzigen Raum geschlüpft, in dem alte Hocker und Kartons herumstanden. Außerdem stand dort ein schwerer dunkler Holzschrank. Darin befanden sich auf der einen Seite Dünndruckbibeln, Gartendraht, eine Heckenschere, eine halbe Flasche Rotwein und eine Packung Kekse. Auf der anderen Seite hingen Bügel mit langen Gewändern, weiße, violette, ein grünes … Ich ahnte, dass dies die Gewänder des Priesters waren, obwohl die Pfarrer, die ich in der Wolgaster Freien Gemeinde oder in Teheran gesehen hatte, immer ganz normal angezogen waren und nie wie Frauen.
Aber Deutschland ist eben ein sehr, sehr modernes Land, auch die Priester dürfen hier ihre Phantasien ausleben, und warum sollten Transvestiten nicht Priester sein?
In dem Moment, in dem ich das dachte, hörte ich vom Hauptraum der Kirche her Stimmen: laute Stimmen, die riefen. Die jemanden suchten. Mich.

Ohne weiter nachzudenken, kroch ich in den Schrank. Die Ärmel der bunten Gewänder kitzelten mich im Nacken. Die Stimmen kamen näher – und schienen vor der Tür zu dem kleinen Raum zu verharren. Vielleicht war der Raum zu heilig, um betreten zu werden?
Ich unterdrückte ein Niesen. So also fühlte sich Kirchenasyl an.
Irgendwann nickte ich kurz ein, und als ich erwachte, war alles still.
Ich kroch aus dem Schrank.
Da ich Hunger hatte, lieh ich mir ein paar der flachen runden Kekse, die zwar eine hübsche Prägung mit Lamm und Kreuz hatten, jedoch nach absolut gar nichts schmeckten und sich oben an meinen Gaumen klebten. Glücklicherweise gab es ja den Wein, um sie herunterzuspülen.
Der Herrgott hatte an alles gedacht.
Beinahe tat es mir leid, dass ich beschlossen hatte, Buddhist zu werden.

Und dann gab es nichts mehr zu essen und zu trinken, es war Abend geworden, und plötzlich fielen die Gedanken über mich her.
Da setzte ich mich im Schneidersitz auf den kalten Fußboden und meditierte, das heißt, ich schloss die Augen, versuchte, ganz ruhig zu werden.
»Also, was machst du jetzt?«, flüsterte ich. »Es gibt kein Ziel mehr. Kein Mensch wird dir helfen in diesem Land. Wohin willst du?«
Niemand antwortete, und ich begriff, dass ich mir selbst antworten musste, vielleicht war das der Sinn des Buddhismus. Für Buddha sehr praktisch. Er hatte wenig zu tun.
»Davy hat gesagt, er will nach Süden«, wisperte ich. »Vielleicht ist es das. Vielleicht muss ich auch nach Süden. Das Land wieder verlassen. Ehe mich jemand ins Gefängnis steckt. Ich wollte sowieso

nie nach Deutschland, ich wollte nach Großbritannien. Ich muss in eine größere Stadt, wo es Schleuser gibt. Ich besitze … Moment … noch vierundzwanzig Euro.«
Ich lauschte der Zahl nach. Sie klang miserabel.
»Vielleicht schleust mich jemand auf Pump?«, fragte ich in die Abendluft.
Es klang unwahrscheinlich.

Ich entknotete meine Beine und verließ die staubige Kammer, um zurück in den Kirchenraum zu gehen. Ich brauchte unbedingt noch ein Wunder.

Und in dieser Nacht würde eines geschehen. Das zweite am Morgen. Doch noch wusste ich das nicht.

Eine ganze Weile stand ich vor dem gefesselten Heiland in seinen Ketten. Er hatte einen etwas unordentlichen Bart und war länger nicht mehr beim Friseur gewesen. Genau wie ich. Er war auf der vergeblichen Suche nach Freiheit. Genau wie ich, und man hatte ihn fertiggemacht. Genau wie mich. Seine linke Gesichtshälfte war im Gegensatz zu meiner heil.
Aber dafür hatte *ich* keine Holzwurmlöcher.
Wir sahen uns an und waren uns auf Anhieb sympathisch. Und ich glaube, ich war von dem Wein aus dem Schrank ein bisschen betrunken. Denn auf einmal verspürte ich den unstillbaren Wunsch, den Heiland zu befreien. Das ganze verflixte Christentum basiert auf einem eingesperrten und gefolterten, wehrlosen Loser, und in jener Nacht, mit dem Wein in meinem Blut, nervte mich dieser Umstand auf einmal.
Wie sollte denn dieses, wie nannte es sich, *christliche Abendland,*

irgendwie frei sein, wie sollte es Menschen aus anderen Ländern helfen, frei zu sein, wenn ihr Idol ein gefesselter Schlag-mich-ruhig-Typ mit einer Dornenkrone war?
Es wurde Zeit, die Dinge zu ändern. Genau jetzt, genau hier, wo man den Heiland in Stuck einbettete, statt ihm zu helfen.
Ich würde ihm helfen.
Und ich kletterte über den ganzen Dekorationskram zu der alten hölzernen Gliederpuppe, um zu testen, ob man die Ketten von den Armen und Beinen lösen konnte.
Ich zog wirklich nur ganz sachte daran – und auf einmal hatte ich sie in der Hand. Die schlecht gearbeiteten Ringe um die Arme des Heilands lösten sich, kurz darauf lösten sich die Fußfesseln, und überhaupt alles, die rote Marmorsäule hielt den Herrn Jesus nicht länger.
Und er kippte, ungefesselt und ungestützt, nach hinten weg.
Ich versuchte noch, ihn zu fangen, doch das Holz war schwer; ich bremste nur seinen Fall, sodass es nicht ganz so laut krachte. Verdammt, dachte ich, ich habe also schon wieder versehentlich etwas zerstört, obwohl ich nur helfen wollte …
Dann gefror ich vor Schreck, denn die Tür der Wieskirche öffnete sich mit einem Quietschen, und jemand kam herein. Der Jemand trug eine flackernde, batterieschwache Taschenlampe.
»I bin's«, sagte er und war eine Sie, »die Marie. I komm zu dir, weil i di um was bitten muass.«
Bitten verstand ich, und ich begriff schlagartig. Diese Frau wollte beten. Zu der verflixten Statue. Noch hatte ihr Taschenlampenlicht die leere Nische mit der einsamen Marmorsäule nicht erreicht … Aber gleich würde sie es tun, und so schnell bekam ich die Holzpuppe nicht wieder auf die Beine.
Es war wie beim Fliegen: Ich hatte keine Chance.

Ich hatte nur eine Chance.
Ich legte die gelösten Eisenringe um meine eigenen Füße und Hände, man konnte sie ein wenig zubiegen, es war nämlich gar kein Eisen, sondern Blech. Dann stellte ich mich in die Pose des Heilands. Das heißt, peinlicherweise muss ich gestehen, dass ich erst etwas anderes tat, sonst wäre der Unterschied auch im Licht einer schlechten Taschenlampe aufgefallen.
Nämlich entledigte ich mich meiner Kleider bis auf meine Unterhose, denn der Heiland hatte auch nur ein Lendentuch umgehabt.
Und dann nahm ich die Pose des temporär outgenockten Jesus ein, der ohnehin einen ähnlichen Bartwuchs hatte wie ich, und bemühte mich, dem Taschenlampenlicht gelassen entgegenzusehen.
Es half sicherlich, dass ich betrunken war.

»Liaba, guata Herre Jesu, i bin's, die Marie. Du woaßt ois. Du woaßt o, dass i jeden Tag zu dir kimma tät, wenn i könnt … Liaba, guata Herre Jesu …«
Da kniete also dieses freundliche dicke Mädchen vor mir, in einem Kapuzenpullover, einer Trainingshose und darüber (wirklich) einem dieser Kleider, die man auf Bildern vom Oktoberfest sieht, rosa mit winzigen Blümchen.
Da kniete sie vor mir und hatte die Hände zusammengelegt und betete.
»Liaba, guata Herre Jesu«, fing sie wieder an, wie eine hängen gebliebene Schallplatte. »I möcht di nur bitta, mach, dass der Alois Meierholzer vom Blitz derschlang wird. I woaß, des ma des net wünscha doarf, aba du bisch alllgegenwärti, du host es gseng, wos er mit mir gmacht hat, du weisch, dass er wiederkimmt. I will net, dass er mi nochamol aalangt. Er hot gsagt, i sollt mi frein, dass er eine nimmt wie mi, weil i doch net die Schönste bi und a bissa dep-

pat, des hot a gsogt … aber i will's netta, also, liaba, guata Herre Jesu, schick an Blitz und bringan um.«
Irgendwas war mit einem Blitz, das verstand ich, und ich verstand auch, dass dieses Mädchen böse auf jemanden war, der Alois hieß. Sie sagte noch mehr, wovon ich nur das Wort *Kuhstall* verstand, etwas Schlimmes war *in einem Kuhstall* geschehen. Es war ganz gut, dass ich so still stehen musste, so konnte ich mich ganz darauf konzentrieren, ihren Wortsalat auseinanderzupflücken. Und ich spürte eine tiefe Zuneigung zu dem Mädchen, denn sie erinnerte mich an Davy. Als sie ungefähr zum zehnten Mal »Liaba, guata Herre Jesu« gesagt hatte, hatte ich kapiert, dass der Blitz ihrer Meinung nach in den Alois einschlagen sollte, und ich stellte mir einen toten, verkohlten Alois auf dem Feld vor. Und einen Polizisten, der das liebe, dicke Mädchen abführte, weil herausgekommen war, dass sie den Blitz gerufen hatte, die Polizei kriegt immer alles heraus.
Ich hob also, ganz langsam, die Hand.
»Marie«, sagte ich leise.
Das Mädchen zuckte zusammen, als wäre sie selbst vom Blitz getroffen worden, und starrte mich an.
»Nimm weg den Licht«, sagte ich. »Sie schmerz in die Auge.«
Sie leuchtete neben mich, und der schwache Lichtstrahl in ihrer Hand zitterte.
»Liaba, guata Herre Jesu«, stammelte sie. »Liaba, guata …«
Ich hob die Hand noch ein wenig höher.
»Es ist nicht gut, Blitze wünschen«, sagte ich. »Du kannst sehen mein Fessel?«
Und ich hob den zweiten Arm, sodass die Kette ein wenig rasselte, und holte tief Luft.
»Hör zu«, begann ich. »Gott macht für uns frei. Wir kann wegwer-

fen alles Fessel.« Und ich streifte die Ringe von meinen Handgelenken. »Ich bin frei. Du auch kann sein frei.«

Sie hob, ich sah es schemenhaft, beide Hände, wie um zu testen, ob Fesseln davon abfielen.

»Du bist ein schöner Frau«, sagte ich, weil Jesus sicher ein Gentleman gewesen war. »So viel schön. Auch du kann sein so viel frei. In diese Land, alle Mensch kann sagen, was sie denk. Schreiben, was sie will. Auch in newspaper-Zeitung. Auch Frauen, weil es ist der Gleichberecherung.«

Es war zugegebenermaßen eine sehr schöne kleine Rede über Demokratie und Pressefreiheit. »Äh … wos bitte?«, fragte die Marie.

»Der Alois«, sagte ich.

»Ja?«, fragte die Marie.

»Vergiss das Blitz. Du musst machen Problem lös allein.«

»I soll den Alois selber erschlang? Aber in der Bibel steht: Du sollst net töten.«

Das konnte ich übersetzen. »Du sollst nicht töten«, wiederholte ich feierlich. »Es ist korrekt. Du sollst werfen dein Fessel.«

Eine Weile war es ganz still in der Kirche.

Schließlich nickte die Marie langsam. Und sie machte einen Schritt nach vorn und berührte meine Wange. Die abgeschürfte. Ich biss die Zähne zusammen, um nicht zu schreien. Die Marie zog die Hand zurück. An ihren Fingern klebte Blut.

»I dank dir«, flüsterte sie. »I werd frei sein. Zeitung. Der Alois. Koi Fesseln. I hobs verstanden. Aber … liaba, guata Herre Jesus … konnsch du koi Deutsch netta?«

Deutsch, hatte sie gesagt. Wahrscheinlich ging es um meine Aussprache.

»Ich komme von einer Land weit, weit, weit«, sagte ich. »Du versteh? Israel.«

»Ah so«, sagte die Marie. Und dann stellte sie sich auf die Zehenspitzen und küsste mich ganz kurz auf die Lippen. Es tat weh, da, wo ich eine Faust abbekommen hatte, und ich dankte dem Rotwein im Stillen dafür, dass er alles ein wenig vernebelte.
Dann ging das freundliche dicke Mädchen mit dem Kleid über dem Kapuzenpulli, nahm das flackernde Licht mit, und ich stand im Dunkeln.
Ein gegeißelter Heiland, der nicht genau wusste, was er für einen Ratschlag gegeben hatte.

Obwohl ich es erst später erfuhr, als mir jemand den Artikel übersetzte, füge ich es hier ein:
Marie Kantlhuber ging am nächsten Morgen zur örtlichen Polizei, um Herrn Alois Obermeier wegen unsittlicher Tätigkeiten in einem Kuhstall anzuzeigen, zu denen er sie seit Längerem nötigte, da sie als minderbemittelt und brav galt. Direkt danach ging sie zum Priester und erzählte, der gegeißelte Heiland auf der Wies sei zum Leben erwacht. Sie hätte einen Beweis, nämlich ein Taschentuch mit seinem Blut, da sie den Heiland berührt und dann an dem Tuch ihre Finger abgewischt hatte. Der Heiland nämlich habe eine frische, großflächige Wunde auf der Wange gehabt und er sei seinen Ketten entstiegen und habe gesagt: »Du sollst werfen dein Fessel.«
Er habe sehr schlecht deutsch gesprochen, mit einem arabischen Akzent, was bei seiner Herkunft ja logisch sei.
Bei der anberaumten Prüfung dieser Tatsachen fand man in der Wieskirche die alte hölzerne Gliederpuppe am Boden in ihrer Nische liegend, ohne Fesseln, und mit einem frischen Blutfleck an der linken Wange.
Das Taschentuch der Marie wurde als Reliquie gerahmt und aus-

gestellt, und die Marie verkauft seither, von der Kirche nicht abgesegnet, jedoch mit großem Erfolg, Postkarten mit einem von ihr gemalten Bild des entfesselten Heilands, wodurch sie sich kurze Zeit später die Eröffnung eines kleinen Cafés für Touristen ermöglichte … Aber all das, wie gesagt, stand erst viel, viel später in der Zeitung.
Interessant ist nur noch, dass beim nahen Asylantenheim seither immer wieder Spenden von Weihrauch und Myrrhe (leider kein Gold) abgegeben werden, da offenbar verschiedene gläubige Katholiken den Heiland unter ihnen wähnen.

Ich schlief auf dem Boden vor dem Schrank. Leider war die Ultraleichtdecke zusammen mit dem Rucksack in Privat auf Neuschwanstein geblieben, und so deckte ich mich mit einigen pinkfarbenen und grünen Priesterkleidern zu.
Eine Weile fühlte ich mich beinahe heilig, aber nach und nach verließ mich auch die Wirkung des Weins, und ich fühlte mich nur noch kalt und allein.
Sobald es hell wurde, würde ich nach Süden gehen und mich bemühen, Deutschland zu verlassen, das so voller Wunder und voller Kühe und seltsamer Sitten war, voller Technik und alter Sagen, voller Freiheit und unsichtbarer Fesseln.
Einen hölzernen Heiland und ein betendes deutsches Mädchen konnte ich befreien, ich konnte amerikanische Damen an steilen Felsen retten und Kölner Kleinkinder mit Schokoladeneis glücklich machen, aber mir selbst konnte ich nicht helfen.
Ich hatte es nie gekonnt, schon damals nicht, in Teheran, im Herbst vor einem Jahr.
Schließlich setzte ich mich auf, nahm das Billighandy heraus, das immerhin eine Aufnahmefunktion hatte, und begann, Davy meine

Geschichte zu erzählen. Die wahre, unheldenhafte Geschichte, die erklärte, warum ich hier war. Ich würde sie irgendwem geben, der Davy fand und ihm meine Worte übersetzte.
Denn ich würde ihn nie wiedersehen, und das war es, was am Fortgehen am meisten schmerzte.
»Ich habe einen Bruder«, begann ich, auf Englisch. »Er ist ungefähr so alt wie du. Er heißt Amin, und er hat immer versucht, mir zu helfen. Er sah, wie traurig ich war, als meine Freundin einen anderen Mann heiratete, der älter war und Geld hatte. Einen, der niemals in einem König-Ludwig-Kostüm auf einer Kuhweide gelandet wäre. Amin tröstete mich, und er sagte, er habe eine bessere Frau für mich. Es war die große Schwester seines Schulfreundes. Anais. Sie sei, sagte er, wunderschön. Sie suchte jemanden, der ihr half. Es ging offenbar nur darum, auf den Auslöser eines Fotoapparates zu drücken. Seltsamerweise nachts.«
Ich erzählte lange, und schließlich war ich fertig und steckte das Handy ein. Ich hatte all dies nie jemandem erzählen wollen, aber es war wichtig, dass Davy es wusste, damit er später nicht die gleichen Fehler machte wie ich. Mit den Frauen.
Ich rollte mich zusammen, um noch ein Stündchen zu schlafen. In meiner Tasche lagen vierundzwanzig Euro und mein Geständnis auf dem Handy. Im Geiste war ich schon auf dem Weg über die nächste Grenze.

Und hier endet meine Geschichte mit Deutschland.

Dachte ich.

Denn um vier Uhr fünfzehn klingelte das Handy. Unbekannte Nummer.

Eine kleine Stimme sagte: »Sean? Bist du in diesen Schwanau? Oder schon woanders? Weil ich nämlich jetz aufn Weg bin zu dir.«
Ich setzte mich kerzengerade auf.
»Davy?«
»Sure«, sagte Davys Stimme, etwas verrauscht, aus dem Handy. »Genau der.«
Er klang so stolz, als hätte er gerade die Olympiade in einer selbst erfundenen Disziplin gewonnen, mindestens Gold, vielleicht auch Platin.
»Du bist nicht in clinic?«
»Nee«, sagte Davy »Ich bin in ein Auto, da ist so eine Frau, die nimmt mir mit, die is cool. Ich bin abgehaun, und ich hätt nich gedacht, dass mir einer mitnimmt, sie aber schon, weil ich ihr gesagt hab, damit ich zu dir muss.«
»Du bist krank«, sagte ich. »Du musst sein mit Arzt. Oder nein? Du bist okay?«
»Sure«, sagte er wieder und hustete. »Is nur 'n bisschen 'n Rest von die Krankheit, Fieber is wech, die ham mir auf Antiobose gesetzt und mir tausend Fragen gestellt, auch die Polizei, aber ich hab denen nix gesagt.«
»Ich bin in eine Kirche«, sagte ich. »Wieskirche. Aber …«
Im Hintergrund hörte ich eine Frauenstimme, und dann sagte Davy: »Halbe Stunde.«
»Aber der Frau, er wird erzählen Polizei, wo bin ich!«
»Nee«, sagte Davy. »Die is cool, sag ich doch.« Und dann legte er auf.

Und ich saß da und starrte in die Nacht.
Davy durfte nicht hierherkommen. Ich konnte ihn nicht brauchen, wenn ich das Land verließ. Ich brachte ihn in Gefahr. Alles würde schiefgehen, wie immer, wenn wir zusammen etwas taten.

Halbe Stunde, hatte er gesagt. Dann wäre er da.
Ich war selten so glücklich gewesen.

Als sich die Tür der Wieskirche öffnete und eine kleine Gestalt mit blauer Mütze und in blauer Regenjacke hereintrat, war draußen gerade Morgen geworden.
Der Heiland lag leider immer noch auf dem Boden, ich hatte ihn nicht mehr aufgestellt bekommen. Sonst hätte er gesehen, wie sich zwischen den Kirchenbänken eine große und eine kleine Gestalt umarmten.
»Was ist mit deine Vater?«, fragte die große Gestalt.
»Der hat sich ins Krankenhaus auch nicht gekümmert«, antwortete die kleine. »Angebich hat er keine Zeit, und ich soll zurück in' Heim.«
Die große Gestalt nickte. »Ich muss weg«, sagte sie. »Aber ich nicht weiß, wie.«
»Na, wenn du hier wegmuss, lass abhaun!«, sagte die kleine Gestalt und unterdrückte einen Hustenanfall. »Ich bin 'wieso schon viel zu lange an ein Ort gewesen, drei Tage in selben weißen Zimmer! Wird Zeit, wieder auf die Straße zu komm.«

18 Tankstellenchips

Draußen glitzerte ein wunderschöner Morgen auf den Tauwiesen. Im Süden packten sich die Alpen langsam aus dem Dunst aus. Ich atmete die klare Luft tief ein.

»Wo ist dein Taxifrau?«

»Die's wieder los«, sagte Davy. »Hat mir nur abgesetzt. Sie hat gesagt, sie will gar nix wissen, is sicher alles illegal, aber sie hat was gegen *das System*. Die war auch 'n bisschen verrückt, das Auto war ne echte Schrottkarre. Und lila.« Er sah mich einen Moment lang aufmerksam an. »Und was is mit dir passiert?«

Ich zuckte die Achseln. »Unser Freunde von Strand in Zinnowitz. Sie haben Problem. Sie sind crazy.«

»Deshalb müssen wir weg, was?«

»Ja. Und von Polizei ich muss auch weg.«

Davy nickte. Sah sich um. Grüne Wiese, Kühe, nichts Neues über Nacht. Auf dem Parkplatz standen ein Touristenwohnmobil und ein hässlicher kleiner beigefarbener Fiat ohne Nummernschild.

»Wir nehm den«, sagte er und nickte zu dem Fiat hin. »Der vermisst keiner.«

Er zog an der Fahrertür, die nicht aufging. Dann zog er an der Beifahrertür, die auch nicht aufging. Und dann zog er hinten an der Kofferraumklappe.

Die Kofferraumklappe ging auf.

Ehe ich ihn hindern konnte, was ich möglicherweise nicht vorhatte, war er schon durch die Klappe gekrochen, zwischen den Sitzen durch – und öffnete von innen die Fahrertür. Ich schluckte. Aber das Auto hatte keine Nummernschilder. Und es war sehr alt. Und wir würden es lediglich *ausleihen*.

Davy grinste zu mir hoch.

»Jetzt geht's los nach Süden«, verkündete er. »Richtich weit weg. Ich wollt schon immer mal Kokospalmen sehn.«

Ich nickte. »Wir findet Kokospalms. Für dich.«

»Es heißt für dir«, verbesserte Davy. Dann ruckte er ein wenig am Lenkrad. »Sean? Kannst du fahrn?«

»Ich kann«, sagte ich. »Aber kann der Auto?«

Davy zuckte die Schultern. »Is ziemich alt. Aber könnte noch gehen.«

»Wir haben nicht das Schlüssel.«

»So was kann man kurzschließen«, meinte Davy. »Einer in Heim, der hat das paarmal gemacht, mit Kabeln und so. Die 15 auf die 50 und die 50 auf die 30, man muss nur die Pole kennen.« Er begann, mit den Fingern unter dem Lenkrad herumzutasten und rupfte ein Stück lose Plastikverkleidung ab.

»Du willst mir jetzt nicht im Ernst erzählen, dass du das kannst, oder? Du jagst uns in die Luft, du elektrokutierst dich selbst, lass es! Bei unserem Glück stellt das Auto automatisch eine Direktverbindung zur nächsten Feuerwehrzentrale her, sobald man es kurzschließt!«

In der Aufregung hatte ich einen Mix aus Farsi und Englisch gesprochen, aber Davy hörte sowieso nicht zu, er suchte jetzt im Handschuhfach, murmelte »Schraumdreher«, warf Papiere und eine alte Bonbondose auf den Fußboden und fing plötzlich an zu lachen.

»Det glaubste nich!«, sagte er und hielt mir etwas entgegen, das im Morgenlicht glänzte: einen beinahe historisch wirkenden, armseligen kleinen Schlüssel.

»Nein«, sagte ich. »Das ich glaube wirklich nicht.«
Ich nahm den Schlüssel und betrachtete einen Moment lang den Anhänger: ein daumengroßes Ding aus dreckigem weißem Fell, mit roten Glasaugen und einem winzigen Geweih. Behutsam streichelte ich mit dem Zeigefinger den weichen Fellrücken, dann löste ich das Tier vom Autoschlüssel und hängte es an den Rückspiegel, wo schon ein Holzkreuz mit einem geschnitzten Miniheiland, ein goldener Plastikhalbmond, und, wirklich, ein winziger Buddha aus Gummi hingen.
Ich schluckte.
Das konnte kein Zufall sein. Es war unser Fiat, und vier Götter wachten über uns.
Der vierte Gott war das Kaninchen.
Ich drehte den Schlüssel im Schloss, und der Motor gab ein Röhren von sich und erstarb. Drei Mal.
Klar, der Tank war leer.
Ich versuchte es noch ein viertes Mal, nur aus Trotz.
Da blieb der Motor an.
»Das … das ist … wow!«, rief ich. »Er hat Gas! In die Tank!«
»Sure, Mann!«, rief Davy.
Und dann knatterten wir die kleine Straße entlang, an der Kuhweide vorbei und weiter auf die Landstraße. Ich brauchte meine ganze Kraft, um die eingerostete Schaltung zu betätigen.
»Wir faaahren!«, schrie Davy, kurbelte das Fenster runter und winkte mit seiner blauen Mütze.
Ich weiß nicht, wem oder was er winkte: der weißzuckrigen Wieskirche, den Wiesen, den Kühen.
Oder Deutschland, dem ganzen Deutschland, das – beinahe – hinter uns lag.
Auf einmal liebte ich es. Jetzt, wo ich mich davon verabschiedete.

Vor uns lag nur die Straße, und auf der Straße lag der Sonnenschein.
Vor uns, in den Alpen, verlief irgendwo die Grenze. Nur noch ein paar Stunden, und wir waren sicher vor der deutschen Polizei.
Ich war, dachte ich, vermutlich der erste und einzige Mensch, der die Balkanroute rückwärtsging.
Aber nur ein Stück. Nur bis zum ersten größeren Flüchtlingsumschlagpunkt, wo es Schleuser gab, die uns weiterhalfen.
Wir sangen. Ich hatte das Radio aufgedreht, das tatsächlich noch ging, und sie spielten irgendein Charts-Lied, das nach Eiscremereklame klang, und wir sangen mit.
Ich sang die falschen Worte, und Davy sang die falsche Melodie. Es war perfekt.
Der Fahrtwind fegte mir beinahe den Strohhut davon, den ich fester auf meinen Kopf drückte.
Die Sonnenbrille hatte ich abgesetzt. Es war egal, ob uns jemand erkannte.
Wir waren schon fast nicht mehr da.

Leider ließen sich unsere heruntergekurbelten Fenster nicht mehr hochkurbeln, und es wurde etwas frisch. Das König-Ludwig-Jackett hielt nicht warm. Davy trug unter seiner Jacke einen geschenkten Krankenhauspullover und darüber das Werwolfkaninchen-Shirt, und deshalb gab er mir seine zu große blaue Regenjacke.
»Ist die von dein Vater?«, fragte ich.
»Nee«, sagte er. »Die hab ich in Haus an Strand mitgenomm, die lag da rum.«
Ich trug also die Jacke des toten Pyjama-Mannes. Ein komischer Gedanke.
Weil das Benzin nicht ewig reichen würde, hielten wir bei der

nächsten Tankstelle. Wir tankten für einundzwanzig Euro und kauften für den Rest des Geldes Kartoffelchips, da ich ausrechnete, dass die Chips das beste Euro-Kilokalorien-Verhältnis hatten. Sie hatten fünf Sorten davon, indisch-spicy, hot-mexican, Arabische Nacht, afrikanisch-sweet-potato und Rumänisches Paprika-Feuer. Daneben lag ein Stapel BILD-Zeitungen. Auf der Titelseite hielten Menschen Schilder hoch mit ihrer Meinung, nämlich, dass die Leute aus anderen Ländern nach Hause gehen sollten.

»Verzeiherung, haben Sie nicht deutsche Chips?«, fragte ich die Tankstellen-Frau.

Sie drehte nachdenklich einen geflochtenen Zopf um ihren Zeigefinger und sagte: »Naa. I glaub, deitsche Chips gibt's netta. A Brezn kennt i Ihna obietn.«

»Nein, danke«, sagte ich und bezahlte eine Tüte mexikanische Chips. »Sie kann sagen, wo ist Grenze?«

»No, immer grodaus«, sagte sie. »Nachhert kimmt a Obbiegung zur Schnellstroß, von da is sowieso ausgschildert. Machtsa Ferien drüba?«

Ferien verstand ich, und ich nickte. »Schloss-Besichterung-Tour.«

Als wir die Tankstelle verließen, sah sie uns auf einmal so komisch nach. Als hätte sie sich an etwas erinnert. Ich beobachtete im Rückspiegel, wie sie in der Sonne vor der Tankstelle stand und mit einem Mann sprach, der gerade zu ihr getreten war.

»Davy«, sagte ich. »Ich bin eine schlechte Gefeeling.«

»Fahr schnella«, sagte Davy.

Dann versank er in der Chipstüte. »Sean? Warum ham wir nich die Arabische-Nacht-Chips genomm?«

»Arabisch Nacht ist too much gefährlich«, erklärte ich. »Ist immer möglich, du kannst verhaftet sein.«

Ich dachte an meine Geschichte auf dem Handy, die aufgenommene, die ich nun nicht mehr brauchte. Wenn ich für immer bei Davy blieb, musste ich ihm die Geschichte nicht erzählen. Denn dann konnte ich selbst darauf aufpassen, dass er gewisse Fehler nicht machte. Dass er mehr Erfolg hatte als ich, mit den Frauen und mit dem Leben im Allgemeinen.

»Zuerst ich muss finden ein Job«, sagte ich, während das Auto sich eine geschlängelte Straße aufwärtskämpfte. »In Austria. Für Geld für Reise. Du musst warten für mir. Die Kokospalms kommt erst später.«

»Sure«, sagte Davy, schloss die Augen, rutschte in seinem Sitz zurück und streckte die Füße aus dem Fenster. »Ich wart auch hundert Jahre. Für dir mach ich das.«

Genau da kam im Radio das Happy-Lied. Als gäbe es eine Regie hinter allem.

Ich drehte lauter. »Du kennst nicht, ist zu viel alt«, sagte ich zu Davy. »Aber das ist schönes Lied. Über Mensch, die ist glucklich.« Es hatte damals ein Happy-Berlin-Video gegeben, das wusste ich. Und ich fragte mich, ob jemand wohl ein Happy-Zinnowitz- und ein Happy-Worms-Video gemacht hatte. Oder ein Happy-Wieskirche-Video.

Man konnte vermutlich überall happy sein, solange man zu zweit war.

Und das waren wir.

Ich brauchte keine Frau. Es reichte, einen Freund zu haben, auch wenn es ein kleiner Junge mit Schlumpfmütze und Zahnlücke war. Ich dachte, dass ich Davy irgendwann gerne meine Heimat zeigen würde. Die Straßen, in denen ich als kleiner Junge Unsinn angestellt hatte. Die Parks, in denen die Leute ständig picknicken. Sogar die Moscheen. Und all die Plätze, an denen man sich heimlich treffen und verbotene Dinge tun konnte.

Dann dachte ich daran, dass sie auch in Teheran ein Happy-Video gedreht hatten. Alle Beteiligten waren eingesperrt worden. Happiness ist etwas, das man im Iran nur hinter zugezogenen Vorhängen zeigen darf.
Aber ich weigerte mich, melancholisch zu werden. Ich sang den Happy-Song mit.

»Dahinten!«, sagte Davy plötzlich und sah in den Außenspiegel.
Und dann sah ich es auch. Im Rückspiegel. Über dem baumelnden Heiland und dem Halbmond und dem Buddha und dem Kaninchen.
Ein schwarzer Wagen mit getönten Scheiben.
»Muzakhraf«, sagte ich.
»Fahr schneller«, sagte Davy. Aber der Fiat konnte nicht schneller fahren, ich hatte das Gaspedal schon bis zum Anschlag durchgetreten.
Wir tauchten in ein Wäldchen ein, mitten darin machte die Straße eine Kurve und – oh Wunder – es gab eine Abzweigung. Davy und ich sahen uns kurz an, dann lenkte ich den Fiat nach links, auf die kleinere Straße. Die war noch kurviger und steiler.
Wir verließen das Wäldchen, und dann sah ich im Spiegel, wie auch der schwarze Wagen das Wäldchen verließ.
Er verließ es auf einer anderen Seite. Er hatte die Hauptstraße genommen.
Davy und ich hoben die Hände zu einem triumphalen High five genau unter dem Kaninchen.
Vor uns führte die kleine Straße quer über eine buckelige, malerisch bergige Weide, und dahinter wartete der richtige Wald, ein Wald aus dichten, dunklen Tannen. Wenn wir erst in diesen Schatten tauchten, konnte uns aus der Ferne kein Verfolger mehr sehen.

Tja, und dann wurde die Steigung zu viel, oder vielleicht hatte ich mich vor lauter Begeisterung verschaltet, jedenfalls gurgelte der Fiat und blieb ganz plötzlich stehen.
Mitten auf dieser schrägen, buckeligen Wiese.
Mitten auf der Straße.
»Wir müssen schieben!«, schrie Davy, riss die Tür auf und hopste hinaus.
»Aber nicht du!«, rief ich. »Du musst in Auto rein! *Ich* schiebe!«
Doch Davy stand auf einmal ganz still neben dem Fiat. Als hätte er eine Erscheinung. Dann zeigte er die Straße hinunter.
Dort näherte sich, unterhalb des Wäldchens, ein anderer Wagen. Ein blau-weißer Wagen.
Ein Wagen, dessen Fahrer uns hier oben genau sah, und der im Wäldchen auf keinen Fall falsch abbiegen würde.
Wir sahen jetzt auch den schwarzen Wagen wieder. Er stand nun ein paar Hundert Meter oberhalb des Wäldchens. Mehrere Leute waren ausgestiegen und guckten zu uns herüber.
Aber da war noch etwas.
Es brach zwischen den Tannen jenseits der Wiese hervor.
Etwas braun-weiß Geflecktes, Muhendes.
Kühe.
Ein Stück Wald musste zur Weide gehören, und irgendetwas musste die Kühe erschreckt haben, die Natur und das Glück waren nicht auf unserer Seite. Die Kühe wirkten wie eine Art Lawine, sie ergossen sich die Wiese hinunter, und dann erreichten sie die Straße und wurden langsamer und blieben stehen.
Das Polizeiauto war in das lichte Wäldchen hineingefahren. Und würde gleich sehr nahe bei uns herauskommen.
Das sonnige Gefühl der Unbesiegbarkeit war wie weggewischt. Mein Puls raste.

»Ins Auto, los!«, schrie ich. »Davy! Du musst starten! Mit dem Schlüssel!«
Davy sah mich unsicher an. Verdammt, ich hatte auf Farsi geschrien. Ich wollte die Worte auf Deutsch wiederholen, aber auf einmal hatte ich all mein Deutsch vergessen.
Die Kühe hatten den Fiat jetzt umringt.
Selbst, wenn ich ihn hätte starten können, wäre es unmöglich gewesen, zu fahren. Sie hatten ihn eingekesselt, und mir kam der absurde Gedanke, dass dies vielleicht abgerichtete Polizeikühe waren, die den Auftrag hatten, uns aufzuhalten. Bei den Deutschen weiß man nie.
Als der Streifenwagen mit seinem Blaulicht aus dem Wäldchen auftauchte und näher kam, löste sich Davys Angststarre, und er kletterte auf das Dach des Fiats, um nicht von den Kühen platt getrampelt zu werden.
Ich kletterte ihm nach.
Es war das Einzige, was ich tun konnte.
Oben fing Davy an, mit den Armen zu wedeln, um die Kühe zu verscheuchen, was nicht wirklich half. Ich wedelte ebenfalls. Ich zog die blaue Regenjacke aus und schwenkte sie. Da stand ich, in meinem blutbefleckten König-Ludwig-Kostüm, mit meinem zerknickten Strohhut und meinem kaputten Gesicht und all meinen Hoffnungen. Um mich die große Freiheit dieses merkwürdigen Deutschlands, die nicht mehr mir gehörte und es wohl nie getan hatte.
Und irgendwie war klar, dass die österreichische Grenze uns auch nichts genützt hätte. Wir wären trotzdem verhaftet worden.

Da stehe ich also auf dem Autodach.
Ich, achtzehn Jahre alt, der Held dieser Geschichte.

Strohhut, Dreitagebart, kurzes schwarzes Haar, ein wenig zerzaust vom Wind.
Ein wenig? Völlig. Völlig ungekämmt. Ich bin auch völlig unrasiert. Nein, ich war nie charismatisch, wenn ich überhaupt irgendwie aussehe, dann wild, wild mit einem Schuss König Ludwig.
In meinem Kopfkino schwenkt die Kamera zu einer anderen Wiese in der Nähe, wo ein schwarzer Wagen am Straßenrand steht. Und man sieht drei Menschen neben diesem Auto. Zwei Männer, einen hässlichen und einen schönen. Und ein Mädchen mit pinkem Haar.
Der Held auf seinem Autodach sieht es an.
Dann hört er auf, mit den Armen zu wedeln.
Er winkt.
Es ist ein Abschiedswinken.
Er gibt sich geschlagen.

Das blau-weiße Auto hielt neben dem Fiat, die Beamten zwängten sich durch die Kuhherde, das Blaulicht drehte sich auf dem Dach des Wagens.
Die Polizisten – einer war eine Polizistin – hatten Schusswaffen. Sie sagten, umständlich und vorschriftsmäßig, dass sie von den Schusswaffen Gebrauch machen würden, falls man Widerstand leistete.
Doch ich fühlte mich nicht mehr in der Lage, irgendetwas zu leisten, auch keinen Widerstand.
Ich hatte immer an das Gute geglaubt, und ich hatte so viele gute Dinge erfahren, aber letztlich hatte das Schlechte in der Welt gewonnen. Es war eine traurige kleine Erkenntnis, die mich da überkam, auf dem Autodach mitten in der bayrischen Kuhherde. Das Traurigste war vielleicht, dass ich den Ausdruck auf Lottas Gesicht gesehen hatte, auch wenn sie so weit weg gewesen war. Sie hatte aus-

gesehen, als täte ihr etwas leid. Als hätte sie eigentlich gewollt, dass die Dinge anders liefen und als wäre ihr das erst in diesem Moment klar geworden.
Sie ließ eine letzte rosa Kaugummiblase platzen, ehe sie in das schwarze Auto stieg und mit den anderen wegfuhr, die der Polizei auch nicht begegnen wollten.
Und ich sank einfach in mich zusammen, da oben auf meinem dummen Blechbalkon über der Welt. Die Polizisten zerrten mich herunter. Davy machte einen wahrlich heldenhaften Fluchtversuch, wurde eingefangen, wand sich, trat und biss die Polizisten, aber letztlich nützte es nichts.
Dann saßen wir im Wagen, hinten. Zwischen uns die Polizistin.
Wir konnten uns nicht berühren, nie wieder. Sie hatten mir tatsächlich Handschellen angelegt wie einem Schwerverbrecher, und die Polizistin hielt ihre Waffe schussbereit. Oder tat jedenfalls so.
Einmal drehte ich mich um. Die Kuhherde und der Fiat wurden oben am Hang immer kleiner.
»Ga'nd«, sagte Davy.
»Was?«, fragte die Polizistin.
Aber niemand übersetzte es ihr.

Am Spiegel des beigefarbenen Fiats baumelte ein weißes Kaninchen, daumengroß, mit Geweih.
Es sah vielleicht gerade jetzt mit seinen roten Glasaugen den hölzernen Heiland neben sich an, und der muslimische Halbmond drehte sich langsam in einem Lufthauch zwischen ihnen. Der Gummibuddha meditierte ein bisschen für sich selbst, ganz still.
»Man müsste doch etwas tun«, schien das weiße Kaninchen zu sagen. »Wenn es einen Gott gäbe, oder mehrere, dann müssten die doch etwas tun.«

Aber da das Kaninchen eigentlich gar nichts gesagt hatte, hatte auch keiner es gehört, und der Heiland tat nichts außer hängen, was er meistens tut.
Der hatte übrigens auch eine Menge Pech.
Vielleicht hat er ebenfalls zu lange an das Gute geglaubt? Auf jeden Fall hat er seine Meinung zu laut gesagt, in einem Land ohne Meinungsfreiheit, und dann haben sie ihn eingesperrt und gefoltert. Es könnte eine Hoffnung geben, da dem Heiland das alles auch passiert ist.
Aber den haben sie ja gekreuzigt.
Immer ist irgendwas.

19 Kamillentee

In Deutschland gibt es ein Sprichwort, das heißt: Der Klügere geht nach.
Es bedeutet vermutlich, dass einem die klugen Antworten immer zu spät einfallen.
Mir fielen auf der Polizeiwache überhaupt keine klugen Antworten ein. Das einzig Kluge, was ich getan hatte, war, Davy kurz vor meiner Verhaftung das Handy zu geben, das er jetzt in der Tasche trug. Eine letzte Erinnerung.
Ich wusste nicht, wo er jetzt war, sie sagten es mir nicht, aber ich nahm an, wieder im Krankenhaus; er hatte bis zuletzt zu viel gehustet. Oder sie hatten ihn zurück in das Heim gesteckt, in dem der Junge wohnte, der in seiner Freizeit Autos kurzschloss, und die anderen, die in ihrer Freizeit Kleineren wie Davy Zähne ausschlugen und später vermutlich gute Jobaussichten bei der Gruppe hatten, die in Ferienhäuser auf Usedom einbrach.
Ich also, mit meinen nachgehenden Gedanken, saß auf einem Polizeirevier in Füssen, steckte in frischen Kleidern, die sie mir gegeben hatten, und starrte lange nur vor mich hin, einen Plastikbecher mit Tee vor mir.
Im Tee schwamm ein Beutel mit der Aufschrift *Kamille*, aber er schmeckte nur nach Papierschnipseln. Der Beamte mir gegenüber stellte ungefähr zum zehnten Mal seine Fragen, und ich verstand sie zum zehnten Mal nicht.

Ich verstand gar nichts.
Sie hatten einen Dolmetscher kommen lassen, aber ich verstand auch nicht, was er dolmetschte, es war, als hätte jemand sämtliche Kabel von mir zur Außenwelt einfach durchgeschnitten. Ich sprach keine Sprache mehr, auch kein Farsi, ich hörte nur sinnlose Silben. Ich war schon einen ganzen Tag und eine Nacht hier, ich hatte auf einer Matratze geschlafen statt in einem Kirchenschrank oder auf dem verregneten Waldboden, und sie hatten mich gefüttert. Ich hätte froh und dankbar sein sollen. Zumal die deutsche Polizei bisher darauf verzichtet hatte, mich mit harten Gegenständen auf den Kopf zu schlagen oder andere effektive Befragungsmethoden anzuwenden. Vielleicht hätte man ihnen das empfehlen sollen; vielleicht funktionieren Menschen aus Ländern wie meinem nur, wenn man es ihnen ein bisschen wie zu Hause einrichtet.
Ich sah den Beamten mir gegenüber an. Er hatte genervte Stirnfalten und gefrustete Hängebacken und in der Mitte zusammengewachsene Brauen, und ich fragte mich, was für eine Art Hund er im letzten Leben gewesen wäre und ob ich eigentlich immer noch Buddhist war und ob ich daher an Reinkarnation glaubte. Vor dem Fenster segelte ein Raubvogel in den hohen Sommerhimmel davon.

Und dann – aber ich glaube, das war einen Tag später – schlug der Dolmetscher mit der flachen Hand auf den Tisch, sodass der Plastikbecher hochhopste und der Papierkamillentee auf meine Hände floss. »Verdammt noch mal, jetzt mach den Mund auf, ich hab noch was anderes zu tun!«, rief er auf Farsi. »Wofür hältst du dich eigentlich, für den leidenden Werther des Iran?«
Ich sah ihn an, perplex. Ich verstand plötzlich wieder alles. Außer Werther.

»Wen?«
»Deutsche Literatur«, schnaubte der Dolmetscher. »Hab ich studiert. So ein irrer Typ, der sich umbringt, in Hellblau und Gelb, wegen einer Frau.«
»Interessant«, sagte ich. »Bei mir ist es ganz ähnlich. Wieso hat er …?«
Er haute noch mal auf den Tisch, aber diesmal hielt ich den Plastikbecher rechtzeitig fest. »Du bist weder tot noch literarisch wertvoll«, schnauzte er. »Jetzt bringen wir, verdammt noch mal, diese Befragung hinter uns. Ich hab Frau und Kinder zu Hause und in einer Viertelstunde Feierabend.«
»Ist ja gut«, sagte ich. »Wie lange bist du schon in Deutschland?«
»Dreißig Jahre«, sagte er, und ich nickte.
»Das dachte ich mir.«
Der Beamte hinter dem Tisch, der mit den Hängebacken, fragte irritiert, was nun los sei, ich verstand ihn ziemlich genau, er sprach Deutsch, kein Bayrisch. Und ich sah ihm fest in die Augen, stand auf und sagte: »Ich habe nicht kidnapping Kind. Und ich habe nicht gekilled die Mann. Es ist wahr. Es war, Verzeiherung, alles eine große Missverstehnis. Ich wollte auch nicht zu stehlen das Auto, aber er war alt, mit ohne Schild. In diesen Land alles nur es ist wertvoll mit Schild, so wir denken, eine Auto mit ohne Schild es ist nicht wertvoll. Wir …«
»Haalt!«, rief der Mann. »Der Reihe nach. Sie haben das Kind nicht gekidnapped?«
»Surely not. Fragen Sie den Kind.«
»Das haben wir.« Er seufzte. »Eine traurige Geschichte. Es ist weggelaufen und mit Ihnen mitgegangen, richtig?«
Ich nickte, perplex.
»Kommen wir also zum Einbruch in dem Ferienhaus.«

»Ich habe nicht gebrechen!«, rief ich. »Nur ich war dort. Für Zufall. Ich habe telefoniert die Notberufung.«

»Und wie erklären Sie sich das?« Er deutete auf eine große braune Brieftasche, die auf dem Tisch lag. Ich hatte sie bisher nicht beachtet. »Was ist das?«, fragte ich, ins Englische wechselnd.

»Das sollten Sie eigentlich mir erklären«, meinte der Polizeibeamte, der zum Glück auch Englisch sprach. »Es war in Ihrer Jacke. In der Innentasche im Futter.«

»In meiner … Jacke?« Das König-Ludwig-Jackett hatte gar keine Taschen gehabt.

»In der blauen Regenjacke«, sagte der Polizeibeamte, »die Sie bei Ihrer Verhaftung getragen haben.«

Er klappte die braunlederne Brieftasche auf und nahm einen Packen kleiner Hefte heraus. Nein, es waren keine Hefte. Es waren Pässe. Der Beamte fächerte sie vor mir auf wie ein Kartenspiel, und ich las die verschiedenen Namen darauf, die mir alle nichts sagten. Deutsche Pässe, polnische Pässe, ein bulgarischer Pass, zwei griechische Pässe.

»Sie überfallen nicht nur Ferienhäuser«, sagte der Beamte. »Sie handeln auch mit falschen Papieren. Ihre Fingerabdrücke waren übrigens an der Waffe. Es nützt nichts, irgendetwas zu leugnen.«

Ich begriff nur langsam. Er hielt mich für den Boss der Einbrecherbande.

»Was? Nein!«, rief ich. »Ich habe doch mit denen nichts zu tun! Okay, ich habe die blöde Pistole angefasst. Aber deshalb habe ich doch nicht damit *geschossen*! Ich *wusste* nicht mal, dass eine Brieftasche in der Jacke ist!«

Wenn ich das gewusst hätte, dachte ich. Da hatte ich die ganze Zeit über eine Brieftasche voller Pässe mitgeschleppt, hätte in jedes Land der Welt fahren können – und hatte keine Ahnung gehabt.

Davy musste das Ding eingesteckt haben.
»Deshalb haben uns diese Typen gesucht! Gucken Sie sich das an!« Ich zeigte auf meine Wange. »Das waren die! Die haben uns verfolgt!«
Ich überschlug mich jetzt förmlich, warf mit Worten nur so um mich. Ich erklärte auf Englisch, ich erklärte auf Farsi, ich stammelte auf Deutsch: »Verzeiherung, aber Sie muss mich glauben!«
Der Beamte strich nachdenklich über seine Hängebacken.
»Wo ist Ihr richtiger Pass?«, fragte er schließlich.
»Dumme Frage«, sagte ich auf Englisch. »Den haben Sie doch. Ich habe ihn in dem Ferienhaus verloren.«
Er nickte langsam. Es war ein Test gewesen.
Ein Test, den ich bestanden hatte. Wie untypisch.
»Warum sind Sie denn abgehauen, wenn Sie nichts mit den Einbrechern zu tun haben?«
Ich seufzte. »Weil ein kleiner Junge mit einer Zahnlücke gesagt hat, wir müssten abhauen.«
»Tun Sie immer, was kleine Jungen mit Zahnlücken sagen? Nicht besonders … schlaue kleine Jungen?«
Ich spürte, wie die Wut in mir hochkochte. Am liebsten hätte ich ihm ins Gesicht geschrien, dass er keine Ahnung hatte. Dass Davy ein besonderer kleiner Junge war, der Pferde und Menschen zähmen konnte. Dass er auf seine Art eben doch schlau war. Dass er das Rheingold gefunden hatte. Dass er …
»Sind Sie jetzt fertig?«, fragte der Mann mit den Hängebacken. Offenbar hatte ich ihn wirklich angeschrien. »Wenn Sie mir das alles auf Englisch sagen, kann ich Ihnen besser folgen«, sagte er. »Persisch kann ich nicht.«
Ich sah zur Seite. Der Dolmetscher war gegangen, pünktlich auf die Sekunde.

»Mein Gott, dann lernen Sie es«, schnaubte ich, auf Englisch. »Es ist die Sprache einer der ältesten Zivilisationen der Welt, und wir haben den Trickfilm erfunden, mit einer Tasse, aber das wissen Sie vermutlich auch nicht.«

Das war das Ende des Gesprächs mit dem Hängebackenbeamten. Sie führten mich zurück in meine Zelle, die eigentlich nur ein Zimmer war, und dieser Umstand machte es noch schrecklicher. Es war eine wattierte Gefangenschaft, die meine Wut nährte, es war wie neben einem Kühlschrank aus Schokolade an Vitaminmangel zu sterben, statt wenigstens anständig zu verhungern.

In dieser Nacht träumte ich davon, wie Davy einfach so, und ohne nachzudenken, die Brieftasche nahm und in die Tasche der Jacke steckte, die er auch einfach so, und ohne nachzudenken, mitgenommen hatte. Oder er hatte sehr viel nachgedacht. Nämlich darüber, dass es kalt werden konnte, wenn man auf der Flucht ist, und dass man Geld braucht. In meinem Traum klaute er die Brieftasche aus dem Wagen der Einbrecher. Leider war in der Tasche überhaupt kein Geld. Ich sah Davy hineinsehen und sie enttäuscht wegstecken, und in diesem Moment wachte ich auf und wusste es.

Ich wusste, wie ich ihnen meine Unschuld beweisen konnte.

»Die Fingerabdrücke!«, rief ich. »Meine Fingerabdrücke waren vielleicht an der Waffe, aber sie sind nicht an der Brieftasche! Und nicht an den Pässen!«

Okay, sie konnten mir erklären, ich hätte die Brieftasche immer nur mit Handschuhen angefasst, aber das wäre doch seltsam, wer fasst schon seine Brieftasche und sämtliche darin befindlichen Dokumente mit Handschuhen an, zieht dann beim Schießen aber die Handschuhe aus?

Ich hämmerte an die Tür. Rief. Randalierte. Niemand kam. Irgendwann ging mir die Puste aus, und ich sackte auf meiner Matratze zusammen und weinte, mein Vater hätte gesagt: würdelos. Weil ich die Lösung hatte und keiner sie hören wollte. »Ich bin kein Mörder«, flüsterte ich. »Das Einzige, was ich ermordet habe, ist eine Espressomaschine in Berlin.«

»Sie wollen also sagen, Sie hätten weder die Brieftasche noch die Pässe angefasst oder gesehen?«
»Ja. Nein. Habe ich nicht.«
Ich sah in den geschmacklosen Kamillentee und dann aus dem Fenster, wo schon wieder allzu freie Vögel vor dem Himmel herumflogen.
Der Beamte nickte. Es war der neunte oder zehnte, dem ich die Sache erklärte.
Seit ich es mit dem ersten versucht hatte, waren acht Tage vergangen.
Die Mühlen deutscher Ämter mahlen langsam.
Sie mussten erst die Untersuchung der Brieftasche und der Pässe auf Fingerabdrücke beantragen, dann musste die Brieftasche in ein anderes Gebäude transportiert werden, möglicherweise auch auf den Mond. Dann musste sie dort in einer Schlange aus anderen zu untersuchenden Beweismaterialien in der Forensik warten …
Und am Ende waren die Ergebnisse der Untersuchung vermutlich zu Fuß zurück nach Füssen gegangen, und dabei hatten sie noch einen Abstecher über Berlin und New York gemacht.
Das kannte ich. Vor einer Weile hatte ich für jemand mir Unbekannten ein Päckchen weiterschicken sollen, es war so eine Anfrage per Mail gewesen, und ich hatte erst zugesagt, da man Geld dafür bekam. Dann war ich aber doch zur Polizei gegangen, weil mir das

Ganze komisch vorgekommen war. Die Polizei ist ja Dein-Freund-und-Helfer in Deutschland.
Sie hatten freundschaftlich meinen Laptop beschlagnahmt und hilfreich das laptopförmige Päckchen mitgenommen, das in unserer Wohnung auf dem Tisch lag und das ich einem Ex-Mitbewohner an seinen neuen Wohnort nachschicken sollte. Darin hatte sich auch etwas frisches Gemüse und ein Kilo Fleisch befunden … Die ganze Sache war inzwischen ein halbes Jahr her, weil doch die Mühlen langsam mahlten, und manchmal stellte ich mir schadenfroh vor, wie sie das Päckchen öffneten und den inzwischen verflüssigten Inhalt vorfanden.
»Nun, Sie haben recht«, sagte der Beamte. »Sie sind unschuldig.«
Ich glaube, ich habe noch nie jemanden so perplex angesehen. »Ja?«
Er nickte. »Es sind keine Fingerabdrücke von Ihnen an der Brieftasche.« Er öffnete eine dicke Akte und blätterte durch die obersten Seiten. »Auch Ihre übrigen Delikte sind von niemandem angezeigt worden. Weder hat das Schloss Neuschwanstein den Diebstahl des König-Ludwig-Jacketts angezeigt, noch der alte Herr, dem der Fiat gehört, dessen Fehlen. Nun, er liegt im Pflegeheim … der Herr, meine ich.« Er räusperte sich umständlich. »Wo kein Kläger, da kein Richter. So heißt es bei uns in Deutschland. Und wir sind ein Land von Dichtern und Denkern, nicht von Richtern und Henkern, das hat … wer hat das noch gesagt?«
»Luther«, half ich aus.
»Nein. Eine andere berühmte deutsche Persönlichkeit.«
»Helene Fischer?«
Er schüttelte den Kopf. »Wie dem auch sei, das Fahren eines Autos ohne international gültigen Führerschein ist das Schlimmste, was Sie sich haben zuschulden kommen lassen.«

»Aber was ist mit … mit der Espressomaschine? Und dem Router? In Berlin?«

»Oh, die Sache mit der Kneipe, die Sie in Ihrer Geschichte erwähnt haben.« Er blätterte weiter in dem Aktenordner. »Warten Sie … hier. Die Kneipe ist ausfindig gemacht worden, und man hat sich dort an Sie erinnert. Inzwischen …« Er beugte sich vor und las. »Inzwischen hat besagtes Lokal als Erstes das Konzept der *netzfreien Kneipe* für sich entdeckt. Einzeltische und Computerplätze werden aus der Freizeit in den Arbeitsalltag verbannt …« Er sah auf, jetzt mit einem Lächeln. »Und es gibt nur noch frischen Tee. Seitdem ist die Kneipe offenbar *der* Renner im Viertel. Glückwunsch.«

Dann stand er auf und griff über den Tisch, um mir die Hand zu schütteln.

»Das war's von unserer Seite aus«, sagte er. »Sie werden noch bis morgen bei uns bleiben, aber es wird weder einen Prozess noch eine weitere Beweisaufnahme vonnöten sein.«

»Das ist … wundervoll«, stammelte ich. »Kann ich dann nicht einfach gehen?«

Er kam um den Schreibtisch herum, um mich zur Tür zu begleiten, wo ein anderer Polizist wartete.

»Nicht so ganz. Sie … wissen, dass es einen Abschiebebescheid gibt. Und Ihre Geschichte ging durch die Presse. Die Leute erinnern sich noch immer an den iranischen Kindesentführer.«

»Aber …«

»Es sind einige unschöne Dinge passiert in Deutschland in letzter Zeit. Belästigungen von Frauen beispielsweise …«

»Aber ich habe nie …«

»Das sagt ja auch keiner. Ich erkläre Ihnen nur, warum Abschiebungen von Menschen, die mit dem Gesetz in Konflikt gekommen sind …«

»Weil ich ohne internationalen Führerschein eine halbe Stunde Auto gefahren bin?«
Er nickte. »… warum also Abschiebungen solcher Menschen Vorrang haben. Man muss das deutsche Volk beruhigen.«
»Ich fürchte, ich verstehe Sie nicht«, sagte ich.
Der Polizist bei der Tür hatte bereits nach meinem Arm gegriffen. Sein Griff war sehr fest.
»Sie befinden sich ab jetzt rechtlich nicht mehr in Untersuchungshaft, da Sie hiermit daraus entlassen werden«, sagte der erste Beamte. »Ab jetzt befinden Sie sich in Abschiebehaft. Ihr Flug geht morgen früh um neun.«
»Was? Mein Flug … wohin?«, flüsterte ich. Auf einmal konnte ich nur noch flüstern. Irgendetwas brach zusammen wie ein Kartenhaus, tief in mir.
Der Beamte warf einen allerletzten Blick in die dicke Akte auf dem Tisch.
»Teheran«, sagte er. »Die Behörden sind nach Ihrem Interview nicht überzeugt davon, dass sie dort politisch verfolgt werden.« Er legte mir eine Hand auf die Schulter. »Zeit, nach Hause zu gehen, mein Junge. Vielleicht versuchen Sie es in ein paar Jahren mit einem legalen Studentenvisum, wenn Ihnen so viel daran liegt, bei uns zu studieren.«
Ich sagte ihm nicht, dass ich nach England gewollt hatte. Dass ich den deutschen Aufenthaltstitel nur dazu gebraucht hatte. Dass ich hier gelandet war, weil mein Geld nicht für den nächsten Schleuser gereicht hatte. Nein, mir lag nichts daran, in diesem Land voller Kühe zu bleiben.
Auch wenn ich gelernt hatte, manche Teile davon zu lieben. Und manche Menschen darin, wie zum Beispiel einen kleinen Jungen mit Schlumpfmütze.

Aber Teheran?
»Das können Sie nicht machen«, wisperte ich. »Ich kann da nicht wieder hin. Ich … ich fange schon an zu zittern, wenn ich nur daran denke!«
Wir sahen beide meine Hände an, die ich vor mir ausgestreckt hatte.
Sie zitterten überhaupt nicht.
Aber man sah, dass die Nägel abgekaut waren.

20 Schafsblut

Lieber Davy. Du hast gesagt, Du wirst warten. Wenn es sein muss, hundert Jahre.

Ich weiß nicht, wie lange es dauern wird.

Ich weiß auch nicht, ob Du diesen Brief liest. Ob ihn Dir jemand übersetzt. Ob ich ihn überhaupt abschicken kann, irgendwie, heimlich.

Damals, im Auto zum Flughafen, in der Sommerdunkelheit, dachte ich an unsere kleine große Freiheit. Daran, wie es war, unterwegs zu sein. Zusammen. Ich gebe zu, dass ich Dich am Anfang loswerden wollte. Aber das war nur am Anfang.

Geht es Dir gut, da, wo Du bist? Kannst Du durchhalten, bis Du alt genug bist zu gehen? Hau nicht noch mal ab, es lohnt nicht. Sie fangen die, die abhauen, doch immer wieder ein.

Im Flugzeug hatte ich Polizeibegleitschutz, aber nicht, um mich zu schützen, sondern, damit ich nicht noch mal weglaufen konnte. Ich war der einzige Abschiebekandidat auf diesem Flug. In den Iran bringen sie nicht so viele.

Dann der Start, nachts, der Schwindel, und dann war ich oben, und unter mir lagen die Lichter der Stadt München. Da war ich also doch noch, wenngleich nur sehr kurz.

Es war seltsam, wie alles hinter mir zurückblieb, das ganze Deutschland.

Und unsere Zeit zu zweit.

Als wir ankamen, war Morgen.
Der Flughafen Teheran roch völlig fremd. Er war sehr sauber und steril, beinahe sah er deutsch aus. Draußen würde es weniger sauber und aufgeräumt sein.
Meine Mutter und meine beiden älteren Schwestern haben mich umarmt. Amin hätte mich fast nicht mehr losgelassen. Er sah so glücklich aus.
Ich wollte ihm von Dir erzählen. Von dem anderen kleinen Bruder, den ich in Deutschland gehabt hatte. Später, dachte ich. Wenn der ganze Trubel vorbei ist. Meine Mutter hatte ein Festessen für alle Verwandten zubereitet. Mein Vater saß nur still da und starrte vor sich hin. Ich dachte, er wäre sauer. Enttäuscht über diesen Versager, seinen Sohn. Aber als ich einmal seinem Blick begegnete, war er besorgt. Zu viele Leute, sagte sein Blick, hier sind zu viele Leute, die weitertragen können, dass Du wieder da bist.
Zwei Tage später standen sie vor der Tür und nahmen mich mit.
Irgendwas war an der falschen Stelle durchgesickert, und jemand hatte mich gemeldet.
Weißt Du, ich war nie politisch. Außer, es ist politisch, in einem Park eine Frau zu küssen. Du hast Dir vielleicht auf dem Handy angehört, warum ich wegmusste, die ganze Geschichte mit dem Evin-Gefängnis und den Schafen. Damals hatte ich das Evin nur von außen gesehen, ich hatte nicht vor, es von innen zu besichtigen.
Die Dinge kommen anders, als man denkt.
Und Leute, die Fotos machen, können die wirklich nicht leiden.
Ich weiß nicht, wie lange sie mich behalten, vielleicht ein Jahr oder zwei.
Bei meinem Glück zerstöre ich die Espressomaschine des Wachpersonals, und das gibt noch fünf Jahre extra. Nein, ehrlich gesagt, haben sie keine Espressomaschine.

Es ist nicht so schlimm hier. Man kann alles überleben, und wenn nicht, dann ist es auch erledigt. Nur, dass sie das mit König Ludwig rausbekommen haben, das ist ungut. Der eine von den höheren Tieren, so einer, der eher ein Bulle ist als ein Mensch, hässlich und riesengroß, der steht auf so was wie König Ludwig. Und er hat so ein Kostüm besorgt und findet es lustig, mich das anziehen zu lassen, wenn er mich zu sich holt. Alles andere, was dann passiert, ist nicht lustig. Aber irgendwann hört das ja auf.
Ich bin kein Held, Davy. Obwohl ich immer so gerne einer sein wollte. Ich bin nicht tapfer. Ich habe ihnen alle Namen gesagt, die sie hören wollten, auch den von der Frau mit dem Kleid und den Schafen, aber den wussten sie sowieso.
Und ich habe noch eine ganze Menge Namen dazuerfunden.
Leider hat es nichts genützt.
Irgendwann komme ich hier raus, Davy. Ich weiß, dass meine Familie Geld beiseitelegt, und diesmal wird alles besser geplant sein. Wir werden bessere, teurere Schleuser bezahlen.
Dann kann ich hin, wohin ich will.
Ich dachte eine ganze Weile, ich würde dann nach Großbritannien gehen, oder nach Kanada oder Australien, weil sie dort Englisch sprechen und ich das mit der Mülltrennung nie lernen würde.
Aber inzwischen weiß ich, dass ich nicht nach Australien oder Kanada gehen werde.
Ich werde zurückkommen in das Land der Denker und Dichter, der Erdbeeren, der Mülltrennung und der Kühe.
Nicht der Kühe wegen.
Ich werde eines Tages vor diesem Kinderheim stehen, wo sie Kinder aufbewahren, deren Eltern ich nicht verstehe, denn wenn ich einmal Kinder habe – zehn –, dann werde ich zusehen, dass sie niemals irgendwo anders aufbewahrt werden.

Ich werde vor dem Kinderheim stehen und nach Dir fragen, und ich hoffe wirklich, sie können mir dann sagen, wo Du inzwischen bist.
Bis dahin: Warte. Vergiss nicht, manchmal auf Farsi zu fluchen.
Und lass Dich nicht mit den Frauen ein. Sie sind viel zu schön, um gut zu sein. Es lohnt sich, für sie zu leben, aber nicht, für sie zu sterben.
Sean (nicht das Schaf)

Ich schlug die Augen auf, starrte in eine von Lichtblitzen durchzogene Dunkelheit und wusste einen Moment lang nicht, wo ich war. In meinem Mund breitete sich der metallene Geschmack von Blut aus.
Mein Kopf lehnte an etwas Hartem. Quer über meinen Oberkörper lief ein Streifen eines stabilen Materials, der mich davon abhielt, die Position zu wechseln.
Ich stellte fest, dass ich meine Hände bewegen konnte, auch die Arme, ich fühlte mich nur völlig steif. Ich tastete nach meinem Gesicht. Es war nass.
Die Lichter rasten auf mich zu und dann an mir vorbei, aber zwischendurch verschwanden sie, als wäre da etwas zwischen uns, etwas Unregelmäßiges … Büsche? Viele Büsche in einer Reihe.
Der Mittelstreifen einer Autobahn!
Die Lichter waren die Scheinwerfer der Autos auf der anderen Seite.
Als ich meinen Finger in den Mund steckte, schmeckte er salzig, und ich begriff, dass das Nasse auf meinem Gesicht Tränen waren.
Ich versuchte, mich zu erinnern, was passiert war.
Richtig, ich hatte einen Brief an Davy geschrieben, im Dunkeln, ohne die Worte zu sehen, zwischen den engen, kalten Wänden einer fensterlosen Zelle, in der ich schon seit Langem gesessen hatte.
Ich fragte mich, ob ich tot war. Ob sie sich doch noch entschieden

hatten, mich für die Sache mit den Fotos hinzurichten, *nachdem* ich den Brief geschrieben hatte. Aber wenn ich tot war, warum saß ich dann auf dem Rücksitz eines Autos auf einer Autobahn? Eine merkwürdige Art Paradies.

Ich hatte geschlafen, ans Fenster gelehnt. Der Anschnallgurt war ein bisschen eng.

Ich schüttelte mich und versuchte, endlich richtig wach zu werden.

Der Geschmack von Blut in meinem Mund kam offenbar daher, dass ich mir im Schlaf auf die Lippe gebissen hatte, die ohnehin an einer Seite demoliert war, oder vielleicht hatte die Stelle, wo der Zahn fehlte, wieder geblutet, das war alles.

Das Schild, das jetzt auf der Autobahn vorbeikam, sah eindeutig deutsch aus. Noch zehn Kilometer bis München.

Und langsam, ganz langsam begriff ich.

Ich hatte geträumt.

Der Brief. Teheran. Meine Familie. Die Polizei, die vor der Tür stand. Das Evin.

Alles.

Ich war noch gar nicht dort.

Nein, noch saß ich nicht in dem Flugzeug, das in meiner Heimatstadt landen würde, Sehnsuchtsort und Angstort, dieser Stadt unter der wunderschönsten Abgasglocke der Welt, deren verschlossene Türen tausend Geheimnisse bargen.

Noch ein Schild: Nächste Ausfahrt – München Flughafen.

Neben mir saß ein deutscher Polizist, das Auto fuhr ungefähr zweihundert, ein schnurrender BMW, endlich wieder ein anständiges deutsches Auto. Ich wünschte, es wäre ein alter Fiat gewesen. Ich wünschte, er wäre mitten auf der Autobahn in einer Kuhherde stecken geblieben.

Aber es waren keine Kühe in Sicht. Und die Chance, aus einem

fahrenden BMW auf eine deutsche Autobahn zu springen und zu überleben, reichte ins Negative.
Die Nacht würde enden, der Morgen kommen, und das Flugzeug wartete auf mich.
Und alle Tage im Gefängnis, die ich glaubte, schon abgesessen zu haben, lagen noch vor mir.
Der Polizist reichte mir wortlos ein Taschentuch.

Aber irgendwo, das wusste ich nicht, geschah etwas.
Etwas absolut Erstaunliches.
In dieser Nacht. Später, viel später erfuhr ich davon.
Jemand warf einen Stein an ein Fenster. Das Fenster war das Fenster eines Kinderheimes auf einer ostdeutschen Insel, unweit vom Strand, und die Person stand im Garten zwischen schlafenden Kiefern, nur beleuchtet vom blassen Licht einer kränklichen Straßenlaterne.
»Davy?«
Das Laternenlicht beleuchtete das Gesicht der Gestalt im Garten unten: schmale Lippen, etwas zu sehr geschminkte Augen, pinkes Stoppelhaar.
»Nee, der schläft nebenan. Soll ick den wecken?«
»Hol ihn her! Und, hör mal!« Es war ein geflüstertes Rufen, und eine Drohung schwang darin mit. »Wenn du irgendwen weckst, der *nicht* Davy ist, zum Beispiel einen Erwachsenen, dann wird es dir in fünf bis zehn Minuten sehr, sehr leidtun!«
»Hey, reg dir ab, ick hol ihm ja schon.« Und das Kind verschwand.
Dann tauchte ein anderes Kind am Fenster auf, ein spillerigeres, zerstrubbelteres, eines mit einer Zahnlücke und einer blauen Wollmütze, die es offenbar auch zum Schlafen nicht abgenommen hatte.
»Komm runter!«, verlangte die Person im Garten.

»Denkste«, zischte das Mützenkind. »Ick ruf die Polizei! Weeng dir bin ick wieder hier, weeng dir is alles kaputtgegangt, weeng dir hamse Sean eingesperrt!«
Da war so viel Wut in den Worten, dass es wehtat, sie waren wie kleine harte Steine, die jemand warf.
»Deshalb bin ich ja hier!«, rief die Gestalt im Garten. »Ich muss mit dir reden! Darüber, wie wir ihn rauskriegen.«
»Warum wills du das?«, fragte der Junge am Fenster misstrauisch.
Die Gestalt mit den rosa Haaren sah weg, zu den Kiefern und dem Rasen, als wären die auf einmal sehr interessant und als würde sie sich für die Idee erwärmen, Gartenbau zu studieren. »Weil es mir leidtut«, sagte sie dann leise. »Komm jetzt runter, Davy.«
Und dann kletterte Davy aus dem Fenster, weil die Tür unten natürlich abgeschlossen war.
Er und Lotta setzten sich auf eine klobige Holzbank, die vielleicht ein Fisch sein sollte und nach Förderschulprojekt aussah, und Lotta sagte:
»Ich bin weg von den Typen. Die euch verfolgt haben. Haben die im Ernst damals auf euch geschossen? Vor der Sache mit dem Ballon?«
Davy nickte. »Aber Sean hat uns gerettet.«
»Die Arschlöcher.«
»Du bist doch auch eins von die Arschlöcher«, sagte Davy. »Der Sean, der war ernsthaft verknallt, bis zum Schluss, der hat dir geliebt, und du hast ihn ans Messa geliefert. Ick werd dir nix verzeihn, kein Stück, ick bin bloß hier, weil's vielleicht hilft, ihm rauszuholen.«
»Ja, verdammt, ich bin da reingerutscht«, sagte Lotta. »Verstehst du? Am Anfang, wie sie mich angesprochen haben, bei den Erdbeerfeldern, da wusste ich noch nicht, wie die drauf sind, die Typen.

Sie wollten wissen, ob der Kerl mit dem Strohhut ein Kumpel von mir ist, weil sie gesehen hatten, wie wir geredet haben. Und ob ich diese Brieftasche besorgen könnte, die er ihnen geklaut hätte. Für ne ordentliche Summe. Ich hab Seans Kram nachts in der Baracke durchsucht, aber da war nichts, und am nächsten Tag seid ihr abgehauen. Die Typen waren sauer, die haben mir gedroht, da bin ich hinterher.«
»Die Scheißbrieftasche«, murmelte Davy. »Die steckte in der Autotür von denen, und denn war nich mal Geld drin. Das hab ich erst an nächsten Tach gemerkt. Da hab ich sie weggesteckt und, ehrlich gesagt, wieder vergessen.«
»Die Sache ist, ich kann sie auffliegen lassen«, sagte sie. »Die ganze Bande. Ist riskant für mich, aber ich kann's machen. Ich weiß den richtigen Namen von dem einen, war'n Zufall, und natürlich kenn ich die Autonummer, die habt ihr euch garantiert nicht gemerkt, was?« Sie lächelt jetzt, und da ist sie beinahe schön. Nicht hübsch, dafür sind die Lippen zu schmal, ist das Gesicht zu eigenwillig zusammengesetzt und zu mager, aber auf eine unerklärliche Art schön.
»Dann gehst du zu Polizei?«
»Ja. Morgen früh. Aber du musst mitkommen.«
Er nickte, großmütig. »'mir aus. In Abhaun hab ick ja Übung.«
Und dann legte er ein billiges Handy zwischen sie auf die Fisch-Bank. »Das is das Einzige, was ich von ihn hab. Er hat was raufgesprochen, hab ich erst gestern gemerkt. Es is Englisch, aber er sagt mein Namen am Anfang. Kannst du's für mir übersetzen?«
Sie nickte.
Hinter ihnen im dunklen Haus stand jemand an einem offenen Erdgeschossfenster und lauschte. Ein Mann. Groß, breitschultrig, sprungbereit: Statur eines Sozialarbeiters, der in einem Heim für

Schwererziehbare arbeitet. Noch einmal würde er den Kleinen mit der Mütze nicht abhauen lassen.
Das Handy sprach jetzt stark akzentuiertes Englisch. Das Mädchen mit dem pinken Haar übersetzte für den kleinen Jungen, stockend, Wort für Wort.

Ich habe einen Bruder. Einen Bruder, der ist ungefähr so alt wie du. Er heißt Amin, und er hat immer versucht, sich um mich zu kümmern … Als meine Freundin einen anderen geheiratet hat, sagte er, er habe eine bessere Frau für mich. Die allerbeste. Es war die große Schwester seines Schulfreundes Ramin. Anais. Sie sei, sagte er, wunderschön. Und sie suche jemanden, der ihr helfe. Es gehe eigentlich nur darum, auf den Auslöser eines Fotoapparates zu drücken. Seltsamerweise nachts.
Sie sei Künstlerin, sagte er.
Es hörte sich ein bisschen verboten an, und ich dachte, sie mache Aktfotografien. Wer hätte da Nein gesagt?
Anais rief mich an, und ich sagte, ich hätte Erfahrung mit Fotografie.
Wir verabredeten uns für ein Uhr nachts, eine Woche später, und sie sagte, sie habe ein Auto, ich müsse fahren.
Ich sagte: Kein Problem.
Immerhin hatte ich seit einem halben Jahr einen gültigen Führerschein.
Und dann wartete ich an der Straßenecke, die unser Treffpunkt war. Es war Neumond, sie musste das im Voraus berechnet haben. Natürlich ist es trotzdem nie dunkel in Teheran, aber es ist dunkler als in den deutschen Großstädten, und an dieser Ecke war es *sehr* dunkel.
Irgendwann hielt ein Lastwagen neben mir. Nein. Ein Viehtransporter. Ich hörte das Blöken von Schafen. Minuten später saß ich

hinter dem Lenkrad, und auf dem Beifahrersitz saßen zwei Mädchen in ungefähr meinem Alter und Amin und Ramin. Wirklich, die beiden kleinen Jungen waren mitgekommen. Ich hatte nicht mal gemerkt, dass Amin sich von zu Hause weggeschlichen hatte, er lachte und knuffte mich in die Seite und sagte, das wäre doch ein großes Abenteuer! Und ich dachte, dass ich ihn unbedingt loswerden musste, falls es wirklich um Nacktfotos ging, aber gleichzeitig hatte er mich ja verkuppeln wollen, also würde er hoffentlich im richtigen Moment von selbst gehen.

Aber die Schafe?

»Mein Onkel handelt mit Schafen«, sagte Anais und schenkte mir ein wunderschönes Lächeln mit ihren dunkel geschminkten Lippen. »Daher haben wir den Wagen.«

»Aber … wir machen keine künstlerischen Fotos von … Schafen?«, fragte ich.

Da lachte Anais und schlug die Säume ihres Mantels auseinander. Darunter trug sie ein beinahe durchsichtiges weißes Kleid, so ein Ding, das man auf einem Pariser Laufsteg erwartet, ein Brautkleid für einen surrealen Film. Und sie sagte, sie mache Modedesign und eigentlich wolle sie in Paris studieren. Ich starrte das Kleid an oder das, was ich im Licht des Armaturenbretts davon sah. Es war voller dunkler Flecken.

»Blut«, sagte Anais.

»Äh – ja?«, fragte ich.

Sie nickte enthusiastisch, und das zweite Mädchen, Meral, sagte: »Vom Fleischer.«

Dann klopfte sie auf eine dicke Stofftasche auf ihrem Schoß. »Wir haben noch eine ganze Kollektion anderer Kleider hier. Alle selbst entworfen. Alle voll Blut.«

»Ja, die machen nämlich Fotos für die Kollektion«, erklärte Ramin

und hopste auf seinem Sitz auf und ab. »Wie richtige Modedesigner.«
»Es ist fürs Internet«, erklärte mein erstaunlicher kleiner Bruder.
»Und warum machen wir das nachts?« Irgendwie war mein Mund seltsam trocken geworden. »Und was soll das Blut?«
»Es ist nicht nur eine Modekollektion, es ist ein Statement«, sagte Anais sanft und legte eine feingliedrige, wunderschöne Hand auf meine Schulter. »Wir fotografieren unsere Kollektion nicht irgendwo. Wir fotografieren sie vor dem Evin.«
Da wurde mein Mund noch trockener. »Ihr seid verrückt geworden«, sagte ich.
»Fährst du jetzt oder nicht?«, fragte Meral.
»Lasst die Kinder hier«, sagte ich.
»Hier? An dieser Straßenecke? Mitten in der Nacht?«, fragte Anais.
Ich seufzte. »Verrückt«, wiederholte ich. Aber ich fuhr. Ich glaube, ich wollte die Mädchen beeindrucken. Ein böser Fehler.
Das Evin, Davy, ist ein Gefängnis. Es ist *das* Gefängnis. Das, in dem alle sitzen, die zu laut ihre Meinung gesagt haben. Die gegen die Mullahs sind. Schriftsteller, Journalisten, Regisseure, Künstler … und eine ganze Menge normaler Menschen.
Die Mädchen sagten, eine Freundin von ihnen säße seit einiger Zeit im Evin. Sie war auch Künstlerin, sie machte komische Happenings über Naturschutz, irgendwas hatte sie gegen die schönen Atomkraftwerke. Die Familie hatte beschlossen, dass ein Cousin sie heiraten und zur Vernunft bringen sollte, und als der Cousin seinen Standpunkt klarmachen wollte und sie ins Bett zerrte, hatte sie sich gewehrt, es hatte einen Kampf gegeben. Dummerweise war der Cousin dabei die Treppe heruntergefallen. Nun würde man sie wegen Mordes hinrichten.
Komisch, solche Anhäufungen von Dingen passieren sonst mir.

Die beiden Studentinnen hatten irgendwelche Petitionen aufgesetzt und Unterschriften gesammelt, auch im Ausland, aber es hatte nichts genutzt.
»Und deshalb machen wir die Fotos vor dem Gefängnis«, sagte Anais. »Mode und Kunst aus Protest, im Angesicht des Todes. Das wird der Renner im Netz, das gibt einen internationalen Aufschrei.«
Es gab aber zunächst nur einen nationalen Aufschrei, nämlich als ich um die nächste Kurve fuhr und der Transporter ins Schlingern geriet. Aber wir fingen uns, und dann hielten wir. Vor dem Evin-Gefängnis. Vor dieser Mauer. Oben Stacheldraht und Scheinwerfer und Kameras.
An Feiertagen picknicken manche Familien von Gefängnisinsassen vor dieser Mauer. Ich wünschte, wir hätten auch bloß gepicknickt.
Die Mädchen stiegen aus und warfen ihre Mäntel und Kopftücher in den Wagen. Sie waren wirklich malerisch in ihren weißen Pseudo-Hochzeitskleidern, so sehr, dass ich schlucken musste. Und dann stellten sie sich vor diese Mauer, und ich fotografierte. Und alles ging gut. Wir beeilten uns, sie zogen sich rasend schnell um, die kleinen Jungs, betrunken vor Aufregung, halfen mit dem Knöpfen und Schnüren der Kleider, und wir lachten viel, obwohl es doch so ein ernstes Thema war, die blutbefleckten Kleider und die Frauen vor dem Gefängnis, die so taten, als wären sie Gefangene.
Sie verstrubbelten ihre offenen Haare nach hier und nach da, rissen die Kleider ein, schmierten mit noch mehr Tierblut herum, und ich knipste und knipste. Und dann –
Ja, Davy, du kannst es dir denken. Dann ging es schief.
Die Klappe des Transporters war nicht richtig geschlossen, oder ein besonders störrisches Schaf hatte es geschafft, sie aufzudrücken. Jedenfalls quollen auf einmal die Schafe auf die Straße.

Sie waren wie eine wollige, albtraumhafte Masse, blökend, plötzlich kopflos wegen der neu gewonnenen Freiheit, und Meral rief: »Knips das! Die Gefangenen sind befreit!«
Die Mädchen lachten hysterisch, und ich knipste, wir waren betrunken von Adrenalin.
Versprich mir, Davy, dass du nie so etwas Dummes tust.
Halt dich fern von Gefängnissen und militärischen Einrichtungen, die man sowieso nicht fotografieren darf, und wenn du sie schon fotografierst, lass die Schafe zu Hause. Die Mädchen auch.
Es geschah alles viel zu schnell. Die Flutlichter vor dem Evin gingen an, die Schafe wurden in dem grellen Licht noch panischer, eine Megafonstimme rief, wir sollten stehen bleiben, ein Alarm wurde ausgelöst, da waren Schritte von Stiefeln, und eine Tür öffnete sich –
Aber ich sah nicht mehr, wie die Wachleute herausstürzten, ich rannte zurück zum Fahrerhäuschen des Viehtransporters, die Mädchen rannten mit mir, aber die Schafe waren im Weg, es wurde alles sehr unübersichtlich, jemand schoss, traf eines der Tiere. Amin fiel hin und weinte, und ich hob ihn hoch und, ja, warf ihn sozusagen in den Lastwagen, packte seinen Freund und schubste ihn hinterher.
Meral war schon im Wagen, die Alarmanlage heulte, die Lichter blendeten, und ich sah mich um – und entdeckte Anais. Sie lag mitten auf der Straße, und über ihr stand ein Wachmann. Er hob die Faust, um zuzuschlagen, offenbar nicht zum ersten Mal. Ich sah, wie das Blut aus ihrem Gesicht sich mit dem Blut der Tiere auf ihrem Kleid vermischte, sah, wie sie versuchte, ihren Kopf mit den Armen zu schützen – und tat das Blödeste, was man überhaupt tun konnte.
Ich rannte nicht weg. Ich rannte hin.
Ich hatte keine Chance.
Ich hatte nur eine Chance.
Ich schwang die Kamera an ihrem Halsgurt und traf den Wach-

mann am Kopf. Ich hörte das Krachen von Linse, Gehäuse und Kopf, der Mann taumelte zurück, ich zerrte Anais hoch, und wir rannten, über die Straße zum Lastwagen. Meral hatte den Motor schon gestartet. Die Chipkarte, sagte sie, hol die Chipkarte aus der Kamera, sie wiederholte es immer wieder, während sie die Straße entlangjagte, mit offener, schleifender Heckklappe, und irgendwie war ein Schaf ins Führerhaus geraten, frag mich bloß nicht, wie, ich griff über das Schaf und schaffte es, den winzigen Chip aus der Kamera zu ziehen und Meral in die Hand zu drücken, ich wollte das Ding ja nicht mal haben. Überall waren herumfliegende Kleider, überall war Schaf und Panik und Nacht, und natürlich waren die Sicherheitsleute jetzt dicht hinter uns –

Als ich mich umdrehte, waren sie gar nicht so dicht hinter uns. Die Schafe, die die Straße geflutet hatten, hatten sie aufgehalten. Ich glaube, ich lachte. Wir lachten alle, noch immer hysterisch.

Aber wir wussten, dass wir verloren hatten. Dass es nicht schwer sein würde herauszufinden, wem der Lastwagen gehörte. Und wer wir waren. Sie hatten uns ja gut genug gesehen im Flutlicht.

Immerhin, dachte ich, vielleicht hatte ich Anais gerettet, vielleicht würde ich doch noch bei einer schönen Frau landen können.

Na ja, du kannst es dir denken, Davy. Als wir den Lastwagen ein paar Straßen weiter stehen ließen und raussprangen, fielen sich die Mädchen in die Arme, und ehe wir rannten, begriff ich etwas, das Amin nicht gewusst hatte, diese beiden waren ein Paar. Sie rannten Hand in Hand.

Ich hielt Amins Hand. Ganz fest.

Ich kam zu Hause an, in ein weißes, blutbeflecktes Designerkleid gewickelt, das sich in dem Durcheinander um mich geschlungen hatte – und gefolgt von einem Schaf, das sich mit in die Wohnung meiner Eltern drängte.

»Bei Allah«, sagte mein Vater, denn der Lärm hatte natürlich alle geweckt. »Was ist jetzt in dich gefahren? Trittst du demnächst bei einer Transvestiten-Show auf?«
Irgendwie hatte Amin es geschafft, noch immer normal auszusehen, und meine Eltern glauben bis heute, er wäre nur nachts aufgestanden und zu uns ins Wohnzimmer gekommen, weil er Stimmen gehört hatte.
Und soviel ich weiß, hat die Polizei die beiden kleinen Jungen überhaupt nicht gesehen, die hatte ich rechtzeitig in den Lastwagen befördert. Immerhin, ein Trost.
Ich bin abgehauen, ehe es am nächsten Tag hell wurde.
Wir haben nachts noch eine Menge telefoniert, und den Rest der Geschichte kennst du.
Keine Heldentat, nur eine versehentliche Begegnung mit Wachleuten und Schafen und ein paar Möchtegern-Designer-Kleidern, die beinahe berühmt geworden wären. Erzähl es niemandem weiter, Davy, diese Geschichte ist nur für dich. Damit du daraus lernst.

»Mein Gott«, sagte Lotta, die eigentlich vermutlich nie »Mein Gott« sagte. Sie sagte es daher auf Vorrat ungefähr sechs Mal. »Und dieser Idiot behauptet, es war nichts Politisches?«
»Is das politisch? Wenn man ein Kleid knipsen tut?«
Lotta nickte. »In dem Fall schon.«
Eine ganze Weile schwieg Davy. Dann sagte er. »Du? Ich wollt's dir vorhin nich erzähln, weil ich so sauer war. Aber jetz erzähl ich's dir doch. Nämlich, es is so … Sean … er hat angerufen. Heut Nachmittag. Da war ich draußen bein Fußball mit die anderen draußen. Ich war furchbar sauer, dass sie mich nich reinerufen haben.«
»Ja … und?«
»Und er hat sich verabschiedet, hat der Erzieher gesagt. Er muss

nicht ins Gefängnis, aber er muss nach Hause. Das ham die mir vom Heim erklärt. Dass sie ihn nach Hause fliegen, zu seiner Familie.«

»Im Ernst? Die schieben ihn ab?«

»Vom Schieben haben sie nix gesagt.«

Lotta machte eine Kaugummiblase, ließ sie platzen und sagte: »Scheiße.« Und dann, nach einer kleinen Weile: »Er darf da nicht hin. Verstehst du? Er darf nicht in sein Land zurück. Sonst sperren die ihn ein. Und vielleicht überlebt er das nicht. Mann, was hat er denen denn bei seinem … seinem Interview erzählt? Jedenfalls nicht die Geschichte mit den Kleidern.«

»Nee«, sagte Davy. »Ich glaub, die war ihm peinlich. Wir dürfen die nicht weitersagen.«

Da sprang Lotta auf. »Doch«, sagte sie. »Das werden wir. Jetzt.«

»Nachts?«

Sie nickte. »Wir gehen zur Polizei, wie ich gesagt habe. Aber jetzt gleich.«

»Die ham doch nachts gar nicht auf.«

»Die machen auf«, sagte sie nachdrücklich. »Das werden wir doch mal sehen.«

Dann gab sie Davy einen Streifen Kaugummi, und kniete sich vor ihn und sagte ganz leise: »Als ich klein war, Davy. So alt wie du. Da hatte ich einen Freund, der wollte auch ein Held sein. Er war ein bisschen verrückt und sehr schlau, aber vielleicht mehr verrückt. Am Ende hat er sich auf eine Straße gestellt und ist überfahren worden, und das war's. Und ich habe nichts dagegen gemacht, verstehst du? Ich lass das nicht noch mal passieren.«

»War der tot?«, fragte Davy mit großen Augen.

»Mausetot«, sagte Lotta fest.

»Aber Sean ist doch nicht tot«, sagte Davy.

»Nee«, sagte Lotta und hörte sich dabei fast an, als wäre sie wieder sieben, und ließ noch eine rosa Blase platzen. »Und das wird der auch nicht.«

Und dann kletterten sie über das verschlossene Tor im Zaun, über das Lotta schon einmal vorher und Davy schon sehr oft geklettert war.
Aber sie kamen nicht besonders weit. Jemand, der das Tor öffnen konnte, hatte sie zwei Minuten später eingeholt.
»Halt«, sagte er, legte Lotta eine Hand auf die Schulter und Davy die andere. Sie fuhren beide herum und starrten ihn an wie einen Geist, doch er war kein Geist, sondern ein kräftiger Mann in Jeans und Windjacke: Erzieherstatur für Schwererziehbare.
»Tut mir leid«, sagte er freundlich, aber bestimmt. »Dieser junge Mann hier geht nirgendwo mehr unautorisiert hin.«
»Wir ham doch gar kein Auto«, fauchte Davy.
»Eben«, sagte der Mann. »Ihr kommt jetzt mit.«
»Wohin?«, fragte Lotta, und jeder konnte sehen, dass sie darüber nachdachte, ob sie den Mann beißen oder ihm ihre Faust ins Gesicht rammen sollte und dass es kein fairer Kampf geworden wäre, aber ein sehr entschlossener.
»Na, zum Auto«, sagte der Mann. »Wir fahren zusammen zur Polizei. Wolgast dürfte nachts offen sein und möglicherweise sogar zuständig.«
Davy und Lotta starrten ihn einen Moment lang an. Dann fragte Davy langsam: »Ham Sie die ganze Zeit gelauscht?«
Er nickte.
»Das macht man aber nicht«, sagte Davy. »Sie …«
Doch Lotta ließ ihn nicht weiterreden. Sie packte ihn an der Hand und zog ihn mit sich, und sie rannten, alle drei.

»Also noch mal von vorn.« Der Beamte sah auf einen Computerbildschirm, müde, es war erst oder schon fünf Uhr morgens. Schläfriges, steriles Sonnenlicht lag auf den glatten Oberflächen, das Gebäude war neu und voll von alten Geschichten: Polizeihauptquartier Wolgast. »Wie war der Name?«
»Shayan Basrafshan.«
»Geboren?«
»Ja«, sagte Davy. »Klar ist er geboren worn, sonst wär er ja nich da.«
»Das Geburtsdatum wissen wir nicht, aber Sie werden ihn finden«, sagte Lotta.
»Ach so?« Der Beamte hob genervt eine Augenbraue.
»Was meinen Sie, wie viele Shayan Basrafshans es hier im Computer gibt? Hm … Oh. Ja. Der war schon hier. Kommen Sie, um seinen beschlagnahmten Laptop abzuholen? Den hätte ich jetzt da. Und ein Paket, das versehentlich in seiner Wohnung mitbeschlagnahmt wurde. Es … riecht etwas streng.«
»Darum geht es nicht«, sagte Lotta. »Und wir haben das schon drei Leuten vor Ihnen erzählt. Wir sind seit zwei Uhr hier! Wenn Sie auch nicht zuständig sind, dann sagen Sie uns, wer!« Sie stand auf und trat ganz nah vor die Glasscheibe. »Wir müssen eine Abschiebung verhindern, verdammt, und der Flieger geht an diesem Morgen von München!«
Der Sozialarbeiter neben ihr machte beschwichtigende Handbewegungen. »Bitte …«
»Junge Frau«, sagte der Beamte hinter der Scheibe. »In dem Ton nicht, ja? Und solche Dinge kann man nicht so einfach rückgängig machen, da wird ja wohl jemand die Entscheidung getroffen haben, der ihn interviewt hat.«
»Aber er hat im Interview … oder wie das heißt … nicht die Wahrheit gesagt!«

»Tja, das tun sie alle, die Ausländer, denken sich rührselige Heldengeschichten aus, na.« Er zuckte die Schultern und ordnete seinen Aktenstapel.
»Aber das hat er ja eben nicht!«, rief Lotta. »Er hat die Heldengeschichte *nicht* erzählt! Weil sie ihm peinlich war!«
»Ruhig, ruhig«, sagte der Sozialarbeiter nervös.
»Nun ja. Man kann eine solche Entscheidung gerichtlich anfechten«, sagte der Beamte und strich das oberste Papier auf den Akten glatt. »Aber dazu müssen Sie erst mal einen Anwalt finden. Es müssen mehrere Anträge gestellt werden, ich glaube, bei der Ausländerbehörde, und die Aussichten auf Erfolg sind gering. Ich kann Ihnen hier ein Faltblatt mit Kontaktadressen …«
Lotta ignorierte die Bemühungen des Sozialarbeiters, der eine Hand auf ihren Arm gelegt hatte. Sie machte eine große rosa Kaugummiblase und ließ sie direkt vor dem Glas platzen, hinter dem der Beamte saß, sodass die Haut dort kleben blieb.
»Stecken Sie sich Ihr Faltblatt in den Arsch«, sagte sie.
Der Sozialarbeiter sog scharf die Luft ein.
Davy kicherte.
»Wir müssen nach München«, sagte Lotta.

Mit dem Auto nach Berlin, im Flugzeug nach München, das dauert.
Fünf Stunden. Wenn man Glück hat, oder einen kleinen Charmeur mit knallblauer Schlumpfmütze, der jede Flughafenangestellte um den kleinen Finger wickelt.
Als sie München erreichten, hatte Davy die Geschichte zwölf Mal erzählt, in verschiedenen unverständlichen Varianten. »Und denn ham wir das Ferd gerettet«, sagte er zu einer Stewardess, als sie aus dem Flieger stiegen. »Aber wir konnten es nich mit in den Ballon

nehmen. Da ham se auf uns geschossen, und Sean hat mir aus den Wasser gezogen, bei die Loreley, aber wenn wir ihm jetzt nicht finden, dann passiert ihm was, das ist so schlimm wie auf der Autobahn stehen und überfahren werden, sagt Lotta. Fliegen ist übrigens echt toll, auch viel bequemer als im Ballon, und keiner schießt.«
»Ich hatte jetzt endlich jemanden dran, der sich auskennt«, sagte der Sozialarbeiter, der noch auf den Stufen der Flugzeugtreppe weitertelefoniert hatte und schon seit Stunden telefonierte, mit Unterbrechung während des Fluges. »Der hat gesagt, wir sollen ihn finden und direkt einen Anwalt anrufen. Jeder hat das Recht auf einen Anwalt. Es wird alles gut, alles wird gut.«
Es war wie ein Mantra, er wiederholte es etwas zu oft, während sie im Bus übers Rollfeld fuhren (Sean hätte eine Theorie dazu gehabt, dass Deutsche, die so auf Bewegung und Gesundheit achten, die dreißig Meter Rollfeld trotzdem in Bussen fahren), er murmelte es noch, als sie durch die nicht vorhandene innerdeutsche Sicherheitskontrolle gingen (Sean hätte eine Theorie dazu gehabt, dass man auf innerdeutschen Flügen ganz leicht Waffen schmuggeln kann, allerdings nur bei der Ankunft, man müsste sie also im Flug-Shop erworben haben, was vermutlich möglich ist, da die Deutschen ja eigentlich gerne mit Waffen handeln), und noch, als sie die Gänge entlangrannten (Sean hätte eine Theorie zu den Meilen von Gängen auf deutschen Flughäfen gehabt, die die Busfahrt übers Rollfeld kalorienmäßig wieder wettmachten).
Die Uhr zeigte halb zwölf.
Und dann standen sie an der Anzeigetafel und starrten auf die Flüge und ihre Nummern.
Der Flug nach Teheran war um acht Uhr dreißig planmäßig gestartet.
Sean hätte eine Theorie zur Pünktlichkeit deutscher Flüge gehabt.

Sean hatte keine Theorien mehr.
Er war seit drei Stunden in der Luft.
Sie standen da, atemlos, wortlos.
Dann nahm Davy seine blaue Mütze ab und hielt sie vor sich. Wie einen Hut bei einer Beerdigung.
Lotta spuckte ihren Kaugummi aus.
»Wir hätten es sogar beweisen können«, sagte sie leise. »Er hat das wohl nicht gewusst, er hat es vielleicht einfach nie gegoogelt, der Idiot. Aber ich hab es gefunden. Vorhin, im Zug, da war ich mit dem Handy im Netz. Die beiden Frauen … Meral und Anais … Sie sind jetzt in Amerika. Sie haben die Bilder ins Netz gestellt. Da sind die Bilder, die Sean gemacht hat und … dann noch drei verwackelte von einem Handy. Die muss eines der Mädchen geschossen haben. Die, die schon den Motor gestartet hatte. Sean ist drauf. Wie er zwischen den Schafen steht. Ein Stück Stoff mit Blutflecken hat sich um ihn gewickelt, und er steht da und hat die Arme erhoben, als wollte er die Schafe zurückscheuchen …«
Sie stockte. Ihr Gesicht war nass.
»Lotta«, sagte Davy und nahm ihre Hand.
Der Sozialarbeiter sah peinlich berührt aus, oder nur berührt.
»Ich liebe ihn«, sagte Lotta.
Davy schlang seine Arme um sie. Und sie schlang ihre Arme um Davy. Und so standen sie eine lange, lange Ewigkeit.

21 Wieder Erdbeeren

Bis jemand schrie.

Sehr, sehr laut, noch lauter als der Lärm des Flughafengewusels, all der Schritte und der Rufe und der Durchsagen: SICHERHEITSHINWEIS, und dass man sein Gepäck nicht unbeaufsichtigt lassen solle.

Jemand schrie: »Davyyyy!«

Und das war ich.

Da stand ich in meinen halb zerfallenen Jeans und dem immerhin neuen Hemd und schrie und schwenkte den Strohhut, wahrscheinlich sah es ziemlich wahnsinnig aus.

Ich war, man muss das leider sagen, in Begleitung zweier Polizisten in Uniform. Aber das war in diesem Moment egal. Lotta und Davy starrten mich einen Moment an wie eine Erscheinung. Dann rannten sie auf mich zu: Lottas pinkes Haar und Davys blaue Schlumpfmütze flogen wie Farbflecken durch die Eingangshalle mit den Anzeigetafeln. Sie erreichten mich gleichzeitig und fielen mir in die Arme, obwohl die Polizisten da waren, sie hatten einfach mehr Power als diese Polizisten, und überhaupt waren die Polizisten ziemlich verwirrt. Sie hatten eben einen Anruf erhalten, der ihnen von sonst wo über sonst wie viele Ecken weitergeleitet worden war, Ursprung: Wolgast, ein Ort, von dem sie bis eben wahrscheinlich nicht einmal gewusst hatten, dass er existierte.

Der Beamte dort hatte ihnen eine seltsame Geschichte vorgelesen, die er in der Nacht notiert hatte, und er hatte sich beschwert: über ein Gör, das rosa Kaugummiblasen dazu benutzte, Beamte zu beleidigen. Aber er hatte trotzdem pflichtbewusst die Geschichte zur Flughafenpolizei weiterleiten wollen, und irgendwie schien er eine Art Sympathie zu empfinden, ja wirklich, zu dem, dem die Geschichte passiert war.

Mir.

Es war erstaunlich.

Ich wirbelte Davy im Kreis herum, und dann wirbelte ich Lotta im Kreis herum, und dann war mir schwindelig, vielleicht auch, weil zu viel zu schnell passiert war.

»Wieso bist du hier?«, fragte Lotta keuchend.

»Wieso bist du hier?«, fragte ich, denn das begriff ich überhaupt nicht.

»Das war ein korrekter deutscher Satz«, sagte Lotta. »Glückwunsch. Also, ich hab Davy gesucht, und wir haben deine Geschichte auf dem Handy gehört, und wir sind … Das ist doch alles jetzt gar nicht wichtig, außer, dass du ein Knallkopf bist.« Das sagte sie alles auf Deutsch.

Und ich, der Knallkopf, sagte auf Englisch: »Ich bin in das Flugzeug eingestiegen, mit dem Polizisten, der mich begleitet hat. Dann bin ich aufs Klo gegangen, als das Flugzeug noch stand. Mit dem Polizisten, der musste mit, er war ziemlich genervt. Auf dem Rückweg ging er voran, und ich bin wieder in einer Kuhherde stecken geblieben. Ich meine, es war nur eine Kuhherde auf einem Servierwagen, eine Herde aus aufgedruckten Kühen auf Milchkartons. Und auf einem anderen Karton, mit Saft, war ein Kaninchen drauf. Keine Ahnung, warum. Das Kaninchen hat mir zugezwinkert. Ich meine: wirklich. Und ich wusste, das ist *die* Chance. Vorwärts kam ich ja sowieso nicht voran, da war der Servierwagen. Also bin ich hinten wieder aus dem Flugzeug ausgestiegen. Es hatte nämlich noch eine hintere Treppe. Unten bin ich in einen Rollfeldbus gestiegen, das hat niemand gemerkt, weil da ein großes Durcheinander war mit ein paar Russen, die ihre Schrankkoffer als Handgepäck mitnehmen wollten. Diese Rollfeldbusse, übrigens, ich habe da eine Theorie. Auch über fliegende Russen, die doch in den Weltraum gehören …«

»Später«, meinte Lotta. »Und dann?«

»Und dann habe ich mich im Flughafen verlaufen. Über die Gänge habe ich auch eine Theorie, das sind ja Meilen! Na ja, und warum der Polizist im Flugzeug nicht gemerkt hat, dass ich nicht wiedergekommen bin, und warum sie so abgeflogen sind, also, dazu habe ich keine Theorie.«

An dieser Stelle war ich außer Puste, und ich hob Davy hoch, wozu die Puste doch noch reichte, und sagte: »Ich später erkläre in Deutsch.«

Davy nahm mir den Strohhut ab und setzte ihn sich selber auf.

»Wir haben ihn im Duty-free-Shop gefunden, wo er gerade an der Kasse aushalf, weil die Kassiererin dachte, er sei der neue Mitarbeiter«, sagte einer der Polizisten und meinte mich.

»Ja«, sagte Lotta mit einem Lächeln. »So was macht er manchmal.«

»Ich fürchte, ich habe die elektronische Kasse umprogrammiert«, murmelte ich betreten. »Sie sollte Tickets einscannen, glaube ich, und Kassenzettel ausdrucken, aber dann fing sie an, Tickets auszudrucken …«

»Und jetzt?«, fragte Davy.

Wir verließen den Flughafen alle zusammen, ich mit Davy auf den Schultern. Es war nicht vorbei. Natürlich. Wir würden zum Revier fahren, und dort würde eine lange, lange Geschichte zu Protokoll gegeben werden.

»Ich schulde dir noch zweihundert Euro«, flüsterte Lotta.
»Oh, bitte«, sagte ich auf Englisch, »gib sie mir nicht zurück! Du klaust sie mir ja doch nur wieder.«
»Ich dachte, das ist der Spaß daran«, wisperte sie und hakte sich bei mir ein.
Und möglicherweise küsste ich sie, im Polizeiauto, während Davy demonstrative Würgegeräusche machte.
Da küsste sie Davy ebenfalls. Auf die Nasenspitze.
Und dann verteilte sie eine Runde rosa Kaugummis.
Auch an die deutschen Beamten.

Abspann

Die letzten Pistazien sind gegessen. Der süße Tee ist kalt geworden.
Die Zuschauer sitzen noch lange auf ihren Kissen, auf den Matratzen, und starren auf den großen Flachbildschirm.
»Siehst du«, sagt Amin triumphierend. »Er ist doch ein Held.«
Im Fernseher läuft der Abspann, Namen, Firmen, Cateringservice.
Meine Mutter wischt sich verstohlen ein paar Tränen aus dem Augenwinkel. Und mein Vater sagt: »Ich wusste es immer. Ich wusste, dass er das Zeug dazu hat.«
Aber zu was ich das Zeug habe, das sagt er nicht. Zum Küssen, zum Auswandern, dazu, ein Versager zu bleiben? Zum Glücklichsein?
Vielleicht auch das. Vielleicht nur das. Es reicht ja.
Das letzte Bild auf dem Flachbildschirm ist ein deutsches Erdbeerfeld, über das ein paar Kühe rennen. Am Zaun stehen drei Menschen: Lotta und Davy und ich mit dem zerfaserten Strohhut.
Und da ist noch ein vierter Mensch: ein sehr kleines blondes Kind.
Es sieht Lotta ein bisschen ähnlich. Ich halte es auf dem Arm, damit es die Kühe besser angucken kann.
Es will aber nicht die Kühe angucken, es will mir eine Erdbeere in den Mund stecken mit seinen kleinen, rot verschmierten Fingern.
Wir sind jetzt beide verschmiert. Aber es ist kein Blut, nur Erdbeersaft. Es weiß noch nicht, wie man mit Erdbeeren umgeht, dieses kleine Kind, oder mit Kühen. Oder mit der Welt.
Das macht nichts.
Ich werde sie ihm erklären.